宋词选

上

【插图本】

刘乃昌
朱德才
选注

人民文学出版社

图书在版编目（CIP）数据

宋词选：插图本：全2册/刘乃昌，朱德才选注．—北京：人民文学出版社，2021（2024.1重印）
ISBN 978-7-02-014606-2

Ⅰ.①宋… Ⅱ.①刘…②朱… Ⅲ.①宋词—选集 Ⅳ.①I222.844

中国版本图书馆CIP数据核字(2018)第224202号

责任编辑 胡文骏
装帧设计 刘 远
责任印制 苏文强

出版发行 人民文学出版社
社 址 北京市朝内大街166号
邮政编码 100705

印 刷 三河市中晟雅豪印务有限公司
经 销 全国新华书店等

字 数 647千字
开 本 850毫米×1168毫米 1/32
印 张 30.875 插页26
印 数 8001—11000
版 次 2003年1月北京第1版
印 次 2024年1月第2次印刷

书 号 978-7-02-014606-2
定 价 89.00元(全二册)

目　　录

前言 …………………………………………………………… 1

王禹偁
　点绛唇(雨恨云愁) ………………………………………… 1
寇　准
　踏莎行(春色将阑) ………………………………………… 3
　阳关引(塞草烟光阔) ……………………………………… 4
钱惟演
　木兰花(城上风光莺语乱) ………………………………… 6
潘　阆
　酒泉子(长忆钱塘) ………………………………………… 7
　酒泉子(长忆西湖) ………………………………………… 8
　酒泉子(长忆孤山) ………………………………………… 8
　酒泉子(长忆观潮) ………………………………………… 9
林　逋
　相思令(吴山青) …………………………………………… 10
　霜天晓角(冰清霜洁) ……………………………………… 11
杨　亿
　少年游(江南节物) ………………………………………… 12

夏 竦

鹧鸪天(镇日无心扫黛眉) …… 14

范仲淹

苏幕遮(碧云天) …… 15
渔家傲(塞下秋来风景异) …… 16
御街行(纷纷堕叶飘香砌) …… 17
剔银灯(昨夜因看蜀志) …… 18

柳 永

昼夜乐(洞房记得初相遇) …… 20
迎新春(嶰管变青律) …… 21
曲玉管(陇首云飞) …… 22
雨霖铃(寒蝉凄切) …… 23
迷仙引(才过笄年) …… 24
凤栖梧(伫倚危楼风细细) …… 25
浪淘沙慢(梦觉、透窗风一线) …… 26
破阵乐(露花倒影) …… 27
二郎神(炎光谢) …… 29
定风波(自春来、惨绿愁红) …… 30
戚氏(晚秋天) …… 31
夜半乐(冻云黯淡天气) …… 33
望海潮(东南形胜) …… 34
玉蝴蝶(望处雨收云断) …… 35
双声子(晚天萧索) …… 36
八声甘州(对潇潇、暮雨洒江天) …… 37
忆帝京(薄衾小枕天气) …… 38
鹤冲天(黄金榜上) …… 39
浪淘沙令(有个人人) …… 40

婆罗门令(昨宵里、恁和衣睡) …… 41
木兰花令(有个人人真攀羡) …… 42
倾杯乐(皓月初圆) …… 43
少年游(一生赢得是凄凉) …… 43
秋蕊香引(留不得) …… 44
满江红(万恨千愁) …… 45
木兰花慢(拆桐花烂漫) …… 46
轮台子(一枕清宵好梦) …… 47
塞孤(一声鸡) …… 48
安公子(远岸收残雨) …… 49
倾杯(鹜落霜洲) …… 50
梦还京(夜来匆匆饮散) …… 51
竹马子(登孤垒荒凉) …… 52
少年游(长安古道马迟迟) …… 53
少年游(参差烟树霸陵桥) …… 53
张　先
菩萨蛮(夜深不至春蟾见) …… 55
醉垂鞭(双蝶绣罗裙) …… 56
江南柳(隋堤远) …… 56
蝶恋花(移得绿杨栽后院) …… 57
菩萨蛮(忆郎还上层楼曲) …… 58
一丛花令(伤高怀远几时穷) …… 58
卜算子慢(溪山别意) …… 59
更漏子(锦筵红) …… 60
南歌子(蝉抱高高柳) …… 61
蝶恋花(绿水波平花烂漫) …… 61
天仙子(水调数声持酒听) …… 62

菩萨蛮(玉人又是匆匆去) …… 63
千秋岁(数声鶗鴂) …… 63
木兰花(相离徒有相逢梦) …… 64
木兰花(龙头舴艋吴儿竞) …… 65
行香子(舞雪歌云) …… 66
系裙腰(惜霜蟾照夜云天) …… 67
浣溪沙(楼倚春江百尺高) …… 68
青门引(乍暖还轻冷) …… 68
晏　殊
浣溪沙(青杏园林煮酒香) …… 70
浣溪沙(一曲新词酒一杯) …… 71
浣溪沙(小阁重帘有燕过) …… 71
浣溪沙(一向年光有限身) …… 72
浣溪沙(玉碗冰寒滴露华) …… 73
鹊踏枝(槛菊愁烟兰泣露) …… 73
清平乐(红笺小字) …… 74
木兰花(燕鸿过后莺归去) …… 75
木兰花(池塘水绿风微暖) …… 76
木兰花(玉楼朱阁横金锁) …… 76
诉衷情(芙蓉金菊斗馨香) …… 77
踏莎行(细草愁烟) …… 78
踏莎行(祖席离歌) …… 78
踏莎行(小径红稀) …… 79
殢人娇(二月春风) …… 80
蝶恋花(帘幕风轻双语燕) …… 80
踏莎行(碧海无波) …… 81
采桑子(时光只解催人老) …… 82

撼庭秋(别来音信千里) …… 82
山亭柳(家住西秦) …… 83
破阵子(燕子来时新社) …… 84
玉楼春(绿杨芳草长亭路) …… 85
采桑子(阳和二月芳菲遍) …… 86
渔家傲(画鼓声中昏又晓) …… 87
渔家傲(越女采莲江北岸) …… 87
张　昇
满江红(无利无名) …… 89
离亭燕(一带江山如画) …… 90
李　冠
六州歌头(秦亡草昧) …… 91
蝶恋花(遥夜亭皋闲信步) …… 93
宋　祁
浪淘沙近(少年不管) …… 94
玉楼春(东城渐觉风光好) …… 95
锦缠道(燕子呢喃) …… 95
尹　洙
水调歌头(万顷太湖上) …… 97
梅尧臣
苏幕遮(露堤平) …… 99
叶清臣
贺圣朝(满斟绿醑留君住) …… 101
欧阳修
采桑子(轻舟短棹西湖好) …… 102
采桑子(春深雨过西湖好) …… 103
采桑子(画船载酒西湖好) …… 103

采桑子(群芳过后西湖好) …… 104
采桑子(何人解赏西湖好) …… 104
采桑子(清明上巳西湖好) …… 105
采桑子(荷花开后西湖好) …… 105
采桑子(天容水色西湖好) …… 106
采桑子(残霞夕照西湖好) …… 106
采桑子(平生为爱西湖好) …… 107
朝中措(平山阑槛倚晴空) …… 108
长相思(花似伊) …… 109
踏莎行(候馆梅残) …… 109
望江南(江南蝶) …… 110
生查子(去年元夜时) …… 111
蝶恋花(海燕双来归画栋) …… 111
渔家傲(喜鹊填河仙浪浅) …… 112
蝶恋花(越女采莲秋水畔) …… 113
渔家傲(花底忽闻敲两桨) …… 114
玉楼春(尊前拟把归期说) …… 114
玉楼春(洛阳正值芳菲节) …… 115
玉楼春(西湖南北烟波阔) …… 116
玉楼春(别后不知君远近) …… 116
怨春郎(为伊家) …… 117
南歌子(凤髻金泥带) …… 118
临江仙(柳外轻雷池上雨) …… 118
圣无忧(世路风波险) …… 119
浪淘沙(把酒祝东风) …… 120
浪淘沙(五岭麦秋残) …… 120
浣溪沙(堤上游人逐画船) …… 121

浣溪沙（湖上朱桥响画轮）…… 122
定风波（把酒花前欲问君）…… 123
渔家傲（近日门前溪水涨）…… 123
蝶恋花（庭院深深深几许）…… 124
南乡子（好个人人）…… 125
苏舜钦
水调歌头（潇洒太湖岸）…… 127
韩　琦
点绛唇（病起恹恹）…… 129
沈　唐
念奴娇（杏花过雨）…… 131
杜安世
菩萨蛮（游丝欲堕还重上）…… 133
卜算子（尊前一曲歌）…… 133
更漏子（脸如花）…… 134
凤栖梧（闲把浮生细思算）…… 135
李师中
菩萨蛮（子规啼破城楼月）…… 136
司马光
西江月（宝髻松松挽就）…… 137
王安石
桂枝香（登临送目）…… 138
菩萨蛮（数间茅屋闲临水）…… 139
渔家傲（灯火已收正月半）…… 140
渔家傲（平岸小桥千嶂抱）…… 141
南乡子（自古帝王州）…… 142
浪淘沙令（伊吕两衰翁）…… 143

千秋岁引(别馆寒砧) …… 144
章　楶
水龙吟(燕忙莺懒花残) …… 146
徐　积
渔父乐(水曲山限四五家) …… 148
无一事(见说红尘罩九衢) …… 148
堪画看(讨得渔竿买得船) …… 149
谁学得(饱则高歌醉即眠) …… 149
君看取(管得江湖占得山) …… 150
君不悟(一酌村醪一曲歌) …… 150
王安国
减字木兰花(画桥流水) …… 151
孙　洙
菩萨蛮(楼头尚有三通鼓) …… 152
河满子(怅望浮生急景) …… 153
韦　骧
减字木兰花(人生可意) …… 154
减字木兰花(鸾坡凤沼) …… 155
菩萨蛮(琼杯且尽清歌送) …… 156
晏几道
临江仙(梦后楼台高锁) …… 157
蝶恋花(醉别西楼醒不记) …… 158
蝶恋花(梦入江南烟水路) …… 159
鹧鸪天(彩袖殷勤捧玉钟) …… 159
鹧鸪天(醉拍春衫惜旧香) …… 160
鹧鸪天(小令尊前见玉箫) …… 161
生查子(金鞭美少年) …… 161

生查子（官身几日闲） …… 162
南乡子（渌水带青潮） …… 163
清平乐（留人不住） …… 163
木兰花（秋千院落重帘暮） …… 164
木兰花（初心已恨花期晚） …… 165
菩萨蛮（哀筝一弄湘江曲） …… 165
玉楼春（雕鞍好为莺花住） …… 166
阮郎归（旧香残粉似当初） …… 166
六幺令（绿阴春尽） …… 167
归田乐（试把花期数） …… 168
御街行（街南绿树春饶絮） …… 169
点绛唇（花信来时） …… 170
虞美人（曲阑干外天如水） …… 170
采桑子（秋来更觉消魂苦） …… 171
采桑子（西楼月下当时见） …… 171
思远人（红叶黄花秋意晚） …… 172
长相思（长相思） …… 172
王　观
卜算子（水是眼波横） …… 174
清平乐（黄金殿里） …… 175
庆清朝慢（调雨为酥） …… 176
木兰花令（铜驼陌上新正后） …… 177
张舜民
卖花声（木叶下君山） …… 179
魏夫人
阮郎归（夕阳楼外落花飞） …… 181
菩萨蛮（溪山掩映斜阳里） …… 181

江城子(别郎容易见郎难) …… 182
孙浩然
夜行船(何处采菱归暮) …… 184
王　诜
忆故人(烛影摇红向夜阑) …… 185
蝶恋花(钟送黄昏鸡报晓) …… 186
蝶恋花(小雨初晴回晚照) …… 186
苏　轼
水龙吟(似花还似非花) …… 188
满庭芳(归去来兮) …… 190
满庭芳(蜗角虚名) …… 191
水调歌头(落日绣帘卷) …… 192
水调歌头(安石在东海) …… 194
水调歌头(明月几时有) …… 195
水调歌头(昵昵儿女语) …… 197
满江红(江汉西来) …… 199
满江红(清颍东流) …… 201
满江红(天岂无情) …… 202
归朝欢(我梦扁舟浮震泽) …… 203
念奴娇(大江东去) …… 205
沁园春(孤馆灯青) …… 206
木兰花令(霜馀已失长淮阔) …… 208
西江月(世事一场大梦) …… 209
西江月(三过平山堂下) …… 209
临江仙(忘却成都来十载) …… 211
临江仙(夜饮东坡醒复醉) …… 212
鹧鸪天(林断山明竹隐墙) …… 213

定风波（莫听穿林打叶声）…… 213
定风波（长羡人间琢玉郎）…… 214
南乡子（回首乱山横）…… 216
南歌子（山与歌眉敛）…… 217
南歌子（雨暗初疑夜）…… 218
鹊桥仙（缑山仙子）…… 218
卜算子（缺月挂疏桐）…… 220
贺新郎（乳燕飞华屋）…… 220
洞仙歌（江南腊尽）…… 222
洞仙歌（冰肌玉骨）…… 223
八声甘州（有情风、万里卷潮来）…… 224
江城子（梦中了了醉中醒）…… 226
江城子（凤凰山下雨初晴）…… 227
江城子（老夫聊发少年狂）…… 229
江城子（天涯流落思无穷）…… 230
江城子（十年生死两茫茫）…… 231
蝶恋花（花褪残红青杏小）…… 232
永遇乐（长忆别时）…… 233
永遇乐（明月如霜）…… 235
行香子（清夜无尘）…… 236
诉衷情（小莲初上琵琶弦）…… 237
浣溪沙（山下兰芽短浸溪）…… 238
浣溪沙（照日深红暖见鱼）…… 239
浣溪沙（旋抹红妆看使君）…… 239
浣溪沙（麻叶层层苘叶光）…… 240
浣溪沙（簌簌衣巾落枣花）…… 241
浣溪沙（软草平莎过雨新）…… 241

浣溪沙(道字娇讹语未成) …………………………… 242
满庭芳(归去来兮) …………………………………… 243
蝶恋花(记得画屏初会遇) …………………………… 244
蝶恋花(蝶慵莺懒春过半) …………………………… 245
李之仪
谢池春(残寒销尽) …………………………………… 246
卜算子(我住长江头) ………………………………… 247
苏 辙
水调歌头(离别一何久) ……………………………… 248
黄 裳
减字木兰花(红旗高举) ……………………………… 250
黄庭坚
念奴娇(断虹霁雨) …………………………………… 251
水调歌头(瑶草一何碧) ……………………………… 252
定风波(万里黔中一漏天) …………………………… 254
清平乐(春归何处) …………………………………… 255
鹧鸪天(黄菊枝头生晓寒) …………………………… 255
西江月(断送一生惟有) ……………………………… 256
望江东(江水西头隔烟树) …………………………… 257
昼夜乐(夜深记得临岐语) …………………………… 258
晁端礼
绿头鸭(晚云收) ……………………………………… 259
水龙吟(倦游京洛风尘) ……………………………… 260
秦 观
望海潮(梅英疏淡) …………………………………… 262
水龙吟(小楼连苑横空) ……………………………… 263
八六子(倚危亭) ……………………………………… 264

满庭芳(山抹微云) …… 265
满庭芳(碧水惊秋) …… 267
江城子(西城杨柳弄春柔) …… 268
鹊桥仙(纤云弄巧) …… 268
减字木兰花(天涯旧恨) …… 269
南歌子(香墨弯弯画) …… 270
千秋岁(水边沙外) …… 271
踏莎行(雾失楼台) …… 272
点绛唇(醉漾轻舟) …… 273
点绛唇(月转乌啼) …… 273
南歌子(玉漏迢迢尽) …… 274
南乡子(妙手写徽真) …… 274
浣溪沙(漠漠轻寒上小楼) …… 275
阮郎归(湘天风雨破寒初) …… 276
满庭芳(晓色云开) …… 277
临江仙(千里潇湘挼蓝浦) …… 278
好事近(春路雨添花) …… 279
行香子(树绕村庄) …… 279
米　芾
水调歌头(砧声送风急) …… 281
赵令畤
蝶恋花(卷絮风头寒欲尽) …… 283
清平乐(春风依旧) …… 284
蝶恋花(庭院黄昏春雨霁) …… 284
贺　铸
辨弦声(琼琼绝艺真无价) …… 286
半死桐(重过阊门万事非) …… 287

夜捣衣(收锦字) …………………………………… 288
杵声齐(砧面莹) …………………………………… 289
夜如年(斜月下) …………………………………… 289
望书归(边堠远) …………………………………… 290
陌上郎(西津海鹘舟) ……………………………… 291
醉中真(不信芳春厌老人) ………………………… 292
拥鼻吟(别酒初销) ………………………………… 293
惜馀春(急雨收春) ………………………………… 294
阳羡歌(山秀芙蓉) ………………………………… 295
将进酒(城下路) …………………………………… 296
行路难(缚虎手) …………………………………… 298
水调歌头(南国本潇洒) …………………………… 300
青玉案(凌波不过横塘路) ………………………… 301
感皇恩(兰芷满芳洲) ……………………………… 302
薄幸(淡妆多态) …………………………………… 303
天香(烟络横林) …………………………………… 304
采桑子(东亭南馆逢迎地) ………………………… 305
六州歌头(少年侠气) ……………………………… 306
忆仙姿(江上潮回风细) …………………………… 308
望湘人(厌莺声到枕) ……………………………… 309
天门谣(牛渚天门险) ……………………………… 310
仲　殊
柳梢青(岸草平沙) ………………………………… 312
诉衷情(涌金门外小瀛洲) ………………………… 313
晁补之
摸鱼儿(买陂塘、旋栽杨柳) ……………………… 314
水龙吟(问春何苦匆匆) …………………………… 316

盐角儿(开时似雪) …… 317
忆少年(无穷官柳) …… 317
临江仙(谪官江城无屋买) …… 318
迷神引(黯黯青山红日暮) …… 319
洞仙歌(青烟幂处) …… 321
陈师道
木兰花(阴阴云日江城晚) …… 323
菩萨蛮(行云过尽星河烂) …… 324
张　耒
秋蕊香(帘幕疏疏风透) …… 325
周邦彦
瑞龙吟(章台路) …… 326
风流子(新绿小池塘) …… 328
锁窗寒(暗柳啼鸦) …… 329
应天长(条风布暖) …… 330
解连环(怨怀无托) …… 331
满江红(昼日移阴) …… 332
瑞鹤仙(悄郊原带郭) …… 333
满庭芳(风老莺雏) …… 335
过秦楼(水浴清蟾) …… 336
苏幕遮(燎沉香) …… 337
少年游(并刀如水) …… 338
少年游(朝云漠漠散轻丝) …… 339
夜游宫(叶下斜阳照水) …… 339
望江南(游妓散) …… 340
解语花(风销绛蜡) …… 341
大酺(对宿烟收) …… 342

庆春宫(云接平冈) …………………………………… 343
六丑(正单衣试酒) …………………………………… 345
虞美人(灯前欲去仍留恋) ………………………………… 346
虞美人(廉纤小雨池塘遍) ………………………………… 347
虞美人(疏篱曲径田家小) ………………………………… 347
西河(佳丽地) ………………………………………… 348
绮寮怨(上马人扶残醉) ………………………………… 349
拜星月慢(夜色催更) …………………………………… 350
尉迟杯(隋堤路) ……………………………………… 351
蝶恋花(月皎惊乌栖不定) ………………………………… 352
浣溪沙(楼上晴天碧四垂) ………………………………… 353
一落索(眉共春山争秀) ………………………………… 354
四园竹(浮云护月) …………………………………… 354
玉楼春(桃溪不作从容住) ………………………………… 355
长相思慢(夜色澄明) …………………………………… 356
夜飞鹊(河桥送人处) …………………………………… 357
关河令(秋阴时晴渐向暝) ………………………………… 358
谢　逸
燕归梁(六曲阑干翠幕垂) ………………………………… 360
江神子(一江秋水碧湾湾) ………………………………… 361
江神子(杏花村馆酒旗风) ………………………………… 361
晁冲之
临江仙(忆昔西池池上饮) ………………………………… 363
玉蝴蝶(目断江南千里) ………………………………… 364
毛　滂
最高楼(微雨过) ……………………………………… 366
相见欢(十年湖海扁舟) ………………………………… 367

叶梦得
贺新郎(睡起啼莺语) …… 368
水调歌头(秋色渐将晚) …… 369
八声甘州(故都迷岸草) …… 370
点绛唇(缥缈危亭) …… 372
刘一止
喜迁莺(晓光催角) …… 373
曹　组
相思会(人无百年人) …… 375
青玉案(碧山锦树明秋霁) …… 376
万俟咏
三台(见梨花初带夜月) …… 377
长相思(一声声) …… 378
长相思(短长亭) …… 379
田　为
江神子慢(玉台挂秋月) …… 380
徐　伸
转调二郎神(闷来弹雀) …… 382
陈　克
临江仙(四海十年兵不解) …… 384
朱敦儒
水调歌头(当年五陵下) …… 385
水龙吟(放船千里凌波去) …… 386
念奴娇(插天翠柳) …… 387
鹧鸪天(我是清都山水郎) …… 389
西江月(世事短如春梦) …… 389
采桑子(扁舟去作江南客) …… 390

周紫芝

鹧鸪天(一点残红欲尽时) …… 391

江城子(夕阳低尽柳如烟) …… 392

踏莎行(情似游丝) …… 392

赵 佶

燕山亭(裁剪冰绡) …… 394

李 纲

喜迁莺(长江千里) …… 396

念奴娇(暮云四卷) …… 397

李清照

孤雁儿(藤床纸帐朝眠起) …… 399

渔家傲(天接云涛连晓雾) …… 400

如梦令(常记溪亭日暮) …… 401

如梦令(昨夜雨疏风骤) …… 401

凤凰台上忆吹箫(香冷金猊) …… 402

一剪梅(红藕香残玉簟秋) …… 403

蝶恋花(暖雨晴风初破冻) …… 404

蝶恋花(泪湿罗衣脂粉满) …… 405

怨王孙(湖上风来波浩渺) …… 405

临江仙(庭院深深深几许) …… 406

醉花阴(薄雾浓云愁永昼) …… 407

行香子(草际鸣蛩) …… 408

念奴娇(萧条庭院) …… 409

永遇乐(落日熔金) …… 410

武陵春(风住尘香花已尽) …… 411

声声慢(寻寻觅觅) …… 412

点绛唇(蹴罢秋千) …… 413

添字丑奴儿(窗前谁种芭蕉树) …………………………… 413
南歌子(天上星河转) ……………………………………… 414
吕本中
采桑子(恨君不似江楼月) ………………………………… 415
南歌子(驿路侵斜月) ……………………………………… 416
胡世将
酹江月(神州沉陆) ………………………………………… 417
赵　鼎
满江红(惨结秋阴) ………………………………………… 419
鹧鸪天(客路那知岁序移) ………………………………… 420
向子諲
鹧鸪天(紫禁烟花一万重) ………………………………… 422
阮郎归(江南江北雪漫漫) ………………………………… 423
秦楼月(芳菲歇) …………………………………………… 424
幼　卿
浪淘沙(目送楚云空) ……………………………………… 426
蒋兴祖女
减字木兰花(朝云横度) …………………………………… 427
洪　皓
江梅引(天涯除馆忆江梅) ………………………………… 429
蔡　伸
水调歌头(亭皋木叶下) …………………………………… 432
苍梧谣(天) ………………………………………………… 433
李重元
忆王孙(萋萋芳草忆王孙) ………………………………… 434
乐　婉
卜算子(相思似海深) ……………………………………… 435

聂胜琼
鹧鸪天(玉惨花愁出凤城) …… 436
李弥逊
菩萨蛮(江城烽火连三月) …… 438
王以宁
水调歌头(大别我知友) …… 439
陈与义
临江仙(高咏楚词酬午日) …… 441
临江仙(忆昔午桥桥上饮) …… 442
张元幹
贺新郎(曳杖危楼去) …… 444
贺新郎(梦绕神州路) …… 446
满江红(春水迷天) …… 448
兰陵王(卷珠箔) …… 449
石州慢(雨急云飞) …… 451
水调歌头(举手钓鳌客) …… 452
渔家傲(钓笠披云青嶂绕) …… 454
瑞鹧鸪(白衣苍狗变浮云) …… 455
浣溪沙(燕掠风樯款款飞) …… 456
菩萨蛮(春来春去催人老) …… 457
吕渭老
薄幸(青楼春晚) …… 458
一落索(蝉带残声移别树) …… 459
胡　铨
好事近(富贵本无心) …… 460
岳　飞
小重山(昨夜寒蛩不住鸣) …… 463

满江红(怒发冲冠) …………………………………… 464
满江红(遥望中原) …………………………………… 465
孙道绚
滴滴金(月光飞入林前屋) ……………………………… 467
李　石
临江仙(烟柳疏疏人悄悄) ……………………………… 468
康与之
菩萨蛮令(龙蟠虎踞金陵郡) …………………………… 469
长相思(南高峰) ……………………………………… 470
黄公度
青玉案(邻鸡不管离怀苦) ……………………………… 472
韩元吉
霜天晓角(倚天绝壁) ………………………………… 473
好事近(凝碧旧池头) ………………………………… 474
六州歌头(东风着意) ………………………………… 475
朱淑真
谒金门(春已半) ……………………………………… 477
减字木兰花(独行独坐) ……………………………… 478
眼儿媚(迟迟春日弄轻柔) ……………………………… 478
蝶恋花(楼外垂杨千万缕) ……………………………… 479
清平乐(恼烟撩露) …………………………………… 480
菩萨蛮(山亭水榭秋方半) ……………………………… 480
张　抡
烛影摇红(双阙中天) ………………………………… 482
赵彦端
点绛唇(憔悴天涯) …………………………………… 484
姚　宽
生查子(郎如陌上尘) ………………………………… 485

袁去华
水调歌头(雄跨洞庭野) …… 486
瑞鹤仙(郊原初过雨) …… 487
剑器近(夜来雨) …… 488
安公子(弱柳丝千缕) …… 489
陆　淞
瑞鹤仙(脸霞红印枕) …… 491
陆　游
钗头凤(红酥手) …… 493
水调歌头(江左占形胜) …… 494
鹧鸪天(家住苍烟落照间) …… 496
秋波媚(秋到边城角声哀) …… 497
汉宫春(羽箭雕弓) …… 498
渔家傲(东望山阴何处是) …… 499
双头莲(华鬓星星) …… 500
夜游宫(雪晓清笳乱起) …… 501
鹊桥仙(茅檐人静) …… 502
南乡子(归梦寄吴樯) …… 503
鹊桥仙(一竿风月) …… 504
诉衷情(当年万里觅封侯) …… 505
好事近(秋晓上莲峰) …… 505
谢池春(壮岁从戎) …… 506
卜算子(驿外断桥边) …… 507
范成大
眼儿媚(酣酣日脚紫烟浮) …… 509
满江红(千古东流) …… 510
鹧鸪天(休舞银貂小契丹) …… 511

水调歌头(细数十年事) …… 512
蝶恋花(春涨一篙添水面) …… 514
南柯子(怅望梅花驿) …… 515
鹊桥仙(双星良辰) …… 516
秦楼月(楼阴缺) …… 516
鹧鸪天(嫩绿重重看得成) …… 517
霜天晓角(晚晴风歇) …… 518
杨万里
好事近(月未到诚斋) …… 519
昭君怨(偶听松梢朴鹿) …… 520
昭君怨(午梦扁舟花底) …… 521
严 蕊
卜算子(不是爱风尘) …… 522
张孝祥
念奴娇(风帆更起) …… 524
水调歌头(雪洗虏尘静) …… 525
六州歌头(长淮望断) …… 527
水调歌头(濯足夜滩急) …… 529
念奴娇(洞庭青草) …… 530
水调歌头(江山自雄丽) …… 532
雨中花慢(一叶凌波) …… 533
西江月(满载一船明月) …… 535
浣溪沙(霜日明霄水蘸空) …… 536
水调歌头(湖海倦游客) …… 537
赵长卿
临江仙(过尽征鸿来尽燕) …… 539

王　炎

南柯子(山冥云阴重) …… 541

辛弃疾

满江红(直节堂堂) …… 542

木兰花慢(老来情味减) …… 544

水龙吟(楚天千里清秋) …… 545

太常引(一轮秋影转金波) …… 547

菩萨蛮(青山欲共高人语) …… 548

菩萨蛮(郁孤台下清江水) …… 549

摸鱼儿(望飞来、半空鸥鹭) …… 550

念奴娇(野棠花落) …… 552

水调歌头(落日塞尘起) …… 554

摸鱼儿(更能消、几番风雨) …… 555

沁园春(三径初成) …… 557

水调歌头(带湖吾甚爱) …… 559

水龙吟(渡江天马南来) …… 560

千年调(卮酒向人时) …… 562

清平乐(绕床饥鼠) …… 564

丑奴儿(少年不识愁滋味) …… 565

丑奴儿近(千峰云起) …… 565

水龙吟(补陀大士虚空) …… 566

山鬼谣(问何年、此山来此) …… 568

蝶恋花(九畹芳菲兰佩好) …… 569

鹧鸪天(枕簟溪堂冷欲秋) …… 570

清平乐(连云松竹) …… 571

清平乐(茅檐低小) …… 572

贺新郎(老大那堪说) …… 573

破阵子(醉里挑灯看剑) …… 575
鹊桥仙(松冈避暑) …… 576
踏莎行(夜月楼台) …… 577
清平乐(少年痛饮) …… 578
清平乐(清泉奔快) …… 579
西江月(明月别枝惊鹊) …… 580
水龙吟(举头西北浮云) …… 581
沁园春(一水西来) …… 582
沁园春(叠嶂西驰) …… 584
沁园春(杯汝来前) …… 585
玉楼春(何人半夜推山去) …… 587
贺新郎(甚矣吾衰矣) …… 588
水调歌头(我志在寥阔) …… 589
鹧鸪天(石壁虚云积渐高) …… 591
归朝欢(我笑共工缘底怒) …… 592
夜游宫(几个相知可喜) …… 594
鹧鸪天(壮岁旌旗拥万夫) …… 595
粉蝶儿(昨日春如、十三女儿学绣) …… 596
喜迁莺(暑风凉月) …… 597
千年调(左手把青霓) …… 598
临江仙(莫笑吾家苍壁小) …… 600
贺新郎(绿树听鹈鴂) …… 601
西江月(万事云烟忽过) …… 603
永遇乐(千古江山) …… 604
南乡子(何处望神州) …… 606
祝英台近(宝钗分) …… 607
青玉案(东风夜放花千树) …… 608

木兰花慢(可怜今夕月) …… 609
水龙吟(老来曾识渊明) …… 611
汉宫春(春已归来) …… 612
鹧鸪天(陌上柔桑破嫩芽) …… 613
鹧鸪天(晚岁躬耕不怨贫) …… 614
西江月(醉里且贪欢笑) …… 615
南歌子(世事从头减) …… 616
武陵春(走去走来三百里) …… 616
霜天晓角(雪堂迁客) …… 617
赵善括
水调歌头(山险号北固) …… 619
程　垓
水龙吟(夜来风雨匆匆) …… 621
渔家傲(独木小舟烟雨湿) …… 622
酷相思(月挂霜林寒欲坠) …… 623
石孝友
眼儿媚(愁云淡淡雨潇潇) …… 624
卜算子(见也如何暮) …… 625
浪淘沙(好恨这风儿) …… 625
赵师侠
谒金门(沙畔路) …… 627
陈　亮
桂枝香(天高气肃) …… 629
水调歌头(不见南师久) …… 631
念奴娇(危楼还望) …… 632
贺新郎(老去凭谁说) …… 634
贺新郎(话杀浑闲说) …… 636

鹧鸪天(落魄行歌记昔游) …… 638
水龙吟(闹花深处层楼) …… 639
虞美人(东风荡飏轻云缕) …… 640
好事近(的皪两三枝) …… 641
一丛花(冰轮斜辗镜天长) …… 641
杨炎正
水调歌头(寒眼乱空阔) …… 643
水调歌头(把酒对斜日) …… 644
蝶恋花(离恨做成春夜雨) …… 645
章良能
小重山(柳暗花明春事深) …… 646
张 镃
菩萨蛮(风流不把花为主) …… 647
满庭芳(月洗高梧) …… 648
昭君怨(月在碧虚中住) …… 649
刘 过
沁园春(斗酒彘肩) …… 651
沁园春(万马不嘶) …… 653
念奴娇(知音者少) …… 654
糖多令(芦叶满汀洲) …… 655
贺新郎(老去相如倦) …… 656
贺新郎(弹铗西来路) …… 658
水龙吟(谪仙狂客何如) …… 659
柳梢青(泛菊杯深) …… 661
六州歌头(中兴诸将) …… 662
西江月(堂上谋臣尊俎) …… 664

卢　炳
减字木兰花(莎衫筠笠) …… 666
姜　夔
扬州慢(淮左名都) …… 667
一萼红(古城阴) …… 669
霓裳中序第一(亭皋正望极) …… 671
八归(芳莲坠粉) …… 673
小重山令(人绕湘皋月坠时) …… 674
浣溪沙(着酒行行满袂风) …… 675
探春慢(衰草愁烟) …… 676
翠楼吟(月冷龙沙) …… 678
踏莎行(燕燕轻盈) …… 680
杏花天影(绿丝低拂鸳鸯浦) …… 681
惜红衣(簟枕邀凉) …… 682
点绛唇(燕雁无心) …… 683
琵琶仙(双桨来时) …… 684
念奴娇(闹红一舸) …… 686
浣溪沙(钗燕笼云晚不忺) …… 688
满江红(仙姥来时) …… 688
淡黄柳(空城晓角) …… 690
长亭怨慢(渐吹尽、枝头香絮) …… 691
凄凉犯(绿杨巷陌秋风起) …… 693
解连环(玉鞍重倚) …… 694
暗香(旧时月色) …… 696
疏影(苔枝缀玉) …… 697
玲珑四犯(叠鼓夜寒) …… 699
齐天乐(庾郎先自吟愁赋) …… 700

庆宫春(双桨莼波) …… 702
鬲溪梅令(好花不与殢香人) …… 704
浣溪沙(雁怯重云不肯啼) …… 705
鹧鸪天(肥水东流无尽期) …… 706
永遇乐(云鬲迷楼) …… 707
汪　莘
沁园春(三十六峰) …… 709
杜　旟
酹江月(江山如此) …… 711
刘仙伦
念奴娇(艅艎东下) …… 713
韩　淲
贺新郎(万事佯休去) …… 715
鹧鸪天(雨湿西风水面烟) …… 717
俞国宝
风入松(一春长费买花钱) …… 718
程　珌
水调歌头(天地本无际) …… 720
郑　域
昭君怨(道是花来春未) …… 722
戴复古
满江红(赤壁矶头) …… 723
水调歌头(轮奂半天上) …… 724
柳梢青(袖剑飞吟) …… 726
洞仙歌(卖花担上) …… 727
木兰花慢(莺啼啼不尽) …… 727

戴复古妻
祝英台近(惜多才) …… 729
史达祖
绮罗香(做冷欺花) …… 730
双双燕(过春社了) …… 731
东风第一枝(巧沁兰心) …… 733
三姝媚(烟光摇缥瓦) …… 734
蝶恋花(二月东风吹客袂) …… 735
临江仙(倦客如今老矣) …… 736
湘江静(暮草堆青云浸浦) …… 737
满江红(万水归阴) …… 738
满江红(缓辔西风) …… 739
秋霁(江水苍苍) …… 741
高观国
少年游(春风吹碧) …… 743
魏了翁
醉落魄(无边春色) …… 745
卢祖皋
贺新郎(挽住风前柳) …… 746
岳　珂
祝英台近(淡烟横) …… 748
黄　机
满江红(万灶貔貅) …… 750
霜天晓角(寒江夜宿) …… 751
葛长庚
水调歌头(江上春山远) …… 753
刘克庄
沁园春(何处相逢) …… 755
沁园春(一卷《阴符》) …… 756

昭君怨(曾看洛阳旧谱) …… 758
满江红(金甲雕戈) …… 759
贺新郎(北望神州路) …… 761
贺新郎(湛湛长空黑) …… 762
贺新郎(妾出于微贱) …… 764
贺新郎(国脉微如缕) …… 765
玉楼春(年年跃马长安市) …… 767
卜算子(片片蝶衣轻) …… 768
清平乐(风高浪快) …… 769
忆秦娥(梅谢了) …… 770
赵以夫
鹊桥仙(翠绡心事) …… 771
吴　渊
念奴娇(我来牛渚) …… 772
吴　潜
满江红(红玉阶前) …… 774
满江红(万里西风) …… 775
水调歌头(铁瓮古形势) …… 776
淮上女
减字木兰花(淮山隐隐) …… 778
黄孝迈
湘春夜月(近清明) …… 779
陈东甫
长相思(花深深) …… 781
李曾伯
青玉案(栖鸦啼破烟林暝) …… 782

方　岳
水调歌头(秋雨一何碧) …… 784
萧泰来
霜天晓角(千霜万雪) …… 786
许　棐
喜迁莺(鸠雨细) …… 787
吴文英
霜叶飞(断烟离绪) …… 788
瑞鹤仙(晴丝牵绪乱) …… 790
宴清都(绣幄鸳鸯柱) …… 791
齐天乐(三千年事残鸦外) …… 793
齐天乐(烟波桃叶西陵路) …… 794
花犯(小娉婷) …… 795
浣溪沙(门隔花深梦旧游) …… 797
玉楼春(茸茸狸帽遮梅额) …… 797
点绛唇(卷尽愁云) …… 798
祝英台近(采幽香) …… 799
祝英台近(剪红情) …… 800
澡兰香(盘丝系腕) …… 801
风入松(听风听雨过清明) …… 803
莺啼序(残寒正欺病酒) …… 804
高阳台(修竹凝妆) …… 806
高阳台(宫粉雕痕) …… 807
三姝媚(湖山经醉惯) …… 809
八声甘州(渺空烟四远) …… 810
夜合花(柳暝河桥) …… 811
踏莎行(润玉笼绡) …… 812

望江南(三月暮) …… 813
唐多令(何处合成愁) …… 814
金缕歌(乔木生云气) …… 815
潘　牥
南乡子(生怕倚阑干) …… 817
李彭老
四字令(兰汤晚凉) …… 818
黄　昇
南乡子(万籁寂无声) …… 819
陈　郁
念奴娇(没巴没鼻) …… 820
张绍文
酹江月(举杯呼月) …… 822
陈人杰
沁园春(诗不穷人) …… 824
沁园春(记上层楼) …… 825
沁园春(谁使神州) …… 827
陈允平
唐多令(休去采芙蓉) …… 829
文及翁
贺新郎(一勺西湖水) …… 830
李好古
谒金门(花过雨) …… 832
刘辰翁
忆秦娥(烧灯节) …… 833
西江月(天上低昂似旧) …… 834
山花子(此处情怀欲问天) …… 834

柳梢青(铁马蒙毡) …… 835
兰陵王(送春去) …… 836
宝鼎现(红妆春骑) …… 838
唐多令(明月满沧洲) …… 840
永遇乐(璧月初晴) …… 841
沁园春(春汝归欤) …… 843
摸鱼儿(怎知他、春归何处) …… 844
张 林
柳梢青(白玉枝头) …… 846
周 密
木兰花慢(觅梅花信息) …… 847
玉京秋(烟水阔) …… 848
曲游春(禁苑东风外) …… 850
乳燕飞(波影摇涟甃) …… 851
闻鹊喜(天水碧) …… 853
一萼红(步深幽) …… 854
献仙音(松雪飘寒) …… 855
高阳台(照野旌旗) …… 856
高阳台(小雨分江) …… 857
花犯(楚江湄) …… 859
朱嗣发
摸鱼儿(对西风、鬓摇烟碧) …… 861
文天祥
酹江月(乾坤能大) …… 863
满江红(试问琵琶) …… 865
邓 剡
酹江月(水天空阔) …… 867

唐多令(雨过水明霞) …… 869
杨佥判
一剪梅(襄樊四载弄干戈) …… 870
汪元量
传言玉女(一片风流) …… 871
水龙吟(鼓鼙惊破霓裳) …… 872
莺啼序(金陵故都最好) …… 874
王清惠
满江红(太液芙蓉) …… 877
王沂孙
天香(孤峤蟠烟) …… 879
媚妩(渐新痕悬柳) …… 881
水龙吟(晓霜初着青林) …… 882
绮罗香(玉杵馀丹) …… 884
齐天乐(碧痕初化池塘草) …… 885
齐天乐(一襟馀恨宫魂断) …… 887
庆宫春(明玉擎金) …… 888
扫花游(商飙乍发) …… 890
醉蓬莱(扫西风门径) …… 891
醴陵士人
一剪梅(宰相巍巍坐庙堂) …… 893
徐君宝妻
满庭芳(汉上繁华) …… 895
唐　珏
水龙吟(淡妆人更婵娟) …… 897
蒋　捷
贺新郎(渺渺啼鸦了) …… 899

贺新郎(梦冷黄金屋) …… 900
贺新郎(深阁帘垂绣) …… 902
女冠子(蕙花香也) …… 903
声声慢(黄花深巷) …… 904
梅花引(白鸥问我泊孤舟) …… 905
一剪梅(一片春愁待酒浇) …… 906
虞美人(少年听雨歌楼上) …… 907
贺新郎(甚矣君狂矣) …… 908
霜天晓角(人影窗纱) …… 909
陈德武
水龙吟(东南第一名州) …… 910
张　炎
高阳台(接叶巢莺) …… 912
壶中天(扬舲万里) …… 913
甘州(记玉关、踏雪事清游) …… 914
解连环(楚江空晚) …… 916
月下笛(万里孤云) …… 917
绮罗香(万里飞霜) …… 919
清平乐(候蛩凄断) …… 920
南楼令(湖上景消磨) …… 921
清平乐(采芳人杳) …… 922
思佳客(梦里瞢腾说梦华) …… 922
刘将孙
踏莎行(水际轻烟) …… 925
无名氏
浣溪沙(剪碎香罗浥泪痕) …… 926
水调歌头(平生太湖上) …… 927

眼儿媚(萧萧江上荻花秋) …………………………… 928
青玉案(年年社日停针线) …………………………… 929
一剪梅(漠漠春阴酒半酣) …………………………… 929
采桑子(年年才到花时候) …………………………… 930
长相思(去年秋) …………………………… 931
御街行(霜风渐紧寒侵被) …………………………… 932
鹧鸪天(真个亲曾见太平) …………………………… 932

后记 …………………………… 934

前　言

宋代继汉唐之后，中华文化又有辉煌的发展。就文学殿堂而言，诗有显著创变，文有长足演进，赋体走向散化，词更趋于鼎盛。词在两宋堪称一代文学之最。

词兴起于李唐，繁衍于五代，大昌于两宋，绝非偶然。赵宋建国后，鉴于晚唐五代武人拥兵割据，中央政权失控的教训，治国决策倾向右文抑武，较为重视文化设施建设。嗣后随着社会的相对稳定，经济的恢复发展，教育的逐渐普及，文化生活也呈现普遍高涨之势。这为学术、文艺的发展繁荣，提供了适宜的土壤和有利条件。

在艺文舞台上，新兴词体亦有它独异的优长和发展潜力。其一，词与乐的结合，使词体协律可歌，讲究声情，“以文写之则为诗，以声度之则为曲”（清宋翔凤《乐府馀论》）。“发妙旨于律吕之中，运巧思于斧凿之外”（宋黄昇《花庵绝妙词选》）。既可传诵于文士书案，又能流播于乐人歌喉。这就强化了它的娱乐性和传播力，比之徒诗，一时拥有更多的接受群体。晚唐五代酒楼客馆时而有歌伎演唱曲子词，到了宋代唱词侑酒、宴客听歌，更蔚成风气。宋陈师道《后山诗话》载：柳永作词从俗，“天下咏之，遂传禁中”。苏轼每赋新词往往不胫而走。如知徐州时，作《永遇乐》咏燕子楼，脱稿不久，即“哄传城中”（宋曾敏行《独醒杂志》卷三）。教坊歌手袁绹中秋之夜登金山赏月，特意放歌东坡的中秋词“明月几时有”（宋蔡絛《铁围山丛谈》卷三）。宋胡仔《苕溪渔隐丛话后集》卷三十九云："唐初歌词多是五言诗，或七言诗，初无长短句。自中叶以后，至五代渐变成长短句。及本朝，则尽为此体。"由此可见，以词应歌在宋代十分流行。

其二，词体句型错落差池，修短有度，奇偶交叉，无论凭词制谱或依谱填词，较之齐言诗屈伸自如，收纵多变。章法上，小、中、长各式备俱，节拍有舒有急，有抑有扬。小令单调，下笔能留，言近旨远；中调、慢声，各叠映带互补，宛转曲折，相摩相荡，回环复沓，有峰回路转、柳暗花明之妙。词因起源于民间，流布于市井，用语上较之古律诗，更便于吸取生活俚语，模拟常人声口，表现日趋复杂的人文景观，抒写微妙多样的内心世界。词到文人手中，更加融俗入雅，扩张了语言的表情功能和诗化情趣。前人评成功词作，常赞其语言当行，善于提炼家常语，如"本只是常语，一经道出，便成独得"（清刘熙载《词曲概》）。长于"寄劲于婉，寄直于曲，寄实于虚，寄正于馀"（同上）。"以参差不齐之句，写郁勃难状之情"（明沈际飞《草堂诗馀四集序》）。章法上要"曲处能直，密处能疏，奡处能平，状难状之景，达难达之情，而出之以自然"（清冯煦《蒿庵论词》）。这都说明词体句型、用语、章法幽僻微妙之处，作者需费力运筹构思，读者亦当细心体察品味。清沈雄《古今词话·词评》引《柳塘词话》云："诗如康庄九逵，车驱马骤，易为假步。词如深岩曲径，丛筱幽花，源几折而始流，桥独木而方渡。"这生动的比喻，在同诗体的比较中更昭示出词体的独特难点和优点。

其三，情思意蕴的内倾性与开放性，呈现出词体内涵的幽窈和曲深。诗词均是抒情言志表现自我，从而反映客观现实的文艺形式。但相比而言，词多偏重于倾泻自我，使创作主体的情悰心绪得到淋漓尽致的体现，故而词的抒情性特强，而叙事性稍弱。从这个意义上说，表现视野的幅度稍逊于诗文，而宣发性灵的沉潜度则有所深化。故况周颐称："词之为道，贵乎有性情，有襟抱，涉世少，读书多。……尺素寸心，八极万仞，恢之弥广，斯按之愈深。"词人创作每每返外象归于环中，从而达到"诣精造微"（《蓼园词选序》）。读宋词佳作，犹如沉游于怨夫、思妇、孤臣、孽子、羁客、逸民之肺腑，不免感情随之起伏，心灵深受震撼。但宋词的内向和沉潜，并不影响它的开放性。尤其在表现情爱、艳遇、别怀、离思、婚嫁等方面，更有不少坦露的描写，和略无顾忌地倾泻衷怀之作。如果说宋代前期多是风流文士写歌楼艳遇、酒筵伎情或以代言体式抒闺妇离恨，那么此后则不少女性作者大胆坦率地摅写个人的幽会欢情、闺闱恋情、刻骨离情，还有的以血泪之墨，控诉自身亲历的婚姻悲剧。这体现出某些违离礼教风范、摆脱封建桎梏的迹象。

其四，宋词风调在发展中多彩纷呈、群芳争艳，由婉约而宏放，既柔媚又劲拔，愈来愈呈现出刚柔互补、浓淡辉映的态势。词之初期多言闺阃事，"取其曲尽人情，惟婉转妩媚为善"（宋王炎《双溪诗馀自叙》）。而后随着时势的变迁，题材的开拓，体制的衍展，堂庑益发恢扩，而风神也不拘一体。寻绎其大致轨迹，起先多擅长抒写精微幽窈的情思，其后则拓展了清旷豪纵的风致。明张綖《诗馀图谱》谓："词体大略有二，一体婉约，一体豪放。婉约者欲其词调蕴藉，豪放者欲其气象恢弘。"事物有阴阳，体性有刚柔，这种两体对举说，只是就粗线条、大范畴而立论。前人曾有婉约为正、豪放为变的"正变论"，从而形成了尊此抑彼的倾向。其实从大范畴来说，词的体性阳刚阴柔二美并存，各具千秋。正如清人张维屏所云："词家苏辛秦柳，各有攸宜，轨范虽殊，不容偏废。"（《赌棋山庄词话续编》载）在此基础上进一步审视宋词各期各派各家词作的风韵，则可看出它是多元发展、因人而异、随题而变的。清陈廷焯《白雨斋词话》论词品,曾提到仙品、神品、逸品、隽品、豪品等多种品味。清孙麟趾《词径》也说:“高淡、婉约、艳丽、苍莽,各分门户。”明周逊《词品序》就题材立论,略谓:“山林之词清以激,感遇之词凄以哀,闺阁之词悦以解,登览之词悲以壮,讽谕之词宛以切。”这说明词体愈发展,风姿愈多样。正由于此,宋词才更能展示出多彩的人生景象,体现出幽明超妙的复杂情悰,从而富有永恒的美学价值,和感人肺腑的艺术魅力。

宋词是在宋代三百馀年的历史过程中逐步演进成熟而臻于极境的。北宋初期,社会升平,经济复苏,礼乐文化建设开始启动。词坛承传晚唐五代,酝酿变革创新。诗文名家王禹偁、钱惟演、范仲淹、宋祁等,也染指此道,偶有名篇。而首开一代风气者当推晏、欧。晏殊、欧阳修去五代未远,他们接受冯延巳的影响形成自性风格。晏词珠圆玉润、和婉雍容,富贵气象中时蕴哲思。欧词闲雅舒隽、倩丽婉媚,俯仰清景时偶露旷放。两人咏唱台阁,长于小令。与他们同时而成名略晚的柳永、张先,可称早期的专业词人。柳永发展慢声,长于铺叙,反映市民情趣,把词由台阁传向市井;张先造语纤巧,风调艳冶,时有发越之处。二人对当时词林广有影响。

北宋中期,社会经济和文化生活趋于高涨,诗文革新运动逐渐深入,词的创作也日益活跃,并呈现出提高传统词艺、别辟创作蹊径两种趋势,双轨齐进,并展风姿。前种词风的代表,有晏几道、李之仪、秦少游、张文潜等。他们展延婉丽词风而加以发扬提高。其中小晏踵武《花间》,风神婉妙,多记艳遇离合,渗入昨梦前尘、华屋山丘之感,情挚辞丽,气韵凄婉。秦七笔锋精湛,情辞兼胜,善将身世之感打并入艳情,巧用小令的含蓄弥补长调的平直,和婉醇正,一往而深。二人可称婉约派高手。另一批词人则在开拓词体堂庑上阔步奋进。如王安石、李冠赋词怀古，慷慨激越。贺铸以豪侠器宇步入词林，笔势飞舞，变化无端，深婉密丽而外，更以悲壮奋发称胜。特别是苏轼，雄姿健毫，举首高歌，旷放磊落，展示天地奇观，逸怀浩气，超乎尘垢之外，在词坛上屹然别立一宗。黄庭坚、晁补之辈，追踪唱酬，使词体堂庑大开，词风为之一变。

北宋晚期，朝内党争剧烈，金军加紧南犯。面对时局动荡，徽宗偏热衷于歌舞升平。随着崇宁年间大晟府的建立，出现了大晟词人创作群体，晁端礼、万俟咏、曹组等应制作词，大都题咏祥瑞，歌功颂圣，作品内容失于空疏。与此同时，一些词人则表现出综合作词经验，提高倚声艺术，开辟创作境域的走向。周邦彦、李清照足为代表。周邦彦虽曾提举大晟府，但所作却很少应制。其人雅好度曲，善融唐诗，以赋为词，深厚和雅，集婉约词艺之大成，堪称北宋词林殿军。李清照虽身处闺帏，但却尝尽婚恋苦乐，历经家国巨变。她以女性特有的敏感和反差极大的阅历，倾情词章，感叹患难，所作清新婉妙，本色当行，于两宋间不愧为过渡桥梁、词家大宗。

靖康变起，宋室偏安，金军占领中原，朝内和、战两派斗争激烈，救亡图存成为臣民关注的中心。南宋初期，抗金将领、主战朝臣，也惯于以词的形式感伤时局、呼吁抗金，于是出现了一批慷慨悲愤的时事词。李纲、赵鼎、胡铨、岳飞等抗金名臣，都有名篇佳作传世。这些词章题材厚重，视角宏阔，笔势奇伟，出语劲健，与艳歌丽唱面目迥异。另有一批文人，由北宋进入南宋，由江北漂流江南，身经破国亡家之痛，目睹干戈扰攘之苦，词风一变，集中出现了与“江北旧词”有所不同的“江南新词”。他们怀思故园，怅望中原，感怆时势，痛惜流年，郁愤凄惋之情沛然贯注笔端。叶梦得、朱敦儒、吕本中、陈与义、张元幹大都如此。所作除林下风、艳冶调而外，其扼腕豪吟之什，为其后爱国词派的崛起开了先路。

南宋中叶，宋金订立隆兴和议，双方休战对峙。江南经济趋向复苏，主和官僚控制实权，偏安朝廷沉溺享乐，复国志士无地用武，中原父老祈盼统一。在这种形势下，词坛出现了两大创作群体。以辛弃疾为首的豪壮派，延展东坡蹊径，于郁勃苍凉之外，喜用长调反映国难时艰，呼唤抗敌御侮。笔力驰骋纵横，章法舒卷自如，风调激昂排宕。尤其稼轩之壮词，“横绝六合，扫空万古”（《后村诗话》），唱出了时代最强音。与其风神相近者不下五六十人，陆游、陈亮、刘过、刘克庄等，都可说是此派重要成员。以姜夔为代表的骚雅词派，承传周邦彦的遗泽而加以创变。他审音衡律，善度新腔，惯于以劲健笔触，写儿女柔情，以清雅风调，咏江湖隐沦。“脱胎稼轩，变雄健为清刚，变驰骤为疏宕”（清周济《宋四家词选目录序论》）。风神萧散，体制骚雅，如野云孤鹤，幽韵冷香，自成一宗。承其馀绪而阔步创新者有史达祖、高观国、吴文英诸人。吴文英变疏为密，化显为隐，用事联翩，运意幽邃，其成就于骚雅派中最为突出。

南宋末期，包括朝廷倾覆前后一段时间，是宋词发展的终结期。此期战争频繁，社会动荡，元军席卷江南，更造成社会经济逆转，人间灾难连绵。上自皇室，下至臣民，无不饱尝江山易代之悲，家破国亡之痛。斯时一些爱国志士有心效忠，无力回天，浩气壮怀，时而借词倾发。于是谱写出一些撼人心弦的悲壮词，文天祥、邓剡、陈人杰可为代表。这类词沿承辛派馀绪，结合战斗经历，切入患难馀生，浸染深沉的末路英雄本色。另一些词人则低徊旧栖，绝望穷途，遁迹山林，漂流湖海。他们踵武姜、史遗脉，以萧散幽冷风致，借曲折隐喻手法，表达麦秀黍离之感，倾吐昨梦前尘之思，描写身世流落之愁。其后还结社唱酬，相濡以沫，形成遗民词派。刘辰翁、周密、王沂孙、张炎、汪元量等，创作实绩佼佼，体现出高蹈远引、不屈从新贵的逸怀清操。

以上粗略地勾勒了宋词的特色优长和演进轨迹，但远不足囊括宋词的总体成就。宋词与宋诗各有千秋，由于词是历经两宋方始成熟的新型合乐诗体，它具有不可替代的表现功能和艺术活力，因此在中国文化史上，它与唐诗同是莫可超越的诗苑峰峦，和翔游不尽的艺术瀚海。宋词作品宏富，据近代学者辑集所得，共约有作者一千四百馀家，词作两万馀首。两宋词调式由简而繁，小令、中调、慢声各体完备，名手创制调谱日有增益。宋词拥有广泛的创作队伍，皇帝、重臣、名将、幕僚、文士、婢妾、闺秀……悉有题咏，而专业作者更是才人辈出、名家如林。前人论及宋词流派，除惯于标举婉约、豪放等类型而外，更有骚雅派、清空派、密丽派之说。至于以个性鲜明的词人冠名词体者，如晏小山体、秦淮海体、李易安体、苏东坡体、辛稼轩体、姜白石体、吴梦窗体云云，众体纷呈，不可枚举。正如清田同之《西圃词说》所云："词始于唐，盛于宋，南北历二百馀年，畸人代出，分路扬镳，各有其妙，至南宋诸名家备极变化。"

所谓"备极变化"，在内容和艺术上都有显著体现。就宋词的意蕴内涵来说，比之唐五代有极大扩展。"词自隋炀、李白创调之后，作者多以闺词见长，合诸名家计之，不下数千万言，深情婉至，摹写殆尽"（《西圃词说》）。宋词中除风月、艳情、性爱、闺思而外，举凡羁旅行役、山林野趣、怀古览胜、节序风情、城乡风光、讽时刺世、伤逝悼亡、感喟人生、谈禅说佛，无不应有尽有，不一而足。宋词的题材丰厚，含纳万象，使人目不暇接、领略不尽。两宋词在艺术技法上，也有阔步跨越和飞跃。早期词强调抒情写景，情景交融。所谓"作词之料，不过情景二字，非对眼前写景，即据心上说情，说得情出，写得景明，即是好词"（清李渔《窥词管见》)。宋词情、景、事、理、人、物、万象,含纳自如,无适不可。既长于情景交错、主客互融,又善于写人叙事、因事布景、融理入情、借景寓理、述事评史、咏物摅怀。且由"别是一家"发展到吸纳诸种文体之长,乃至于诗笔、赋法,议论、对话,均可入词,且语典事典,夺胎百家,化用檃括,融通万卷,达到想落天外、运斤成风之妙域化境。

在宋词这一浩博的文学宝库中,想要开卷揽胜,撷取精华,得体而适时的选本必不可少。宋词选本,自南宋绍兴年间曾慥编选《乐府雅词》以来,各代各期续有编纂,丛出不穷。新中国建立之后,"二百"春风唤醒了学术园地,特别是改革开放新时期的到来,传统诗学词学研究日趋繁荣,宋词的辑集、整理、选录、校释成果丰厚,名家宿学论著手泽灿然可观。这就为适应新时期需求,满足人们愈加开扩的审美视野,编纂新的宋词选本,提供了充分条件。人民文学出版社有关领导和方家顺应学术潮流,为了弘扬和传播古典文学名作精品,服务于社会主义文化建设,精心设计了"古典文学选本系列"课题,组织各方学人合力纂修,分期梓行。本人应命并约请德才老友联手重纂其中的《宋词选》。编纂要求和体例,参照该套书的统一规格,共同商酌拟定。是书较之通行选本,选篇有所更新,规模有所扩展。以成功反映世间万象和心湖波漪而具有高雅情趣和永恒审美价值为甄录标准,共酌采近八百首,希图包罗两宋各期各派名家代表之作,虽非专业词家而发自肺腑的传世妙品,亦予收录。以期较为全面地体现宋词意蕴、风姿、体式的丰富多样性。各篇首条注释,涵容题解、本事、背景、意旨、艺术评赏诸项,力求钩玄提要、言简意赅,融入个人研究心得,突出词章个性风神。篇中难字、奥语、地名、掌故及化用诗文之处,依据需要悉行诠解,尽可能追本溯源、详明切要。

是编在编纂过程中参考了有关著述，得到了管士光先生的热诚关怀支持和督促。又经刘文忠先生对初稿细致审阅、精心斧正，以是始得顺利结稿杀青和付梓。在此谨表谢忱。由于编者学力时间所限，书中疏略在所难免。尚祈方家读者惠予是正，以期今后校改修订，逐步趋于完善。

刘乃昌

1998年5月初稿

2000年4月修订

王禹偁

王禹偁(954—1001),字元之,济州巨野(今山东巨野)人,宋太宗太平兴国八年(983)进士。历任右拾遗直史馆、知制诰、翰林学士等职。他直言敢谏,"以雄文直道,独立当世"(苏轼《王元之画像赞》),因而不容于人,一生三次被贬,晚年贬官黄州(今湖北黄冈),四十八岁移知蕲州(今湖北蕲春),到任不久,一病而逝。他是北宋初期倡导诗文革新的重要人士,其诗师法白居易,散文推尊韩柳。著有《小畜集》。《唐宋诸贤绝妙词选》录存其词一首。

点绛唇

感兴〔1〕

雨恨云愁,江南依旧称佳丽〔2〕。水村渔市,一缕孤烟细。

天际征鸿,遥认行如缀〔3〕。平生事,此时凝睇,谁会凭栏意〔4〕。

〔1〕王禹偁中进士后,释褐任成武县主簿,次年移知长洲县(治在今苏州市),在任三年,邑政之暇,时吟咏江南山水,本篇或为当时所作。小词融情入景,即景宣情。先写登高遥望所见江南水村的秀丽景色,次由注目天际征鸿引发无限遐思,隐隐透露了宦游他乡、宏愿莫酬、知音难得的感慨。宋初词风绮

靡,本篇以清丽笔触含蓄地抒发个人襟抱,别具风致。末句措词,常为其后词家仿效。《词苑萃编》评曰“清丽可爱,岂止以诗擅名”。可惜其小词仅存此篇。

〔2〕“雨恨”二句:谓虽阴雨连绵、云雾迷濛使人愁闷,而水乡景物依然幽美如画。谢朓《入朝曲》有“江南佳丽地,金陵帝王州”之句。

〔3〕“天际”二句:远望天边的征鸿,正列阵成行地奋翅高翔。行(háng杭),飞鸿的行列。缀,连接排列。

〔4〕“平生事”三句:谓凭栏注目,凝神遐思,生平抱负谁人理解。

寇准

寇准(961—1023),字平仲,华州下邽(今陕西渭南)人,太宗太平兴国五年(980)进士,累官至同中书门下平章事,封莱国公。后遭谗间,远贬雷州(今广东雷州市)司户,卒于贬所。有《寇莱公集》,存词四首。

踏莎行

春暮〔1〕

春色将阑〔2〕,莺声渐老,红英落尽青梅小〔3〕。画堂人静雨蒙蒙,屏山半掩馀香袅〔4〕。　　密约沉沉〔5〕,离情杳杳〔6〕,菱花尘满慵将照〔7〕。倚楼无语欲销魂〔8〕,长空暗淡连芳草〔9〕。

〔1〕这是写晚春闺中佳人感春伤离的小词。上阕写季候、景象,由室外到室内,烘染出寂寞无聊的氛围。下阕写闺人情思,从心绪到情态,透露出离怀的凝重。寇准是一位富有武略的政治家,离情小词居然也写得如此缠绵幽怨、含思凄惋。

〔2〕将阑:将尽。

〔3〕红英:红花。

〔4〕屏山:指屏风。馀香袅:室内薰香的馀烟缭绕扩散。

〔5〕"密约"句:谓两人私订的约会遥遥无期。沉沉,形容音信杳无。用

法与宋张先的《清平乐》词“陇上梅花落尽,江南消息沉沉”相同。

〔6〕杳杳:幽远不尽之意。

〔7〕“菱花”句:谓铜镜蒙尘,无心窥视个人的容颜。菱花,古代背面带有菱花图案的铜镜。

〔8〕销魂:魂魄离散,精神解体,形容感伤愁苦神态。江淹《别赋》:“黯然销魂者,惟别而已矣。”此句亦为抒写别恨。

〔9〕“长空”句:以连天之芳草像喻无尽无休的离恨。李煜《清平乐》:“离恨恰如春草,更行更远还生。”

阳关引〔1〕

塞草烟光阔,渭水波声咽〔2〕。春朝雨霁轻尘歇。征鞍发。指青青杨柳,又是轻攀折。动黯然,知有后会甚时节〔3〕。

更尽一杯酒,歌一阕。叹人生,最难欢聚易离别。且莫辞沉醉,听取阳关彻〔4〕。念故人,千里自此共明月〔5〕。

〔1〕这是一首送别词。据《三辅黄图》,汉人送客远行,多于长安东渭水霸桥上折柳赠别。乐府诗题有“折杨柳”,唐王维《渭城曲》成为送别名曲。本篇融化前人送别名篇,抒发真挚友情。上片侧重写渭水雨后折柳赠行,下片侧重写别筵劝酒听歌。“叹人生,最难欢聚易离别”,唱出了人生普遍的伤离意绪。煞拍两句以“共明月”相开解,其立意在前代诗赋中屡见不鲜,在宋词里,寇准首先化用此意,至苏轼中秋词“明月几时有”,将此意升华到新的高度,更成为千古名句。

〔2〕渭水:渭河,东西横贯今陕西中部,汉时建有霸桥在长安之东。

〔3〕“动黯然”二句:谓想到后会难期,触动起黯然离思。

〔4〕“听取”句:谓尽情听够那送别曲。阳关,指阳关曲,亦称渭城曲。王

维《送元二使安西》七绝云:"渭城朝雨浥轻尘,客舍青青柳色新。劝君更尽一杯酒,西出阳关无故人。"这首诗后来被编入乐府,成为最流行的送别曲。白居易《对酒》诗,有"相逢且莫推辞醉,听唱阳关第四声"之句。彻,指唱完。

〔5〕"念故人"二句:谓从今只有与故人相隔千里,共仰明月,以寄托相思之情。谢庄《月赋》有"美人迈兮音尘阙,隔千里兮共明月"之句。此后唐人咏别诗,多化用其意。

钱惟演

钱惟演(962—1034)字希圣,杭州人,吴越王钱俶之子,从其父归附宋朝,为右屯卫将军。真宗时改文职。累迁翰林学士、枢密使、同中书门下平章事等官。仁宗明道二年(1033)坐擅议宗庙,落职贬居,不久病死。其人富有文采,为西昆诗派代表作家之一。存词二首。

木 兰 花〔1〕

城上风光莺语乱,城下烟波春拍岸〔2〕。绿杨芳草几时休〔3〕,泪眼愁肠先已断。　　情怀渐觉成衰晚,鸾镜朱颜惊暗换〔4〕,昔时多病厌芳尊〔5〕,今日芳尊惟恐浅。

〔1〕《苕溪渔隐丛话后集》卷三十九引《侍儿小名录》云:“钱思公谪汉东日,撰《玉楼春》词……每酒阑歌之,则泣下。”黄昇《花庵词选》评此词为钱惟演“暮年作,词极凄惋”。可见此词为钱氏晚年身遭政治劫难后表达一己失落感的悲歌。钱惟演出身勋贵,一生得意,并与章献太后刘氏结为姻亲。太后死,仁宗清除后党势力,钱惟演罢官贬居汉东(今湖北随县),暮年失意,当春抒感。芳草无边,泪枯肠断,情怀甚恶,朱颜已变。昔日因病慎酒,如今不顾一切地以酒浇愁,则心绪之怆楚,不言而喻。

〔2〕“城上”二句:仰听俯视,莺鸟嘈杂,春波滟潋,一派暮春景象。

〔3〕“绿杨”句:谓绿杨芳草无边无际,触发人愁绪。

〔4〕鸾镜:镜的美称,古代铜镜常饰以鸾鸟图案。

〔5〕芳尊:精美的酒杯。

潘阆

潘阆（？—1009），号逍遥子，大名（今河北大名县）人，一说扬州人，或说钱塘人。尝卖药洛阳。太宗时以诗名被荐，赐进士及第。真宗时曾任滁州（今安徽滁州）参军。与寇准、王禹偁、林逋等有文字交谊。有《逍遥集》，《四印斋所刻词》辑存其词十首。

酒泉子[1]

长忆钱塘，不是人寰是天上[2]。万家掩映翠微间[3]，处处水潺潺。　　异花四季当窗放，出入分明在屏障。别来隋柳几经秋[4]，何日得重游。

〔1〕潘阆是宋初名士，为人狂放不羁，王禹偁《寄潘阆处士》有“江城卖药常将鹤，古寺看碑不下驴”之句。他曾长期寓居杭州，离开后写有组词《酒泉子》十首，回忆名城胜景，一时盛传。本篇总写钱塘山峦映带、流水潺湲、花木丛生，宛如仙界，表达了对旧游的忆念。

〔2〕人寰：人间。

〔3〕“万家”句：谓众多民居在翠碧的山峦间隐约可见。翠微，青翠的山色。

〔4〕隋柳：隋炀帝开通济渠，沿河筑堤种柳，人称隋柳。这里泛指杨柳。

酒泉子[1]

长忆西湖,尽日凭阑楼上望。三三两两钓鱼舟,岛屿正清秋。　　笛声依约芦花里[2],白鸟成行忽惊起。别来闲整钓鱼竿,思入水云寒。

〔1〕此首写凭阑遥望西湖景色,渔船稀疏,芦丛深密,笛声骤起,群鸟惊飞,一派清秋闲静风光。

〔2〕"笛声"句:写芦苇丛里隐约响起笛声。依约,隐约。

酒泉子[1]

长忆孤山,山在湖心如黛簇[2]。僧房四面向湖开,轻棹去还来。　　芰荷香喷连云阁,阁上清声檐下铎[3]。别来尘土污人衣,空役梦魂飞。

〔1〕此首写孤山风光。描绘出山峦耸翠、僧寺环绕、轻舟徘徊、荷花喷香的景象,收拍以风尘污衣反衬,"梦魂飞",写出对孤山的向往。

〔2〕"山在"句:孤山在杭州西湖里湖外湖之间,一山耸立,岩峦翠碧。黛簇,形容深碧色峰峦耸聚。

〔3〕檐下铎:亭阁房檐下的风铃。

酒　泉　子[1]

长忆观潮，满郭人争江上望[2]。来疑沧海尽成空，万面鼓声中[3]。　　弄潮儿向涛头立，手把红旗旗不湿[4]。别来几向梦中看，梦觉尚心寒[5]。

〔1〕《武林旧事》卷三“观潮”条云：“浙江之潮，天下之伟观也。……方其远出海门，仅如银线，既而渐近，则玉城雪岭，际天而来，大声如雷霆，震撼激射，吞天沃日，势极雄豪。”本篇小词描写这一奇景，潮势汹涌，场面宏阔，弄潮儿技艺高绝。与宋初柔靡词风迥然不同。

〔2〕“满郭”句：据《梦粱录》载，每岁八月十一日都人开始观潮，“至十六、十八日倾城而出，车马纷纷，十八日最为繁盛”。郭，城郭。

〔3〕“来疑”二句：言江潮来时仿佛将大海碧水席卷而空，涛声轰响犹如万面鼙鼓。

〔4〕“弄潮儿”二句：写戏水能手的精彩表演。《武林旧事》载，善泅吴儿手持彩旗，“争先鼓勇，溯迎而上，出没于鲸波万仞中，腾身百变，而旗尾略不沾湿，以此夸能”。

〔5〕心寒：形容心有馀悸。

林逋

林逋（967—1028），字君复，杭州人。少孤力学，早年漫游江淮间，后归隐孤山，种梅养鹤，吟诗自遣，终生不娶，人称"梅妻鹤子"。死后赐谥和靖先生。有《林和靖先生集》，存词三首。

相思令〔1〕

吴山青〔2〕，越山青〔3〕。两岸青山相送迎，谁知离别情〔4〕？

君泪盈，妾泪盈。罗带同心结未成〔5〕，江头潮已平〔6〕。

〔1〕此词以女郎口吻、复沓形式和民歌风调，写一对恋人在满怀希望的幽会中所遇到的令人遗憾的爱情波折。"青山相送迎"，蕴含喜悦感，"谁知"陡转，"同心结未成"流露无限怅恨。上下片由景而情，由喜转悲，衬跌出恋情生活中的憾事。

〔2〕吴山：泛指钱塘江北岸的山，那里春秋时代属吴国。

〔3〕越山：泛指钱塘江以南的山，那里春秋时代属越国。

〔4〕"谁知"句：一本作"争忍有离情"，意谓青山相对，不知人有离别之恨。

〔5〕"罗带"句：表明爱情遇到波折。古代男女定情，常用罗带打成心字形的结作为信物，称同心结。梁武帝《有所思》诗："腰中双绮带，梦为同心结。"

〔6〕"江头"句：江头潮平，船可开动，分别在即。

霜天晓角[1]

冰清霜洁[2]。昨夜梅花发。甚处玉龙三弄[3],声摇动、枝头月。　　梦绝。金兽爇。晓寒兰烬灭[4]。要卷珠帘清赏,且莫扫、阶前雪。

〔1〕林逋以爱梅、咏梅著称,尝有"吟怀长恨负芳时,为见梅花辄入诗"(《梅花》)之句。本篇乃咏赏梅的小词。开篇点明梅花初开,以下以笛曲、月色烘染。下片写早起赏梅,结句"阶前雪"与起句契合,突出梅品的高洁。

〔2〕冰清霜洁:如冰之清,如霜之洁。形容梅花品味。

〔3〕玉龙三弄:指梅花笛曲。弄,指乐曲,琴曲有《梅花三弄》。玉龙,笛名。罗隐《中元甲子以辛丑驾幸蜀》诗,有"玉龙无迹渡头寒"之句。

〔4〕"金兽爇"二句:谓兽形薰香炉已点燃,到早上兰香已烧成灰烬。金兽,指香炉。爇,点燃。

杨亿

杨亿(974—1021),字大年,建州浦城(今属福建省)人。淳化三年(992)赐进士及第,历任著作佐郎、知制诰、翰林学士等职,西昆诗派代表作家之一。存词一首。

少　年　游[1]

江南节物,水昏云淡,飞雪满前村[2]。千寻翠岭[3],一枝芳艳,迢递寄归人[4]。　　寿阳妆罢[5],冰姿玉态,的的写天真[6]。等闲风雨又纷纷,更忍向、笛中闻[7]。

〔1〕 小词咏梅花,由梅花开放的环境,写到梅花绰约的风姿,末以感叹其在风雨摧折中凋落而收煞。词中化用有关梅花的诗句、掌故,浑化无迹、自然爽畅。

〔2〕 “飞雪”句:齐己《早梅》诗,有“前村深雪里,昨夜一枝开”之句,此处化用其意。

〔3〕 千寻翠岭:形容梅岭高峻。八尺曰寻。古大庾岭多梅,人称梅岭。

〔4〕 “迢递”句:暗用南朝陆凯向好友范晔寄梅花故事。陆凯有诗云:“折梅逢驿使,寄与陇头人。江南无所有,聊赠一枝春。”(《荆州记》)

〔5〕 “寿阳”句:借美人扮梅花妆,衬映梅花之艳美。据韩鄂《岁华纪丽》,南朝宋武帝女寿阳公主卧含章殿檐下,梅花落公主额上成五出之花,拂之不去,自是风行梅花妆。

〔6〕 “的的”句:谓冰姿玉态的确描绘出梅花的天然之美。的的,犹“的

确”,真的。

〔7〕“更忍向”句:意谓不忍听《梅花落》曲调,兼含不忍让梅花凋落之义。古乐府有曲名《梅花落》。李白《与史郎中钦听黄鹤楼上吹笛》诗有:“黄鹤楼中吹玉笛,江城五月落梅花”之句。

夏竦

夏竦(984—1051)字子乔,江州德安(今江西县名)人,真宗朝举贤良方正,仁宗朝曾任知制诰、中书门下平章事等。存词二首。

鹧　鸪　天[1]

镇日无心扫黛眉[2],临行愁见理征衣[3]。尊前只恐伤郎意,阁泪汪汪不敢垂。　　停宝马,捧瑶卮,相斟相劝忍分离[4]?不如饮待奴先醉,图得不知郎去时。

〔1〕此词作者说法不一,《词林万选》作夏竦,《花草粹编》作无名氏,《古今别肠词选》作王曾。小词以女性口吻写为出征的郎君送别。闺妇别愁深重,宁肯自己吞咽,不忍使对方伤心。以直白之语,抒深挚之情,颇有民歌风致。

〔2〕“镇日”句:写无心打扮。镇日,整日。

〔3〕理征衣:指郎君收拾出征的行装。

〔4〕“停宝马”三句:写动身前宴别,斟酒捧杯,互相劝解安慰。瑶卮,精美的酒杯。

范仲淹

范仲淹(989—1052),字希文,吴县(今江苏苏州)人。真宗大中祥符八年(1015)进士。仁宗朝官至枢密副使、参知政事,在朝曾主持“庆历新政”,倡导改革。外任曾官陕西四路安抚使,知邠州,经略疆防,守边有功。谥文正,《彊村丛书》收有《范文正公诗馀》一卷,存词五首。

苏幕遮〔1〕

怀旧

碧云天,黄叶地,秋色连波,波上寒烟翠。山映斜阳天接水,芳草无情,更在斜阳外〔2〕。　　黯乡魂,追旅思〔3〕,夜夜除非,好梦留人睡。明月楼高休独倚。酒入愁肠,化作相思泪。

〔1〕此词写秋间乡愁旅思。上片写秋光,明丽旷远,山映斜阳,水天相连,芳草无际,视野极为空阔。下片写乡思,以夜不能寐,楼不能倚,酒不能解,多层刻画,反言愈切。煞拍借酒消愁,反化为泪,最为警策。前人颇诧异镇边帅臣“亦作此消魂语”(《词综偶评》)。《左庵词话》解释说:“希文宋一代名臣,词笔婉丽乃尔!比之宋广平赋梅花,才人何所不可,不似世之头巾气重,无与风雅也。”此说可谓得之。

〔2〕“芳草”二句:谓萋萋芳草伸延到望不尽的天边,加重了人们的乡思。

〔3〕“黯乡魂”二句:意谓羁旅情思连绵不断,使思乡神魂为之黯然。

渔家傲[1]

秋思

塞下秋来风景异,衡阳雁去无留意[2]。四面边声连角起[3]。千嶂里[4],长烟落日孤城闭。　　浊酒一杯家万里,燕然未勒归无计[5]。羌管悠悠霜满地[6]。人不寐,将军白发征夫泪!

〔1〕宋仁宗康定元年(1040),西夏元昊犯边,范仲淹被派任陕西经略安抚副使兼知延州(今陕西延安)。他守边数年,抗御西夏,卓有声威。本篇词写他守边生活的体验和悲壮情怀。宋魏泰《东轩笔录》云:“范文正公守边日,作《渔家傲》数阕,皆以‘塞下秋来’为首句,颇述边镇之劳苦。”词上片写边塞金秋风光,视野开阔,气象萧索。下片抒发守边兵将襟怀,离家万里,边功未就,故里难归。末写深夜遐思,将军的白发,士兵的眼泪,体现出壮志莫酬、忧国思深的悲慨。风格沉雄激楚,在宋初词坛别创一格,已开辛派爱国词风之先河。

〔2〕衡阳雁去:大雁南飞,见边地日寒。湖南衡阳有回雁峰,为衡山七十二峰之首,相传雁至此不再南飞,遇春始北返。

〔3〕边声:指边塞马嘶笳鸣声。李陵《答苏武书》:“凉秋九月,塞外草衰,夜不能寐,侧耳远听,胡笳互动,牧马悲鸣,吟啸成群,边声四起。”

〔4〕千嶂:无数陡峭并列的山峰。

〔5〕“燕然”句:谓未能肃净边庭,立功还乡。燕然,山名,今蒙古人民共和国境内的杭爱山。汉和帝时,大将窦宪大破北匈奴,追击北单于,曾登燕然

山,“刻石勒功而还”(《后汉书·和帝纪》)。

〔6〕羌管:西北边疆民族的一种笛子。悠悠:形容笛声悠扬。

御街行[1]

秋日怀旧

纷纷堕叶飘香砌[2]。夜寂静,寒声碎[3]。真珠帘卷玉楼空[4],天淡银河垂地[5]。年年今夜,月华如练[6],长是人千里。　　愁肠已断无由醉,酒未到、先成泪。残灯明灭枕头攲[7],谙尽孤眠滋味[8]。都来此事[9],眉间心上,无计相回避。

〔1〕这应是一首秋夜怀念情人的词。上片就地面秋声和天宇星月,刻绘出环境的寂静、清寒和空旷。“人千里”承“玉楼空”,点出独处怀人心绪。下片专就离情宣发,“愁肠”三句,折进一层言之,最为深切。“残灯”二句写孤眠独处,已非一日。煞拍谓离愁无所不在,非“眉间”即“心上”,将情思具体化,极富情致。李清照“才下眉头,却上心头”,即由此脱胎。李攀龙云:“月光如昼,泪深于酒,情景两到。”(《草堂诗馀隽》)可谓的评。

〔2〕香砌:指飘满落花的石阶。

〔3〕寒声碎:寒风吹动树叶沙沙作响。

〔4〕真珠帘:犹珍珠帘,指华美的帘幕。

〔5〕“天淡”句:形容天宇澄清、银河空阔。

〔6〕“月华”句:形容月光明净。练,白色的绸。

〔7〕枕头攲(qī七):形容辗转不能入眠,枕头倾斜。攲,倾斜貌。

〔8〕谙(ān 安)尽:尝够了。谙,熟悉。

〔9〕都来:算来。罗隐《送顾云下第》诗:“百岁都来多几日,不堪相别又伤春。”

剔银灯

与欧阳公席上分题[1]

昨夜因看蜀志[2]。笑曹操、孙权、刘备。用尽机关,徒劳心力,只得三分天地[3]。屈指细寻思,争如共、刘伶一醉[4]。　　人世都无百岁。少痴呆、老成尪悴[5]。只有中间,些子少年,忍把浮名牵系[6]。一品与千金,问白发、如何回避[7]。

〔1〕范仲淹于仁宗庆历三年(1043)任参知政事,主持“庆历新政”。欧阳修也于本年内召任知制诰,积极支持政治改革。两人志同道合,交谊颇厚。但他们的改革举措,因受旧派阻挠和反对终归失败,词人于庆历五年被贬。本篇当是此次被贬前在京中欧阳修席上分题写成。上片由咏史引发,将政治逐鹿与名士嗜酒作一对照。下片引发人生感喟,叹人生短暂,何必受权利羁縻!以通俗的语言、调侃的笔调,发泄政治愤懑,当为庆历改革遭受压力时期所作。全篇评历史,议人生,发牢骚,以议论出之,在宋初词坛别具面貌。

〔2〕蜀志:陈寿《三国志》,分为《魏志》《蜀志》《吴志》三部分,此代指《三国志》。

〔3〕“用尽”三句:谓曹、孙、刘三家费尽机巧空耗心力,只取得三分天下的局面。

〔4〕“争如”句:怎如同刘伶一样整天酣饮大醉,摆脱尘世纷争呢!刘伶,西晋名士,嗜酒如命,佯狂任诞,远离污浊官场。曾自誓曰:“天生刘伶,以酒为名,一饮一斛,五斗解酲。”(《世说新语·任诞》)

〔5〕“少痴呆”句:谓少小无知老年衰颓。尪(wāng 汪)悴,衰弱。

〔6〕“些子”二句:谓一点点年轻时段,怎忍用功名利禄来捆束它呢。

〔7〕“一品”二句:意谓即使官居一品、腰缠万贯,也无法躲过衰老。唐宋官分九品,一品级别最高。

柳永

柳永，字耆卿，初名三变，行七，人称柳七，崇安（今福建武夷山市）人。仁宗景祐元年（1034）进士，授睦州团练使推官，官至屯田员外郎。他为人风流俊迈，流浪各地，潦倒终生，善为歌词，精通音律，尤擅长慢词。所作有雅俗二类，惯于以明畅的语言，铺叙委婉的章法，细密妥溜的笔锋，写歌儿舞女的情事、个人羁旅行役的情怀和城市升平气象，俚词多带市民气息，市井广为传唱。北宋词至柳永而一变。有《乐章集》，收词二百零六首，集外存词六首。

昼夜乐〔1〕

洞房记得初相遇。便只合、长相聚。何期小会幽欢，变作离情别绪。况值阑珊春色暮〔2〕。对满目、乱花狂絮。直恐好风光，尽随伊归去。　　一场寂寞凭谁诉。算前言、总轻负。早知恁地难拚，悔不当时留住〔3〕。其奈风流端正外〔4〕，更别有、系人心处。一日不思量，也攒眉千度〔5〕。

〔1〕词写一位多情女性的情恋遭遇和离别幽恨。上阕以女主人公的口吻，倾诉自己与伊人初遇、欢会和分手离别的经过。由"初相遇"写起，承以"长相聚"顺理成章，"何期"以下情况陡变，"况值"推进一层，以暮春景象烘染，歇拍顿觉万象皆空。过片承上启下，下阕集中抒发离恨。先埋怨对方失约，次悔

恨不强行挽留，再悬想伊人魅力，收煞到思念情切，无可控御。全篇以市井口语写女性痴情，直白率真，流自肺腑，情挚意长，故不嫌浅露。所谓“不妨说尽而愈无穷”(《蕙风词话》卷二)。

〔2〕阑珊：形容春光将尽、百卉凋残。

〔3〕“早知”二句：自我悔恨。恁地，犹云如此。难拚，难以割舍。此处与柳永《定风波》词中“早知恁么，悔当初、不把雕鞍锁”句意，机杼正同。

〔4〕风流端正：兼指仪态品性，既有风度又很正派。

〔5〕攒眉：紧锁愁眉。

迎　新　春〔1〕

嶰管变青律〔2〕，帝里阳和新布〔3〕。晴景回轻煦〔4〕。庆嘉节、当三五〔5〕。列华灯、千门万户。遍九陌、罗绮香风微度〔6〕。十里然绛树〔7〕。鳌山耸、喧天箫鼓〔8〕。　　渐天如水，素月当午。香径里、绝缨掷果无数〔9〕。更阑烛影花阴下，少年人、往往奇遇。太平时、朝野多欢民康阜〔10〕。随分良聚〔11〕。堪对此景，争忍独醒归去〔12〕。

〔1〕祝穆《方舆胜览》卷十一载范镇语云：“仁宗四十二年太平，镇在翰苑十载，不能出一语咏歌，乃于耆卿词见之。”本篇即为以慢词咏北宋太平景象之作。全篇围绕元宵灯景展开铺叙。先从季节转换入题，总写元宵灯景之盛，场面宏阔，气氛热烈。过片点出夜深，接着采选富有特征的游人活动细节，将元宵的热闹情景推向高潮。绝缨掷果的狂欢，灯影花下的艳遇，展现了极富情趣的灯节习俗，可谓将“承平气象，形容曲尽”。

〔2〕“嶰管”句：意谓改用春季乐律，表明新春来临。嶰(xiè 械)管，箫笛

等竹制管乐器。青律,指春季乐律,古以乐律与时令相配,青为春天之色。《楚辞·大招》注:“青,东方,春位,其色青。”

〔3〕“帝里”句:谓京都阳春和暖的气象开始。帝里,此处指北宋京城汴京(今开封市)。

〔4〕回轻煦:气候转换为轻暖和煦。

〔5〕三五:指正月十五。

〔6〕九陌:汉长安城有八街九陌,后泛指京城街道。骆宾王《帝京篇》:“三条九陌丽城隈,万户千门年旦开。”

〔7〕然绛树:点燃火树,喻指星火万点的集束彩灯。苏味道《正月十五夜》:“火树银花合。”

〔8〕鳌山:结札成山形的巨型彩灯。刘昌诗《芦蒲笔记》卷十载上元词描写北宋汴京元宵盛况云:“梨园羯鼓三千面,陆海鳌山十二峰。”

〔9〕绝缨掷果:形容灯节游人集群狂欢,青年男女不拘常礼。绝缨,刘向《说苑·复恩》载,“楚庄王赐群臣酒,日暮酒酣,灯烛灭,乃有引美人之衣者,美人援绝其冠缨,告王曰:‘……趣火来上,视绝缨者。’王曰:‘赐人酒,使罪失礼,奈何欲显妇人之节而辱士乎?’乃命左右曰:‘今日与寡人饮,不绝冠缨者不欢。’群臣百馀人,皆绝去其冠缨,而上火,卒尽欢而罢。”掷果,《晋书·潘岳传》:“岳美姿仪……少时常挟弹,出洛阳道。妇人遇之者,皆连手萦绕,投之以果,遂满载以归。”

〔10〕康阜:康乐富庶。

〔11〕随分良聚:随缘欢聚。

〔12〕争忍:怎忍。

曲　玉　管〔1〕

陇首云飞〔2〕,江边日晚,烟波满目凭阑久。立望关河,萧索千里清秋。忍凝眸[3]。　　杳杳神京[4]，盈盈仙子[5]，别来锦字终难偶[6]。断雁无凭，冉冉飞下汀洲。思悠悠。　　暗想当初，有多少、幽欢佳会，岂知聚散难期，翻成雨恨云愁。阻追游[7]。每登山临水，惹起平生心事，一场消黯[8]，永日无言，却下层楼。

〔1〕本篇为柳永在羁旅中怀思佳人抒写别恨离愁的词。词的调式为双拽头，共分三叠，前两叠句法相同。首叠写凭阑遥望所见之景，云飞、日晚、烟波无际，"萧索"句，总括秋色。次叠写"凝眸"中所思之人，"神京"指其地，"盈盈"见其美，"难偶"言其无缘会聚。插写"断雁"，以景会情。三叠由"思悠悠"伸展，追忆往日欢情和别后离恨。"每登山"以下，回应首叠折转到当今 。铺叙细密，结构紧严，语言直白爽畅。

〔2〕陇首：犹言高丘。

〔3〕忍凝眸：不堪凝神远望。

〔4〕杳杳神京：遥远的京都，此指汴京。

〔5〕盈盈仙子：盈盈，美好貌。仙子，代指美女或歌妓。

〔6〕"别来"句：谓别后难遇佳音。锦字，用《晋书·列女传》窦滔、苏蕙夫妻的故事。苻秦时窦滔得罪远放流沙，妻苏蕙织锦为回文诗以寄，词甚凄惋。

〔7〕阻追游：意谓终止了追随游赏的机会。

〔8〕消黯：黯然消魂之意。

雨　霖　铃[1]

寒蝉凄切。对长亭晚[2]，骤雨初歇。都门帐饮无绪[3]，留恋处、兰舟催发[4]。执手相看泪眼，竟无语凝噎[5]。念去去、千里烟波，暮霭沉沉楚天阔[6]。　　多情自古伤离别[7]。更那堪、冷落清秋节。今宵酒醒何处，杨柳岸、晓风残月。此去经年，应是良辰、好景虚设[8]。便纵有、千种风情[9]，更与何人说。

〔1〕本篇当是柳永离汴京南下时与恋人惜别之作。全篇就别字生发，首由临别眼前景入题，继写别筵匆迫，话别凄楚，前路苍茫。过片点题，然后以意中景染之，以突现自己独行孤单。末以痴情语挽结，情人不在身边，此后良辰美景、无限风情，统归枉然，足见何等钟情！全篇情景交织，有点有染，意致绵密，笔端传神。“杨柳岸晓风残月”句，尤为脍炙人口。

〔2〕长亭：路边驿站，送别之处。李白《菩萨蛮》：“何处是归程，长亭更短亭。”

〔3〕“都门”句：对在京都门外设帐举酒饯别，亦无有心绪。江淹《别赋》有“帐饮东都，送客金谷”语。

〔4〕兰舟：对旅船的美称。

〔5〕无语凝噎：难过得喉头梗塞说不出话来。

〔6〕楚天：泛指南方天空。鄂、湘、江、浙一带，战国时属楚国。

〔7〕“多情”句：古人重感情，自来咏离伤别之作感人心魂。如屈原《九歌·少司命》云：“悲莫悲兮生别离”；江淹《别赋》云：“黯然销魂者，唯别而已矣”；李白《忆旧游寄谯郡元参军》云：“问余别恨知多少，落花春暮争纷纷”等等。

〔8〕良辰好景：《梁书·刘遵传》有“良辰美景，清风月夜”句。

〔9〕风情：美好景观、风流情意。

迷仙引[1]

才过笄年[2]，初绾云鬟，便学歌舞。席上尊前，王孙随分相许[3]。算等闲、酬一笑，便千金慵觑[4]。常只恐、容易蕣华偷换[5]，光阴虚度。　　已受君恩顾，好与花为主[6]。万里丹霄[7]，何妨携手同归去。永弃却、烟花伴侣。免教人见妾，朝云暮雨[8]。

〔1〕柳永留连坊曲，熟悉并同情那些沦落风尘的歌儿舞女。这首歌妓词，真实地反映了她们的辛酸经历和正常的生活追求。全篇以歌妓自述的口吻，展现其遭遇和渴望。她自少即习歌练舞、陪酒追欢，阔少的重赏，她懒得一顾，而担心葬送了自己的青春年华。她向一位心爱的男士叶露心曲，恳求帮她跳出苦海，建立正常的家庭，以实现真诚专一的爱情理想。上阕述经历，下阕吐真情，语言贴切，情节逼真，“达难达之情，而出之以自然，自是北宋巨手。”（《宋六十一家词选例言》）

〔2〕笄（jī基）年：古代女子到了可以盘发插笄的年龄。笄，簪子。据《国语·郑语》韦昭注，十五岁称笄年。

〔3〕“席上”二句：谓在侍宴献歌侑酒时，随处受到公子王孙们的赞许。

〔4〕“算等闲”二句：谓随便应景嫣然一笑，阔少即随手酬以千金，然而她却不屑一顾。

〔5〕蕣华：比喻青春年华。《诗经·郑风·有女同车》有“颜如蕣华”之句。蕣，木槿花，朝生暮落。

〔6〕“已受”二句：既受到你的爱怜，望真心为我作主，给予庇护。

〔7〕万里丹霄：广阔的天空。

〔8〕朝云暮雨：比喻在歌馆送往迎来。宋玉《高唐赋》载神女自谓：“妾在巫山之阳，高丘之阻，旦为行云，暮为行雨。”

凤栖梧[1]

伫倚危楼风细细。望极春愁，黯黯生天际[2]。草色烟光残照里。无言谁会凭阑意。　　拟把疏狂图一醉[3]。对酒当歌[4],强乐还无味。衣带渐宽终不悔[5]。为伊消得人憔悴。

〔1〕这是一首怀人之词。倚楼远望,无边春愁,困扰人直到黄昏,何人理解。“望”与“愁”的内容,含而不露。后片写内在心态。欲借酒浇愁,愁不可解,衣宽人瘦,绝不反悔。原来深情专注于意中人,为了她,骨瘦形销也在所不惜。收拍一语道破,情思执着,一往而深。欧阳修词有“肌肤拚为伊销瘦”(《蝶恋花》)句,与此立意相同,而未若柳词委宛。贺裳《皱水轩词筌》评这两句是“作决绝语而妙者”,诚然!这种执着的追求精神,对钟于爱情者固然需要,对“成大事业、大学问者”,也同样不可缺少,王国维引此作为治学进取之第二种境界,是饶有意趣的。

〔2〕“望极”二句:极目远望,恼人的春愁,从天边袭来。

〔3〕“拟把”句:打算把狂放不合时宜的襟怀用醉酒来排遣。

〔4〕“对酒”句:曹操《短歌行》:“对酒当歌,人生几何?”

〔5〕“衣带”句:《古诗十九首》:“相去日已远,衣带日已缓。”

浪淘沙慢[1]

梦觉、透窗风一线,寒灯吹息。那堪酒醒,又闻空阶,夜雨频滴。嗟因循、久作天涯客[2]。负佳人、几许盟言,便忍把、从前欢会,陡顿翻成忧戚[3]。　　愁极。再三追思,洞房深处,几度饮散歌阑[4],香暖鸳鸯被,岂暂时疏散,费伊心力[5]。殢云尤雨[6],有万般千种,相怜相惜。　　恰到如今[7],天长漏永,无端自家疏隔。知何时、却拥秦云态[8]，愿低帏昵枕，轻轻细说与，江乡夜夜，数寒更思忆。

〔1〕《浪淘沙》原为唐代教坊曲，用作词调始于中唐，今存《浪淘沙》词以刘禹锡、白居易所作为最早。后衍展为双调，至柳永、周邦彦演化为长调，名《浪淘沙慢》。本词共分三片。第一片写梦觉酒醒后的忧戚情怀，由醒后所见所闻起笔，渲染旅况凄凉，进而抒发漂流天涯辜负佳人盟约的忧伤襟绪。第二片由"愁极"承转，追思往日与佳人的相亲相爱的温馨。第三片折回当今，悔恨分离，末尾设想日后重聚，倾诉今夕相忆之情。思路由今到昔，由昔到今，再推测未来。线索分明，情思委婉，笔锋细腻，代表了柳永慢词的特色。

〔2〕因循：指岁月蹉跎。

〔3〕陡顿翻成：突然变成。

〔4〕歌阑：犹歌罢。

〔5〕"岂暂时"二句：岂肯短时分别劳她惦念呢！

〔6〕殢（tì 替）云尤雨：形容男女热恋、亲昵缠绵。云雨，古喻男女交合或沉浸于欢情。

〔7〕恰：意同却。

〔8〕秦云态：指美人体态。春秋时代秦穆公女儿弄玉，嫁与萧史，双双仙去，弄玉人称秦娥。秦云，一说即秦云楚雨，喻男女之事。

破　阵　乐[1]

露花倒影[2]，烟芜蘸碧[3]，灵沼波暖[4]。金柳摇风树树，系彩舫龙舟遥岸。千步虹桥，参差雁齿，直趋水殿[5]。绕金堤、曼衍鱼龙戏[6]，簇娇春罗绮[7]，喧天丝管[8]。霁色荣光[9]，望中似睹，蓬莱清浅[10]。　　时见。凤辇宸游，鸾觞禊饮，临翠水、开镐宴[11]。两两轻舠飞画楫，竞夺锦标霞烂[12]。罄欢娱，歌鱼藻，徘徊宛转[13]。别有盈盈游女，各委明珠，争收翠羽，相将归远[14]。渐觉云海沉沉，洞天日晚[15]。

〔1〕本篇写北宋汴京君臣士庶游园赏春的盛况。据《东京梦华录》载，北宋承平时期，阳春“三月一日，开金明池、琼林苑”，“驾幸临水殿，观争标赐宴”，不禁游人，许市民观赏。此词上片从描写金明池水波、柳色、彩舫、虹桥，水殿等景观始，进而展现其地的鱼龙、歌舞等娱乐场面，末以似睹仙岛总括。下片写御驾宸游、赐宴，观赏龙舟竞渡夺标之戏。接着描绘士庶尽兴欢歌游乐，并以游女委珠、拾翠，烘染出热烈气氛，末以“日晚”收煞。层层铺叙，工笔细描，重彩渲染，场景热烈，反映出北宋前期汴京的繁荣气象和浓郁的节序风情。

〔2〕“露花”句：沾露之花映入池中。苏轼有“露花倒影柳屯田”之语（见《避暑录话》）。

〔3〕“烟芜”句：笼罩晨烟的草地一片碧绿。

〔4〕灵沼：指金明池。《东京梦华录》卷七载：金明池“在顺天门外街北，周围约九里三十步，池西直径七里许。入池门内南岸西去百馀步，有面北临水殿。车驾临幸观争标，锡宴于此。”

〔5〕“千步”三句：谓长长的虹桥，石柱参差，如雁阵排列，直达水殿。《东京梦华录》卷七：“又西去数百步乃仙桥，南北约数百步。桥面三虹，朱漆阑楯，下排雁柱。”

〔6〕曼衍鱼龙：古代的杂戏表演。《汉书·西域传赞》：“作……漫衍鱼龙角抵之戏以观视之。”

〔7〕簇娇春罗绮：娇艳多姿、遍身罗绮的歌女舞妓成群结队。

〔8〕喧天丝管：管弦乐声喧闹。

〔9〕荣光：彩色云气，《初学记六·尚书中候》“荣光出河，休气四塞”。

〔10〕蓬莱：指仙岛。葛洪《神仙传》载麻姑语云：“向到蓬莱，水又浅于往者会时略半也。”

〔11〕“凤辇”三句:写皇帝临幸金明池,赐宴群臣,观赏表演。宸游,指帝王巡游。禊饮,临水饮宴,古俗三月上旬巳日临水野宴,以祓除不祥,称禊。镐宴,语出《诗经·小雅·鱼藻》篇:“王在在镐,岂乐饮酒”。

〔12〕“两两”二句:写龙舟飞举双桨竞渡争夺锦标的游戏。《东京梦华录》卷七写龙舟争标云:龙船鸣锣出阵,“对水殿排成行列,则有小舟一军校,执一竿,上挂以锦彩银碗之类,谓之标竿,插在近殿水中。又见旗招之,则两行舟鸣鼓并进。捷者得标,则山呼拜舞。”舠(dāo 刀),小船。

〔13〕“罄欢娱”三句:谓人群尽情欢乐,唱起颂歌,队列迴环宛延。罄,尽。鱼藻,《诗经·小雅》篇名,为周天子宴会诸侯所唱颂歌。

〔14〕“别有”四句:言前来游赏观景的美丽女子,与朋友互赠交换珠翠等礼品、信物,相携归去。曹植《洛神赋》有“或采明珠,或拾翠羽”之句。

〔15〕“渐觉”二句:渐渐感觉暮色苍茫,满天落照之景。云海沉沉,暮色苍茫的样子。洞天,由广大引申为通天,满天。

二　郎　神[1]

炎光谢[2]。过暮雨、芳尘轻洒。乍露冷风清庭户,爽天如水,玉钩遥挂[3]。应是星娥嗟久阻,叙旧约、飚轮欲驾[4]。极目处、微云暗度,耿耿银河高泻[5]。　　闲雅。须知此景,古今无价。运巧思、穿针楼上女,抬粉面、云鬟相亚[6]。钿合金钗私语处,算谁在、回廊影下[7]。愿天上人间,占得欢娱,年年今夜。

〔1〕这是一首咏七夕的节序风情词,七月七日牛郎织女渡河相会,妇女陈瓜果乞巧,是古老的传说和民间习俗。历来咏七夕的诗赋不少,本篇以铺叙

手法、清丽意象,绘制出一个纯洁晶莹的理想境界,表达了对天上人间纯真爱情的美好祝愿。上片由天象夜景,引出对双星渡河相会场景的想象;下片由对美好夜景的赞叹写到人间妇女乞巧、情人幽会的情事,末以良好祝愿收煞。全篇将天上传说、人间故事融合一体,形象生动,语言自然,词格清雅。

〔2〕炎光谢:夏日的炎热已渐消减。

〔3〕玉钩:弯月。李贺《七夕》诗:"天上分金镜,人间望玉钩。"

〔4〕"应是"二句:大概是织女星感叹长久与丈夫分离,欲驾飞快的风轮,急渡天河同牵牛相会叙旧吧。星娥,指织女星,牛女故事来源甚早,《诗经》、汉诗、唐诗均有咏唱。《事物纪原》卷八引吴均《续齐谐记》云:"七月七日织女当渡河,暂诣牵牛。至今云织女嫁牵牛。"

〔5〕耿耿:明亮貌。

〔6〕"运巧思"二句:言妇女在彩楼上花费心思地乞巧,抬粉面望月,发髻低垂。《事物纪原》卷八引《荆楚岁时记》曰:"七夕妇人以彩缕穿七孔针,陈瓜花以乞巧。"亚,低垂。

〔7〕"钿合"二句:言人间不少青年男女于今夕在回廊月影下亲切私语、赠信物定情。白居易《长恨歌》:"惟将旧物表深情,钿合金钗寄将去。……七月七日长生殿,夜半无人私语时。"这里借用其诗意写男女约会。

定　风　波〔1〕

自春来、惨绿愁红,芳心是事可可〔2〕。日上花梢,莺穿柳带,犹压香衾卧。暖酥消〔3〕,腻云亸〔4〕,终日厌厌倦梳裹,无那〔5〕。恨薄情一去,音书无个。　　早知恁么〔6〕,悔当初、不把雕鞍锁。向鸡窗、只与蛮笺象管,拘束教吟课〔7〕。镇相随〔8〕,莫抛躲,针线闲拈伴伊坐。和我。免使年少,光阴虚过。

〔1〕这首词用代言体写思妇闺怨情。上片写自新春以来思妇没精打采、疏懒厌倦的情绪和神态。“无那”一声长叹，点出所以然之故。下片展现思妇的内心活动，她后悔不该把爱人放走，让他在闺房安心攻读，自己整日陪伴，方不至虚度青春。全以家常口语，铺展闺房生活细节，体现市民女性炽烈的爱情追求。词格泼辣、发露，代表了柳词俚俗的风神。据说柳永当年曾谒拜贵官晏殊，晏殊问他：“贤俊作曲子吗？”柳永答：“只如相公亦作曲子。”晏殊说：“殊虽作曲子，不曾道：‘彩线慵拈伴伊坐。’”柳永只好告退。(《画墁录》)可见上层社会是看不惯这种市民气息浓重的俚词的。然而，这类词却受到风尘儿女的喜爱，并对后来的曲子发生影响。关汉卿在杂剧《谢天香》中，就曾让柳永拿这首词赠别歌妓谢天香。

〔2〕是事可可：事事皆不经心。可可，不经心貌。

〔3〕暖酥消：温暖滑腻的皮肤消瘦了。

〔4〕腻云亸(duǒ 朵)：蓬松细柔的发髻散开了。亸，堕的俗体字。

〔5〕无那：无奈。

〔6〕恁么：如此。

〔7〕“向鸡窗”二句：在书房里展纸握笔，安安稳稳地念他的功课。蛮笺，唐宋时文人称南方或外域产的纸，诗词习用。象管，指笔。古时笔管以象牙为饰，故云。罗隐《清溪江令公宅》诗，有“蛮笺象管夜深时”之句。

〔8〕镇：常。

戚　　氏〔1〕

晚秋天，一霎微雨洒庭轩。槛菊萧疏，井梧零乱，惹残烟。凄然，望江关，飞云黯淡夕阳间。当时宋玉悲感，向此临水与登山[2]。远道迢递,行人凄楚,倦听陇水潺湲[3]。正蝉吟败叶,蛩响衰草,相应喧喧。　　孤馆,度日如年。风露渐变,悄悄至更阑。长天净,绛河清浅[4],皓月婵娟。思绵绵。夜永对景,那堪屈指,暗想从前。未名未禄,绮陌红楼,往往经岁迁延[5]。　　帝里风光好[6],当年少日,暮宴朝欢。况有狂朋怪侣,遇当歌、对酒竞留连。别来迅景如梭,旧游似梦,烟水程何限。念名利憔悴长萦绊[7]。追往事、空惨愁颜。漏箭移、稍觉轻寒[8]。听呜咽画角数声残。对闲窗畔,停灯向晓,抱影无眠。

〔1〕本篇抒写秋夜的羁情旅思,交织着浓重的身世漂零之感。词分三叠,第一叠写薄暮秋景。微雨、槛菊、井梧、残烟,一派萧条景象,引发伤秋之思,联想宋玉悲感,旅途凄楚,末再以蝉吟、蛩鸣,浓化晚秋氛围。第二叠更阑夜思。先写孤馆冷清、长天寂静、皓月当空,触动无穷思绪,追想往昔名禄未就、岁月虚掷。第三叠彻夜不寐,抚躬反思。将二叠"暗想从前"加以展衍,少年京华狂游、留连歌酒,又为名利奔走、辛劳憔悴。"追往事"以下收拢到眼前,以天晓现境收结。全词以一夜时间推移为线索,写所见、所闻、所感、所思,层层深入,脉络分明,不仅是天涯倦客的秋感旅思,且反映了柳永功名蹭蹬、南北飘零的凄苦身世。王灼曾引述其前辈诗句云:"《离骚》寂寞千年后,《戚氏》凄凉一曲终。"(《碧鸡漫志》)可见前人已将此词视为柳永自叹自伤的名篇。

〔2〕"当时"二句:化用宋玉《九辩》中句意,写悲秋感受。《九辩》中云:"悲哉,秋之为气也!萧瑟兮草木摇落而变衰,憭栗兮若在远行,登山临水兮送将归。"

〔3〕陇水:陇山之水流,陇山在今甘肃。古乐府有"陇头水"曲,其中有"陇头征人别,陇水流声咽"之句。

〔4〕绛河:指银河。王维《同崔员外秋宵寓直》诗:"月迴藏珠斗,云消出绛河。"

柳永《雨霖铃》（寒蝉凄切）

〔5〕“绮陌”二句:谓经年留连于歌馆酒楼。

〔6〕帝里:指汴京。

〔7〕“念名利”句:言昔时为名利奔走,憔悴于京华。

〔8〕漏箭移:指更漏移夜已深。

夜半乐[1]

冻云黯淡天气[2],扁舟一叶,乘兴离江渚。渡万壑千岩,越溪深处[3]。怒涛渐息,樵风乍起[4],更闻商旅相呼[5],片帆高举。泛画鹢、翩翩过南浦[6]。　望中酒旆闪闪[7],一簇烟村,数行霜树。残日下,渔人鸣榔归去[8]。败荷零落,衰杨掩映,岸边两两三三,浣沙游女。避行客、含羞笑相语。　到此因念,绣阁轻抛,浪萍难驻[9]。叹后约丁宁竟何据[10]。惨离怀,空恨岁晚归期阻。凝泪眼、杳杳神京路[11]。断鸿声远长天暮。

〔1〕本篇为三叠长调,一叠述泛舟离江浦之景:涛怒、风起、举帆、泛舟,行色匆匆。二叠写途中所历渔村黄昏物象:酒旗、烟村、霜树、败荷掩映中,渔夫鸣榔而归,浣纱女含羞絮语,场景如画。三叠抒去国情怀:以“念”字转入,“绣阁”点居者,“浪萍”指行者,叹后约,恨岁晚,凝泪眼,离思凄惋。长天断鸿,景中有比,馀韵不尽。全篇局段井然,工笔白描,细针密线,情景真切。堪称咏羁旅行役之名作。

〔2〕“冻云”句:是说天气阴沉,寒云凝结不开。

〔3〕越溪:指今浙江绍兴的若耶溪,春秋时越国美女西施曾在此浣纱。

〔4〕樵风:山林中刮起的风。

〔5〕 商旅相呼:行商和旅客相互招呼寒暄。

〔6〕 画鹢(yì 益):指航船。古代常画鹢鸟(一种水鸟)于船头。

〔7〕 酒旆(peì 配):酒店挂在门前招引顾客的旗子。

〔8〕 鸣榔:用木榔敲击船舷。《西征赋》"鸣榔厉响"。榔,木条,渔人用以扣船惊鱼之具。

〔9〕 浪萍:流浪如浮萍的行踪。

〔10〕 丁宁:同叮咛。

〔11〕 神京:指汴京,古代诗文习称京都为神京。

望海潮〔1〕

东南形胜,三吴都会,钱塘自古繁华〔2〕。烟柳画桥,风帘翠幕,参差十万人家〔3〕。云树绕堤沙。怒涛卷霜雪,天堑无涯〔4〕。市列珠玑,户盈罗绮,竞豪奢。　　重湖叠巘清嘉〔5〕。有三秋桂子,十里荷花。羌管弄晴〔6〕,菱歌泛夜〔7〕,嬉嬉钓叟莲娃。千骑拥高牙〔8〕。乘醉听箫鼓,吟赏烟霞。异日图将好景,归去凤池夸〔9〕。

〔1〕 这是写都会繁荣的词。先总叙杭州的形胜和繁荣,而后将居民繁庶,钱塘壮阔,市井豪华,西湖歌舞游赏之欢畅,一一铺陈描摹。结句虚拟地方长官内调入京,犹将以杭州胜景夸示僚友,对杭州的颂美更递进一层。通篇铺陈白描,都会豪华与山水景观融会一体,俨如一篇浓缩的都邑赋。宋仁宗时,"太平日久,人物阜繁"(《东京梦华录序》),这首词反映了当时的承平气象。《鹤林玉露》诸书谓柳永此词系为干谒钱塘郡守孙何而作,未知确否。

〔2〕 "东南"三句:谓自古繁华的钱塘杭州,是东南的要冲,三吴一带的重

镇。三吴，旧称吴兴郡、吴郡、会稽郡为三吴，此泛指江、浙地区。

〔3〕“烟柳”三句：形容居民富庶、楼阁栉比。《西湖老人繁胜录》：“回头看城内山上，人家层层迭迭，观宇楼台参差如花落仙宫。”

〔4〕“云树”三句：写钱塘江的胜景伟观。天堑（qiàn 欠），天然的沟渠，形容江流险要，习称“长江天堑”。

〔5〕重湖：西湖中的白堤将湖分割成里湖、外湖，故称重湖。叠巘（yǎn 眼）：形容灵隐山诸峰障峦重迭。

〔6〕“羌管”句：形容笛声在晴空中悠扬不断。

〔7〕“菱歌”句：描述月夜里采菱的歌声在湖面上荡漾。

〔8〕高牙：以象牙装饰的高大军旗。

〔9〕凤池：凤凰池，本皇帝禁苑中池名，中书省机关近其地，后以代称中书省，亦泛指朝廷。

玉　蝴　蝶〔1〕

望处雨收云断，凭阑悄悄，目送秋光。晚景萧疏，堪动宋玉悲凉〔2〕。水风轻、蘋花渐老，月露冷、梧叶飘黄。遣情伤。故人何在？烟水茫茫。　　难忘。文期酒会〔3〕，几孤风月，屡变星霜。海阔山遥，未知何处是潇湘〔4〕。念双燕、难凭远信，指暮天、空识归航〔5〕。黯相望。断鸿声里，立尽斜阳。

〔1〕此为深秋傍晚忆念故人之作。上片由凭阑怅望起笔，引动秋思，继以水风花月等秋光衬染，收笔点题。下片紧承上文意脉，抒怀友之情。起句总括，“文期酒会”三句，忆往日聚会之乐、分隔之久；“海阔”二句，言分离之远；

“念双燕”“识归航”,见出盼信望归之切;煞尾挽合起拍,“立尽”,相念情深,力透纸背。

〔2〕“堪动”句:谓触动起宋玉那样的悲秋之思。宋玉《九辩》以悲秋而著称。

〔3〕文期酒会:指与友人聚会饮酒、吟诗论文。

〔4〕潇湘:潇水、湘水,在今湖南,代指友人所居之地。暗用柳恽《江南曲》“洞庭有归客,潇湘逢故人”诗意。

〔5〕“念双燕”二句:言眼前双双飞去的燕子是不能托它们向故人传递书信的,盼望故人归来,却又一次次地落空。空识归航,化用谢朓《之宣城出新林浦向板桥》“天际识归舟,云中辨江树”诗意和温庭筠《望江南》“梳洗罢,独倚望江楼。过尽千帆皆不是,斜晖脉脉水悠悠,肠断白蘋洲”词意。

双　声　子〔1〕

晚天萧索,断蓬踪迹〔2〕,乘兴兰棹东游。三吴风景,姑苏台榭〔3〕,牢落暮霭初收〔4〕。夫差旧国,香径没、徒有荒丘〔5〕。繁华处,悄无睹,惟闻麋鹿呦呦〔6〕。　想当年、空运筹决战,图王取霸无休〔7〕。江山如画,云涛烟浪,翻输范蠡扁舟〔8〕。验前经旧史,嗟漫载、当日风流。斜阳暮草茫茫,尽成万古遗愁〔9〕。

〔1〕本篇是柳永南下苏州,登临姑苏台,怀古评史,抒发人生感慨之作。前阕先述东游行踪,继点姑苏遗迹,末写荒丘景象,隐含陵谷变幻之感、吊古伤今之情。后阕由“想当年”带起,引入即地怀古。所举运筹取霸与范蠡扁舟事,浓缩如许历史故事,言简意赅。“空运筹”“翻输”,对照争权夺利与洁身远引,

抑扬之意甚明。末从阅前经发历史感喟，扣合到吊古现景，蕴含微妙哲思。全词吊古评史，视野宏阔，思理深沉，笔力苍劲，在柳词中别具一格。“江山如画，云涛烟浪”，意象何其壮阔！

〔2〕“断蓬”句：喻自己漂流各地。

〔3〕姑苏台榭：姑苏台在苏州市郊灵岩山，春秋时吴王夫差与西施游乐之地。

〔4〕牢落：稀疏。

〔5〕香径：采香径，在灵岩山，当年吴国宫女采集花草之路。

〔6〕“惟闻”句：意谓荒无人烟。呦呦（yōu 幽），鹿鸣声。吴国大夫伍员曾谏吴王夫差拒绝越国的求和，吴王不听，伍员认为吴将亡国，亭台将变为废墟，“乃曰：臣今见麋鹿游姑苏之台也。”（《史记·淮南王安传》）

〔7〕“图王取霸”句：春秋时代吴王夫差越王勾践为争霸而用尽机谋战争不休。

〔8〕“云涛”二句：反不如范蠡知机识时急流勇退，乘扁舟泛游五湖，尽情领略云水风光，何其潇洒。史载勾践成就霸业后，范蠡以为勾践可与共患难，不可同处安乐，为远祸全身，乃“自与其私徒属乘舟浮海以行，终不返”（《史记·越王勾践世家》）。

〔9〕“验前经”四句：谓证之以经书史籍，当日所载霸业王国、荣华富贵转眼幻灭，只留下荒草陈迹，引逗游人愁思。

八声甘州〔1〕

对潇潇、暮雨洒江天，一番洗清秋。渐霜风凄紧，关河冷落〔2〕，残照当楼。是处红衰翠减〔3〕，苒苒物华休〔4〕。惟有长江水，无语东流。　　不忍登高临远，望故乡渺邈〔5〕，归思难收。叹年来踪迹，何事苦淹留〔6〕。想佳人、妆楼颙望[7],误几回、天际识归舟[8]。争知我、倚阑干处,正恁凝愁[9]。

〔1〕这是柳永客中思乡怀人的名作。上片写景,暮雨、清秋、霜风、残照……一派凄清气象,视野宏阔,下语雅俊。"关河冷落,残照当楼"等句,东坡赞为"不减唐人高处"(《侯鲭录》卷七)。下片抒情,思故乡,叹羁旅,进而想佳人,一贯而下,怀人笔墨,由"想"字转到写对方,又由"争知"折转到己方,因自己怀思佳人,想象佳人正在痴情地思念自己,进而猜想佳人能否想到自己为想念她而倚栏凝愁,用对面写法极为精巧,体贴入微。"天际识归舟"句贯以"误几回"三字,表现盼归情切,何其精妙!

〔2〕关河:指关口和津渡。

〔3〕是处:到处。红衰翠减:花落叶少。李商隐《赠荷花》诗:"翠减红衰愁杀人。"

〔4〕苒苒(rǎn 染):渐渐地。

〔5〕渺邈:遥远。

〔6〕淹留:久留。

〔7〕颙(yóng 喁)望:举头凝望。

〔8〕天际识归舟:借用谢朓诗,其《之宣城郡出新林浦向板桥》诗有"天际识归舟,云中辨烟树"句。

〔9〕争:怎。恁:如此。

忆 帝 京[1]

薄衾小枕天气。乍觉别离滋味。展转数寒更,起了还重睡。毕竟不成眠,一夜长如岁[2]。　　也拟待、却回征辔[3]。又争奈、已成行计[4]。万种思量,多方开解,只恁寂寞厌厌地[5]。系我一生心，负你千行泪。

〔1〕本篇为别后旅驿中深宵无寐忆念恋人之作。上阕写通宵难眠、度夜如岁的情况，下阕写矛盾重重的离怀。有心回转，业已成行，多方开解，难以振作，倾诉出不忍分离又必须分离的无可奈何的心态。全篇从行者着笔，末二句"一生心""千行泪"，兼写双方，见两情深挚，刻骨镂心。以白描手法、口头语言，写出纠结难解的离思，波澜起伏，真实动人。

〔2〕"一夜"句：与《诗经·王风·采葛》中："一日不见，如三岁兮！"用意相同。

〔3〕"却回"句：指拨马返回，停止远行。却回，犹回转。征辔，远行的马。

〔4〕争奈：怎奈。

〔5〕"只恁"句：只是如此孤独寂寞、精神萎靡。厌厌，打不起精神。

鹤　冲　天[1]

黄金榜上。偶失龙头望[2]。明代暂遗贤[3]，如何向[4]。未遂风云便[5]，争不恣狂荡。何需论得丧。才子词人，自是白衣卿相[6]。　　烟花巷陌，依约丹青屏障[7]。幸有意中人，堪寻访。且恁偎红依翠，风流事、平生畅。青春都一饷[8]。忍把浮名，换了浅斟低唱。

〔1〕本篇为柳永初次应进士试落第之后为抒发感慨和牢骚而作。不料由于这首词，致使他在应举道路上再一次遭受波折。据吴曾《能改斋漫录》卷十六载，仁宗留意儒雅，"柳三变好为淫冶讴歌之曲，传播四方。尝有《鹤冲天》词云：'忍把浮名，换了浅斟低唱。'及临轩放榜，特落之，曰：'且去浅斟低唱，何

要浮名！'景祐元年方及第。"不管这则故事的细节是否完全确实，柳永因好为歌楼酒肆填写艳词遭到正统礼教观念维护者的白眼，而仕途受困又益发促使其留连坊曲，敝屣功名，确也是符合柳永的生活经历和心理历程的。这首词上阕直抒科场失意的激愤情怀，和走向狂放潇洒、寻求自我解脱的意向。下阕是"恣狂荡"的具体展衍，"偎红依翠"生活的演示和美化。"白衣卿相""浅斟低唱"云云，以宽旷之语，宣郁愤之情，有反语讽嘲、含泪苦笑之致，体现了才人遭受压抑所产生的负气脾性和逆反心理。

〔2〕龙头望：指金榜夺魁的愿望。

〔3〕"明代"句：盛明时代偶遗贤才。

〔4〕如何向：怎么办。

〔5〕"未遂"句：谓壮志未遂。风云，喻高远际遇。《易·乾·文言》："云从龙，风从虎，圣人作而万物睹。"

〔6〕白衣卿相：据王定保《唐摭言》，唐代重进士科，岁贡人数众多，人们推重贡举之士，称"白衣公卿"或"白衣卿相"。柳永此处特指无功名而富才学之人。

〔7〕"依约"句：写青楼女子的居处。依约，即隐隐约约。丹青屏障，绘有彩画的屏风。

〔8〕一饷：片刻。

浪淘沙令〔1〕

有个人人〔2〕。飞燕精神〔3〕。急锵环佩上华裀〔4〕。促拍尽随红袖举〔5〕，风柳腰身。　　簌簌轻裙〔6〕。妙尽尖新〔7〕。曲终独立敛香尘。应是西施娇困也〔8〕，眉黛双颦。

〔1〕北宋前期上层社会追求享乐，鼓励歌舞升平，汴京繁华区，有不少歌馆酒楼，门头披红挂彩。"向晚灯烛荧煌，上下相照。浓妆妓女数百，聚于主廊

檐面上,以待酒客呼唤,望之宛若神仙"(《东京梦华录》卷二)。这种社会环境下,一些为谋生而卖艺的歌伎舞女应运而生。柳永科场失意后,为排遣苦闷,时而流连坊曲,倚红偎翠,接触了不少歌伎舞女。本篇是专写舞女的一首小词。词一首一尾以古代美人相拟,总写其人的艳丽风姿。中间描述她的舞蹈动作和美妙舞技。环佩叮咚,红袖高举,腰身轻盈似柳,裙带旋转飞动,新巧精妙,曲终独立,舞罢谢幕,写尽了她旋转于舞台的精彩表演。末以"娇困""双颦",隐隐透露了少女忍辱卖笑的无奈心态。

〔2〕人人:亲昵爱抚之称。

〔3〕飞燕:汉成帝皇后赵飞燕,以体轻善舞著称。

〔4〕"急锵"句:佩玉急促的响声萦绕华美的舞衣。

〔5〕"促拍"句:谓音乐的节拍随舞蹈动作而加快。

〔6〕簌簌:衣裙带动的风声。

〔7〕尖新:犹新颖,新奇。

〔8〕西施:春秋越国美女,此代指美人。

婆罗门令〔1〕

昨宵里、恁和衣睡〔2〕。今宵里、又恁和衣睡。小饮归来,初更过、醺醺醉。中夜后、何事还惊起,霜天冷,风细细。触疏窗、闪闪灯摇曳。　空床展转重追想,云雨梦、任攲枕难继〔3〕。寸心万绪,咫尺千里〔4〕。好景良天,彼此空有相怜意,未有相怜计。

〔1〕词写别后旅夜对恋人的刻骨思念。上片写孤眠惊梦,连日和衣而睡,见羁旅辛苦,心神不宁。今夕小饮就枕,中夜惊起,一派孤寂氛围。下片接

写醒后思绪，空床展转，好梦难继，“寸心”“咫尺”两对句，极写精神负荷之重，谋求相聚之难。收拍三句，感叹好景虚设，空有相爱真情，而无相聚条件。平直叙来，情真意挚，语言朴素而凝练。

〔2〕恁：如此，那般。

〔3〕“云雨梦”句：谓好梦难以继续，既写现实境，又暗示两人相聚的梦想难以重现。攲（qī 七）枕，枕头倾斜。

〔4〕咫尺千里：仿佛近在眼前，而阻隔重重。

木兰花令[1]

有个人人真攀羡[2]。问着洋洋回却面[3]。你若无意向他人[4]，为甚梦中频相见。　　不如闻早还却愿[5]。免使牵人虚魂乱。风流肠肚不坚牢，只恐被伊牵引断。

〔1〕小词写一男子对所爱慕女性产生单相思的苦闷心态。先倾吐对伊人的钟情思慕，继言对方故作姿态，佯装不睬。两句带过双方情缘关系。以下专写男子焦虑与苦思：彼若无意，为何长来入梦；何如早偿心愿，免我神魂颠倒；自身心软多情，岂能承受得伊人的牵系与折磨！以内心独白方式，直述其事，尽倾其情，将其人堕入情网、不能自拔的苦恼，表现得淋漓尽致，颇具谐趣。

〔2〕人人：亲昵之称。真攀羡：值得攀附爱慕。

〔3〕“问着”句：意谓遇到她，同她谈话，她却故作姿态，转过脸去，不想理睬。洋洋，同佯佯，做作之态。韩偓《厌花落》诗：“也曾同在华堂宴，佯佯拢鬓偷回面”。

〔4〕“你若”句：你倘若对我无意而心向他人。

〔5〕“不如”句：不如及早定情了却心愿。闻早，趁早。

倾　杯　乐[1]

皓月初圆，暮云飘散，分明夜色如晴昼。渐消尽、醺醺残酒。危阁迥、凉生襟袖[2]。追旧事、一晌凭阑久。如何媚容艳态，抵死孤欢偶[3]。朝思暮想，自家空恁添清瘦。

算到头、谁与伸剖[4]。向道我别来，为伊牵系，度岁经年，偷眼觑、也不忍觑花柳。可惜恁、好景良宵，未曾略展双眉暂开口。问甚时与你，深怜痛惜还依旧。

〔1〕柳永前期出入歌楼酒馆，了解社会底层身心受到压抑损害的歌妓的生活，对她们深表同情，歌儿舞女时而成为柳词中的主人公。本篇反映一位歌女对别离经年的远方故人的刻骨思念。前阕先写月色夜景，继写酒后凭阑感受，再写一己思绪翻腾。后阕进一步倾吐苦衷。全词以明畅的语言、清晰的层次，展现了主人公细腻、真诚、凄苦的内心世界，体现了她对正常的爱情生活的渴望。

〔2〕危阁迥：指楼阁高远。

〔3〕“抵死”句：意谓偏要坚持独身等待。

〔4〕谁与伸剖：谁能替我申诉表白。

少　年　游[1]

一生赢得是凄凉。追前事、暗心伤。好天良夜，深屏香被，争忍便相忘[2]。　王孙动是经年去，贪迷恋、有何长[3]。万种千般，把伊情分，颠倒尽猜量[4]。

〔1〕本篇写被遗弃的歌女的悲凉心态。起笔总括，以下追怀往日温馨，对被那人遗忘的遭遇，百思不解。对方无情，何必贪恋，然而对旧情又无法忘却。以内心独白的方式，展现了这位女性复杂矛盾不能自拔的心绪，体现了词人对其不幸际遇的同情。

〔2〕争忍：怎忍。

〔3〕"王孙"二句：意谓郎君一去不归，迷恋他于己何益。

〔4〕"万种"三句：意谓往日的种种情分，总是萦回心中，翻来覆去地思量猜度。

秋蕊香引[1]

留不得。光阴催促，奈芳兰歇，好花谢，惟顷刻。彩云易散琉璃脆[2]，验前事端的[3]。　风月夜，几处前踪旧迹。忍思忆。这回望断，永作终天隔。向仙岛，归冥路，两无消息[4]。

〔1〕本篇是一首悼亡词。所悼念的大约是作者的情人，一位年轻的歌伎。上片以哀伤语调，痛惜情人忽而早逝。用"兰歇"、"花谢"、云散、琉璃脆，隐喻美女夭折。下片由不忍追忆，折回到如今永别。"归冥路"，点明伊人离世，并与起笔"留不得"前后呼应。长歌当哭，哀艳凄苦，体现了作者对溘然长逝的歌姬的一片深情。

〔2〕"彩云"句：喻指美人夭亡，好景易逝。白居易一首悼亡诗《简简吟》

云:“二月繁霜杀桃李,明年欲嫁今年死”、“大都好物不坚牢,彩云易散琉璃碎”。此处化用其意。

〔3〕“验前事”句:谓证之以往日欢情如今幻灭确实如此。端的,真的,确实。

〔4〕“向仙岛”三句:谓伊人魂魄或飞升仙岛或归向阴司,今后幽冥永隔,双方难得讯息。

满　江　红[1]

万恨千愁,将年少、衷肠牵系。残梦断、酒醒孤馆,夜长无味。可惜许枕前多少意[2],到如今两总无终始[3]。独自个、赢得不成眠,成憔悴。　　添伤感,将何计。空只恁,厌厌地[4]。无人处思量,几度垂泪。不会得都来些子事,甚恁底死难拚弃[5]。待到头、终久问伊看,如何是。

〔1〕词写一位少年男性在旅馆深夜中对情人的忆念和对两人恋情的反思。上阕为孤馆情思。开篇总写;“残梦”“孤馆”描述现境;“可惜”二句申明愁恨原委,乃恋情未获圆满结果;末以深夜失眠收煞。下阕继续展衍思绪。“厌厌”见情绪低落,“垂泪”见伤心至极,“难拚弃”见无计自拔,最后只得向对方谋求解决答案。通篇口语,明白如话,脱口而出,道尽恋情波折中起伏翻澜的情怀与思绪。

〔2〕可惜许:可惜啊!许,助词,表示感叹。

〔3〕两总无终始:双方无结果。

〔4〕“空只恁”二句:徒然这样萎靡不振。厌厌,同恹恹。

〔5〕“不会得”二句:不理解因为这么一些琐事,闹得终究无法解脱。都来,算来。底死,到底,最终。拚弃,抛开,摆脱。

木兰花慢[1]

拆桐花烂漫[2],乍疏雨、洗清明。正艳杏烧林,缃桃绣野[3],芳景如屏。倾城。尽寻胜去,骤雕鞍绀幰出郊坰[4]。风暖繁弦脆管[5],万家竞奏新声。　　盈盈[6]。斗草踏青[7]。人艳冶、递逢迎[8]。向路傍往往,遗簪堕珥,珠翠纵横[9]。欢情。对佳丽地,信金罍罄竭玉山倾[10]。拚却明朝永日,画堂一枕春酲[11]。

〔1〕本篇写清明节汴京士女郊游踏青的景观。上阕先就旖旎春光着笔,疏雨洒过,桐花、艳杏、缃桃将春色点缀得艳丽如画屏。于此背景下,接写高轩骏马、繁弦脆管、倾城出动游春盛况。用"拆"状述桐花开,用"烧"形容杏花红,用"绣"描写桃林美,下字十分生动。下阕专写郊游欢情。"斗草"二句,述人物游春繁闹;"遗簪"二句,状佩带华贵、戏耍尽兴;"金罍罄"以下,言欢娱至极、一醉方休。全篇以精美笔触、铺陈方式绘制了一幅清明汴都游春图,侧面反映了北宋前期的社会繁荣景象。

〔2〕拆:形容花蕾绽开。

〔3〕缃桃:浅红色果实的桃树。

〔4〕"骤雕鞍"句:奔驰着宝马香车出郊外游春。骤,奔驰。雕鞍绀幰,华美的车骑。绀,天青色。幰,车帷幔。坰(jiōng 扃),远郊。

〔5〕繁弦脆管:言管弦乐声繁杂清脆。

〔6〕盈盈:美好貌。

〔7〕斗草:古代妇女采花草比赛的游戏。宗懔《荆楚岁时记》:"五月五日,四民并蹋百草,又有斗百草之戏。"

〔8〕递逢迎:互相碰面打招呼。递,互相。

〔9〕"遗簪"二句:夸张形容游人众多富丽,首饰散落,珠翠满地。《新唐书·杨贵妃传》写杨氏姐妹从唐玄宗游华清宫,"遗钿堕舄,瑟瑟玑琲,狼藉于道"。

〔10〕"信金罍"句:谓任凭金尊倒尽醉倒方休。玉山,喻有风度的人。《世说新语·容止》载,山公称"嵇叔夜之为人也,岩岩若孤松之独立;其醉也,傀俄若玉山之将崩"。

〔11〕"拚却"二句:言豁出去也要明朝醉卧一天。拚却,豁出去,舍弃不顾。酲,病酒。

轮　台　子〔1〕

一枕清宵好梦,可惜被、邻鸡唤觉。忽忽策马登途,满目淡烟衰草。前驱风触鸣珂〔2〕,过霜林、渐觉惊栖鸟。冒征尘远况,自古凄凉长安道〔3〕。　　行行又历孤村,楚天阔、望中未晓〔4〕。念劳生,惜芳年壮岁,离多欢少。叹断梗难停〔5〕,暮云渐杳。但黯黯魂消,寸肠凭谁表,恁驱驱、何时是了〔6〕。又争似、却返瑶京〔7〕,重买千金笑。

〔1〕本篇大约是柳永离汴京漂流淮南途中所作,在描写羁旅行役中,融入了人生感喟。上片写晨起登程后的一路经历。"淡烟衰草""风触鸣珂""过霜林""惊栖鸟",突出早行清冷寂落的景观。收拍点明自京华远征,旅况凄凉。下片首写继续前行,并表明前去淮楚,天尚未晓,扣合上文。"念劳生"以下转入人生感喟。一叹人生劳碌、离多欢少,二叹萍踪无定、自朝至暮,再叹消魂情悰无人倾诉、行役之苦无尽无休。末折转到不如返京重享追欢买笑生活。词抒

写了倦于奔走的情怀,反映了词人仕途失意、归宿无着、身世萍飘的凄苦经历。

〔2〕风触鸣珂:冷风吹动马勒上的饰物发出响声。

〔3〕长安:代指汴京。

〔4〕楚天:泛指南方天空。淮南江浙一带古属楚国。

〔5〕“叹断梗”句:感叹自身如同截断的树枝没有归宿。

〔6〕恁驱驱:如此忙碌劳瘁。

〔7〕瑶京:华美的京都。

塞孤〔1〕

一声鸡,又报残更歇。秣马巾车催发〔2〕。草草主人灯下别。山路险,新霜滑。瑶珂响、起栖乌〔3〕,金镫冷、敲残月〔4〕。渐西风紧,襟袖凄冽。　　遥指白玉京〔5〕,望断黄金阙〔6〕。远道何时行彻。算得佳人凝恨切。应念念,归时节。相见了、执柔荑〔7〕,幽会处、偎香雪〔8〕。免鸳衾、两恁虚设。

〔1〕《塞孤》词调一名《塞姑》,“姑”当为“孤”之讹,此调始于柳永,《词律》卷一收载。柳词长于羁旅行役,本篇为金秋远程旅途怀人思家之作。上片以纪实手法写旅途情景。依时间推移,由鸡鸣天晓,秣马告别店主,一路山险霜滑,到惊起栖乌,打扰残月,西风吹拂襟袖,冷气逼人。晨起乘马山行的孤寂、清冷、辛苦,写得十分逼真。下阕由实景转入想象,过片点出所赴之地,隐露急于抵达心情。“算得”带起以下闪念,佳人凝恨盼归为一景,相见握手拥抱为一景,既见得家人想念深,又写出一己归心切。结句陡然回返现实,一笔合写两方。意象真切,语言凝练,归心似箭。

〔2〕秣马：喂马。巾车：有帷幕的车。

〔3〕瑶珂：马笼头上的华美装饰品。

〔4〕"金镫"句：言冰冷的马镫在晓月下铿锵作响。

〔5〕白玉京：代指京都。杜牧《洛阳长句》："天汉东穿白玉京，日华浮动翠光生。"

〔6〕黄金阙：华美的宫阙，代指京都繁华之地。

〔7〕执柔荑：握柔嫩的玉手。《诗经·卫风·硕人》："手如柔荑，肤如凝脂。"荑，嫩芽。

〔8〕香雪：雪白敷粉的肌肤。

安　公　子[1]

远岸收残雨。雨残稍觉江天暮。拾翠汀洲人寂静[2]，立双双鸥鹭。望几点、渔灯隐映蒹葭浦[3]。停画桡、两两舟人语[4]。道去程今夜，遥指前村烟树。　　游宦成羁旅。短樯吟倚闲凝伫[5]。万水千山迷远近，想乡关何处。自别后、风亭月榭孤欢聚[6]。刚断肠、惹得离情苦。听杜宇声声，劝人不如归去。

〔1〕词为柳永宦游他乡、舟中怀乡思归之作。前阕写舟中所见之景。先写雨后江天远景，次写洲渚岸边近景，再写舟中人物动作与对话。有人物，有禽鸟、渔灯、远村、画桡，景象真切，动静结合，画意颇浓。后阕抒思乡怀人之情。过片醒明题旨，勾画出无聊情态。"迷远近""想乡关"，由"凝伫"展衍。"自别后"进而忆昔怀人，触动离情；末以杜宇劝归收结，步步推进，将羁旅之苦，宣发至极境。写景精细，抒怀深切，宛如一篇江行远游思归赋。

〔2〕“拾翠”句:岸边拾翠羽的人都散去了。拾翠,妇女采香草拾翠鸟羽毛,代指春游。曹植《洛神赋》:“命俦啸侣,或戏清流,或翔神渚,或采明珠,或拾翠羽。”

〔3〕“望几点”句:望见远处有几点渔人的灯火在芦苇丛中忽隐忽现。蒹葭,芦苇。

〔4〕画桡(ráo饶):华美的船桨。

〔5〕“短樯”句:在桅杆间倚傍微吟无聊地久立凝望。樯,桅杆。

〔6〕“自别后”句:自离家后风亭月榭光景依然,但无由欢聚,辜负了美好时光。

倾　杯〔1〕

鹜落霜洲〔2〕,雁横烟渚,分明画出秋色。暮雨乍歇。小楫夜泊,宿苇村山驿。何人月下临风处,起一声羌笛〔3〕。离愁万绪,闻岸草、切切蛩吟如织〔4〕。　为忆。芳容别后,水遥山远,何计凭鳞翼〔5〕。想绣阁深沉,争知憔悴损,天涯行客。楚峡云归,高阳人散,寂寞狂踪迹〔6〕。望京国。空目断、远峰凝碧。

〔1〕词写羁旅行役的凄苦和忆念闺人的离愁。上阕为雨后夜泊之景。起三句勾画洲渚秋色,为目所见;继三句叙明雨歇夜泊行迹,为身所历;以下月夜笛声、草间蛩鸣,为耳所闻。“霜洲”“烟渚”“苇村”,给人荒漠感,“羌笛”“蛩吟”,逗人思家。凡此均为乡思布设了浓郁氛围。下阕为忆人思家之情。“为忆”总领下文,“芳容”三句,点明远别佳丽,音问难通。“想绣阁”三句,设想深锁闺帏,伊人怎能体味行客之苦。“楚峡”三句,化用高唐故事,自叹眼下寂落。

收尾落到凝望京国，以见思归情切。铺排渲染，墨浓笔锐，思绪回旋，语婉情切。

〔2〕 鹜：野鸭。

〔3〕 羌笛：相传笛出羌中（四川西部、西藏东部）一带，故名。

〔4〕 蛩（qióng 穷）：蟋蟀。

〔5〕 “何计”句：言无法托鱼雁传书带信。

〔6〕 “楚峡”三句：化用宋玉《高唐赋》巫山神女事和《史记·郦生传》“高阳酒徒”语，言欢事杳，酒友散，处境寂寞。

梦还京〔1〕

夜来匆匆饮散，攲枕背灯睡〔2〕。酒力全轻，醉魂易醒，风揭帘栊，梦断披衣重起。悄无寐。　　追悔当初，绣阁话别太容易。日许时、犹阻归计〔3〕。甚况味。旅馆虚度残岁。想娇媚。那里独守鸳帏静，永漏迢迢，也应暗同此意。

〔1〕 词写身处旅邸长夜失眠忆念恋人的心绪。以“饮散”入，到“无寐”顿住，写旅馆夜宿实况。匆匆饮，攲枕睡，魂易醒，夜不寐，心绪重重，起卧不宁之旅况，描写尽致。“追悔”以下，由旅况进而转入旅思。悔绣阁轻别，忧归计受阻，叹旅馆虚度，思绪起伏。“想娇媚”以下，从对方着笔，伊人念己，同样夜永无寐，双方苦恋情深，不言而喻。全篇以白描手法，直抒其情，肺腑袒露，自然率真。

〔2〕 “攲枕”句：谓枕褥不整，厌见灯光，倒头便睡。

〔3〕 日许时：宋人习用语，意为许多时日。

竹马子[1]

登孤垒荒凉，危亭旷望[2]，静临烟渚。对雌霓挂雨[3]，雄风拂槛[4]，微收烦暑。渐觉一叶惊秋，残蝉噪晚，素商时序[5]。览景想前欢，指神京[6]，非雾非烟深处。　　向此成追感，新愁易积，故人难聚。凭高尽日凝伫。赢得消魂无语。极目霁霭霏微[7]，暝鸦零乱，萧索江城暮[8]。南楼画角[9]，又送残阳去。

〔1〕此词为初秋时节柳永漫游江南抒发羁愁旅思之作。起三句叙登临远望，"孤垒""危亭""烟渚"，给人以荒凉感。"对雌霓"六句，写夏秋季节交替时的特异景象，阵雨、凉风、落叶、残蝉，一派秋气。"览景"句，总上启下，转入忆旧感怀。指京华杳远，感往事添愁，叹故人离散，徒增消魂之思。"极目"以下折回现境，"南楼"回应"危亭"。以景起，以景结，中间即景抒怀，结构严谨，语言雅致，亦是写羁旅行役的佳作。

〔2〕危亭：高亭，指南楼。

〔3〕雌霓挂雨：谓彩虹高挂雨后的天空。邢昺《尔雅疏》引郭璞《音义》："虹双出，色鲜盛者为雄，雄曰虹；暗者为雌，雌曰蜺。"

〔4〕雄风：强劲清凉之风。宋玉《风赋》有"清凉雄风"语。

〔5〕素商：指秋季。古代五行中以秋配金，色白；五音中以秋属商，故称素商。

〔6〕神京：指汴京。

〔7〕霁霭霏微：雨晴天霁，烟雾朦胧。

〔8〕江城：当为南楼所在地，今湖北鄂州市鄂城区。

〔9〕南楼:亦名玩月楼,《世说新语·容止》载晋庾亮曾与僚佐登南楼赏月。

少　年　游[1]

长安古道马迟迟。高柳乱蝉嘶[2]。夕阳鸟外[3],秋风原上,目断四天垂[4]。　　归云一去无踪迹,何处是前期[5]。狎兴生疏[6],酒徒萧索,不似少年时。

〔1〕柳永仕途失意,曾离开汴京,漫游各地,本篇当为中年时期漫游古都长安抒感遣怀之作。上片写乘马缓度郊原所见之景。首句直点孤身旅游行迹。以下蝉嘶、夕阳、秋风紧、天宇垂,绘出一幅空阔寂落秋野茫茫之背景。下片发往事如烟、前路苍茫之感。忆旧无迹,归宿难料,玩乐兴致已冷,酒友诗朋稀疏,心情大不如前。意境淡远,语言朴素,气象萧疏,意在言外,词虽简短,却反映了柳永功业无成、身世漂零、前路茫茫的悽苦情悰。

〔2〕乱蝉嘶:"嘶"一本作"栖"。

〔3〕鸟外:一作"岛外","鸟外"于义为长。

〔4〕"目断"句:含双眼望断天宇四垂,前路茫然之意。

〔5〕前期:前进的目标。

〔6〕狎兴:狂放游乐的兴致。

少　年　游[1]

参差烟树霸陵桥[2]。风物尽前朝。衰杨古柳,几经攀折,憔悴楚宫腰[3]。　　夕阳闲淡秋光老，离思满蘅皋[4]。一曲阳关[5]，断肠声尽，独自凭兰桡。

〔1〕本篇当为柳永漫游长安，凭吊霸桥古迹，即地兴感宣发离愁之作。起笔总写霸桥景物，承以怀古幽思，继以"衰杨古柳"渲染苍凉氛围，暗寓沧桑之感、伤离之思。"夕阳""秋光"，为环境物象，再涂一笔黯淡色调，更逗起离思盈野，满目萧瑟。末以送别曲浓化离愁，而以孤身远游实况陡然收煞。小词紧扣送别之地、赠行之物、送行之景、告别之曲，尽情表现别愁，尾句收揽到自身，倾尽孑身远游离恨绵绵之情。

〔2〕霸陵桥：在长安东霸水之滨，自汉以来相沿为送别之地。《三辅黄图》："汉人送客至此桥，折柳赠别。"李白《忆秦娥》："年年柳色，霸陵伤别。"

〔3〕"憔悴"句：谓杨柳历经人间别愁，承受几多攀折，变得十分憔悴消瘦了。《韩非子·二柄》："楚灵王好细腰，而国中多饿人。"此以楚宫细腰女子喻杨柳。

〔4〕蘅皋：长满野草的郊野。

〔5〕阳关：王维《渭城曲》，亦称《阳关曲》，为送别之曲。

张先

张先(990—1078),字子野,湖州乌程(今浙江湖州)人。仁宗天圣八年(1030)进士,历任吴江知县,嘉禾判官,渝州、虢州知州,以都官郎中致仕。他是高寿词人,八十馀岁视听精健,犹有声伎。与晏殊、欧阳修、王安石、宋祁、苏轼等有交游。工诗,词与柳永齐名,以写花月影名句而戏号"张三影"。词风倩丽,介于晏、欧、柳永之间,多作小令。文集不存。词有《彊村丛书》本《张子野词》,存一百八十馀阕。

菩　萨　蛮[1]

夜深不至春蟾见[2],令人更更情飞乱。翠幕动风亭,时疑响屟声[3]。　　花香闻水榭,几误飘衣麝[4]。不忍下朱扉,绕廊重待伊。

〔1〕这是写与情人约会的小词。在夜深人静的月光下,男主角心情激动地徘徊于水榭回廊,聚精会神地等待着情侣的到来。风动帘幕、水飘花香,使他误认为是伊人的脚步、衣裙的香气,急切盼望的心情描摹得很是细致。

〔2〕春蟾(chán 蝉):春月。蟾,蟾蜍,古代神话谓月中有蟾蜍,故以蟾代月。

〔3〕"翠幕"二句:谓亭子间微风吹动帘幕作响,时时疑心是伊人的脚步声。屟(xiè 屑),古代鞋的木底。

〔4〕“花香”二句:从水边池台嗅到花香,几次误以为她衣服上飘来的香味。麝(shè社),一种香料。

醉垂鞭[1]

双蝶绣罗裙,东池宴,初相见。朱粉不深匀,闲花淡淡春。

细看诸处好,人人道,柳腰身[2]。昨日乱山昏,来时衣上云。

〔1〕此为酒筵赠伎人之作,描绘了初见其人的第一印象。起句由着装映现其美,承以初见地点、因由。紧接赞其淡妆清雅,以闲花相拟。进而端详其身材和整体风度。末以山间烟云,状述罗衣图案,以见其神采潇洒。突现出这位美人幽雅闲淡、风韵天然之美。

〔2〕柳腰身:即杨柳细腰。温庭筠《南歌子》:“转盼如波眼,娉婷似柳腰。”

江南柳[1]

隋堤远[2],波急路尘轻。今古柳桥多送别,见人分袂亦愁生。何况自关情。

斜照后,新月上西城。城上楼高重倚望,愿身能似月亭亭[3]。千里伴君行。

〔1〕小词以女性口吻抒写别情。起句点分别场地,“波急”“尘轻”水陆

兼写,见行色匆促。“柳桥”“分袂”,以物衬映,以人喻己。“何况”推进一层,由通常折柳送别,到自身送别行人。“斜照”接“新月”,又言“重倚望”,见上片原为居者望中所见,行人走后又凝望久久,不忍离去。末忽幻想一己变为明月伴随所爱,行遍天涯,一片痴想,无限深情。

〔2〕隋堤:隋炀帝开通济渠,沿渠筑堤种柳,人称隋堤。

〔3〕亭亭:明亮美好的样子。沈约《丽人赋》:“亭亭似月,嬿婉如春。”此句将人想象成月,又将月幻化为女子体态。

蝶恋花〔1〕

移得绿杨栽后院。学舞宫腰,二月青犹短〔2〕。不比灞陵多送远。残丝乱絮东西岸〔3〕。　　几叶小眉寒不展。莫唱阳关,真个肠先断。分付与春休细看。条条尽是离人怨。

〔1〕这是一首咏物寄情的小词,所咏为移栽的杨柳,通篇将嫩柳拟为能歌善舞、多愁多怨的女郎。起句直叙移栽后院,以下言早年善舞的细杨,被移入后院,不再飘摇于灞桥、也不再被人攀折用以送别。这仿佛是庆幸嫩柳的改变处境。实则不然。下片转而悯惜它仍复为离愁幽怨所困扰。“小眉寒不展”,条条“离人怨”,句句紧切嫩柳,又处处含蕴人间情结。使读者联想到沦落风尘的女郎的曲折经历和悲酸身世。

〔2〕“学舞”二句:以宫女细腰比喻柳条。二月初春柳条既嫩又短,暗寓女郎小小年纪即学歌舞。

〔3〕“不比”二句:意谓不像灞陵之柳,被折送远人,作践得残碎零乱,抛弃满地。灞陵,古长安东有灞陵桥,岸间多柳,离人多于此折柳送别。

菩　萨　蛮[1]

忆郎还上层楼曲[2],楼前芳草年年绿。绿似去时袍,回头风袖飘[3]。　　郎袍应已旧,颜色非长久。惜恐镜中春,不如花草新。

〔1〕此为少妇忆念行人的闺怨词。上片起句点题,然后由芳草之绿,联想郎袍之色,进而缅想别时情态。下片由郎袍之旧,联想容颜易老,青春难驻,以袍旧草新对比收结。连环扣合,首尾照应,手法新巧,颇饶情致。宛如一首清新的民间情歌。

〔2〕曲:指曲深幽隐之处。

〔3〕风袖:飘动的袖子。白居易《霓裳羽衣歌》:"烟蛾敛略不胜态,风袖低昂如有情。"

一　丛　花　令[1]

伤高怀远几时穷。无物似情浓。离愁正引千丝乱,更东陌、飞絮濛濛。嘶骑渐遥,征尘不断,何处认郎踪。　　双鸳池沼水溶溶。南北小桡通[2]。梯横画阁黄昏后,又还是、斜月帘栊。沉恨细思,不如桃杏,犹解嫁东风[3]。

〔1〕词写闺中少妇怀念远行郎君的心绪。前片先写怀远思绪,开篇直笔

擒题，且揭示人间情浓无物可比，继言离思撩拨起游丝、飞絮，移情于物，以外物象征离绪纷乱，笔法精巧生动。“嘶骑”“征尘”“郎踪”，送别场景，闪现脑际，将怀远内容明朗化，回应首句。后片先写闺人望中景象，鸳鸯戏水，小舟游荡，引动对往日生活的联想。画阁渐暗，斜月窥窗，孤寂氛围，由四面袭来，由是逼出收拍三句，自叹不如桃李善于把握机遇、争取幸福。据《过庭录》载，末尾三句，“一时盛传，永叔尤爱之”，后张先拜谒欧阳修，永叔倒屣迎之，戏称为“‘桃杏嫁东风’郎中”。

〔2〕“南北”句：南北两岸，有小船往来。桡（ráo 饶），船桨，代指船只。

〔3〕“不如”二句：李贺《南园》诗有：“可怜日暮嫣香落，嫁与东风不用媒”之句。此处化用其意。

卜算子慢〔1〕

溪山别意，烟树去程，日落采蘋春晚〔2〕。欲上征鞍，更掩翠帘相眄〔3〕。惜弯弯浅黛长长眼。奈画阁欢游，也学狂花乱絮轻散。　　水影横池馆〔4〕。对静夜无人，月高云远。一饷凝思，两袖泪痕还满。恨私书、又逐东风断〔5〕。纵西北层楼万尺，望重城那见〔6〕。

〔1〕这词是写行者的别愁旅思。上片写行人临别对佳人的依恋。起三句惜别时环境与季候，溪山浸染离情，前路烟树苍茫，又值春晚黄昏时节。为告别作好铺垫。次三句行前相对凝视场景，掩帘对视，足见难割难舍，佳人眉目由行人眼中映现，愈加倩丽无比。末以无奈慨叹顿住，欢游轻散，以“狂花乱絮”相拟，见分袂十分突然。下片写别后旅邸深夜怀思。“池馆”三句，勾画驿馆清冷寂落。以下写凝思伤怀、音问难通、登高难见，思念之殷，刻骨铭心。

〔2〕采蘋春晚：意指晚春采蘋的季节。蘋，一种水草。《诗经·召南·采蘋》："于以采蘋？南涧之滨。"

〔3〕相眄（miǎn免）：相对顾盼。

〔4〕"水影"句：谓驿馆楼阁横斜地映入池中。

〔5〕"恨私书"二句：怨恨伊人走后便断了音信。因念中人是暮春走的，东风为春风，故言音信随春风而断绝。

〔6〕"纵西北"二句：意谓相隔遥远，登高跷盼也枉然。与欧阳詹《初发太原途中寄太原所思》诗："高城已不见，况复城中人"，用意相近。

更漏子[1]

锦筵红，罗幕翠。侍宴美人姝丽。十五六，解怜才。劝人深酒杯。　黛眉长[2]，檀口小[3]。耳畔向人轻道。柳阴曲，见儿家。门前红杏花。

〔1〕小词叙写才子佳人酒筵初遇、产生爱慕之情的戏剧性场面。"锦筵""罗幕"，勾画邂逅场所；"红""翠"，衬映美人姝丽；既而写其年小、聪慧；劝酒的动作，给人以脉脉含情之感，隐隐流露出对才士的爱慕之忱。下片由劝酒延伸，"黛眉""檀口"是"姝丽"的具体化。就耳畔轻声道出自己住处，可说是大胆而又得体的初表衷情。期盼对方追寻之意，不言而喻。此处仪态毕现，声口传神，体现了少女的爱才、天真而钟情。词虽短小，却从环境、人物、性灵、容貌、动作、话语多方面刻画了这位佳人的倩丽动人。

〔2〕黛眉：黛画之眉。黛，深黑颜料，古代女子用以画眉。

〔3〕檀口：浅红色的嘴唇。

南　歌　子[1]

蝉抱高高柳，莲开浅浅波。倚风疏叶下庭柯[2]。况是不寒不暖、正清和[3]。　　浮世欢会少，劳生怨别多[4]。相逢休惜醉颜酡[5]。赖有西园明月、照笙歌。

〔1〕此为清秋欢聚故旧席间劝酒之作。前片写秋光，后片劝进酒。寒蝉抱柳，莲花浮波，疏叶飘零，初秋景象，清爽宜人。记述雅集的良时好景。之后从人生辛劳、短促、离多会少的喟叹，反跌聚合难得，归结到不惜一醉，尽兴方休。两片均以精整对句发端，一写秋光清爽，一叹人生多憾。下片收拍醒明题意，且以园林笙歌与上片收拍良辰佳时呼应。小词颇具平易爽畅、潇洒自然之趣。

〔2〕“倚风”句：言庭阶树木临风飘下黄叶。柯，指树枝。

〔3〕清和：天气清爽和暖。

〔4〕“浮世”二句：感叹人生离多会少。浮世，指人间，阮籍《大人先生传》：“逍遥浮世，与道俱成。”劳生，辛劳人生。骆宾王《海曲书情》诗：“薄游倦千里，劳生负百年。”

〔5〕醉颜酡：酒醉脸红。《楚辞·招魂》：“美人既醉，朱颜酡些。”

蝶　恋　花[1]

绿水波平花烂漫。照影红妆，步转垂杨岸。别后深情将为断。相逢添得人留恋[2]。　　絮软丝轻无系绊。烟惹风迎，併入春心乱。和泪语娇声又颤。行行尽远犹回面。

〔1〕词写一位男性与前已分手的女郎相逢后所撩拨起的纷乱心绪。在波平水碧、春花烂漫的日子，女郎在垂杨下沿堤徘徊低回，若有所思。“照影”“步转”，见其心事重，抑或是旧情难忘。“别后”“相逢”二句，倒点个中原委，乃将断旧情，引发“留恋”。过片紧承“留恋”，以柳絮、游丝，受风烟逗引，象征春心缭乱，比拟贴切新巧。“春心乱”关联男女双方。收拍以女性抽身告别，与开篇“照影”关合。“语娇”、声颤、“回面”，情态逼真，其矛盾心态，值得玩味。

〔2〕“别后”二句：谓分手后将断的情缘又重新勾起。

天　仙　子

时为嘉禾小倅，以病眠不赴府会[1]。

水调数声持酒听[2]，午醉醒来愁未醒。送春春去几时回？临晚镜，伤流景[3]，往事后期空记省[4]。　　沙上并禽池上暝[5]，云破月来花弄影。重重帘幕密遮灯，风不定。人初静，明日落红应满径。

〔1〕宋仁宗庆历元年（1041），张先任嘉禾郡（今浙江嘉兴市）判官（小倅，指判官），因病未到府衙，在家写此词即景抒怀。上片送春伤别、低徊往事。听歌饮酒欲解愁而愁不可解，惜春伤别情绪愈益增重，末句点出原委。“空”字写出襟怀孤寂寥落。下片以周围环境物象烘染。禽鸟成双、花月弄影，由反面衬跌；垂帘挑灯，风紧人静，作正面渲染。收拍绾合惜春伤离，馀韵不尽。“云

破月来花弄影”句，下字精美，意境高妙，一向传诵人口。《后山诗话》云：“尚书郎张先善词，有云：‘云破月来花弄影’‘帘幕卷花影’‘堕轻絮无影’，世称诵之，号张三影。”

〔2〕水调：乐曲名，隋炀帝时有《水调歌》，唐代称《水调歌头》。

〔3〕流景：流逝的光景。

〔4〕往事后期：以往的欢情，以后的期约。

〔5〕“沙上”句：沙滩上池塘边成双成对的禽鸟眠宿。

菩　萨　蛮〔1〕

玉人又是匆匆去。马蹄何处垂杨路。残日倚楼时。断魂郎未知。　　阑干移倚遍。薄倖教人怨〔2〕。明月却多情。随人处处行。

〔1〕小词咏居者闺怨之情。起两句直叙郎君匆匆乘马上路远行。以下通首写闺人幽怨，残日倚楼，魂不守舍，凭遍阑干，怨望深切，收拍以明月随人反衬，期盼自己与郎君能与明月随人一样形影相伴、心灵相通。直白爽畅，宛如民间情歌。

〔2〕薄倖：旧时女子对所欢往往昵称为薄倖。薄倖，薄情之意。

千　秋　岁〔1〕

数声鶗鴂。又报芳菲歇〔2〕。惜春更把残红折。雨轻风色暴，梅子青时节。永丰柳，无人尽日飞花雪[3]。　　莫把幺弦拨[4]。怨极弦能说。天不老，情难绝[5]。心似双丝网，中有千千结。夜过也，东窗未白凝残月。

〔1〕此词倾诉恋情横遭摧折的幽怨和情结难解的凄苦。上片写鶗鴂悲鸣，芳菲消歇，风暴突袭，残红摧折，惟馀荒园杨柳飘绵飞絮，一派春光消逝、美景幻灭的萧索意象。“风色暴”“残红折”，墨浓笔重，耐人寻绎。下片莫拨幺弦，另起思路，转入抒怀。莫敢弹拨琵琶，由于内心“怨极”，“怨极”出于“情难绝”，“情难绝”出于心怀“千千结”，层层递进，昭示内心情结难解。而情结的根因，正在于上文的美好事物为风暴摧折。结句以景收，见夜不能寐。全篇用象征暗示手法，由景到情，由外在意象到内心情悰，手法高妙，融化前人诗句也自然得体。

〔2〕“数声”二句：化用《离骚》：“恐鶗鴂之先鸣兮，使夫百草为之不芳”诗句。鶗鴂（tíjué 题决），亦作鹈鴂，即杜鹃。

〔3〕“永丰柳”二句：唐代长安有永丰坊，白居易《杨柳词》有“永丰坊里东南角，尽日无人属阿谁”之句。

〔4〕幺弦：琵琶第四弦，声音哀怨。

〔5〕“天不老”二句：意谓爱情天长地久。李贺《金铜仙人辞汉歌》有“天若有情天亦老”之句。此变换化用其意。

木　兰　花[1]

和孙公素别安陆

相离徒有相逢梦。门外马蹄尘已动。怨歌留待醉时听，远目不堪空际送。　　今宵风月知谁共。声咽琵琶槽上凤[2]。人生无物比多情,江水不深山不重。

〔1〕本词为张先在安陆告别友人孙公素所作的和篇。孙公素,名贲,曾为衢州守,与苏轼有交往。安陆,今属湖北。词开篇擒题,刚触及“相离”,即梦想“相逢”;行色启动,歌不忍闻,目不堪送;友谊之深,离情之重,非同一般。“今宵”以下,写别后孤寂情悰,想象明月无人共赏,弹奏难遣别怀,琵琶“声咽”,见出惜别情浓。收拍导向感情高峰,脱口道出一则富有普遍意义的人生格言:情意之深之重无物可与伦比。小词咏友情,却体现出中华文化重情谊的传统特质。与作者在《一丛花》中所云:“无物似情浓”,语义相似。

〔2〕“声咽”句:谓弹琵琶遣怀声情凄咽。槽上凤,指凤形的拨弦发音的用具。

木 兰 花

乙卯吴兴寒食[1]

龙头舴艋吴儿竞[2]。笋柱秋千游女并[3]。芳洲拾翠暮忘归[4],秀野踏青来不定[5]。　　行云去后遥山暝[6]。已放笙歌池院静[7]。中庭月色正清明,无数杨花过无影。

〔1〕宋神宗熙宁八年乙卯(1075),张先八十六岁,在浙江吴兴作此词。冬至后一百零五天、清明前两天,禁火三日,称寒食。本篇是写江南寒食风俗的节序词。上片为白昼动景,男儿赛龙舟,女郎荡秋千,郊原踏青探花,游人至晚方散。下片为入夜静景,视线由远山收回到池院,中庭月光,树下杨花,一派明净。日间的喧闹与夜深的清寂,体现出寒食节整日物景的自然转换,笔锋甚为

工致。煞尾亦写杨花名句。《雨村词话》云:“张三影已胜称人口矣,尚有一词云‘无数杨花过无影’,合之应名‘四影’。”

〔2〕龙头舴艋(zéměng 责猛):状如蚱蜢的轻便龙船。吴儿竞:江南清明节有龙舟竞渡的风俗。吴儿,泛指南方玩龙舟的小伙子。

〔3〕“笋柱”句:粗竹竿做成的秋千架下,游女成群地来荡秋千。

〔4〕芳洲拾翠:在长满花卉的洲渚间采集百草。

〔5〕踏青:旧称春游曰踏青。来不定:络绎不绝。

〔6〕行云:浮云,亦兼喻游女。

〔7〕放:放置,停止。

行　香　子〔1〕

舞雪歌云〔2〕。闲淡妆匀〔3〕。兰溪水、深染轻裙〔4〕。酒香醺脸,粉色生春〔5〕。更巧谈话,美情性,好精神。　江空无畔,凌波何处〔6〕,月桥边、青柳朱门。断钟残角,又送黄昏〔7〕。奈心中事,眼中泪,意中人〔8〕。

〔1〕这是一首怀人词。上阕追怀伊人的形神美,从歌舞、打扮、酒后仪容和谈吐,显示出对方的倩丽,而收结到性情品格的可爱。过片以惴想伊人行踪领起刻骨思念。月桥、朱门,系脑中浮现往日相会之地。断钟、黄昏,转笔写自己眼前实境。煞拍言心中、眼中、意中,在在难忘伊人,情钟之语,自肺腑流出,情思诚笃感人。因此句曾获“张三中”之称。《古今诗话》云:“有客谓张子野曰:‘人皆谓公为张三中,即心中事、眼中泪、意中人也。’”(引自《宋诗话辑佚》)

〔2〕“舞雪”句:形容伊人歌舞精妙,跳舞如雪花飞卷,放歌如轻云荡漾。

〔3〕“闲淡”句:谓束装雅淡。

〔4〕“兰溪”句:谓轻裙色艳而香,如经兰溪水洗染。兰溪,今浙江省兰

江,岸渚多兰花香草。

〔5〕“酒香”二句:谓酒后粉面微添红润。

〔6〕“江空”二句:谓江水空阔无际,不知伊人踪迹。凌波,形容女子脚步轻盈,出自曹植《洛神赋》:“凌波微步,罗袜生尘。”

〔7〕“断钟”二句:谓在断续的晚钟、号角中又度过了一个寂寞的黄昏。

〔8〕奈:无奈。

系裙腰〔1〕

惜霜蟾照夜云天〔2〕。朦胧影、画勾阑〔3〕。人情纵似长情月,算一年年。又能得、几番圆〔4〕。　　欲寄西江题叶字,流不到、五亭前〔5〕。东池始有荷新绿,尚小如钱。问何日藕、几时莲〔6〕。

〔1〕这是一首怀离人、盼团圆的小词。前片借月寓情。秋月当空,阑干投影,“画”字下得精妙。然后以人情与永恒的明月相拟,感叹其难得团圆。过片化用红叶题诗事,暗示音问难通。其下又以荷藕寄怀,盼望有朝一日能成双相恋。上片以月取喻,下片借莲谐音,手法新巧,有似民歌。

〔2〕霜蟾:指秋月,古代传说谓“月中有蟾蜍”(《淮南子·精神训》),故以蟾蜍(蝦蟆)指月。

〔3〕勾阑:阑干。

〔4〕“又能得”句:即柳永《梁州令》“一生惆怅情多少,月不长圆”之意。

〔5〕“欲寄”二句:化用顾况故事以言深情难寄。《本事诗》载,顾况与友人游于苑中,“坐流水上,得大梧叶,题诗上曰:‘一入深宫里,年年不见春。聊题一片叶,寄与有情人。’”西江,泛指长江。五亭,古迹,在浙江吴兴县白蘋洲上,白居易作有《白蘋洲五亭记》。

〔6〕“问何日”句:言荷花尚小,何日成莲结藕。藕谐“偶”音,莲谐“怜”音,意谓何日成双相爱。

浣　溪　沙[1]

楼倚春江百尺高。烟中还未见归桡[2]。几时期信似江潮[3]。　　花片片飞风弄蝶,柳阴阴下水平桥。日长才过又今宵。

〔1〕此是思妇跷盼行人的闺情词。上片写女主人公登楼遥望,烟云迷茫中不见归舟,埋怨对方延误期约。仅三句勾勒出思妇伫立危楼盼行人的真切画面。下片花飞、蝶舞、柳阴暗、溪水涨,两句四景,点染出暮春景象,浓化了闺人盼归情悰。尾句一声喟叹,含整日凝望、度日如年、昼夜苦思三层意蕴,含蓄而深沉。

〔2〕归桡:指归船。桡,桨。

〔3〕“几时”句:谓何时能归有定期,不再失信。李益《江南曲》:“早知潮有信,嫁与弄潮儿。”

青　门　引

春　　思[1]

乍暖还轻冷。风雨晚来方定。庭轩寂寞近清明[2],残花中酒[3],又是去年病。　　楼头画角风吹醒[4]。入夜重门静。那堪更被明月,隔墙送过秋千影。

〔1〕这是感春怀人的词作。全篇由日间写到深夜,由深春的季候氛围写到内心的孤寂感受。清明时节,风雨交会,寒暖不定,面对空庭残花,借酒浇愁,感春而醉,亦如往年,见出心病由来已久。“去年病”略略一点即收。下片“醒”字应“中酒”,“入夜”承“晚来”,“重门静”与“庭轩寂寞”紧密契合。夜深、酒醒、重门阒寂,则“春思”愈深。收拍“那堪更”又推进一层,不唯景物绝佳,而且含蕴殊深。由秋千影更会令人忆及荡秋千的伊人倩影,则触动离怀春愁之深更何堪乎!《蓼园词选》云:“末句那堪送影,真是描神之笔,极希微窅渺之致。”

〔2〕庭轩:犹言庭宇,小屋或长廊叫轩。

〔3〕中酒:醉酒。

〔4〕“楼头”句:谓凄清的角声和微冷的晚风驱逐了醉意。画角,古代乐器,外有彩绘装饰,故称画角。

晏殊

晏殊(991—1055),字同叔,抚州临川(今江西抚州市临川区)人。真宗景德二年(1005)十五岁以神童召试,赐同进士出身,初授秘书省正字,后累迁知制诰、翰林学士。仁宗时官至参知政事,进枢密使,加同中书门下平章事。后出知外州,以疾归京,留侍经筵,年六十五病卒,谥元献。有《珠玉词》一卷,存词一百三十九首。晏殊喜延宾客,奖掖人才,范仲淹、富弼、欧阳修等俱出其门。他一生安富尊荣,雅爱歌筵酬唱,喜冯延巳词,多咏唱府第骚雅生活与闲愁思致,词风雍容闲雅,温润秀洁,和婉蕴藉,耐人品味。

浣溪沙[1]

青杏园林煮酒香。佳人初试薄罗裳。柳丝无力燕飞忙。

乍雨乍晴花自落,闲愁闲闷日偏长。为谁消瘦减容光[2]。

〔1〕词写佳人闺怨情愁。园林小饮,罗裳初着,柳舞燕飞,乍雨乍晴,残花自落。刻画出佳人起居、环境、季候、物象,一派暮春氛围,烘托出无限愁闷,融情入景,含蓄不露。尾句一笔点破,原来佳人为忆念情人,正骨瘦形消,度日如岁。倩丽如画的风物,映现出一位内向而深情的少女。

〔2〕“为谁”句:化用元稹《莺莺传》中诗句。其中叙张生与莺莺一段情

缘后,姻亲未成,遗恨终生。莺莺曾赋诗云:“自从消瘦减容光,万转千回懒下床。不为旁人羞不起,为郎憔悴却羞郎。”

浣　溪　沙[1]

一曲新词酒一杯。去年天气旧亭台。夕阳西下几时回。

无可奈何花落去,似曾相识燕归来。小园香径独徘徊[2]。

〔1〕这首脍炙人口的小词,写的是感春惜时的情怀。开篇二句写现境,词曲着以“新”字,亭台着以“旧”字,隐寓环境、物象如旧而年光岁月非昔之意。年复一年感怀惜春,而日月如奔轮流逝不复,“夕阳西下”句含无限惜时伤春感喟。送“花落去”,迎“燕归来”,宇宙万象似是周而复始,然而美好的事物终归凋残,重现的色象并非旧观,于是引发词人无穷遐思。收拍“独徘徊”,刻画沉吟神态,含蕴沉厚,馀味不尽。

〔2〕“无可奈何”三句:移用作者自己的诗句。《宋文鉴》卷二十四载《假中示判官张寺丞王校勘》诗云:“元巳清明假未开,小园幽径独徘徊。春寒不定斑斑雨,宿醉难禁滟滟杯。无可奈何花落去,似曾相识燕归来。游梁赋客多风味,莫惜青钱万选才。”

浣　溪　沙[1]

小阁重帘有燕过。晚花红片落庭莎[2]。曲阑干影入凉波。　　一霎好风生翠幕,几回疏雨滴圆荷。酒醒人散得愁多。

〔1〕小词表现高门深宅盛筵过后的清寂氛围和酒醒人散的寥落感受。前片帘外夜景,起句点环境与时令,继写红花飘落草坪,阑干映入池水,庭阶幽雅,景色如画。后片笔锋转向帘内,"好风"、"疏雨"、"翠幕"、"圆荷",对仗工稳,一为视觉所见,一为听觉所及。意象虽精美,却呈现一派清寂冷落之感。尾句总束全词,画龙点睛,醒明全词所写乃盛筵人散、好景不驻之闲愁。

〔2〕落庭莎:落于庭中莎草之上。

浣　溪　沙〔1〕

一向年光有限身〔2〕,等闲离别易销魂〔3〕。酒筵歌席莫辞频。　　满目山河空念远,落花风雨更伤春。不如怜取眼前人〔4〕。

〔1〕此词上下片前二句均从大处远处落笔,提出了人生有限、别离殊多、山河空阔、好景难驻的偌大缺憾,含有无限人生感喟。尾句则以把酒听歌、抚爱有情人以解之。词虽短小而充满深远哲思,体现了作者把握当前、超脱闲愁的明达识度。"年光"从时间说,"山河"从空间说,"伤春"承"销魂"来,"怜取眼前人"应"酒筵歌席"语。前后片浑然一体,契合无间。

〔2〕一向:同"一晌",形容时光短暂。

〔3〕等闲离别:谓动辄分别。销魂:江淹《别赋》:"黯然销魂者,唯别而已矣。"

〔4〕"不如"句:元稹《莺莺传》载崔莺莺写给张生的诗:"还将旧来

意，怜取眼前人。”

浣　溪　沙〔1〕

玉碗冰寒滴露华〔2〕，粉融香雪透轻纱〔3〕。晚来妆面胜荷花。　　鬓亸欲迎眉际月〔4〕，酒红初上脸边霞。一场春梦日西斜。

〔1〕词咏少女酒后春睡的容姿。起句写把盏从容饮酒，继描述主人公的体态容姿，且以“胜荷花”赞其晚妆倩丽。以下着力刻画面容睡态，以“月”拟目，以“霞”状腮，并着“欲迎”“初上”动态词语，对仗工丽，描绘性强。末由“一场春梦”总束，一笔醒明题旨。

〔2〕“玉碗”句：言精美的酒杯斟上冰凉的美酒。

〔3〕“粉融”句：言雪白傅粉的肌肤透过纱绸衣裙散发出香气。

〔4〕“鬓亸（duǒ 朵）”句：言下垂的鬓发仿佛欲遮住明亮的眼睛。亸，同軃，下垂貌。

鹊　踏　枝〔1〕

槛菊愁烟兰泣露。罗幕轻寒，燕子双飞去。明月不谙离恨苦〔2〕，斜光到晓穿朱户。　　昨夜西风凋碧树。独上高楼，望尽天涯路。欲寄彩笺兼尺素〔3〕，山长水阔知何处。

〔1〕本篇为怀人伤离的名篇。上片刻画秋夜静景,首句菊笼晚烟,兰沾白露,乃院落秋景,着"愁"字"泣"字,移情外物,烘染气氛。"罗幕"以下,笔触伸向室内,双燕飞去,明月穿入,反衬情悰孤独。以埋怨口吻点出"离恨",语痴情切。下片追溯昨夜怀人情状,全从"离恨"生发。首言秋光肃爽,次言登高凝望,末言寄书难通。笔力浑茫旷远,极富概括力,既体现念远怀人情愫,亦蕴含对某种追求向往的期待、跷盼。王国维将此阕比为《诗经》的《蒹葭》篇,并借"独上高楼,望尽天涯路"之执着期盼心情,拟喻为"古今之成大事业、大学问者,罔不经过"三种境界之"第一境界",足见其涵盖意趣,耐人寻味。

〔2〕谙:了解、体味。

〔3〕彩笺:精美诗笺。尺素:尺多长的白绢,后代指书信。古乐府《饮马长城窟行》:"呼儿烹鲤鱼,中有尺素书。"

清平乐〔1〕

红笺小字,说尽平生意。鸿雁在云鱼在水〔2〕,惆怅此情难寄。　　斜阳独倚西楼,遥山恰对帘钩。人面不知何处,绿波依旧东流〔3〕。

〔1〕此为怀人之作。上片言衷情难寄。裁笺倾诉襟怀,小字密集,"说尽"句,见得对方当为难得知音,无奈鱼雁无阻,情书难通,障碍何在,不便明言,惆怅不已。下片言登楼凝望。"斜阳独倚",状孤寂之态;"遥山恰对",言阻隔之遥;收拍以无奈声口,一吐物是人非、离思悠悠之慨。

〔2〕"鸿雁"句:意谓邮使虽在,情书难通。古以鱼、雁代指传递书信之使。

〔3〕"人面"二句:崔护《题都城南庄》诗,有"人面不知何处去,桃花依旧笑春风"之句。此处变化其句,感叹当年映照伊人倩容的流水依然如故,而其

人则不见踪影。

木　兰　花[1]

燕鸿过后莺归去。细算浮生千万绪。长于春梦几多时，散似秋云无觅处[2]。　　闻琴解佩神仙侣[3]，挽断罗衣留不住。劝君莫作独醒人[4]，烂醉花间应有数。

〔1〕词叹惋美好春光易逝、知心伴侣难留。先从浮生虚幻立意：燕过莺归，春光匆匆，引发思绪纷繁，想到浮生短似春梦，好景散似秋云，无限惆怅，思致深沉。次以好梦不长的一般规律，推进到生活中具体事例，文君相如、汉皋神女，终归离散，可见美好事物，极易幻灭。末以宁肯“烂醉”，莫可“独醒”，劝告世人，语含激愤，情极感伤。“细算浮生”似是点题之笔，“烂醉花间”仿佛是不得已而采取的玩世态度，中四句全用比兴，含蕴广袤，寄托遥深，读者自可从不同角度理解和体味。

〔2〕“长于”二句：化用唐人诗句，表达对人生的思考。白居易《花非花》：“来如春梦几多时，去似朝云无觅处。”

〔3〕闻琴：《史记·司马相如列传》载，卓文君好音乐，听到司马相如鼓琴，发生爱慕之情，因私奔相如。解佩：指《韩诗内传》所载神话故事，该书载，郑交甫出游，遇二仙女，解所带玉佩相赠，旋即消失。此处比喻好事难驻。

〔4〕独醒人：指不随流俗的清醒者。屈原《渔父》：“举世皆浊我独清，众人皆醉我独醒。”

木　兰　花[1]

池塘水绿风微暖，记得玉真初见面[2]。重头歌韵响铮琮[3]，入破舞腰红乱旋[4]。　　玉钩阑下香阶畔，醉后不知斜日晚。当时共我赏花人，点检如今无一半。

〔1〕这是一篇忆旧伤逝、抚今追昔的词章。起句“水绿”“风暖”，描述当日温馨宜人的环境季候，“记得”句插笔倒点对往事的缅怀。名伎出场，听歌观舞，阑边阶前，欢宴竟日，全为闪现于眼前的当年赏心乐事。“响琤琮”，音响动听；“红乱旋”，舞姿迷眼。两句刻画生动，对仗工致。“玉钩”“香阶”，场面绮丽。“醉后不知”极见乐而忘归，佳兴难收。煞拍一笔将往事扫灭，呈现出一片空幻，今昔之感，寂寞之愁，茫茫无尽。诚如张宗橚所云：“东坡诗‘尊前点检几人非’，与此词结句同意。往事关心，人生如梦，每读一过，不禁惘然！”（《词林纪事》）

〔2〕玉真：仙人之称，此代指丽人。

〔3〕重头：词曲用语，词调中前后阕句式音韵相同，称重头。

〔4〕“入破”句：意谓歌曲进入末一遍，节拍急促舞腰飞快旋转。入破，乐曲专名，唐宋大曲每套若干遍，分别归入散序、中序、破三段，至入破节奏加快。

木　兰　花[1]

玉楼朱阁横金锁，寒食清明春欲破。窗间斜月两眉愁，帘外落花双泪堕。　　朝云聚散真无那[2]，百岁相看能几个。别来将为不牵情[3]，万转千回思想过。

〔1〕小词咏深春别愁。上片情景交会，“玉楼朱阁”，环境华美；“寒食清明”，季令宜人；“横金锁”，呈寂落之象，“春欲破”，见好景将残。“眉愁”“泪堕”，顺承而下，水到渠成。见斜月而锁眉，窥落花而垂泪，以斜月比双眉，以落花喻泪堕，两句巧对，既为触景生情，又为以景寓情，语精意婉，美不胜收。下片思理起伏，朝云有聚有散，相守难得百年，别久或可减轻心理负荷，然而思念总难解脱，“万转千回”足见忆念之深。小词对别恨既有深沉的宣泄，又有理智的思索，情理兼到，相激相融。

〔2〕“朝云”句：化用宋玉《高唐赋》巫山神女“旦为朝云，暮为行雨”故事，意谓情恋有聚有散。无那，无奈。

〔3〕将为：犹言将谓。

诉衷情[1]

芙蓉金菊斗馨香[2]，天气欲重阳。远村秋色如画，红树间疏黄[3]。　　流水淡，碧天长，路茫茫。凭高目断，鸿雁来时，无限思量。

〔1〕这是一首咏清秋的写景小令。先从秋季有代表性的两种花卉着笔，色香俱浓，“欲重阳”点明季令，而后远村、林树、流水、碧天、长路，一一描绘。视线由近而远，由陆到水，由地面到天空，最后注目鸿雁，引发遐思。至于所思为思乡？怀人？抑或考虑人生世事？自可留给读者以想象填补之馀地。小词色彩鲜明，浓淡有致，情趣闲雅，画意极浓。

〔2〕芙蓉:木芙蓉,秋季开花,花冠白色或淡红。金菊:黄色菊花。

〔3〕"红树"句:秋天树林红叶与黄叶相间生辉。

踏莎行[1]

细草愁烟,幽花怯露。凭阑总是销魂处。日高深院静无人,时时海燕双飞去。　　带缓罗衣[2],香残蕙炷[3]。天长不禁迢迢路。垂杨只解惹春风,何曾系得行人住。

〔1〕词写深春独处孤寂念远的一种微妙情思。上片为深院凭阑的感受,"日高深院"勾勒环境,"凭阑"叙述人物,"细草""幽花""海燕",凭阑所见,"愁烟""怯露",赋物以情,借物写人。"双飞"反衬主人公的寂寞情悰。下片为室内的幽怨思绪,人瘦、香残、天长、路远,春风吹拂垂杨,偏不能留住行人,遗憾种种,触人愁怀,何胜怅惘!感触敏锐,体察幽隐,笔锋细微,下字精巧。

〔2〕"带缓"句:言人消瘦,《古诗十九首》:"衣带日已缓"。

〔3〕"香残"句:谓草做的香炷被烧残了。陆龟蒙《邺宫词》之一:"魏武平生不好香,枫胶蕙炷洁宫房。"

踏莎行[1]

祖席离歌[2],长亭别宴[3]。香尘已隔犹回面[4]。居人匹马映林嘶,行人去棹依波转[5]。　　画阁魂消,高楼目断。斜阳只送平波远,无穷无尽是离愁,天涯地角寻思遍。

〔1〕 词写别情离思。上片写饯别送行,隔尘回首,马嘶不行,船转不进,烘托出双方的难舍难分。下片写居者念行者,登楼远望,平波无际,引出无尽离愁。"斜阳"句淡语极富情致,煞拍浓愁密意倾口而出,说尽离愁分量。

〔2〕 祖席:古代出行前祭祀路神叫祖,《诗经·大雅·韩奕》篇有"韩侯出祖"语,后引申为饯别。祖席,饯别的宴席。

〔3〕 长亭:秦汉时驿路建亭,为路人休息饯别之所,《唐宋白孔六帖》:"十里一长亭,五里一短亭。"

〔4〕"香尘"句:写双方依依难舍的情态。香尘,地上有落花故云,亦暗示时序。

〔5〕 去棹:离去的旅船。棹,划船的桨。此处代指船。

踏　莎　行〔1〕

小径红稀〔2〕,芳郊绿遍。高台树色阴阴见〔3〕。春风不解禁杨花,濛濛乱扑行人面〔4〕。　　翠叶藏莺,朱帘隔燕。炉香静逐游丝转。一场愁梦酒醒时,斜阳却照深深院。

〔1〕 小词写春光流逝所触发的淡淡轻愁。上片展示花谢春残、绿叶阴森、杨花飘落的郊原风光,为主人布设外景。过片承上启下,笔触转向室内。炉香袅袅,宛如游丝回环,气氛阒寂幽静。煞拍倒点时序,见出主人独对炉香、闲愁萦绕,正当梦醒酒消之后,此时残阳斜照,院落幽深,则主人孤寂无聊、惆怅莫名之意绪,愈加不言而明。全篇只写气象,以景见情,烘染出寥落心态。《蓼园词选》谓句句悉有寓托,如"花稀叶盛,喻君子少小人多"云云,未免求之过深。

〔2〕 红稀:指花少。

〔3〕"高台"句:写楼台间树木荫浓,现出一派幽深气象。

〔4〕“春风”二句:春风不解阻止杨花飘落,飞絮扑人。借寓春光难留之意。

殢人娇[1]

二月春风,正是杨花满路。那堪更、别离情绪。罗巾掩泪,任粉痕沾污。争奈向、千留万留不住[2]。　　玉酒频倾,宿眉愁聚[3]。空肠断、宝筝弦柱。人间后会,又不知何处。魂梦里、也须时时飞去。

〔1〕词写闺中少妇的怨离伤别。起笔点时令,“杨花满路”暗寓别离气氛,以下醒题后,着力刻画闺人神态与思绪。“掩泪”二句,见伤心至极,“留不住”,回应“那堪”,倾酒难解愁绪,弹筝愈增伤情。末言纵后会难凭,亦当梦中相觅。情态真切,心绪回环,语言爽畅,略无含蕴。

〔2〕争奈向:怎奈何。

〔3〕宿眉:经宿未画之眉。喻心情不佳,懒得及时画眉。

蝶恋花[1]

帘幕风轻双语燕。午醉醒来,柳絮飞撩乱。心事一春犹未见[2]。馀花落尽青苔院。　　百尺朱楼闲倚遍。薄雨浓云,抵死遮人面[3]。消息未知归早晚。斜阳只送平波远。

晏殊《浣溪沙》（一曲新词酒一杯）

〔1〕词写暮春朱楼望归人的生活小景。上片写主人公,午醉醒来,心事凝重。风轻燕语,柳絮乱飞,花落青苔,院内帘外暮风景象,反衬人孤寂,挑逗人之思绪。下片承上写心潮难平、倚楼望远。“倚遍”,见凝望之久;“浓云”,怨天不相人;“斜阳”句,言期待虽久,仍不甘心停息。全词依时序,由午到晚,融情入景,情景交错。

〔2〕“心事”句:意谓一春天未圆团聚之梦。

〔3〕抵死:犹偏要。

踏　莎　行〔1〕

碧海无波,瑶台有路〔2〕。思量便合双飞去。当时轻别意中人,山长水远知何处。　　绮席凝尘,香闺掩雾〔3〕。红笺小字凭谁附。高楼目尽欲黄昏,梧桐叶上萧萧雨。

〔1〕此词表现“轻别意中人”的悔恨心情。先述追悔之故:当年瀛海仙山有路无险,联翼双飞,好梦易圆,由于轻别,错过机缘,伊人去向难知。次写忆念之情:如今绮席香闺,空置已久,音讯难通,登高伫望,一派萧索。“无波”“有路”,以比兴倾诉心事,直中含婉;“凝尘”“掩雾”以描述勾勒现境,景中有情;收尾以景结情,含绵绵无尽思绪。

〔2〕“碧海”二句:谓不难走向圣洁的理想境界。碧海、瑶台,代指海上仙山、陆地仙境,人们追求的理想境域。

〔3〕“绮席”二句:形容美人居留过的遗迹凄冷荒凉。

采 桑 子[1]

时光只解催人老,不信多情,长恨离亭[2]。泪滴春衫酒易醒[3]。　　梧桐昨夜西风急,淡月胧明。好梦频惊。何处高楼雁一声。

〔1〕词极短小却表现了最有普遍意义的感情波澜和人生感喟,触发人们深长的联想与沉思。时光催人,老境易至;亲故情深,离恨常存;借酒消愁,益增悲慨;层层递进,宣发出人间憾恨。以下刻绘多情人的环境氛围,西风劲吹,梧叶萧萧,窗外淡月,朦胧阴暗,正要在睡梦中满足自己的渴望,一声孤雁的哀鸣,重又把人拖回到凄凉寂落的现实。怅惘之情,将何以堪!人生多憾,"好梦频惊",词人对人生的体验,渗透着某种哲理意味。

〔2〕"不信"二句:意谓不信多情的人生常常蒙受离愁的困扰。

〔3〕"泪滴"句:意谓以酒自我麻醉,霎时醒来,反而悲泪淋漓。

撼 庭 秋[1]

别来音信千里,恨此情难寄。碧纱秋月,梧桐夜雨,几回无寐。　　楼高目断,天遥云黯,只堪憔悴。念兰堂红烛,心长焰短,向人垂泪[2]。

〔1〕词写别后独处深夜中对远行人的刻骨思念之情。首二句直倾心曲,道

出分隔之遥、离情难诉。以下集中刻画深夜离思之深:面对明月当窗、秋雨潇潇,却无法入眠;起而凭高怅望,益发加重愁苦;回房呆对红烛,绛蜡垂泪不止。三层构思,情景交会,步步深入。末化用唐诗,移情于物,借物写人,将离情推向高潮。

〔2〕“念兰堂”三句:杜牧《赠别》诗:“蜡烛有心还惜别,替人垂泪到天明。”此处化用其意。心长焰短,灯心长火焰短,说明主人夜阑不眠,蜡烛即将燃尽,且象征主人情意虽长而能力有限,无法消除远别的憾恨。

山亭柳

赠歌者〔1〕

家住西秦〔2〕,赌博艺随身〔3〕。花柳上、斗尖新〔4〕。偶学念奴声调,有时高遏行云〔5〕。蜀锦缠头无数〔6〕,不负辛勤。　　数年来往咸京道,残杯冷炙漫消魂〔7〕。衷肠事,托何人〔8〕。若有知音见采,不辞遍唱《阳春》〔9〕。一曲当筵落泪,重掩罗巾〔10〕。

〔1〕本篇是《珠玉词》中别开生面之作,它以歌女自述的口吻,倾诉了她一生的辛酸遭遇和冷落晚境。其人身怀绝技,早年在艺坛上争强斗胜,红极一时,暮年踯躅道路,乞人杯羹,知音难逢,终身无托。结拍更以洒泪掩泣的场景宣泄出歌女无穷的凄楚。全篇以叙事为主,盛年的轰动与晚景的凄凉,身怀绝才与知音稀少,形成鲜明反差。歌女的身世,引起晏殊的感情共鸣,歌女的泪水,融汇着词人的伤感情悰。晏殊四十三岁时,因替仁宗生母李宸妃撰墓志,碍于宫闱秘事,未言及宸妃生仁宗,引起仁宗不满,连遭贬谪,此篇如写于此时,很可能在歌女身上隐寓词人的失落之感。白居易曾吟过“同是天涯沦落人,相逢

何必曾相识”之句。本篇的写作心态或与乐天赋《琵琶行》有颇相仿佛之处。

〔2〕 西秦:项羽于秦亡后,三分关中地,称为三秦,其中西秦在咸阳西。曹植《侍太子坐》:“歌者出西秦。”

〔3〕“赌博艺”句:谓自身有多种技艺可与人竞赛。赌,比试高低。博艺,多种技艺。

〔4〕“花柳上”句:指在歌舞技艺上争奇斗胜。

〔5〕“偶学”二句:形容歌声高妙。念奴,唐玄宗时著名歌手。元稹在《连昌宫词》中自注云:“念奴,天宝中名倡,善歌。”《列子·汤问》载,秦青善讴,一次“抚节悲歌,声震林木,响遏行云”。

〔6〕“蜀锦”句:形容美妙的演唱赢得很多赏赠。蜀锦,四川产的绸缎。缠头,赠给歌女的锦帛。白居易《琵琶行》:“五陵年少争缠头,一曲红绡不知数。”

〔7〕“数年”二句:写到处奔波、知遇冷落、生计艰难。咸京,指咸阳。残杯冷炙,指别人吃剩的酒肉。漫消魂,徒然伤心。杜甫《奉赠韦左丞丈二十二韵》:“残杯与冷炙,到处潜悲辛。”

〔8〕“衷肠事”二句:谓埋藏于内心的终身大事,无人托付。

〔9〕“若有”二句:意谓如有知音赏识结纳,愿把最美妙的绝技奉献。知音,赏识理解自己的人,暗用伯牙遇钟子期事。阳春,代指一般人欣赏不了的高级乐曲。《宋玉对楚王问》:“客有歌于郢中者,其始曰《下里》《巴人》,国中属而和者数千人。……其为《阳春》《白雪》,国中属而和者不过数十人。”

〔10〕“一曲”二句:写歌女的感伤情态。她酒筵间强颜作笑,一曲歌罢,眼泪垂落,旋又悲从中来,泪水难控,只好以罗巾掩面,不让他人看到,把痛苦自己吞咽。

破阵子

春景〔1〕

燕子来时新社〔2〕,梨花落后清明。池上碧苔三四点,叶底黄鹂一两声。日长飞絮轻。　　巧笑东邻女伴，采桑径里逢迎。疑怪昨宵春梦好，元是今朝斗草赢[3]。笑从双脸生。

〔1〕本篇仿佛是一幅妇女踏青游春的风俗画。上阕写新春郊原风光，燕子飞舞，梨花初落，池生碧苔，黄鹂巧啭，飞絮轻飘，一派生机盎然的春色。下阕描绘青年妇女游春的情景，桑径里逢迎，风趣的对话，娇羞的笑容，体现出她们的天真活泼和高昂兴致。小词充满生活气息，为当年少女踏青的风俗，留下了美妙精致的剪影。

〔2〕"燕子"句：谓燕子在春社之日飞来。旧时每年有春、秋两个社日，邻里聚会祭土神，非常热闹。新社，指春社，立春后第五个戊日是春社日。

〔3〕"疑怪"二句：怪不得昨夜做了好梦，原来今天斗草得胜了。斗草，妇女游春时采百草为戏。《荆楚岁时记》："五月五日，四民并蹋百草，又有斗百草之戏。"

玉　楼　春

春　恨[1]

绿杨芳草长亭路，年少抛人容易去[2]。楼头残梦五更钟，花底离情三月雨。　　无情不似多情苦，一寸还成千万缕。天涯地角有穷时，只有相思无尽处。

〔1〕全篇刻画居者刻骨镂心的离愁和幽怨。开篇点明春日长亭送别，"抛人""容易"，微露怨慕口吻。以下由此引发，专写离愁。"楼头""花底"，

逗人念远之地;“五更钟”“三月雨”,撩人离思之时。两句含蕴深沉而下字工巧。随后以反衬、具象、对比法将相思离愁形容得淋漓尽致。多情则烦恼无边,何如无情!一寸相思变成千愁万绪,无计摆脱;天涯地角也有边际,而唯相思情永无尽休。何等钟情痴心之语。整篇不假故实,全用白描,而缠绵宛转,一往情深。

〔2〕“年少”句:赵与时《宾退录》引《诗眼》载:晏几道见蒲传正云:“先公平日小词虽多,未尝作妇人语也。”传正云:“‘绿杨芳草长亭路,年少抛人容易去。’岂非妇人语乎?”晏曰:“公谓‘年少’为何语?”传正曰:“岂不谓其所欢乎?”晏曰:“因公之言,遂晓乐天诗两句,盖‘欲留所欢待富贵,富贵不来所欢去。’”传正笑而悟。赵与时引述这则故事后,作按语谓,此处“年少”,与乐天诗中“年少”不同,从全篇看应指所欢。赵氏按语是对的,大晏小词不乏恋情之作,此处大约由于封建礼教观念作怪,而有意曲为长者讳耳。

采　桑　子〔1〕

阳和二月芳菲遍〔2〕,暖景溶溶。戏蝶游蜂,深入千花粉艳中。　　何人解系天边日,占取春风。免使繁红,一片西飞一片东。

〔1〕小词体现一种惜春怜花情怀,表达人们愿美好时光长驻的幻想。先写一年最好的时序、气候和景观,蝶戏蜂游,穿花附芳,足为美好生活的表征。再设想倩人系红日、留春风,使繁红免遭凋残,爱美之心,何等率真而奇幻。

〔2〕阳和:春天暖气。柳宗元《诏追赴都二月至灞亭上》诗:“诏书许逐阳和至,驿路开花处处新。”

渔　家　傲[1]

画鼓声中昏又晓，时光只解催人老。求得浅欢风日好。齐揭调，神仙一曲《渔家傲》[2]。　绿水悠悠天杳杳，浮生岂得长年少。莫惜醉来开口笑[3]。须信道，人间万事何时了。

〔1〕这是一首感叹年光匆迫、青春难驻的小词。上片叹昏晨交替，光阴匆促，而归结到乐观潇洒地面对人生。下片言天高水长、少年短暂，应向醉酒笑傲，求得摆脱人事纷扰。“浮生”句承“时光”而来，“开口笑”与“神仙一曲”相应。全首直白地倾泄人生感喟。

〔2〕“齐揭调”二句：谓高声唱一曲歌，似神仙一样潇洒。揭调，高调。《渔家傲》此词调始自晏殊。

〔3〕“莫惜”句：杜牧《九日齐山登高》诗，有“尘世难逢开口笑”之句，此反用其意。

渔　家　傲[1]

越女采莲江北岸，轻桡短棹随风便[2]。人貌与花相斗艳。流水慢，时时照影看妆面。　莲叶层层张绿伞，莲房个个垂金盏。一把藕丝牵不断。红日晚，回头欲去心撩乱。

〔1〕词写江南少女溪塘采莲的生活小景。开篇点题,以下写轻舟容与,人面荷花掩映,莲叶似伞,莲房如盏,人物景象十分美妙。少女照影看妆的描写,细节尤为生动。全篇人与花交插点染,相互辉映,语言明畅通俗,颇有民歌风情。

〔2〕轻桡短棹:轻便小巧的船桨。桡,桨。棹(zhào照),摇船的用具。

张昪

张昪(992—1077),字杲卿,韩城(今属陕西)人。大中祥符八年(1015)进士,累官参知政事、枢密使,曾与韩琦决策立英宗,以太子太师致仕。《宋史》列传作“张昪”,《宋史·仁宗纪》《宰辅表》及宋人文集所收制书多作“张昪”。《青箱杂记》、《过庭录》各录其词一首。

满江红[1]

无利无名,无荣无辱,无烦无恼。夜灯前、独歌独酌,独吟独笑。况值群山初雪满,又兼明月交光好[2]。便假饶百岁拟如何,从他老[3]。　知富贵,谁能保。知功业,何时了。算箪瓢金玉,所争多少[4]。一瞬光阴何足道,但思行乐常不早。待春来携酒殢东风[5],眠芳草。

〔1〕这篇词以直倾胸臆的手法表达自己不计名利、看穿富贵、超拔烦恼、悠游岁月的襟抱。上阕由超然物外的心境,歌酒吟笑的生活,雪月交辉的环境,归结到如此生活,可以任其自然,到老无悔。下阕言富贵难保,功业无尽,贫富相差无几,生命时光有限,推导出唯早及时游乐。末句再以携酒游春的计划收结。当时词坛多以比兴宛曲手法写柔情,本篇以议论入词,咏唱逍遥人生,在内容、手法和风调上可谓别具面目。其中渗融着《庄子》的齐物观和相对论。

〔2〕“况值”二句:形容满山白雪和皎洁明月交相辉映。

〔3〕“便假饶”二句:谓即使百年亦任其自然。假饶,假定之辞。李山甫

《南山》诗:“假饶不是神仙骨,终抱琴书向此游。”

〔4〕“算箪瓢”二句:谓贫贱与富贵相差无几。箪瓢,指贫穷生活,《论语·雍也》:“一箪食,一瓢饮,在陋巷,人不堪其忧。”

〔5〕殢东风:滞留于春风中。殢,滞留。

离亭燕[1]

一带江山如画,风物向秋潇洒。水浸碧天何处断,翠色冷光相射[2]。蓼岸荻花中[3],隐映竹篱茅舍。　天际客帆高挂,门外酒旗低迓[4]。多少六朝兴废事,尽入渔樵闲话[5]。怅望倚危栏,红日无言西下。

〔1〕此词当为张昪寓居金陵登临怀古而作。起两句鸟瞰金陵形胜所得的总体印象,“如画”见出江山绮丽,“潇洒”突出秋光萧疏。以下具体描述所见景观:跷望江流,水天相接;俯视岸渚,村落掩映;远处水上云帆高挂;近处村头酒旗低垂。画面层次分明,动静交映,疏淡有致,展现了金陵古都“江山如画”的特色。由此即景生情,引发六朝兴亡之感,“渔樵闲话”,含盖无限得失评论、历史感喟。煞拍倚栏怅望,倒点词旨。“红日无言西下”,既写现实场景,又暗喻政治形势,且渗透感怆情悰,个中内涵,令人品味不尽。

〔2〕“翠色冷光”句:谓天空的翠碧与江水的闪光互相映射。

〔3〕蓼(liǎo了)岸荻花:长满蓼草荻花的岸渚。

〔4〕低迓(yà亚):指低垂迎宾。

〔5〕“多少”二句:谓六朝(东吴、东晋、宋、齐、梁、陈)兴亡的历史故事,成为人们闲谈的资料。渔樵,渔人、樵夫。

李冠

李冠，字世英，历城（今山东济南市历城区）人。以文学见称，其词曾受到王安石、陈师道等人赞许，做过乾宁（今河北青县）主簿。有《东皋集》，不传。《全宋词》从《唐宋诸贤绝妙词选》《花草粹编》诸书，辑录其词五首。

六州歌头〔1〕

秦亡草昧〔2〕，刘项起吞并〔3〕。鞭寰宇，驱龙虎，扫欃枪，斩长鲸〔4〕。血染中原战，视馀耳，皆鹰犬，平祸乱，归炎汉，势奔倾〔5〕。兵散月明，风急旌旗乱，刁斗三更〔6〕。共虞姬相对，泣听楚歌声。玉帐魂惊，泪盈盈〔7〕。　念花无主，凝愁苦，挥雪刃，掩泉扃〔8〕。时不利，骓不逝，困阴陵，叱追兵〔9〕。呜喑摧天地，望归路，忍偷生〔10〕！功盖世〔11〕，何处见遗灵？江静水寒烟冷，波纹细、古木凋零。遣行人到此，追念益伤情，胜负难凭。

〔1〕此词一本有题曰"项羽庙"。项羽庙又称霸王庙，在今江苏省徐州市内，近代已残破。此当为作者经项羽庙即地怀古而作。秦失其政，陈涉首难，豪杰蜂起，项羽起兵陇亩，转战南北，剪灭强秦，号令诸侯，战功盖世。终因居功傲世，忽视权谋，兵败自杀。司马迁《项羽本纪》纪述其一生经历。李冠浓缩《史记》妙文，用词体重新塑造这位咤叱风云的人物，写得慷慨悲壮，气势非凡。起二句领起全篇，中间灭秦之功，楚汉之战，垓下之围，别姬自刎，层层写来，次第

井然，有声有色。末以感叹凭吊语，收结到现境怀古上。功业的壮伟，失败的骤然，末路的悲凉，英雄的不可一世，和美人的缠绵多情，相辅相成，前后映衬。在当时词坛上确是少有的英气虎虎之作。无怪《后山诗话》谓："刘潜大侠也，喜诵之。"程大昌《演繁露》亦云：此词音调悲壮，感叹兴亡，"闻其歌，使人慷慨，良不与艳词同科。"

〔2〕草昧：形容时世混乱。或指草野、民间。

〔3〕"刘项"句：刘邦、项羽起而吞并天下。刘邦，字季，江苏丰县人，秦二世元年，起兵响应陈胜起义，与项羽同为反秦主力。推翻秦朝后，被项羽封为汉王，据有巴蜀、汉中之地。随后开始了长达五年的楚汉战争，战胜项羽，建立汉朝，称汉高祖。项羽，秦末农民起义军领袖，名籍，字羽，下相（今江苏宿迁西）人。秦二世元年，从叔父项梁起义，在钜鹿之战中，率军摧毁秦军主力。秦亡后，自立为西楚霸王，恢复分封制。在楚汉战争中，为刘邦击败，自刎于乌江（今安徽和县东北）。

〔4〕"鞭寰宇"四句：概述项羽以强大声势推翻暴秦的显赫战绩。谓驱使强兵虎将，征讨天下，扫荡秦军，消灭其主力。特别是钜鹿之战，项羽破釜沉舟，挥师鏖战，俘获秦将，消灭了秦军，威镇四海。欃枪，彗星，比喻秦朝。长鲸，大鱼，比喻敌人劲旅。

〔5〕"视馀耳"五句：概述楚汉之争，战局急转直下，项羽部属归顺刘邦，楚军一败涂地，残部落荒南奔。馀耳，指陈馀、张耳，两人为刎颈之交，一同起兵反秦，秦亡后，项羽封张耳为王，陈馀因未得封，怨项羽，起兵击张耳，投奔刘邦，后张耳亦归附刘邦。刘邦把陈馀、张耳辈视为暂时可利用以猎取政权的鹰犬。汉以火德王，故称炎汉。

〔6〕"兵散"三句：此三句以下写项羽兵败南逃、垓下被围情景。月明之夜，溃不成军，旌旗散乱，深更但闻四面楚歌。刁斗，军中金属器具，用以煮饭打更。

〔7〕"共虞姬"四句：写垓下与虞姬诀别。项王悲歌慷慨，歌曰："力拔山兮气盖世，时不利兮骓不逝。骓不逝兮可奈何，虞兮虞兮奈若何！"时虞姬也悲歌相和云："汉兵已略地，四方楚歌声。大王意气尽，贱妾何聊生！"（《楚汉春秋》）

〔8〕“念花无主”四句:写虞姬以死殉情,报答项羽,挥刀自刎,埋入黄泉。

〔9〕“时不利”四句:写项羽阴陵叱敌。骓,苍白杂毛的马。阴陵,今安徽定远县西北。据史载,项羽至阴陵,陷大泽中,汉将尾追,项王瞋目叱之,敌骑人马惊惧,退避数里。

〔10〕“呜喑”三句:写乌江自刎。项羽逃至乌江,乌江亭长划船接应他渡江南归,他不愿偷生,拒绝渡江,自刎身亡。

〔11〕功盖世:司马迁称其战功,以为“近古以来未尝有也”。

蝶恋花

春暮〔1〕

遥夜亭皋闲信步〔2〕。才过清明,渐觉伤春暮。数点雨声风约住〔3〕。朦胧淡月云来去。　　桃杏依稀香暗度。谁在秋千,笑里轻轻语?一寸相思千万绪,人间没个安排处。

〔1〕此为长夜闲步触景怀人之词。起句时、地、行一笔点明,进而承以“伤春”情怀。风吹雨歇,月淡云轻,桃杏飘香,三句描绘出一个宁静、幽美、充满韵味的深春夜景。此时忽听秋千架下,软语娇笑,这温馨动情的一幕,触动起自己的联想和缅怀,一时间心绪缭乱,怀旧情浓,尾句更以重笔宣泄出心思的分量。

〔2〕遥夜:长夜。亭皋:有亭台的河岸。

〔3〕风约住:指风把云雨吹散。

宋祁

宋祁(998—1061),字子京,安州安陆(今湖北安陆)人,徙居开封雍邱(今河南杞县)。仁宗天圣二年(1024)与其兄宋庠同举进士,时号“大小宋”。历任知制诰、工部尚书、翰林学士承旨等官,主修《唐书》,死谥景文,有《景文集》。词多留连光景,时或融化前人诗句,不乏佳句。赵万里《校辑宋金元人词》辑存其词六首。

浪淘沙近〔1〕

少年不管,流光如箭,因循不觉韶光换。至如今,始惜月满、花满、酒满。　　扁舟欲解垂杨岸,尚同欢宴〔2〕。日斜歌阕将分散〔3〕。倚兰桡,望水远、天远、人远。

〔1〕这是一首筵间惜别词。宋祁做过寿州(今安徽寿县)守。据《能改斋漫录》卷十七载,刘敞(字原父)守扬州时,宋祁赴寿春,路经扬州,刘敞设宴招待,并作《踏莎行》以侑欢。宋祁即席写成此篇以酬和。上阕言少年不知爱惜光阴、珍重情意,到老始知花好月圆、亲朋欢聚之难得。下阕点题后,集中吟咏惜别之情。词由年岁的增长说到感受之不同,然后具体写到当前的暂聚即别的依恋情悰,将沉厚思致注入友情。两阕尾句:“月满、花满、酒满”“水远、天远、人远”,两两对比,代表两种景况,构思亦颇精巧。

〔2〕“扁舟”二句:言眼下尚欢聚一堂,匆刻即解船离去。

〔3〕歌阕:歌罢。

玉 楼 春

春 景[1]

东城渐觉风光好，縠皱波纹迎客棹[2]。绿杨烟外晓寒轻，红杏枝头春意闹。　　浮生长恨欢娱少[3]，肯爱千金轻一笑[4]。为君持酒劝斜阳，且向花间留晚照。

〔1〕小词写探春情怀。上片言在春光烂漫中，荡小舟到城东波纹轻细的小溪上探春。"绿杨"二句，描绘所见之景，色彩明丽，对仗精美，《人间词话》谓"着一闹字而境界全出"，可称的评。下片抒发惜时的感触。人生忧患常多，欢娱常少，以此宁肯抛舍物质财富而追寻精神享受。劝斜阳留花间，更体现出对春意的低徊眷恋。全词洋溢着春的优美和生机，荡漾着爱美惜春、珍视人生的情趣。宋祁因此词被称为"'红杏枝头春意闹尚书'，当时传为美谈"(《花草蒙拾》)，自非偶然。

〔2〕縠(hú 壶)皱波纹:形容水波细小如纱绸。縠，皱纱一类丝织品。

〔3〕浮生:飘浮不定的一生。

〔4〕肯爱:岂肯吝惜。

锦 缠 道[1]

燕子呢喃，景色乍长春昼。睹园林、万花如绣。海棠经雨胭脂透。柳展宫眉[2],翠拂行人首。　　向郊原踏青,恣歌携手。醺醺、尚寻芳酒。问牧童、遥指孤村道:“杏花深处,那里人家有[3]。”

〔1〕本篇见《类编草堂诗馀》,《草堂诗馀前集》作无名氏,赵万里辑入《宋景文公长短句》,一般认为是宋祁作。词写郊原踏青恣意寻欢。前阕描绘园林春景,以燕声开篇,“春昼”领起。继写万花绚烂,海棠化妆,翠柳展眉,给人以春意盎然,春禽碎语,花柳媚人之趣。过片倒点题旨,“恣歌携手”,用一特写镜头,映出纵情游乐之态。既醉而“尚寻芳酒”,且以打探酒家的对话收煞,动态宛然在目,兴致之浓,自不待言。

〔2〕宫眉:宫女的眼眉。韩偓《忍笑》诗:“宫样梳头浅画眉,晚来妆饰更相宜。”

〔3〕“问牧童”三句:从杜牧《清明》诗:“借问酒家何处有?牧童遥指杏花村”化来。

尹洙

尹洙(1001—1047),字师鲁,河南(今河南洛阳)人。仁宗天圣二年(1024)进士,历官馆阁校勘、通判濠州、知泾州、渭州、庆州、潞州等,与范仲淹、欧阳修等雅善。著有《河南先生文集》,存词一首。

水调歌头

和苏子美〔1〕

万顷太湖上〔2〕,朝暮浸寒光。吴王去后,台榭千古锁悲凉〔3〕。谁信蓬山仙子,天与经纶才器,等闲厌名缰〔4〕。敛翼下霄汉,雅意在沧浪〔5〕。　晚秋里,烟寂静,雨微凉。危亭好景,佳树修竹绕回塘。不用移舟酌酒,自有青山渌水,掩映似潇湘〔6〕。莫问平生意,别有好思量。

〔1〕本篇一说为欧阳修词,龚鼎臣《东原录》认为是尹洙作。尹洙与苏子美(名舜钦)为好友,政治见解相近,志趣相投。苏舜钦因支持范仲淹政治改革受旧派诬陷,削职为民,退居苏州,建沧浪亭自娱,作《水调歌头·沧浪亭》,本篇为和苏舜钦而作。上阕写沧浪亭环境与来历。"太湖"二句勾勒大环境,"吴王"二句言地域历史陈迹,"谁信"以下述沧浪亭来历,收拍落到"沧浪"。下阕咏徜徉此亭的雅趣。先言秋凉季候宜人;次述景观幽美,亭、塘、树、竹、青山、绿水,宛如潇湘;末收到隐沦志趣,与"雅意在沧浪"扣合。全篇阐扬了沧浪主人

"安于冲旷,不与众驱"(《沧浪亭记》)的超拔襟怀。

〔2〕 太湖:苏州太湖,风光秀丽,经苏州河汇入长江。

〔3〕 "吴王"二句:写苏州古吴国遗留的陈迹一派荒凉。苏州为春秋时代吴国都城,留有宫阙苑囿遗迹。韦应物《奉送从兄宰晋陵》诗:"依微吴苑树"。

〔4〕 "谁信"三句:称扬苏舜钦富有才华智略,却轻视名缰利锁。蓬山仙子,蓬莱山,古代传为仙人所居,此处喻指苏舜钦超尘拔俗。经纶,指治国谋略。

〔5〕 "敛翼"二句:意谓苏舜钦不愿高翔青云,而喜爱隐居沧浪。

〔6〕 潇湘:潇水、湘水,均在湖南,光景幽美,附近有八个著名景点,称潇湘八景。

梅尧臣

梅尧臣(1002—1060),字圣俞,宣州宣城(今安徽宣城)人。以门荫为河南主簿,后调河阳县主簿,历知德兴县、襄城县,后擢国子直讲,累迁尚书都官员外郎。与欧阳修、尹洙等友善,为北宋重要诗人,有《宛陵集》传世,词作仅存二、三首。

苏幕遮[1]

露堤平,烟墅杳[2]。乱碧萋萋,雨后江天晓。独有庾郎年最少[3]。窣地春袍,嫩色宜相照[4]。　　接长亭,迷远道。堪怨王孙,不记归期早[5]。落尽梨花春又了。满地残阳,翠色和烟老。

〔1〕这是一篇咏草词。《能改斋漫录》卷十七载:"梅圣俞在欧阳公座,有以林逋草词'金谷年年,乱生青草谁为主'为美者,圣俞因别为《苏幕遮》一阕云……欧阳公击节赏之。"林逋草词调为《点绛唇》。本篇先以勾勒郊野风光开局,"乱碧"见草盛,"雨后"言草鲜,收拍以庾郎春袍衬映,化用前人诗赋,不着痕迹。过片写路边青草连绵,一望无际,引发旅行思归之情,末再落到草盛春残,"老"字与上文"嫩"字相对应,暗寓春光消逝之意。全篇写春草关联游子和旅思,情与景交错,人与物衬映。

〔2〕烟墅:远烟中的别墅。

〔3〕庾郎:南朝梁代文人庾信,年少即有才名,后出使北魏被扣留,这里代指游子。

〔4〕“窣(sū苏)地”二句:谓拂地绿袍与青草碧色相互辉映。古人多从青草色联想到青袍,《能改斋漫录》卷七《事实》,即举出古诗:“青袍似春草,长条随风舒”;杜诗:“江草乱青袍”,“春草随青袍”;庾信《哀江南赋》:“青袍如草,白马如练”等。

〔5〕“堪怨”二句:《楚辞·招隐士》:“王孙游兮不归,春草生兮萋萋。”王孙,公子之谓。

叶清臣

叶清臣（1003—1049），字道卿，乌程（今浙江吴兴县）人。天圣二年（1024）进士，历官集贤校理、右正言、知制诰、龙图阁学士、权三司使公事，出知澶州、青州、永兴军等。存词二首。

贺圣朝

留别[1]

满斟绿醑留君住[2]，莫匆匆归去。三分春色二分愁，更一分风雨。　　花开花谢，都来几许[3]。且高歌休诉。不知来岁牡丹时，再相逢何处。

〔1〕本篇为饯行筵席间留别友人之作。起笔直叙席上劝酒挽留；继而以风雨春愁陪衬烘染；“花开花谢”由春愁扩展延伸，暗含岁月匆促之慨；“且高歌”，作一开解，回应“满斟绿醑”；末以期盼“相逢”收煞。且劝、且解、且叹惋，未离去即想到“相逢”，足见依恋之深、友情之重。用风雨和愁情对“春色”进行量化分解，构思形象而新颖。

〔2〕绿醑：碧绿的美酒。

〔3〕“都来”句：总算来能有多少回。

欧阳修

欧阳修(1007—1072),字永叔,庐陵(今江西吉安市)人。仁宗天圣八年(1030)进士,历任知制诰、翰林学士、枢密副使、参知政事等职。他与尹洙、梅尧臣等诗文唱和,倡导文风诗风改革,成为北宋文章宗师。一生喜奖掖人才,曾巩、王安石、苏轼兄弟等俱出其门。他既是诗文大家,于词亦有专诣。所作二百七十馀首,写景物,抒襟怀,咏艳情,均有佳作。思路深隽,出语和婉疏畅,与晏殊同出南唐,一时并称。有六十名家词本《六一词》,吴氏双照楼本《近体乐府》及《醉翁琴趣外篇》传世。

采桑子[1]

轻舟短棹西湖好,绿水逶迤[2]。芳草长堤。隐隐笙歌处处随。　　无风水面琉璃滑,不觉船移,微动涟漪[3]。惊起沙禽掠岸飞。

〔1〕仁宗皇祐元年(1049)欧阳修四十三岁曾移知颍州(今安徽阜阳),他很爱其地民俗风物之淳美,已有终焉于此之意。到神宗熙宁四年(1071)他六十五岁致仕之后,遂定居颍州私第。颍州有西湖,当时风光很美。欧公甚爱西湖风光,或结伴同游,或乘兴独往,经常徜徉于画船芳渚,先后写成十首纪游写景的《采桑子》,并有一段《西湖念语》作为组词的序言。这组词常令歌伎在

宴会上演唱,以佐清欢。本篇是西湖组词的第一首。词写泛舟西湖之乐。起句点泛舟,“绿水”“长堤”、声歌四起,勾画了色彩芳鲜、乐声动听的总体环境。以下写湖面行舟的感受,状水面之滑,小舟之轻,水波之微,十分传神。末以沙禽惊飞,骤然划破宁静的画面,给人以无限轻快活动之机趣。

〔2〕逶迤(wēiyí 威仪):形容流水弯曲流逝。

〔3〕涟漪:波纹细小。《诗经·魏风·伐檀》:“河水清且涟漪。”

采桑子〔1〕

春深雨过西湖好,百卉争妍,蝶乱蜂喧,晴日催花暖欲然〔2〕。　兰桡画舸悠悠去〔3〕,疑是神仙,返照波间,水阔风高扬管弦。

〔1〕此为颍州西湖组词之二,词写春深雨过、天晴日暖之际,西湖花繁蝶舞,游船四出,管弦高扬的游乐景观。身临其境,有飘然欲仙之趣。“蝶乱蜂喧”“花暖欲然”,写出了深春的欣欣向荣的氛围。

〔2〕然:同燃,形容花红似火。

〔3〕兰桡:兰木做成的船桨。

采桑子〔1〕

画船载酒西湖好,急管繁弦。玉盏催传〔2〕,稳泛平波任醉眠。　行云却在行舟下〔3〕,空水澄鲜。俯仰留连。疑是湖中别有天。

〔1〕本篇是西湖组词之三,它写泛舟湖面饮酒赏曲的乐趣。醉卧游船,云影倒映湖底,澄澈透明,仿佛别有天地。充满悠然闲怡之趣。

〔2〕玉盏催传:写传杯劝酒情景。

〔3〕"行云"句:写天上的行云倒映湖中。

采　桑　子[1]

群芳过后西湖好,狼籍残红[2]。飞絮濛濛。垂柳阑干尽日风。　笙歌散尽游人去,始觉春空。垂下帘栊,双燕归来细雨中。

〔1〕本篇为西湖组词之四,它写游湖晚归的情景。花残絮飞,风摆垂杨,歌歇人散,入户垂帘,燕子也归来就宿,景物由动入静。

〔2〕狼籍残红:言落花零乱。

采　桑　子[1]

何人解赏西湖好,佳景无时。飞盖相追[2],贪向花间醉玉卮。　谁知闲凭阑干处,芳草斜晖。水远烟微,一点沧洲白鹭飞[3]。

〔1〕本篇为西湖组词之五,它写傍晚湖边凭栏静观所见。起点颍州西湖景无时不佳,驱车岸渚,花丛畅饮,凭栏凝望,夕阳下芳草无边,烟水迷茫,一点白鹭飞翔,宛如一幅淡远的画面,展现眼前。

〔2〕飞盖:飞快的篷车。

〔3〕沧洲:指湖边青色洲渚。

采桑子〔1〕

清明上巳西湖好〔2〕,满目繁华。争道谁家,绿柳朱轮走钿车〔3〕。　游人日暮相将去,醒醉喧哗。路转堤斜,直到城头总是花。

〔1〕本篇为西湖组词之六,词写清明湖边游春的繁闹。起二句点题,次二句游人指点议论华贵游车,过片二句写人们傍晚尽兴而归,末二句以景收结,花满城郊,足见景观之绚丽。

〔2〕上巳:古农历每月上旬巳日为上巳节,魏晋以后改为三月三日,这天男女老少出门游春,叫“踏青”。

〔3〕“争道”二句:人们争着指点那是谁家的华贵游车在绿柳下走过。朱轮,古代高官所乘之车,车轮以红漆涂饰。杨恽《报孙会宗书》:“恽家方隆盛时,乘朱轮者十人。”钿车,用金珠宝石装饰的车子,贵妇所乘。

采桑子〔1〕

荷花开后西湖好,载酒来时,不用旌旗,前后红幢绿盖随[2]。 画船撑入花深处,香泛金卮,烟雨微微。一片笙歌醉里归。

〔1〕本篇为西湖组词之七,词写在荷花丛泛舟醉酒的佳兴。“红幢绿盖”,喻指荷叶纷披;“香泛金卮”,形容花香充盈酒杯;写出徜徉荷花深处的宜人风致。

〔2〕红幢绿盖:形容荷花如帘幕、荷叶如车篷,前后追随。

采 桑 子[1]

天容水色西湖好,云物俱鲜。鸥鹭闲眠,应惯寻常听管弦。 风清月白偏宜夜,一片琼田[2]。谁羡骖鸾,人在舟中便是仙[3]。

〔1〕本篇为西湖组词之八,词写秋夜泛舟西湖的佳致。先写天容、水色、云霞、风物的澄明清新;次借鸥鹭的悠闲,衬映自己襟怀的坦夷;再写风清月白、湖光一碧的环境,而后收到胜过乘鸾飞升,极尽乐天随遇、超然旷放之致。

〔2〕琼田:指莹碧如玉的湖水。

〔3〕“谁羡”二句:谓在舟中飘然欲仙,不再羡慕乘仙车飞升了。骖鸾,神话中以鸾鸟驾车。韩愈《送桂州严大夫》:“远胜登仙去,飞鸾不暇骖”。

采 桑 子[1]

残霞夕照西湖好,花坞蘋汀。十顷波平。野岸无人舟自横[2]。　　西南月上浮云散，轩槛凉生。莲芰香清[3]。水面风来酒面醒[4]。

〔1〕本篇是西湖组词的第九首，词写日落月升时刻凭栏静眺所领略的西湖美景。“月上”与“夕照”，时序紧相承接。“花坞”“波平”“舟自横”，着重写夜景幽寂，“凉生”“香清”着重写感受清爽。“酒面醒”点出景中有人。

〔2〕“野岸”句：出自韦应物《滁州西涧》诗“野渡无人舟自横”句。

〔3〕莲芰：指出水的荷叶、荷花。

〔4〕酒面：饮酒后的面色。实指醉色。

采　桑　子[1]

平生为爱西湖好，来拥朱轮[2]。富贵浮云，俯仰流年二十春[3]。　　归来恰似辽东鹤，城郭人民。触目皆新[4]，谁识当年旧主人。

〔1〕本篇为西湖组词之十，词以直抒胸臆的手法写他喜爱颍州西湖由来已久，从初任颍州知州到如今退休颍州私宅，二十年恍如一瞬，字句间渗透着无限今昔之感。

〔2〕“来拥”句：指来颍州就任知州。朱轮，太守所乘车子。

〔3〕“俯仰”句：欧阳修于皇祐二年(1050)秋离颍州知州任，到熙宁四年(1071)退休归颍，恰为二十年。

〔4〕“归来”三句：化用《搜神后记》中辽东鹤的故事。据传说辽东人丁令威学道成仙，后化鹤归来，飞落城门华表柱上，有少年欲射之。鹤飞鸣作人语曰：“有鸟有鸟丁令威，去家千年今始归。城廓如故人民非，何不学仙冢累累。”

朝中措

送刘仲原甫出守维扬〔1〕

平山阑槛倚晴空〔2〕,山色有无中〔3〕。手种堂前垂柳〔4〕,别来几度春风。　　文章太守,挥毫万字〔5〕,一饮千钟。行乐直须年少,尊前看取衰翁〔6〕。

〔1〕刘敞,字原甫,曾任知制诰、翰林学士等。仁宗嘉祐元年(1056),刘敞出守扬州,欧阳修时在京师,作此词送行。本篇先从友人任职州郡景观旧迹下笔。殿阁凌空,四望旷远,起笔极有气势。继而探询手植垂柳的变化,“几度春风”,暗寓无限今昔之感,颇具摇曳跌宕之致。太守挥毫的描写,将友人敏思豪饮下笔不休的气度呈现眼前。转笔再写自身,仿佛苍颜白发犹争胜于樽前,洒脱恣纵之中微露苍凉勃郁之气。全篇气韵由高旷、低徊而转入豪放恣睢,与“醉翁”之致颇为相通。迥不与风情艳词同科。

〔2〕平山:平山堂。仁宗庆历八年(1048)欧阳修出任扬州太守时所建。叶梦得《避暑录话》卷一载,“欧阳文忠公在扬州作平山堂,壮丽为淮南第一,上据蜀冈,下临江南数百里,真、润、金陵三州,隐隐若可见。公每暑时,辄凌晨携客往游。”

〔3〕“山色”句:王维《汉江临泛》诗,有“江流天地外,山色有无中”之句,此借用其句,描写江南远山隐约可见。苏轼《水调歌头》咏快哉亭词曾云:“认得醉翁语,山色有无中。”

〔4〕“手种”句:张邦基《墨庄漫录》卷二载,“扬州蜀冈上有大明寺平山堂前欧阳文忠公手植柳一株,谓之‘欧公柳’。”

〔5〕“文章”二句:称颂刘敞文思敏捷。据《宋史·刘敞传》谓刘敞“为文尤赡敏,掌外制时”,起草诏书,“立马却坐”,顷刻而成。

〔6〕“行乐”二句:谓年轻人善于寻欢取乐,看我这苍颜老翁在酒樽前也不甘示弱。看取,看着。

长相思[1]

花似伊,柳似伊。花柳青春人别离[2],低头双泪垂。
长江东,长江西,两岸鸳鸯两处飞,相逢知几时。

〔1〕这是一首写闺妇忆人伤别的小词。上片以春花、绿柳拟其人之妩媚多姿,点出别离之后,再状其伤别之态。下片写其伤离心绪,以鸳鸯隔江分飞衬映,以盼相逢收结。言浅意挚,颇具民歌风调。

〔2〕花柳青春:花红柳绿的时光、如花似锦的年华,语含双重意蕴。

踏莎行[1]

候馆梅残[2],溪桥柳细。草薰风暖摇征辔[3]。离愁渐远渐无穷,迢迢不断如春水。　　寸寸柔肠,盈盈粉泪。楼高莫近危阑倚。平芜尽处是春山[4],行人更在春山外。

〔1〕本篇是欧阳修写男女离情的名作。上片写远行郎君的离愁,由远行引出离思。“候馆”“溪桥”,点经行之地迢遥;“梅残”“柳细”,见远行之时在初

春;“草薰风暖”,烘染春光和煦,反衬离愁凝重。“如春水”即事取景,以景寓情,写出离愁之长、之浓,笔触精当细腻,极切极婉,语语倩丽。下片写闺阁少妇念远,由心情展延到外景。“柔肠”“粉泪”,见佳人思念情深。“楼高”句作一跌宕,收拍荡开视野,怅望行人之远,借景写情,远韵悠然无尽。淡语浓情,“不厌百回读”(《词统》)。

〔2〕候馆:出自《周礼·地官》“市有候馆”,指都市接待旅客的宾馆。

〔3〕“草薰”句:意谓在芳草吐香春风送暖的日子骑马走上征途。草薰,草香薰蒸。江淹《别赋》有“闺中风暖,陌上草薰”句。征辔,代指马匹。

〔4〕平芜:一望无际的平阔草地。

望　江　南〔1〕

江南蝶,斜日一双双。身似何郎全傅粉〔2〕,心如韩寿爱偷香〔3〕。天赋与轻狂。　　微雨后,薄翅腻烟光〔4〕。才伴游蜂来小院,又随飞絮过东墙。长是为花忙。

〔1〕本篇是一首咏江南蝴蝶的小令。起笔直述描写对象,然后以人喻蝶,由形貌到心性。再从“轻狂”生发,写双蝶雨后穿烟霞、伴游蜂、飞越小院东墙,“为花忙”,一句总结蝴蝶天性,关合上文。写蝶观察细致,刻画维妙维肖,且将蝶拟人,以人写物,赋物以情,构思精巧。

〔2〕“身似”句:写蝶翅的体表仿佛涂抹脂粉精心化妆。何郎,指何晏,《世说新语·容止》载:“何平叔(晏)美姿仪,面至白,魏明帝疑其傅粉。”

〔3〕“心如”句:言蝴蝶性喜寻花觅柳、爱美偷香。韩寿,字德真,官至散骑常侍、河南尹。《世说新语·惑溺》载:“韩寿美姿容,贾充辟以为掾。充每聚会,贾女……见寿,悦之,恒怀存想,发于吟咏。后婢往寿家,具述如此,并言女光丽。寿闻之心动。”后逾垣与女私通,贾充女身上傅有奇香,别家所无。贾充

从韩寿身上闻到此种香味,怀疑其女与韩寿私通,经拷问婢女,得知原委。贾充怕隐秘外扬,乃“以女妻寿”。

〔4〕“薄翅”句:谓轻薄的蝶翅雨后在烟雾中变得湿腻了。

生查子[1]

去年元夜时,花市灯如昼[2]。月到柳梢头,人约黄昏后。

今年元夜时,月与灯依旧。不见去年人,泪满春衫袖。

〔1〕宋时风俗,元宵之夜也是青年男女密约幽会的好时节。情人佳节约会最使人难忘,也最触动人的离思。本篇写元宵忆旧欢,以去年的欢会反衬今年的离愁。去年今夕灯辉、月皎、人圆,今年今夕灯、月依旧而人事已非,泪满春衫,无限凄楚。上下片两两对应,更易数字,而悲欢悬殊。出语明白如话,音节回旋往复,情感挚厚自然。在构思上今与昔、物与人、欢与悲两两对照,与崔护《题都城南庄》有异曲同工之妙。此篇亦作朱淑真或秦观词,曾慥《乐府雅词》成书较早,断为欧公词,当可从之。

〔2〕“去年元夜”二句:宋时元宵很是热闹,《东京梦华录》谓:正月十五元宵,“灯山上彩,金碧相射,锦绣交辉。”刘昌诗《芦蒲笔记》上元词亦有“家家帘幕人归晚,处处楼台月上迟。花市里,使人迷”之句,可见一斑。

蝶恋花[1]

海燕双来归画栋,帘影无风,花影频移动。半醉腾腾春睡重[2],绿鬟堆枕香云拥。　　翠被双盘金缕凤,忆得前春,有个人人共[3]。花里黄莺时一弄,日斜惊起相思梦。

〔1〕这是写少妇深闺忆行人的小词。上片起三句勾画主人公环境物象,“画栋”、垂帘、“花影”,物象楚楚,衬映居人倩丽。次二句描述其人睡态,醉意朦胧,鬓发鬅松,暗示其人疏懒、精神不振。下片紧承“春睡”意脉,点明闺人心事,黄莺一鸣,惊破好梦,与“春睡重”紧相契合。海燕、金凤成双,花影动、黄莺啼,处处触动离思、撩拨闺愁。

〔2〕腾腾:醉后疲懒之态。白居易《戏赠萧处士清禅师》诗:“又有放慵巴郡守,不营一事共腾腾。”

〔3〕人人:对所爱的昵称。共:指在一起。

渔家傲

七　夕[1]

喜鹊填河仙浪浅[2],云軿早在星桥畔[3]。街鼓黄昏霞尾暗,炎光敛[4],金钩侧倒天西面[5]。　　一别经年今始见,新欢往恨知何限。天上佳期贪眷恋,良宵短,人间不合催银箭[6]。

〔1〕七夕,指农历七月七日夜,古代民间传说此夕织女渡天河与牛郎相会。梁宗懔《荆楚岁时记》云:“天河之东有织女,天帝之子也;年年织杼劳逸,织成云锦天衣。天帝怜其独处,许嫁河西牵牛郎。嫁后遂废织。天帝怒,责令归东,使一年一度相会。”这则神话故事起源很早,后代续有敷衍和增益。从天

欧阳修《南歌子》（凤髻金泥带）

象学的角度说，织女星在银河西，与河东牵牛星相对，两星方位与古代传说有所不同。从《诗经》以降，古代诗、词对牛郎、织女故事多有题咏。本篇由七夕夜景，写到牛郎织女欢会，由“天上佳期”难逢，进而感叹人间良宵苦短，表达了作者对男女情恋珍惜、重视的情怀。

〔2〕“喜鹊”句：《岁时广记》卷二十六引《淮南子》(今本佚)：“乌鹊填河成桥而渡织女。”

〔3〕“云軿”句：写织女焦急地乘车等待。云軿，有帷幕的车子。

〔4〕“街鼓”二句：谓鼓声已报黄昏，晚霞渐暗，红日敛光。

〔5〕“金钩”句：写日轮沉没远山之景。

〔6〕银箭：刻漏之器。宋之问《寿阳王花烛图》诗：“莫令银箭晓，为尽合欢杯。”

蝶恋花〔1〕

越女采莲秋水畔。窄袖轻罗，暗露双金钏〔2〕。照影摘花花似面，芳心只共丝争乱。　　鸂鶒滩头风浪晚〔3〕。雾重烟轻，不见来时伴。隐隐歌声归棹远，离愁引着江南岸。

〔1〕词写南国佳丽溪间游赏采莲的美妙情景，略如古乐府的《采莲曲》。起句点明人物、环境和事由；次写衣着和装饰，由打扮的轻倩、华贵，映现少女之婉丽；末写采莲动作及心情，倒影入溪，花似人面，荷花人面，相映生辉，引动芳心纷乱如藕丝，笔触精细，极富情致。过片“滩头风浪晚”，时序转换到日暮黄昏，继写暮色苍茫、同伴散去，最后以归棹歌声渐远、离绪萦绕岸头收结，有佳人虽归去而雅韵仍绵绵不尽之致。小词叙写采莲全过程，景象幽美，人物婉丽，动作性强，且富有民歌风情。

〔2〕“暗露”句：写双腕间金手镯忽隐忽现，闪烁发光。

〔3〕鸂鶒(xīchì 溪斥):水鸟名,形大于鸳鸯,多为紫色,亦称紫鸳鸯。

渔家傲[1]

花底忽闻敲两桨,逡巡女伴来寻访[2]。酒盏旋将花叶当[3]。莲舟荡,时时盏里生红浪。　　花气酒香清厮酿,花腮酒面红相向。醉倚绿阴眠一饷,惊起望,船头阁在沙滩上。

〔1〕本篇亦是写江南女郎泛舟采莲的小词,重点描绘女友荡舟聚饮的欢畅场景。起句"闻敲两桨",以行动入题,一笔兼写主、宾两方,次句点明原委,而后进入畅饮描写,她们把荷叶当酒杯,饮酒逗乐,无拘无束,轻舟荡漾中,使盏中酒泛起了"红浪"。以下由"红浪"生发,花气酒香混合酿造,酒味深浓,花腮酒面,相对生辉,映入杯中,故变成"红浪",由此见出这群姑娘活泼尽兴、不惜一醉。由醉而荷丛入眠,眠中游船随风飘荡滩头搁浅,故被惊觉起望,至此戛然而止。全词情节真,动态活,手法新巧,生活气息浓挚,写出了少女天真无邪、自由浪漫的脾性。

〔2〕逡(qūn 困)巡:顷刻之间。

〔3〕"酒盏"句:谓用荷叶当酒杯。隋殷英童《采莲曲》云:"荷叶捧成杯"。

玉楼春[1]

尊前拟把归期说。未语春容先惨咽,人生自是有情痴,此恨不关风与月。　　离歌且莫翻新阕[2]，一曲能教肠寸结。直须看尽洛城花[3]，始共春风容易别。

〔1〕这是一首咏叹人生离别的小词，写法比较别致。全篇于离别情事着墨甚少，仅发端两句描述别宴情态，未分别先说归期，言未出口而容颜凄惨，翻进一层，见出别情凝重。由此引发对人生离别的叹惋和反思：离恨根于自我痴情，离歌益增双方怀思，愁肠寸结，语挚情重。收拍以看花遣兴，聊以缓解离愁，由沉挚转向豪宕，豪宕之中隐含悲慨。王国维谓前后阕收拍二句“于豪放之中，有沉着之致，所以尤高”（《人间词话》）。

〔2〕翻新阕：以旧曲谱新词曰翻，白居易《杨柳枝》：“古歌旧曲君休听，听取新翻杨柳枝。”

〔3〕洛城花：洛城，指洛阳，洛阳盛产牡丹，洛城花指牡丹花。

玉　楼　春[1]

洛阳正值芳菲节，秾艳清香相间发。游丝有意苦相萦[2]，垂柳无端争赠别。　　杏花红处青山缺，山畔行人山下歇。今宵谁肯远相随，惟有寂寥孤馆月。

〔1〕欧阳修多次宦游北宋西京洛阳，本篇是在洛阳所写的一首离别词。先点时、地、环境，突出西京都会、春色烂漫、繁花盛开的特点。然后以“游丝”“垂柳”引出离别，无情之物，赋之以情，“苦相萦”牵，争相赠别，见人生之中离别总难避免。以下继续写途中之景，杏林遮蔽一片山角，行人旁山而歇，路遥日晚，留宿驿舍，倍感清冷，夜不成寐，于是脱口发出惟有孤月相伴的叹息。全词以良辰美景反衬行人的孤寂，绚丽多彩的画面中，活动着偶偶独行的离人，别有

一番滋味在心头。

〔2〕游丝:春季飘浮在空中的蛛网或植物的细小纤维。

玉　楼　春[1]

西湖南北烟波阔,风里丝簧声韵咽。舞馀裙带绿双垂,酒入香腮红一抹。　　杯深不觉琉璃滑,贪看六幺花十八[2]。明朝车马各西东,惆怅画桥风与月。

〔1〕欧阳修四十三岁移知颍州,致仕后又定居颍州,一生与颍州西湖结缘甚深,本篇是在西湖风景区听歌观舞而作。起笔勾画环境,写出西湖水面开阔、烟波浩渺,继以音乐的抑扬萦回,显示其地热闹繁华。"舞馀"二句,从舞后女郎的服饰与芳容,足见其舞姿翩翩动人,舞容娇艳绝伦,"酒入香腮红一抹",酒红又为涂饰胭脂的香腮分外增色,可谓传神之笔!"杯深"承上"酒"字,过渡到观赏者凝神迷恋,贪赏精彩歌舞,不觉深杯畅饮,见出兴致之高。煞笔陡转,乐极而生感,想到今后岁月流逝、各奔东西,回首今日的画桥风月、人生乐事,当会有如许惆怅。收句挽合开端,蕴涵无尽悬想与思绪。

〔2〕六幺花十八:六幺,一种琵琶舞曲名。花十八,是六幺曲的一叠,是表演中最精彩的部分。

玉　楼　春[1]

别后不知君远近,触目凄凉多少闷。渐行渐远渐无书,水阔鱼沉何处问[2]。　　夜深风竹敲秋韵，万叶千声皆是恨。故欹单枕梦中寻，梦又不成灯又烬[3]。

〔1〕这首闺情词，侧重写深闺思妇的别恨。上片揭示离恨原委和凄凉襟绪，别后不知与渠相隔远近，而渐行渐远，音讯杳无。"触目凄凉"，写尽其空虚情悰。下片写其深夜空闺，触物皆恨，倚枕入睡，梦寻难成，灯已烧尽，彻夜不宁。泼墨宣发愁怨，刻绘层层深入，语言痛切，情韵凄惋。

〔2〕水阔鱼沉：形容行程迢遥、音书不见。

〔3〕梦又不成：薛昭蕴《小重山》："愁极梦难成。"

怨春郎[1]

为伊家，终日闷。受尽恓惶谁问[2]。不知不觉上心头，悄一霎身心，顿也没处顿。　　恼愁肠，成寸寸。已恁莫把人萦损[3]。奈每每人前道著伊，空把相思泪眼和衣揾。

〔1〕这是一首带有市民文化品位的恋情词。它以一位痴情女郎口吻，倾诉自己深深眷恋着伊人，为此"受尽恓惶"，虽想放松一下，但全身心连一刻也没处安顿，在无可奈何中想要跳出爱河，然而却没法做到，因为一提到对方，相思泪便无法控制。全词以市井口语、自我倾诉的方式，坦率真诚地展露了内心的委曲、矛盾和秘密，显见出市民女子对爱情追求的大胆、爽快、炽烈、执着。

〔2〕恓惶：烦恼不安貌。

〔3〕"已恁"句：谓既已如此，别再对人家魂牵梦绕了。

南 歌 子[1]

凤髻金泥带[2],龙纹玉掌梳[3]。走来窗下笑相扶。爱道画眉深浅、入时无[4]。　　弄笔偎人久,描花试手初。等闲妨了绣功夫。笑问双鸳鸯字、怎生书。

〔1〕此词表现一对新婚夫妇甜蜜的爱情生活,女主人公居于主动地位。起二句对发型头饰精雕细琢,以衬托新娘的容貌艳美。以下借典型动作、神态和语言,表现新娘温柔活泼、情深意浓。"笑相扶"的细节,"入时无"的问话,使女子满意的心态、天真的个性,透现纸背。学字已久而又继以描花,乃至无心刺绣,足见其与丈夫形影难分。结句"笑问",自况比翼鸳鸯,无限甜蜜感、幸福感,不言而喻。全篇侧重从女方写,人物动作性强,情态毕现,心灵细腻,灵动逼真,宛如一出婚恋短剧。

〔2〕"凤髻"句:凤凰式的发型,束以涂有金色花纹的绸带。

〔3〕"龙纹"句:头发上插着刻有龙纹饰以美玉的掌形梳子。

〔4〕"爱道"句:唐朱庆馀《近试上张水部》诗云:"妆罢低声问夫婿,画眉深浅入时无?"此化用其句。

临 江 仙[1]

柳外轻雷池上雨,雨声滴碎荷声。小楼西角断虹明。阑干倚处,待得月华生。　　燕子飞来窥画栋,玉钩垂下帘旌。

凉波不动簟纹平[2],水精双枕,傍有堕钗横[3]。

〔1〕小词写夏季傍晚、雷雨过后、月下垂帘纳凉的情景。上片写轻雷隐隐,阵雨洒荷,旋即雨收云散,彩虹折射,皓月升空,抓住变幻不定的声响、光线、色彩、景象,绘出了夏季晚景的清凉幽美。下片写燕窥画栋,玉钩垂帘,凉波似簟,凉意袭人,境界精美清幽。末以"水精双枕,傍有堕钗横",见出消闲轻松、乘凉不寐。日常家居雨后消夏度夜的生活,写得平常、自然而真切。

〔2〕"凉波"句:谓池水平静,微微的波纹有如竹席一样细密。

〔3〕"水精"二句:所写情景,与苏轼《洞仙歌》(冰肌玉骨)"人未寝,欹枕钗横鬓乱",颇相仿佛。水精,犹"水晶"。水晶枕,指精细莹澈凉爽的高级枕头。

圣　无　忧[1]

世路风波险,十年一别须臾。人生聚散长如此,相见且欢娱。　好酒能消光景,春风不染髭须[2]。为公一醉花前倒,红袖莫来扶[3]。

〔1〕此词当为与友人久别暂聚、快叙畅饮而作。上片由大处起笔,从"世路风波""人生聚散"说到"相见"不易,归结为且"欢娱"一场。下片自"欢娱"生发,说到酒能消愁,值得为友人一醉方休。直白爽畅的谈论中,渗透着世路人生的喟叹。

〔2〕"春风"句:谓春光不能使人年轻。辛弃疾词"春风不染白髭须"即由此句化出。髭须,指胡须,唇上曰髭,唇下曰须。

〔3〕"红袖"句:白居易《对酒吟》:"今夜还先醉,应烦红袖扶。"红袖,指侍女。

浪淘沙[1]

把酒祝东风，且共从容[2]，垂杨紫陌洛城东。总是当时携手处，游遍芳丛。　　聚散苦匆匆，此恨无穷。今年花胜去年红。可惜明年花更好，知与谁同[3]。

〔1〕仁宗天圣九年(1031)三月，二十五岁的欧阳修至西京洛阳留守钱惟演幕府充任推官，与尹洙、梅尧臣时有唱和游赏，相得甚欢。这年秋后，梅尧臣调往河阳(今河南孟州市)，次年(明道元年)春，梅尧臣曾再至洛阳，写有《再至洛中寒食》《依韵和欧阳永叔同游近郊》等诗。本篇当为明道元年(1032)春间欧阳修与梅尧臣等友人同游洛城东郊旧地有感而作。上片叙故地重游，以祝酒语起笔，既表达眷恋之情，又点明时、地、景观。"当时携手"二句，见与故人同游故地，力争尽兴而归。下片发聚散之感，由今年追想去年，再进而想象明年，春花纵然更红更好，而可惜好友欢聚难期。从这首笔致疏放、思致婉曲的游春词，体现出欧公的深于友情。

〔2〕"把酒"二句：祝愿春光与游人从容相处，以便尽情领略眼前美好风情。此处由司空图《酒泉子》"黄昏把酒祝东风，且从容"化来。

〔3〕"可惜"二句：刘希夷《代悲白头翁》"年年岁岁花相似，岁岁年年人不同"，以春花重放反衬青春不复，此处以春花更美反衬人事难期，用意略同。

浪淘沙[1]

五岭麦秋残[2]，荔子初丹。绛纱囊里水晶丸。可惜天教生处远，不近长安。　往事忆开元[3]，妃子偏怜。一从魂散马嵬关[4]，只有红尘无驿使[5]，满眼骊山。

〔1〕这是一首咏史之作，它借唐明皇专宠杨贵妃以致荒政酿祸的史事，来寄寓鉴戒之意。据《新唐书·杨贵妃传》："妃嗜荔支，必欲生致之。乃置骑传送，走数千里，味未变，已至京师。"苏轼诗《荔支叹》即以快递荔枝殃民祸国发端。本篇紧切荔枝叙事立议。起三句叙荔枝生产、成熟时地，"水晶丸"以借喻法状其形质美。"可惜"一转，言大不由人，令其产生遥远，致生出如许事端。过片醒明题旨，"偏怜"反语以讽。收拍三句，由玉环缢死马嵬，到后人凭吊骊山，一派红尘荒烟。语极简括而历史跨度大，涵盖意蕴深，耐人寻绎。

〔2〕五岭：泛指岭南一带，荔枝产于岭南。

〔3〕开元：开元、天宝，唐玄宗年号，此泛指玄宗时代。

〔4〕"一从"句：指安史之乱起，皇帝兵马逃亡西南，六军哗变，要求处死杨妃，杨妃在马嵬坡被缢而死。

〔5〕"只有"句：反用杜牧《过华清宫绝句》"一骑红尘妃子笑，无人知是荔枝来"诗意，谓眼前只有红尘滚滚，再也见不到快递荔枝的驿使了。

浣　溪　沙[1]

堤上游人逐画船。拍堤春水四垂天。绿杨楼外出秋千[2]。　白发戴花君莫笑，六幺催拍盏频传[3]。人生何处似尊前。

〔1〕词写春天泛舟载酒游湖的潇洒风姿，大约是欧阳修晚年退休颍州西湖所作。上片写船上放眼远眺所见之景：堤上景，着一"逐"字，写出游人熙来

攘往的佳兴;湖面景,着一“垂”字,写出天宇空旷、春水际天的气势;宅边景,着一“出”字,仿佛看到美人戏荡秋千身轻似燕的倩影,最为生动传神。故晁无咎说:“只一‘出’字,自是后人道不到处。”(《能改斋漫录》卷十六引)下片写与友人船内听歌欢饮之事:借头插鲜花、频繁传杯劝酒的神态和自乐其乐的议论,画出了词人潇洒自若、疏放不羁的自我形象。

〔2〕“绿杨”句:王国维《人间词话》云:“余谓此本于正中《上行杯》词‘柳外秋千出画墙’,但欧语尤工耳。”龙榆生《唐宋名家词选》案云:“唐王摩诘《寒食城东即事》诗云:‘蹴踘屡过飞鸟上,秋千竞出垂杨里。’欧公用‘出’字,盖本此。”

〔3〕六幺催拍:美妙的歌曲趁着急促的节拍。六幺,即绿腰,歌曲名。

浣　溪　沙[1]

湖上朱桥响画轮[2],溶溶春水浸春云[3],碧琉璃滑净无尘。　当路游丝萦醉客[4],隔花啼鸟唤行人,日斜归去奈何春。

〔1〕这首小词是写颍州西湖游春的感受。上片侧重描述湖光,云水交映,碧绿澄澈,有如琉璃平滑,一尘不染。下片着意渲染游兴,不曰游人留恋春光,而写游丝牵萦醉客,啼鸟挑逗行人,赋物以情,构思新巧。以“响画轮”起,以“日斜归”收,首尾呼应,且乘车来游的勃勃雅兴,日暮方归的依恋情怀,无不贯注笔端,意存言外。末以“奈何春”煞住,微露惆怅之思。

〔2〕画轮:指华美的游车。

〔3〕溶溶:水盛貌。

〔4〕“当路”句:言春天游丝仿佛挽留为春光陶醉的游人。李白《惜馀春赋》:“见游丝之横路,网春辉以留人。”

定风波[1]

把酒花前欲问君,世间何计可留春。纵使青春留得住,虚语,无情花对有情人。　　任是好花须落去,自古,红颜能得几时新[2]。暗想浮生何时好,惟有,清歌一曲倒金尊。

〔1〕小词以酒筵闲话形式感叹浮生短暂、青春难留。起笔把酒问话,提出留春无计,“纵使”,以假设作一跌宕,而推进到春花无情。由春花无情,故而再好终要“落去”,由花落带出“红颜”易老,进而推导出浮生中惟有把酒听歌最为轻松快意。由“把酒”始,以“倒金尊”收,其中环环相扣,步步递进,饶有循环复沓之致。

〔2〕红颜:指青春年少。李白《赠孟浩然》:“红颜弃轩冕,白首卧松云。”

渔家傲[1]

近日门前溪水涨,郎船几度偷相访。船小难开红斗帐,无计向,合欢影里空惆怅[2]。　　愿妾身为红菡萏[3],年年生在秋江上。重愿郎为花底浪,无隔障,随风逐雨长来往。

〔1〕此首见于《醉翁琴趣外篇》,《花草粹编》误作颍上陶生词。词写江南水乡女郎与男友的炽烈恋情,故事全由女郎口吻说出。上片言两人交往情节,在住宅附近、溪水之滨,两人几度约会,只因小船局促,难设斗帐,无计尽情

畅享初恋的亲慝与缱绻。下片写痴情女郎的奇妙幻想,她假如变成荷花,情郎一似花底碧浪,双方互相依傍,永不分隔,该多好啊!从“偷相访”的行踪,“空惆怅”的情怀,“无隔障”的幻想,表明这对青年人是在某种压力和重重阻碍下,追求自身的爱情目标的。小词显示出旧时代诸种封建桎梏下,普通女性争取婚姻自由的挚情和幻想。词格清丽爽畅,取譬自然,饶有情趣,富有生活气息,颇具民歌风情。

〔2〕合欢影里:谓在合欢花影下。合欢,俗称夜合花,叶似槐叶,至夜即合。嵇康《养生论》:“合欢蠲忿,萱草忘忧。”

〔3〕菡萏(hàndàn 憾旦):荷花。李璟《浣溪沙》词:“菡萏香消翠叶残。”

蝶恋花〔1〕

庭院深深深几许〔2〕。杨柳堆烟,帘幕无重数。玉勒雕鞍游冶处〔3〕,楼高不见章台路〔4〕。　雨横风狂三月暮。门掩黄昏,无计留春住。泪眼问花花不语,乱红飞过秋千去〔5〕。

〔1〕这是一首写深闺佳人伤春的名作。不写佳人先写佳人居处环境。三迭“深”字,则佳人禁锢高门,内外隔绝,闺房寂落之况,可以想见。树多烟浓,帘幕严密,愈见其深。“章台路”当是指郎君平常游冶之处,望而不见正由宅深楼高而来。可知物质环境之华贵,终难弥补感情世界之空寂。望所欢而不见,感青春之难留,佳人眼中之景,不免变得暗淡萧索。面对“雨横风狂”,痛惜春花摇落而下泪,含泪问花花无语,伤花实则自伤,佳人与落花同一命运,物我合一,情景交融,含蕴最为深沉。

〔2〕“庭院”句:李清照《临江仙》词起笔移用此句,并在叙中谓“欧阳公作《蝶恋花》,有‘深深深几许’之语,予酷爱之,用其语……”。欧阳修《近体乐

府》罗泌校语,谓此首亦见《阳春录》,或以为是冯延巳作。

〔3〕玉勒雕鞍:玉质的马衔,雕花的马鞍,代指华美的车骑。

〔4〕章台路:汉代长安章台宫,近旁有章台街,京兆尹张敞常走马过章台街游乐(见《汉书·张敞传》)。《太平广记》引唐尧佐《柳氏传》,记韩翃与歌姬柳氏故事,作有"章台柳"词。后以章台路代指歌妓聚居的花街柳巷。

〔5〕"泪眼"二句:据《词林纪事》卷四张宗橚按语,《南部新书》记严恽诗有"尽日问花花不语,为谁零落为谁开",他认为欧词"结二语,似本此"。

南乡子[1]

好个人人[2],深点唇儿淡抹腮。花下相逢、忙走怕人猜,遗下弓弓小绣鞋[3]。　　刬袜重来[4],半亸乌云金凤钗[5]。行笑行行连抱得,相挨,一向娇痴不下怀。

〔1〕这是描述热恋中少女与情郎幽会的小词。开端二句刻画少女惹人爱慕的风姿和入时的化妆,接写花下赴约,为躲避外人,匆促中丢下绣鞋。旋即着袜重来,不顾乌发鬅松、金钗倾斜,与情郎紧相拥抱,不肯离怀。全词上下一贯,着力描绘人物行动姿态,细节逼真,戏剧性强,写出了热恋中少女既羞涩怕人,又炽热娇媚痴情的脾性。应当说此类恋情词是贴近生活而坦直真诚的。或许有人认为如此露骨的情恋描写不应出自欧阳修笔下。其实文学大家的感情世界是丰富而多元的,何况当时的小词又以惯写男女之情而见长,大家词集中的冶艳之什并不罕见。

〔2〕人人:对所爱悦者的昵称。周邦彦《红窗迥》(几日来):"有个人人,生得济楚。"

〔3〕弓弓:弯弯。

〔4〕刬(chǎn 产)袜:光穿袜子。李煜《菩萨蛮》:"刬袜步香阶,手提金缕

鞋。"刬,犹只、仅。

〔5〕"半亸"句:言乌发下垂、金钗倾斜。亸,下垂貌。

苏舜钦

苏舜钦(1008—1049),字子美,先世居梓州铜山(今四川中江县),后迁开封。仁宗景祐元年(1034)进士。曾任蒙城、长垣县令,后迁大理评事,授集贤校理、监进奏院。时杜衍、富弼、范仲淹主持“庆历新政”。苏舜钦为杜衍婿,因援例以卖故纸钱在进奏院祠神并宴会,为人所劾,以监守自盗罪削职为民,退居苏州,筑沧浪亭自娱,不久病逝。有《苏学士文集》。《花庵绝妙词选》录存其词一首。

水调歌头

沧浪亭〔1〕

潇洒太湖岸,淡伫洞庭山〔2〕。鱼龙隐处,烟雾深锁渺弥间〔3〕。方念陶朱张翰〔4〕,忽有扁舟急桨,撇浪载鲈还〔5〕。落日暴风雨,归路绕汀湾〔6〕。　　丈夫志,当景盛,耻疏闲。壮年何事憔悴,华发改朱颜。拟借寒潭垂钓,又恐鸥鸟相猜〔7〕,不肯傍青纶〔8〕,刺棹穿芦荻〔9〕,无语看波澜。

〔1〕仁宗庆历四年(1044),苏舜钦三十七岁,由范仲淹荐举,授集贤校理、监进奏院。时范仲淹正与杜衍、富弼等人实行“庆历改革”,引起守旧官僚

不满。苏舜钦为杜衍女婿，又为范仲淹举荐。他适于此时援旧例以卖废纸钱赛神宴客，旧派抓住此事大肆弹劾，借以动摇改革派，与宴者一时牵连被贬，苏舜钦以“监主自盗”罪，除名为民。他退闲苏州，构筑沧浪亭，隐居自遣。本篇即罢官次年在苏州作。上阕即景兴感。岸渚秀雅，山峦疏淡，鱼龙深藏，烟云缥渺，不禁念忆及范蠡、张翰能知机识时、及时引退，安享放浪悠闲之趣。扁舟承陶朱，载鲈应张翰。末以景结情，亦暗喻远离风险归栖港湾之意。下阕抒发心曲。丈夫盛年，志在功业，而却憔悴林下，愁摧华发，欲就此息肩垂钓，又恐未忘怀世情而未能契合真隐。收句以姑且游湖作结，“看波澜”云云，意蕴深沉，耐人寻绎。全篇反映作者不甘沉沦、进退矛盾的心态。以词言志抒怀，笔锋驰纵，韵格跌宕，与其超迈横绝诗风波澜莫二，与当时词风有异，可视为其后慷慨清旷的言志词之先声。

〔2〕“淡伫”句：谓洞庭山安静地伫立着。洞庭山，指洞庭西山，为太湖中最大岛屿，主峰名缥缈峰，是太湖名胜之一。

〔3〕渺弥：湖水充盈弥漫无际貌。

〔4〕“方念”句：意谓向往古代名士引身高蹈。陶朱，春秋越国范蠡，辅佐句践灭吴后，鉴于句践难于共富贵，“乃乘扁舟，浮于江湖，变名易姓”，弃官从商，人称陶朱公(见《史记·货殖传》)。张翰，晋代吴郡人，字季鹰，在洛城齐王司马冏幕下任职，见政局混乱，乃托辞归乡。《世说新语·识鉴篇》载其事云：“见秋风起，因思吴中菰菜羹、鲈鱼脍，曰：‘人生贵得适意尔，何能羁宦数千里以要名爵。’遂命驾便归。”

〔5〕撇浪：搏击风浪。

〔6〕汀湾：指水中港湾。

〔7〕鸥鸟相猜：谓鸥鸟疑人有机心。《列子·黄帝》：“海上之人有好沤鸟者，每旦之海上，从沤鸟游，沤鸟之至者百住而不止。其父曰：‘吾闻沤鸟皆从汝游，汝取来吾玩之。’明日之海上，沤鸟舞而不下也。”沤，通“鸥”。

〔8〕“不肯”句：不肯依傍官场之人。青纶(guān 关)，青丝织成的印绶，代指为官身份。《后汉书·仲长统传》：“无半通青纶之命。”

〔9〕刺棹：犹刺船，即撑船。《庄子·渔父》：“刺船而去。”

韩琦

韩琦（1008—1075），字稚圭，相州安阳（今河南省安阳县）人。仁宗天圣五年（1027）进士。初授将作监丞、通判淄州，历开封府推官、三司度支判官、右司谏等。宝元初年西夏犯边，被任为陕西安抚使，守边有功，名重一时。嘉祐初为枢密使，后拜同中书门下平章事，封魏国公，谥忠献。有《安阳集》。《全宋词》辑其词五首。

点绛唇[1]

病起恹恹[2]，画堂花谢添憔悴。乱红飘砌，滴尽胭脂泪。

惆怅前春，谁向花前醉。愁无际。武陵回睇[3]，人远波空翠。

〔1〕此词最早载于宋吴处厚《青箱杂记》，其卷八云："韩魏公晚年镇北州，一日病起，作《点绛唇》小词。"北州，宋时指河北一带，韩琦六十一岁后，曾任河北路安抚使、判大名府，本篇当为晚年病后遣怀而作。上片言病起感春，病后而体力疲怠，面对花谢益增憔悴，"乱红"进一步描写春花飘零，"胭脂泪"将落花拟为红泪纷纷，融情入景，情浓意切。下片转入念远怀人，前春花前共醉之人，已不在眼前，回盼所向往之境，唯有一派翠波，则清愁自无涯际。全篇语简而意远，言切而情挚。《词林纪事》卷三引《词苑》云："公经国大手，而小词乃以情韵胜人。"

〔2〕恹恹：精神疲怠的样子。

〔3〕武陵回睇:言回首凝望武陵。武陵,武陵源,陶潜所描写的理想境界,亦泛指清幽的隐逸之地。

沈唐

沈唐，字公述，韩琦门客。熙宁间，辟充大名府签判，后改辟渭州签判。存词四首，《全宋词补辑》另辑得一首。

念奴娇[1]

杏花过雨，渐残红零落，胭脂颜色。流水飘香人渐远，难托春心脉脉。恨别王孙[2]，墙阴目断，手把青梅摘。金鞍何处，绿杨依旧南陌。　消散云雨须臾，多情因甚，有轻离轻拆。燕语千般，争解说、些子伊家消息[3]。厚约深盟，除非重见，见了方端的[4]。而今无奈，寸肠千恨堆积。

〔1〕这是写春深闺中思妇怀人的词。前阕为思妇伫阶遥望。起三句写残春雨零花落景象，由落花流水引出春心难托，"恨别王孙"进一步点明题旨，"墙阴"二句勾勒佳人行迹，见其凝望低徊，孤寂无聊。"金鞍"应"王孙"无踪，"依旧南陌"，当为往日欢会之地，而今景象如故，而伊人不见。后阕为闺人内心所思。起三句怨欢情易散，继三句叹燕儿难传讯息，进而言"除非重见"，方可心情踏实，收句将离恨分量推到极致。思绪跌宕起伏，翻复不已。以市井女性声口，宣发爱情失落心态，不失为一首较为真切的闺怨词。

〔2〕王孙：犹言公子，指所恋之人。

〔3〕"燕语"二句：谓燕子呢喃不已，怎能懂得说一点有关他的消息呢！些子，一点儿。

〔4〕“见了”句:谓见了方知究竟。端的,究竟,柳永《征部乐》(雅欢幽会):“细说与此中端的。”

杜安世

杜安世，名寿域，京兆（今陕西西安）人。《直斋书录解题》载有《杜寿域词》一卷。今存词八十馀首。

菩萨蛮[1]

游丝欲堕还重上[2]，春残日永人相望。花共燕争飞，青梅细雨枝。　　离愁终未解，忘了依前在。拟待不寻思，刚眠梦见伊。

〔1〕词写少女春闺怀人的幽隐情思。起笔以游丝欲止又浮，既状眼前春景，又隐喻怀人思绪，且以"丝"谐思，细微新巧。继以花、燕、梅、雨诸种物象烘染环境。"离愁"二字点睛之笔，继以难忘却承愁未解，以"梦见伊"承"不寻思"，连环推进，复沓强调，体现出少女的执着，显示出词格的跌宕美、宛曲美。

〔2〕"游丝"句：隐喻少女心灵的微妙波动。游丝，春天昆虫吐出的细微的丝缕，常在空气中飘浮。

卜算子[1]

尊前一曲歌，歌里千重意。才欲歌时泪已流[2]，恨应更、多于泪。　　试问缘何事？不语如痴醉。我亦情多不忍闻，怕和我、成憔悴。

〔1〕这首词抒写词人听歌感怀。前四句写歌女动情的演唱，“一曲歌”“千重意”，重笔展示歌中无限意蕴。以下倒折一笔，层层翻进，云未歌已流泪，悲恨比泪多。则演唱之打动人心不言而喻。次二句兼写听者、歌者两方，而以歌者黯然不语、如痴如醉之情态，暗示其不忍倾诉的悲苦身世。此时低头无声胜有声，耐人体味不尽。末二句虽在宣发听者心声，实则将歌者、听者融为一体，由“不忍闻”到同憔悴，足见双方命运相似、心灵相通，大有彼我相惜相怜、同声一哭之势。小词宛曲跌宕，言简意丰。

〔2〕“才欲歌时”句：此处与白居易《琵琶行》中“未成曲调先有情”之语，有异曲同工之妙。

更　漏　子〔1〕

脸如花，花不笑，双脸胜花能笑。肌似玉，玉非温，肌温胜玉温。　　既相逢，情不重，何似当初休共〔2〕。情既重，却分飞，争如不见伊〔3〕。

〔1〕小词写对初逢佳人的忆念之情。上片以鲜花、美玉比照，胜赞佳人的容颜、肌肤美。下片以逐步递进语气，抱怨不该相逢，言外流露出不忍割舍之情和终难永聚之恨。

〔2〕休共：不在一起。

〔3〕争如：怎如，有“悔不当初”之意。

凤栖梧[1]

闲把浮生细思算，百岁光阴，梦里销除半。白首为郎休浩叹[2]，偷安自喜身强健。　　多少英贤裨圣旦[3]，一个非才，深谢容疏懒。席上清歌珠一串[4]，莫教欢会轻分散。

〔1〕本篇抒写了词人仕途不甚得意之际所采取的自我宽解、潇洒人生的态度。词先从纵向反思人生，说到以身健自慰，再从横向纵览社会，自甘偷安。末归结到以酒筵听歌、友朋欢会自遣，遥应“白首为郎”勿须浩叹。以议论语调体现出超拔人间烦恼的生活情致，有不同于艳词的别样风神。

〔2〕“白首”句：谓年高而职低不必叹息。郎，唐宋以来称级别较低的文散官为郎或员外郎。浩叹，长叹。

〔3〕“多少”句：谓众多人才效力于圣朝。圣旦，此处指圣明时代。

〔4〕珠一串：比喻歌声爽朗清切。

李师中

李师中(1013—1078),字诚之,楚丘(今属山东曹县)人。年十五上书言时政,由此知名。后举进士,曾知济州、兖州,迁直史馆,知凤翔府,拜天章阁待制、河东都转运使,又历知多处州郡,因诋议王安石变法被贬。存词一首,见于《过庭录》。

菩萨蛮[1]

子规啼破城楼月,画船晓载笙歌发。两岸荔枝红,万家烟雨中。　佳人相对泣,泪下罗衣湿。从此信音稀,岭南无雁飞[2]。

〔1〕李师中在仁宗朝曾做过提点广西刑狱,范公偁《过庭录》载云:“李师中诚之,帅桂罢归,一词题别云。”以下引词如上。可知此词当为广西罢任题别而作。通篇紧切“别”字下笔,上片写出发和沿途情景,首句练字精审,渲染了足够的惜别气氛,“子规”声暗点晚春季候,“啼破”,说明破晓月残;次句醒明乘船晓发;三、四句描述沿岸所历南国风光,“荔枝”“烟雨”极富特色。下片补述惜别情深,饯别筵间歌妓对泣,足见离歌动情,收笔落到分隔迢遥,音问难通,补足前文“啼破”“对泣”“泪下”原委。全词别情深浓,贯注始终。

〔2〕“岭南”句:古有鸿雁传书之说,陆佃《埤雅》言,雁飞不过衡阳。衡阳市南有回雁峰,为衡山七十二峰之一,相传雁至此而止,待春即北归。

司马光

司马光（1019—1086），字君实，号迂夫，陕州夏县（今山西夏县）人。仁宗宝元元年（1038）进士。历官大理寺丞、馆阁校勘，知制诰，知谏院等。英宗朝除龙图阁直学士。神宗朝，擢翰林学士。因反对王安石新法，出居洛阳十五年。哲宗立，召为门下侍郎，实行更化，罢废新法。有《传家集》，《全宋词》辑存其词三首。

西江月[1]

宝髻松松挽就，铅华淡淡妆成。青烟翠雾罩轻盈[2]，飞絮游丝无定[3]。　　相见争如不见，有情何似无情。笙歌散后酒初醒，深院月斜人静。

〔1〕此词见于赵令畤《侯鲭录》，并评云："文正公言行俱高，然有《西江月》云云，风味极不浅。"有人怀疑司马光不会写此类艳词，恐为发自卫道意识的揣测之论。词咏宴席舞妓的美姿和多情。上片前二句写其束妆打扮，突出其自然雅淡美；后二句写其舞衣飘逸、体态轻盈，勾画其舞艺高。下片言其引人爱慕，前二句出以反语，更为有力，后二句以舞筵散后寂静氛围反衬，流露出悠悠不断的回味与追思。

〔2〕"青烟"句：谓罗衣如轻烟翠雾笼罩着轻盈的玉体。

〔3〕"飞絮"句：比喻佳人的舞姿如飞絮游丝一样飘忽轻巧。

王安石

王安石(1021—1086),字介甫,抚州临川(今江西抚州市临川区)人。仁宗庆历二年(1042)进士。曾历任地方多项职官。神宗熙宁二年(1069)除参知政事,辅朝廷推行新法,后擢同中书门下平章事,因新法遭受攻击,辞去相位,不久复出。罢相后退居金陵,自号半山老人。为北宋变法派首领、诗文大家,有《临川集》,附歌曲十八首,《彊村丛书·临川先生歌曲》增入补遗,《全宋词》续有增补,共存词二十九首。多用以怀古、言志、写怀,出语瘫容奇特,刘熙载称其词格"瘦削雅素,一洗五代旧习"(《艺概》)。

桂枝香[1]

登临送目。正故国晚秋,天气初肃。千里澄江似练[2],翠峰如簇[3]。归帆去棹残阳里,背西风、酒旗斜矗。彩舟云淡,星河鹭起[4],画图难足。　　念往昔、繁华竞逐。叹门外楼头,悲恨相续[5]。千古凭高,对此谩嗟荣辱[6]。六朝旧事随流水,但寒烟、芳草凝绿[7]。至今商女,时时犹唱,后庭遗曲[8]。

〔1〕这是视野开阔、识度高远的怀古名作。上片"登临送目",以直叙领

起,“画图难足”,以赏赞收煞。其间写金陵胜概,天宇初秋,澄江翠峰,残阳归帆,彩舟夜泊,两句一景,笔力精到,色彩明丽,说尽故都江山之胜。下片“念往昔”,绾结故国,转入抒感。“门外楼头”紧缩唐诗,以陈之逸豫亡国,概括历代兴亡教训,一以当十。“凭高”回应“登临”,“谩嗟”从历史长河角度,发出无限感喟。“旧事”与“芳草”进一步以自然难变反衬人事匆促。末融化小杜诗,宣发吊古情思袅袅无尽。全篇意蕴高胜,笔力清遒,悠远的历史感喟,寓托于宛转、精健的咏唱之中,非大手笔何能臻此境。据《古今词话》,当时“诸公寄调桂枝香者三十馀家,惟王介甫为绝唱”,东坡赞叹其为“野狐精”,不为无因。

〔2〕“千里”句:谢朓《晚登三山还望京邑》诗:“馀霞散成绮,澄江静如练。”此化用其句。练,白绸。

〔3〕“翠峰”句:形容山峦重叠。簇,聚积。

〔4〕“星河”句:河中白鹭飞起。明星倒映入水,故曰星河。

〔5〕“叹门外”二句:意谓六朝亡国遗恨络绎不绝。“门外楼头”,用陈后主故事。陈叔宝荒淫享乐,不理朝政。兴建临春、结绮、望山等华丽楼阁,与宠妃张丽华等饮宴取乐。五八九年,隋将韩擒虎由安徽和县渡江,攻入建康,陈朝灭亡,陈后主被俘。杜牧《台城曲》诗“门外韩擒虎,楼头张丽华”即咏其事。这里化用杜牧诗。

〔6〕“千古”二句:意谓自来登高凭吊六朝陈迹,徒然感叹历代兴亡荣辱,并没有真正接受历史教训。

〔7〕“六朝”二句:抒发山河如旧、人事沧桑之感。

〔8〕“至今”三句:至今茶楼酒馆的歌女,还时时歌唱南朝的艳曲呢!陈后主曾作艳曲《玉树后庭花》,“词甚哀怨,令后宫美人习而歌之。其辞曰:玉树后庭花,花开不复久。”(《隋书·五行志》)杜牧《泊秦淮》诗“商女不知亡国恨,隔江犹唱后庭花”即咏其事。此化用杜牧诗意。

菩 萨 蛮〔1〕

数间茅屋闲临水〔2〕,单衫短帽垂杨里。今日是何朝,看予度石桥[3]。　　梢梢新月偃[4]，午醉醒来晚[5]。何物最关情，黄鹂三两声。

〔1〕这是一首集句词，为王安石晚年罢相后退居半山寄情遣怀而作。王安石一生写了不少集句诗，写集句词也以他为最早，其后也有词家仿效。黄庭坚《菩萨蛮》词序云："王荆公新筑草堂于半山，引八功德水作小港，其上垒石作桥，为集句云……戏效荆公作。"《能改斋词话》《苕溪渔隐丛话》也提到此词。起二句由居处环境、衣帽着装，显露罢相之后退闲的身份，继二句写只身闲游形迹，"何朝"暗示时代际遇发生巨变。再二句言午醉醒来、扁月昏沉，见远离宦海，疏懒无聊。末二句关情鸟语，写尽倾心大自然的闲逸情趣。全词展示了一个政治家不得已轶出宦海风险之后姑且寄意于村野隐沦的心态。在幽闲的意象背后，有可能蕴含着素志未申的感喟。

〔2〕"数间"句：出自刘禹锡《送曹璩归越中旧隐诗》："数间茅屋闲临水，一盏秋灯夜读书。"

〔3〕"今日"二句：此据《临川集》本，另本作"花是去年红，吹开一夜风"。来自殷益《看牡丹》："发从今日白，花是去年红。"

〔4〕"梢梢"句：出自韩愈《南溪始泛》："点点暮雨飘，梢梢新月偃。"

〔5〕"午醉"句：来自方棫诗句："午醉醒来晚，无人梦自惊。"（方棫诗已失题）

渔　家　傲[1]

灯火已收正月半[2]，山南山北花撩乱。闻说洊亭新水漫[3]，骑款段[4]，穿云入坞寻游伴[5]。　　却拂僧床褰素幔，千岩万壑春风暖。一弄松声悲急管[6]，吹梦断，西看窗日犹嫌短。

〔1〕本篇为王安石退隐江宁半山园时期所作,记述了他一次山林野游的生活和感受。魏泰《东轩笔录》卷十二载,王安石在江宁,“筑第于白门外七里,去蒋山亦七里,平日乘一驴,从数僮游诸山寺。”此词可看成他当时隐居生活的一个剪影。上片写骑驴春游。起拍点明节令、描绘钟山春光。“闻说”另开一境,由山而水,且连用“穿”“入”“寻”等动作词,体现出他探胜访幽的兴致。下片写僧斋昼寝。以“却”字略表转折;“僧床”“素幔”,突出山寺环境的雅素;“千岩万壑”承“山南山北”,“春风暖”应“正月半”。煞拍三句写梦醒,悲切的松涛声吹断好梦,窗外白日已经西沉,宁静的心态被骤然打破。这也许是平素所经受的某种政治风浪阴影在词人心灵中的微妙颤动。

〔2〕“灯火”句:宋时元宵灯节热闹异常,据陈元靓《岁时广记》引《岁时杂记》:“正月十八日夜谓之收灯。”

〔3〕洊(jiàn 荐)亭:在钟山西麓,溪水清清,花木如绣,是当时著名的景点。

〔4〕款段:形容马驴行走迟缓。此处借指马。

〔5〕坞:洊亭附近有桃花坞。

〔6〕“一弄”句:谓一股松涛声犹如笛管悲鸣。一弄,乐奏一曲,称一弄。

渔家傲[1]

平岸小桥千嶂抱,柔蓝一水萦花草[2]。茅屋数间窗窈窕[3],尘不到,时时自有春风扫[4]。　午枕觉来闻语鸟,攲眠似听朝鸡早[5]。忽忆故人今总老。贪梦好,茫然忘了邯郸道[6]。

〔1〕词写王安石晚年退居钟山时的休闲生涯和恬静心境。先写居处环境,由大到小,由溪桥到宅舍,“千嶂抱”见山峦之幽,“萦花草”见春色之丽,茅屋被环绕其间,雅洁宁静,一尘不染。次写午睡萧闲,由鸟语唤梦,联想“似听朝鸡”,由今忆昔,“忽忆”复折回当今,故人总老,一己年事非昔。煞拍以忘怀虚幻人生收结,反映出徜徉山林、超拔纷争的恬淡情致。

〔2〕“柔蓝”句:形容溪水轻盈澄碧、花草环生。

〔3〕窈窕:形容窗牖幽深。

〔4〕春风扫:形容环境清雅,王安石《竹里》诗云:“闲眠尽日无人到,自有春风为扫门。”可以参读。

〔5〕朝鸡早:谓听鸡早起上朝。

〔6〕“茫然”句:谓醒来茫然忘掉人世一切富贵利达。此处化用沈既济《枕中记》故事。其中写卢生立志追求“建功树名,出将入相”,一次在邯郸道中遇仙翁,授一枕,生就枕入眠,历尽荣通升沉,醒来原是一梦。

南乡子[1]

自古帝王州[2],郁郁葱葱佳气浮[3]。四百年来成一梦[4],堪愁。晋代衣冠成古丘[5]。　　绕水恣行游,上尽层城更上楼。往事悠悠君莫问[6],回头。槛外长江空自流[7]。

〔1〕这是一首金陵怀古词。起拍二句,从空间着笔,描绘金陵帝都形胜的非凡,次三句从时间着笔,感叹人生流程虚幻、谷陵变迁。过片二句倒点登临凭吊行踪,末三句回应上文,并以自然无尽、人事匆促相对照,归结到任天归化。点化唐人诗句,抒发历史哲思,馀味悠然不尽。

〔2〕帝王州:金陵为六朝古都,故称帝王州。

〔3〕“郁郁”句:谓一派兴盛气象。王充《论衡·吉验》篇:光武到河北,见苏伯阿,“问曰:‘卿前过舂陵,何用知其气佳也?’伯阿对曰:‘见其郁郁葱葱耳。’”

〔4〕四百年来:从六朝末叶到王安石时代,约为四百馀年。

〔5〕“晋代”句:谓东晋时名流早已埋入坟墓。此句移用李白诗。李白《登金陵凤凰台》:“吴宫花草埋幽径,晋代衣冠成古丘。”

〔6〕悠悠:久远无尽。

〔7〕“槛外”句:移用王勃诗,王勃《滕王阁诗》:“阁中帝子今何在,槛外长江空自流。”

浪淘沙令〔1〕

伊吕两衰翁〔2〕,历遍穷通。一为钓叟一耕佣〔3〕。若使当时身不遇,老了英雄。　　汤武偶相逢,风虎云龙〔4〕,兴王只在笑谈中。直至如今千载后,谁与争功。

〔1〕这首咏史词,咏歌伊尹、吕尚的难得机遇和不朽功业,体现了政治家王安石志在有为的胸襟。开篇直叙伊尹、吕尚的经历身世,“若使”作一跌宕,申明机遇如何,关系终生。“汤武”三句,将两人遭遇明君、志展才舒、谈笑立功的辉煌经历,尽行囊括。收笔以羡慕口吻,称其功垂千秋。全篇先写穷,后写通,有叙有议,意脉贯通,宛如一篇浓缩而又诗化的史论。

〔2〕伊、吕:伊,指伊尹,伊尹名挚,传说他是一个弃婴,商汤娶有莘氏之女,他作为陪嫁奴隶归于商朝,后受到商汤重用,佐汤伐夏,建立殷朝,被尊为阿衡(宰相)。事见《史记·殷本纪》。吕,指吕尚,姓姜,名尚,字子牙,号太公望,因封于吕,以吕为氏。他年老而穷,钓于渭水,为周文王识拔,先后辅文王、武王完成灭商兴周大业。事见《史记·齐太公世家》。

〔3〕“一为”句:写伊、吕二人出身。《孟子·万章》:“伊尹耕于有莘(今河南开封附近)之野。”《说苑》:“吕望年七十钓于渭渚。”

〔4〕风虎云龙:形容人才与明主相从相遇,出现兴盛局面。《易·乾·文言》:“云从龙,风从虎,圣人作而万物睹。”

千秋岁引

秋　景〔1〕

别馆寒砧〔2〕,孤城画角,一派秋声入寥廓。东归燕从海上去,南来雁向沙头落。楚台风,庾楼月〔3〕,宛如昨。

无奈被些名利缚,无奈被他情担阁。可惜风流总闲却。当初谩留华表语〔4〕,而今误我秦楼约〔5〕。梦阑时,酒醒后,思量着。

〔1〕词题曰“秋景”,实际是感秋写怀。前阕描绘秋光。先写耳所闻,“寒砧”萧瑟,“画角”声咽,“别馆”“孤城”,无不带有凄清氛围,足见秋声广漠无边。次写目所见,燕子东归,大雁南飞,引发乡愁旅思,自然转向忆旧,于是萌生风月如旧、往事在目之慨。后阕即景抒感。思量过去身心困于名缰利锁,自由为宦海俗务削夺,风流韵事被抛闪一边,连用“无奈”,承以“可惜”,愧悔之情,溢于言表。以下由“风流”二字展衍,谓当初未能如期归来,耽误了幽期密约。这正是对风流闲却的补述。煞尾三句,倒点以上为醒后所思,“梦阑酒醒”,亦可视为作者历尽沧桑的悟道之语。全词体现了王安石晚年反思生平所激发的功名误身、悔不早日超拔宦海风波的思绪。

〔2〕“别馆”句:旅馆中听到的捣衣声。

〔3〕“楚台风”二句:代指往日的清风明月、良辰佳景。楚台风,宋玉《风赋》写楚王游于兰台,有风飒然而至,王曰:“快哉此风。”庾楼月:《世说新语·容止》载,庾亮在武昌,与诸佐吏上南楼赏月,据胡床咏谑。

〔4〕“当初”句:意谓当初徒然留下早日归来的承诺。《搜神后记》载故事:辽东人丁令威学仙得道,后化鹤归来,立于城门华表柱上,唱曰“有鸟有鸟丁令威,去家千年今来归”云云。

〔5〕“而今”句:意谓而今辜负了与情人的期约。秦楼,指佳人所居。

章楶

章楶(1027—1102),字质夫,建州浦城(今属福建省)人。英宗治平二年(1065)进士。哲宗朝历直龙图阁知庆州、知渭州,守边有功,后除同知枢密院事。存词二首。

水龙吟[1]

燕忙莺懒花残,正堤上、柳花飘坠。轻飞乱舞,点画青林,全无才思[2]。闲趁游丝,静临深院,日长门闭。傍珠帘散漫,垂垂欲下,依前被、风扶起。　兰帐玉人睡觉,怪春衣、雪霑琼缀[3]。绣床旋满,香球无数,才圆却碎。时见蜂儿,仰粘轻粉,鱼吞池水。望章台路杳,金鞍游荡,有盈盈泪[4]。

〔1〕章楶此词当作于元丰三年(1080)。《苏轼文集·与章质夫》手札云:"承喻慎静以处忧患,非公爱我之深,何以及此,谨置之座右也。《柳花》词妙绝,使来者何以措词!本不敢继作,又思公正柳花飞时出巡按,坐想四子,闭门愁断,故写其意,次韵一首寄去,亦告不以示人也。《七夕》词亦录呈。"苏轼于元丰三年二月到黄州贬所,手札中所提《柳花》词及他本人的和篇,当为初到黄州时收读并奉和。章氏此作是一篇出色的杨花词。开篇点题,以燕、莺、花暗示季候、烘染氛围,以下就"飘坠"刻画。先"点画青林",继"静临深院",再依傍珠帘,着"轻""乱""闲""静"等字,将杨花"飘坠"状态,形容尽致,形神兼到,且由远而近,步步贴近玉人。上阕正面描绘杨花,下阕从玉人眼中审视杨花,先写

沾缀春衣，继写飘满绣床，再以蜂、鱼贪恋衬映。笔锋细腻，下语传神。煞拍由杨花飘零，触动玉人身世愁、幽恨泪收结，花与人融为一体，借花写人，以人写花，境界独辟，警策动人。

〔2〕全无才思：化用韩愈《晚春》“杨花榆荚无才思，惟解漫天作雪飞”诗意，言杨花不存机心。

〔3〕“怪春衣”句：谓惊怪春衣沾上雪花、缀上翠玉。

〔4〕“望章台”三句：言望不到章台路，想象伊人游荡忘归，不禁泪水充盈。章台，长安街道名，《汉书·张敞传》有“走马章台”语，后以代指游冶花街柳巷。《本事诗》载韩翃与柳氏爱情故事，韩寄诗，有“章台柳，章台柳，往日青青今在否？”之句。这里化用与柳有关的掌故，既象征杨花，又关联闺情。

徐积

徐积（1028—1103），字仲车，楚州山阳（今江苏淮安）人。英宗治平四年（1067）进士。哲宗时以扬州司户参军为楚州教授，转和州防御推官。徽宗时改宣德郎。有《节孝集》三十卷，集中收词六首，风调清逸。

渔父乐[1]

水曲山隈四五家[2]，夕阳烟火隔芦花。渔唱歇，醉眠斜。纶竿簑笠是生涯[3]。

〔1〕小词咏唱山林隐逸生活乐趣。环境清幽，景物如画，生活内容极潇洒、超逸之致。

〔2〕山隈（wēi威）：山角。《淮南子·览冥训》："渔者不争隈。"

〔3〕纶竿：钓丝钓竿。

无一事[1]

见说红尘罩九衢[2]，贪名逐利各区区[3]。论得失，问荣枯，争似侬家占五湖[4]。

〔1〕小词以直抒己见的笔墨，表达藐视名利之徒、不计个人得失的超拔襟怀。

〔2〕九衢：指繁华的都邑大道。

〔3〕区区：自觉得意，《商君书·修权》："今乱世之君臣，区区然皆擅一国之利，而当一官之重，以便其私，此国之所以危也。"

〔4〕占五湖：指隐居湖海。五湖，原指太湖及其附近湖泊。

堪　画　看〔1〕

讨得渔竿买得船，归休何必待高年。深浪里，乱云边，只有逍遥是水仙〔2〕。

〔1〕先写隐居器械，次点题，再说居处环境，然后以"逍遥"尘外总收。

〔2〕水仙：水中仙人，唐司马承祯《天隐子·神解》："在天曰天仙，在地曰地仙，在水曰水仙。"

谁　学　得〔1〕

饱则高歌醉即眠，只知头白不知年。江绕屋，水随船。买得风光不着钱〔2〕。

〔1〕词写皈依自然放歌醉酒、不知老之将至的悠游情怀。

〔2〕"买得风光"句：与李白《襄阳歌》"清风朗月不用一钱买"用意相同。

君看取[1]

管得江湖占得山，白云同散学云闲[2]。清旦出，夕阳还。不知身在画屏间。

〔1〕以白云自喻悠闲行迹和闲静心境，一派陶然忘机风致，“不知”云云更入忘我之境。

〔2〕“白云”句：与唐李昂诗句“耳临清渭洗，心向白云闲”同一机杼。

君不悟[1]

一酌村醪一曲歌[2]，回看尘世足风波[3]。忧患大，是非多。纵得荣华有几何。

〔1〕本篇由高隐拔俗的视点，回顾仕途生涯，深觉尘世充满风波、忧患、是非，悟道之言，足以警世醒迷。

〔2〕村醪：乡村自酿的浊酒。

〔3〕尘世足风波：喻指官场风险多。元稹《酬周从事望海亭见寄》诗：“不辞狂复醉，人世有风波。”

王安国

王安国(1028—1074),字平甫,临川(今江西抚州)人,王安石之弟。数举进士不中,熙宁初,经人荐举,召试学士院,赐进士及第。除西京国子教授,历崇文院校书、著作佐郎、秘阁校理。后为吕惠卿所陷,夺官放归乡里。有《王校理集》,不传,存词三首。

减字木兰花

春　情[1]

画桥流水,雨湿落红飞不起[2]。月破黄昏,帘里馀香马上闻。　　徘徊不语,今夜梦魂何处去。不似垂杨,犹解飞花入洞房。

〔1〕词写一次颇有戏剧性的爱情机遇。“画桥”“落红”“月破”三句,描绘出一个充满诗情画意的环境,之后用一句写明与所慕女郎途中邂逅。“帘里”见对方乘车,“马上”言一己跨马,“馀香”暗示其人风姿引人陶醉,且旋即香车远去。以下接写别后情形,低徊不舍,无人倾诉,魂牵梦绕。煞尾自怨梦魂不似垂杨,以景写情,设想新颖,含蕴深厚。

〔2〕落红:落花。

孙洙

孙洙（1031—1079），字巨源，广陵（今江苏扬州）人。仁宗皇祐元年（1049）进士，授秀州法曹。应制科，迁集贤校理、太常礼官，后兼史馆检讨、同知谏院。累官翰林学士。著有《孙贤良集》，不传。存词二首。

菩萨蛮[1]

楼头尚有三通鼓，何须抵死催人去？上马苦匆匆，琵琶曲未终。　　回头凝望处，那更廉纤雨[2]。漫道玉为堂，玉堂今夜长[3]。

〔1〕此词之作，有一段本事，据《夷坚甲志》卷四载，孙洙官翰林学士，某晚他在李端愿家作客，朝廷传令要他进院起草诏令，“宣召者至其家，则已出，数十辈踪迹之，得于李端愿太尉家。时李新纳妾，能琵琶，孙饮不肯去，而迫于宣命，不敢留，遂入院。草三制罢，复作长短句，寄恨恨之意，迟明遣示李。”可见他是在与友人宵夜欢宴时不愿因故仓卒离席而作此词的。起两句言天尚未晓即催人应召，直倾牢骚；继言上马离席，以不获尽兴赏曲为憾；再写走后留恋之态，且以途中遇雨越发扫兴；末道出官衙冷清、夜长难熬的感受。体现出作者留恋生活自由轻松、厌倦官场俗务的襟怀。

〔2〕“那更”句：那堪更遭遇濛濛细雨。廉纤，形容细雨纷纷。

〔3〕玉堂：唐宋以后称翰林院为玉堂。

河满子

秋　怨[1]

怅望浮生急景[2],凄凉宝瑟馀音。楚客多情偏怨别[3],碧山远水登临。目送连天衰草,夜阑几处疏砧[4]。　黄叶无风自落,秋云不雨长阴。天若有情天亦老[5],摇摇幽恨难禁[6]。惆怅旧欢如梦,觉来无处追寻。

〔1〕孙洙早年曾宦游秀州(今浙江嘉兴),本篇当为他乡伤离怨别之作。对句开篇,一叹时光急迫,一感别曲凄凉。接下"楚客"点出身份,"怨别"醒明题旨,"登临"呼应"怅望"。"衰草",登临所见;"疏砧",夜阑所闻。一派萧索秋景,烘染别情。换头再用对句,突现秋气的摇落、阴沉。之后借用李贺诗句,渲染幽恨深长。末以"旧欢"难寻收煞,伤别怀旧,低徊不尽。

〔2〕浮生急景:谓人生飘摇,光阴急促。李白《春夜宴从弟桃李园序》:"浮生若梦。"曹邺《金井怨》:"西风吹急景。"

〔3〕楚客:客居楚地,作者自指,浙江一带古属楚。

〔4〕疏砧:断续的捣衣声。

〔5〕"天若有情"句:此句出自李贺《金铜仙人辞汉歌》。

〔6〕摇摇:心神不安貌。《诗经·王风·黍离》:"行迈靡靡,中心摇摇。"

韦骧

韦骧(1033—1105),原名让,字子骏,钱塘(今浙江杭州)人,仁宗皇祐五年(1053)进士,授萍乡令。哲宗时擢利州路运判,徙福建,改提点夔州路刑狱。徽宗时除知明州。著有《钱塘集》。《彊村丛书》收有《韦先生词》一卷,存词十一首。

减字木兰花

惜　春　词[1]

人生可意[2],只说功名贪富贵。遇景开怀,且尽生前有限杯[3]。　　韶华几许,鶗鴂声残无觅处。莫自因循,一片花飞减却春[4]。

〔1〕小词不赞同以功名富贵为人生可意的目标,而主张应"遇景开怀",畅饮自遣。"鶗鴂声残""一片花飞",以具形物象说明韶华易逝,至此惜春题意宣发完足。

〔2〕可意:满意。

〔3〕"且尽"句:引用杜诗,杜甫《绝句漫兴九首》:"莫思身外无穷事,且尽生前有限杯。"

〔4〕"一片"句:引用杜诗,杜甫《曲江二首》:"一片花飞减却春,风飘万点正愁人。"

减字木兰花

止贪词[1]

鸾坡凤沼[2],轩冕傥来何足道[3]。存养天真[4],安用浮名绊此身[5]。　　劳生逸老[6],摆脱纷华须是早[7]。解绶眠云[8],林下何曾见一人[9]。

〔1〕以富贵不足道、浮名牵系人相戒,用存养天真、摆脱纷华相劝,体现了道家止贪息欲、摆落尘缘的思想,俨然是一首劝世醒迷的格言词。题曰"止贪",用意甚明。

〔2〕鸾坡凤沼:指翰林院和中书省。叶梦得《石林燕语》卷五:"俗称翰林学士为(鸾)坡,盖唐德宗时尝移学士院于金鸾坡上,故亦称鸾坡。"中书省别称凤池或凤沼,杜甫《赠韦左丞丈济》:"鸰原荒宿草,凤沼接亨衢。"

〔3〕轩冕傥来:谓富贵荣华是无意得来的身外之物。轩冕,指大夫的轩车冕服,亦代指官位爵禄。《庄子·缮性》:"物之傥来,寄也。"《陈书·江总传》自叙:"轩冕傥来之一物,岂是预要乎!"

〔4〕存养天真:谓保持纯洁的本性。《庄子·渔父》:"故圣人法天贵真,不拘于俗。"《晋书·阮籍传论》:"餐和履顺,以保天真。"

〔5〕浮名:虚名。

〔6〕劳生逸老:谓大地以生存辛苦我,以衰老安逸我。《庄子·大宗师》:"夫大块,载我以形,劳我以生,佚我以老。"佚,通逸。

〔7〕纷华:繁华荣贵。《史记·礼书》:"自子夏门人之高弟也,犹云:'出见纷华盛丽而悦,入闻夫子之道而乐,二者心战,未能自决。'"

〔8〕解绶眠云:谓解下印绶,辞官隐居。蔡邕《文范先生陈仲弓铭》:"迁闻喜长",因"郡政有错,争之不从,即解绶去"。陆龟蒙《和旅泊吴门韵》诗:"茅峰曾醮斗,笠泽久眠云。"

〔9〕"林下"句:谓进入官场后,急流勇退者寥寥无几。

菩萨蛮

和舒信道水心寺会次韵[1]

琼杯且尽清歌送,人生离合真如梦。瞬息又春归,回头光景非。　　香喷金兽暖[2],欢意愁更短。白发不须量,从教千丈长[3]。

〔1〕这是同友人聚会于水心寺所写的和词,舒信道生平不详。上片起写筵间饮酒听歌,进而由合想到离,感叹人生转瞬时过景迁。下片起写燃香促膝,进而由欢引出愁,末写离愁深长。

〔2〕金兽:指兽形的薰香炉。

〔3〕"白发"二句:化用李白《秋浦歌》其十五"白发三千丈,缘愁似个长"诗句。从教,任从之意。毛滂《减兰》词:"从教不借,自有使君家不夜。"

晏几道

晏几道(1038—1110),字叔原,号小山,抚州临川(今属江西)人,晏殊第七子。神宗熙宁七年(1074)郑侠上书,请黜吕惠卿、罢新法,受到处治,叔原因与郑侠有交往被株连下狱,不久获释。后曾为颍昌府许田镇监官、开封府推官,年未至退休,即辞官退居京城私第。他生于贵家,沉沦下位,家道中落,提前引退,虽境遇连蹇,不践贵人之门。喜咏小词,多记悲欢离合、昨梦前尘,隐寓微痛纤悲,淡语浅语悉有韵致。有《小山词》一卷,存词二百六十馀首,黄庭坚为之序。

临　江　仙[1]

梦后楼台高锁,酒醒帘幕低垂。去年春恨却来时[2]。落花人独立,微雨燕双飞[3]。　　记得小蘋初见[4],两重心字罗衣[5]。琵琶弦上说相思[6]。当时明月在,曾照彩云归[7]。

〔1〕这是怀旧忆人之作,所忆当是作者倾心爱慕、至老不能忘情的一位少女。因怀人而梦,为解愁而酒,梦后酒醒,愈感孤寂。“高锁”“低垂”显见孤寂之境,自然兜出一腔“春恨”,春恨又来,说明伤春怀人年复一年,如今更为深沉。末嵌入古人诗句,活画出一幅暮春独立怀人图。“微雨”“落花”,春意阑珊;“人独”“燕双”,倍增怀思。浑化无迹,意象妙绝。“记得”转入所怀内容,即

对小蘋第一印象。美妙之打扮,含情之弹奏,月光下之飘然归去,尤以飘然离去细节深印脑际,终生难忘。全篇由怀人之境之形,进而写所怀之人之事,情真、意婉、人美、语工,诸美汇萃,实罕其匹。

〔2〕却来:又来。

〔3〕"落花"二句:五代翁宏《春残》诗:"又是春残也,如何出翠帏。落花人独立,微雨燕双飞。"此处借用其句。

〔4〕小蘋:歌女名,《小山词》自跋提到此人,其他词章中也写过小蘋,如《玉楼春》词有"小蘋微笑尽妖娆"句。

〔5〕心字罗衣:绣有"心"字图案的罗衣,当年少女的时装。

〔6〕"琵琶"句:写小蘋弹奏琵琶,脉脉传情。

〔7〕"当时"二句:写月光下小蘋如彩云飘然离去。彩云,喻指艳装的小蘋。李白《宫中行乐词》:"只愁歌舞散,化作彩云飞。"

蝶恋花〔1〕

醉别西楼醒不记。春梦秋云,聚散真容易〔2〕。斜月半窗还少睡,画屏闲展吴山翠〔3〕。　　衣上酒痕诗里字,点点行行,总是凄凉意。红烛自怜无好计,夜寒空替人垂泪〔4〕。

〔1〕这是静夜怀人词。开篇破空而起,直陈与伊人酣醉中匆促分别。紧接化用唐诗,形容聚会之短,分离之易。以下专就月夜忆人着笔生发。画屏闲展图像清晰,见出卧不合眼,环境空寂;酒痕诗字,睹物怀人,倍增凄楚;红烛垂泪,侧笔旁衬,借物写怀,烛亦伤情,人何以堪!愈显意挚愁浓,一往情深。

〔2〕"春梦"二句:春梦秋云,比喻时间短暂、去后无迹。这二句脱胎自白居易《花非花》:"来如春梦不多时,去似朝云无觅处。"

〔3〕“画屏”句:谓深夜不眠,眼前闪现出画屏中青翠的吴山。

〔4〕“红烛”二句:杜牧《赠别》诗有“蜡烛有心还惜别,替人垂泪到天明”之句,此化用其意。

蝶恋花[1]

梦入江南烟水路,行尽江南,不与离人遇。睡里消魂无说处,觉来惆怅消魂误。　　欲尽此情书尺素[2],浮雁沉鱼,终了无凭据[3]。却倚缓弦歌别绪,断肠移破秦筝柱[4]。

〔1〕这是一首怀人词。起写梦中寻人,怀人形于梦寐,说明忆念之深;走遍江南,足见求索之苦;行尽不遇,睡里无处诉说;觉来惆怅,消魂滋味益发难忍;要将难忍之情倾诸书信、寄与伊人,可奈邮路不通;无奈唯有将离情借助琴弦来宣发,可是秦筝移破,断肠之愁也难以排解。全词以明畅的语言,具体的意象,抒发离怀,环环相扣,步步推进,将思念之情发挥到极致。

〔2〕“欲尽”句:想将刻骨相思之情全写到书信之中。尺素,指书信。

〔3〕“浮雁”二句:谓寄出书信杳无回音。浮雁沉鱼,远翔天空的大雁、沉入海底的游鱼,代指书信。

〔4〕“断肠”句:为排遣离情把弦柱都磨破了。秦筝,古筝名,有十三弦,每弦有柱支撑,移动弦柱,可调节音响。

鹧鸪天[1]

彩袖殷勤捧玉钟,当年拚却醉颜红[2]。舞低杨柳楼心月,歌尽桃花扇底风。　　从别后，忆相逢，几回魂梦与君同。今宵剩把银釭照，犹恐相逢是梦中[3]。

〔1〕小词写与歌伎女友久别重逢的惊喜之情。上阕写往日的欢聚。“彩袖”代指佳人，“当年”点明往事。“殷勤”“拚却”，见情意之笃。月被舞低，风被歌尽，情绪之高，兴致之浓，可想而知。下阕写当今重逢。久忆成梦，几回以梦为真，而今重逢，又不免疑真为梦，往昔只盼梦中相逢，今宵唯恐相逢是梦。曲折深婉，乍喜乍惊。往日欢情之浓，衬跌出相忆之深，愈见重逢难得。情深词艳，气韵精美。

〔2〕拚却：甘愿、任凭之意。

〔3〕“今宵”二句：由杜诗化出，杜甫《羌村》诗：“夜阑更秉烛，相对如梦寐。”剩，只管、尽情。银釭（gāng刚），银灯。

鹧　鸪　天[1]

醉拍春衫惜旧香，天将离恨恼疏狂[2]。年年陌上生秋草，日日楼中到夕阳。　　云渺渺，水茫茫，征人归路许多长。相思本是无凭语，莫向花笺费泪行。

〔1〕这是忆旧怀人之作，所怀当为往日相与欢洽的歌女。起句由物怀人，“醉拍”见出感情激动，“旧香”见出所怀为感情投契的佳丽。次句点明“离恨”带给自己烦恼之深。“年年”“日日”两句，状离恨深长无时休歇。再以云遥水远形容归路阻隔，聚合无期。“秋草”“夕阳”“云”“水”，景中融情。煞拍更说寄函相慰，亦枉费心神，于事无补，情思凄惋，蕴含怨尤。

〔2〕疏狂：作者自指，谓个性疏于世故、狂放不羁。

晏几道《御街行》（街南绿树春饶絮）

鹧 鸪 天[1]

小令尊前见玉箫[2],银灯一曲太妖娆。歌中醉倒谁能恨,唱罢归来酒未消。　　春悄悄,夜迢迢。碧云天共楚宫遥[3]。梦魂惯得无拘检,又踏杨花过谢桥[4]。

〔1〕词写对一见倾心的歌女的深情思恋。酒筵初见,灯下听歌,陶醉畅饮,匆匆离散。归来终难忘情,每逢夜长人静,怀思转深,梦魂不禁萦绕伊人旧居。"太妖娆"表倾慕情深,承"见"字,"歌"承"一曲"来,"酒未消"承"醉倒"来,一贯而下,写出一见钟情。"楚宫"远与天共,可知隔绝之遥;只有梦魂相寻,显见聚会殊难。"惯"字、"又"字,表明夜思梦会,已非一日。由梦幻补偿现实,以神魂之合,弥补形骸之离,足见思念情深。

〔2〕"小令"句:写酒筵初见。小令,指歌唱小曲。玉箫,故事中婢女名,这里代指所怀念的歌女。唐范摅《云溪友议》载,韦皋游江夏,与一侍婢玉箫有情,留玉指环为信物,约七年后会合,韦皋逾期不至,玉箫绝食而死。后得一歌姬,酷似玉箫,中指肉起隆然如玉环。

〔3〕楚宫:楚王宫,代指伊人住处,暗指巫山神女事。

〔4〕谢桥:唐代名妓谢秋娘的桥,代指伊人里巷。

生 查 子[1]

金鞭美少年,去跃青骢马[2]。牵系玉楼人,绣被春寒夜。

消息未归来，寒食梨花谢。无处说相思，背面秋千下[3]。

〔1〕全篇写少妇怀人。一、二句述所怀之人，“金鞭”“青骢”，衬映出少年英俊潇洒。以下转写少妇，三、四句春寒夜思，五、六句年光悄逝，七、八句伫立凝思。妙在没有一字明点少妇，而全借场景、情态予以展示。融化唐诗构成画面，尤为含蓄精美。美人万千思绪，无限柔情，无可吐露，甘守孤寂，重重心事，尽在痴立不言之中。

〔2〕青骢马：毛色青白混杂的良马。

〔3〕“背面”句：点化唐人李商隐《无题》诗：“十五泣春风，背面秋千下。”

生　查　子[1]

官身几日闲，世事何时足。君貌不长红，我鬓无重绿。

榴花满盏香，金缕多情曲[2]。且尽眼中欢，莫叹时光促。

〔1〕这是一首劝人摆脱机务、及时休闲寻欢的小词。也许体现歌女对男友的关爱。先由“官身”难闲、“世事”无尽说起，次以“君貌”“我鬓”申明青春不驻，两对句各从两面着墨，下字亦颇工稳。再言花香、曲美，赏心乐事难得，末以尽欢、莫叹相劝，希望对方开怀享受生活。

〔2〕“金缕”句：金缕曲，亦名金缕衣，唐代流行歌曲，据杜牧《杜秋娘诗》及自注，当时杜秋娘曾在酒筵间演唱，词曰：“劝君莫惜金缕衣，劝君须惜少年时。花开堪折直须折，莫待无花空折枝。”

南 乡 子[1]

渌水带青潮[2],水上朱阑小渡桥。桥上女儿双笑靥,妖娆,倚着阑干弄柳条。　　月夜落花朝。减字偷声按玉箫[3]。柳外行人回首处,迢迢。若比银河路更遥。

〔1〕词写一个饶有趣味的生活小景。在溪水荡漾、朱阑小桥间,一笑颜妖娆的女郎,背倚阑干、手弄柳条,继而吹奏起悠扬的玉箫,引起行人回首瞻望,倾慕不已。“渌水”“朱阑”勾画地点,“月夜”“花朝”交待时间,其馀笔墨主要描述女郎仪态、行为。“行人回首”,侧笔旁衬,比以银河织女,更使人想象其美犹如天仙,可望而不可即。

〔2〕“渌水”句:清澈的溪水回荡着碧浪。

〔3〕减字偷声:词的曲调有定格,在填词或演奏时,可以减字适当变化,以求创新,叫减字偷声。

清 平 乐[1]

留人不住,醉解兰舟去。一棹碧涛春水路。过尽晓莺啼处。　　渡头杨柳青青,枝枝叶叶离情。此后锦书休寄,画楼云雨无凭[2]。

〔1〕词从妓女角度写送别伤离之情。先写行者,起笔一句两写,居者“留

人”,行者“不住”,由“不住”,故解舟而行,“醉”字见出曾在酒筵饯别。以下“碧涛”“晓莺”,点染沿途景色,给人以春光宜人、旅船轻快之感。次写居者,杨柳本为送别物象,“离情”又渗透“枝枝叶叶”,当为居者伫立“渡头”目中所见。前后景物色调有异,反映出双方对分离的态度不同,男方悠游自得,女方离思缠绵,最后突然折转,发出决绝之语,体现出青楼女子的终身无所寄托。

〔2〕“此后”二句:此处是反语,意谓今后斩断关系吧,青楼中情恋是靠不住的。

木　兰　花〔1〕

秋千院落重帘暮,彩笔闲来题绣户〔2〕。墙头丹杏雨馀花,门外绿杨风后絮。　　朝云信断知何处?应作襄王春梦去〔3〕。紫骝认得旧游踪〔4〕,嘶过画桥东畔路。

〔1〕这是一篇访旧怀人之作。“秋千院落”当为伊人所居;彩笔题户见低徊旧地,暗用崔护诗意;“雨馀花”“风后絮”院落景物,既烘染气氛,又隐喻人事凋零。“朝云信断”、“春梦”幻灭,点明爱姬星散、旧欢化烟。收尾二句补述旧地重游,紫骝认旧踪,见往时常游此地,马尚留恋,嘶鸣不已,人何以堪!晏几道往岁与友人沈廉叔、陈君龙交游,有莲、鸿、蘋、云等歌姬清歌陪酒,相得甚欢。如今追忆往事、寻访旧踪,满目荒凉,物是人非,故出语凄惋,寄意深沉。

〔2〕“彩笔”句:据孟棨《本事诗》载,唐崔护举进士不第,游都城南庄,遇多情丽人,来岁再访其居,门墙如故,而门已扃,因题诗其门,有“人面不知何处去,桃花依旧笑春风”之句。此处暗用其意。

〔3〕“朝云”二句:意谓姬人离散不知去向,往日欢情如春梦幻灭。朝云,女神名,代指姬人。宋玉《高唐赋》写楚襄王游高唐,梦一妇人,自称:“妾在巫山之阳,高丘之阻,旦为朝云,暮为行雨。”此处化用其事。

〔4〕紫骝(liú 留):名马,泛指马。

木 兰 花[1]

初心已恨花期晚[2],别后相思长在眼。兰衾犹有旧时香,每到梦回珠泪满。　　多应不信人肠断,几夜夜寒谁共暖。欲将恩爱结来生,只恐来生缘又短。

〔1〕词写对热恋情人的刻骨思念。一起两句由初见恨相识之晚,写到别后形影在目,接写兰衾旧香犹存、梦回泪流不禁,见交往已深,分别又久,思念情深,反映由初恋到久别整个过程。以下倾泄内心思绪,怨对方理解不够,叹自身孤眠难耐,收句寄望于来生,又恐来生缘短,推进两层,爱心愈深,出语直白,一派情痴。

〔2〕花期:犹花信,喻指情恋初始之时。

菩 萨 蛮[1]

哀筝一弄湘江曲[2],声声写尽湘波绿。纤指十三弦,细将幽恨传。　　当筵秋水慢[3],玉柱斜飞雁[4]。弹到断肠时,春山眉黛低。

〔1〕词写一位歌妓的弹奏艺术和幽怨风情。上片侧重写哀筝的声情,以"湘波绿"形容声情冷艳,由声转化为色,利用通感借喻,上下与"哀筝""幽恨"

贯通契合。下片侧重写弹奏情态,少女当筵献艺,筝弦似雁斜,眼波含深情。直到弦声抑咽,伊人低下黛眉。收尾的表情,足见弹者感情贯注玉指,使音色凄恻动人。

〔2〕湘江曲:古传说:“舜死,二妃泪下,染竹即斑,妃死为湘水神。”(见张华《博物志》)二妃指娥皇、女英。历代有关湘水女神的一些传说都与湘江有关。湘江曲,当是带有悲剧格调与湘江传说有关的乐曲。

〔3〕秋水慢:指眼波凝神。

〔4〕“玉柱”句:形容筝上十三弦排列如雁。

玉楼春〔1〕

雕鞍好为莺花住,占取东城南陌路。尽教春思乱如云〔2〕,莫管世情轻似絮〔3〕。　　古来多被虚名误,宁负虚名身莫负。劝君频入醉乡来,此是无愁无恨处。

〔1〕小词以赏春游乐领起,以频入醉乡收煞,中间用直倾胸臆的语言,劝人超拔轻薄世情,追求纯真春思,抛撇虚名,珍爱自我,体现一种任情旷放的情怀,在小山词中别具一格。

〔2〕尽教:任凭。

〔3〕世情轻似絮:言人情浇薄。杜甫《佳人》:“世情恶衰歇,万事随转烛。”

阮郎归〔1〕

旧香残粉似当初,人情恨不如。一春犹有数行书,秋来书更疏。　　衾凤冷，枕鸳孤[2]，愁肠待酒舒。梦魂纵有也成虚，那堪和梦无。

〔1〕这是一首思念行人的闺情词。上片怨行者薄倖。由物及人，以"旧香"比"人情"，人不如物；春去秋来，书信渐少，人情随时光流逝而淡薄。下片述居者孤寂。衾冷枕孤离恨日长，借酒浇愁愁不可解，希求梦中团聚毕竟虚幻，无奈如今好梦难成。由行者写到居者，由往日写到当今，步步递进，收尾翻进一层，尤见凄惋。其后宋徽宗所作《燕山亭》怀思故国，有"和梦也新来不做"语，或即由此脱胎。

〔2〕"衾凤"二句：借物写人。衾凤，被上绣的凤鸟。枕鸳，枕上的鸳鸯图案。

六　么　令[1]

绿阴春尽，飞絮绕香阁。晚来翠眉宫样，巧把远山学[2]。一寸狂心未说，已向横波觉。画帘遮帀，新翻曲妙，暗许闲人带偷掐[3]。　　前度书多隐语，意浅愁难答[4]。昨夜诗有回纹，韵险还慵押[5]。都待笙歌散了，记取留时霎[6]。不消红蜡。闲云归后，月在庭花旧阑角。

〔1〕词写一位歌女在演唱后与来到歌厅的情人晤面约会。上阕写来歌厅演出的情景。起首二句点出时令、场所，烘染温馨氛围；"翠眉"二句写精心化妆，以巧手描眉细节予以展示；"狂心"二句，写兴奋心情已让人从眼波中觉察出来，最为摄魄传神；末三句正面描写演唱，在画帘遮护下，尽情献技，妙曲纷呈，不顾及有人窃听暗记。下阕写演唱结束与情人见面。前四句补述对方"书

多隐语”“诗有回纹”,未能及时答和;转笔写笙歌散后片刻幽会,在无蜡光之处,亲昵私语;收尾以叮嘱情人约会地点作结。全篇情节性强,人物生动,笔触精美,仿佛是一折以歌女为主角的恋情短剧。

〔2〕“晚来”二句:谓学宫女样子精心描画远山眉。刘歆《西京杂记》:“(卓)文君姣好,眉色如望远山。”

〔3〕“暗许”句:意谓妙曲尽管为别人偷记了去,也在所不惜。掐,意同插。暗用元稹《连昌宫词》“李谟擫笛傍宫墙,偷得新翻数般曲”所咏事。元稹自注云:明皇于上阳宫夜按新翻一曲,李谟“窃于天津桥玩月,闻宫中度曲,遂于桥柱上插谱记之”。

〔4〕“前度”二句:谓日前对方来信多用隐语,自己思虑肤浅难以回答。

〔5〕“昨夜”二句:谓昨夜来诗有回纹,韵险未能答和。回纹,同“回文”,古代诗体,回旋往复均可成诵。

〔6〕留时霎:留片刻。

归田乐〔1〕

试把花期数,便早有、感春情绪。看即梅花吐。愿花更不谢,春且长住。只恐花飞又春去。　　花开还不语〔2〕。问此意、年年春还会否〔3〕?绛唇青鬓,渐少花前侣。对花又记得、旧曾游处,门外垂杨未飘絮。

〔1〕这是一首感春怀人词。正期盼花期,却早有感春伤怀情绪;梅花未开,即祝祷花不谢、春长住;然而花飞春去,实所必然,预为忧恐,多情难免。个中深意,对花花不语,问春春不解。以上环环相扣,步步跌进,将感春情怀宣发到极致。以下转入怀人,往日红唇绿鬓、挽手赏花的伙伴,如今何在?面对春花,追怀旧游,陈迹依然,物是人非,何等惘然!语浅情深,联翩痴语,由感春到

怀人,处处紧切“花”字、“春”字,体现出对青春美好事物的眷眷真情。

〔2〕“花开”句:欧阳修《蝶恋花》:“泪眼问花花不语。”此处用意正同。

〔3〕春还会否:春能理解否。

御街行[1]

街南绿树春饶絮,雪满游春路[2]。树头花艳杂娇云,树底人家朱户。北楼闲上,疏帘高卷,直见街南树。　阑干倚尽犹慵去[3],几度黄昏雨。晚春盘马踏青苔[4],曾傍绿阴深驻。落花犹在,香屏空掩,人面知何处[5]。

〔1〕本篇为忆旧怀人之作,所怀念的当是往昔所眷恋的一位女郎。全词采用倒叙法,“街南绿树”四句为一层,写登楼怅望所见之景,绿树阴浓、杨花铺路、柔云缭绕之间,有一所朱门宅院,当为伊人当年所居。“北楼闲上”到“几度黄昏雨”五句为一层,写自身登高望人的情景心态,“倚尽”“慵去”,见长时凝眺,思绪万千。“晚春盘马”以下为一层,由追忆往日朱门欢会折转到今夕物是人非,融化前人诗句,醒明题旨。全词场景如画,思路曲屈,怀旧情悰,怅然难尽。

〔2〕“雪满”句:形容柳絮满地。雪,喻指柳絮。

〔3〕慵去:懒得离开,不忍离去。

〔4〕盘马:勒马停留。韩愈《雉带箭》:“盘马弯弓惜不发。”

〔5〕“人面”句:化用崔护寻访所忆女郎不遇而题留的《题都城南庄》诗:“人面不知何处去,桃花依旧笑春风。”

点　绛　唇[1]

花信来时,恨无人似花依旧[2]。又成春瘦,折断门前柳。　天与多情[3],不与长相守。分飞后,泪痕和酒,占了双罗袖。

〔1〕这是感春伤离之作。起句对花怀人、以花衬人,发端即倾注物是人非之感。以下折柳暗点分别,“又”字见感春怀人,已非一年。“天与”衬跌出“不与”,怅恨无限。罗袖为酒、泪沾满,则悲愁之深、离思之浓,不言而喻。

〔2〕“花信”二句:刘希夷《代悲白头翁》有“年年岁岁花相似,岁岁年年人不同”之句,感叹花是人非。此二句用意与刘诗略同。花信,花期。

〔3〕多情:指多情的恋人。

虞　美　人[1]

曲阑干外天如水,昨夜还曾倚。初将明月比佳期,长向月圆时候、望人归。　罗衣着破前香在,旧意谁教改。一春离恨懒调弦,犹有两行闲泪、宝筝前[2]。

〔1〕词写闺中人盼归无望之衷情。前片写望月怀人。“初将”“长向”,对佳期团圆,满怀希望,后片抒绝望之恨。“罗衣着破”,知分离已久;“前香在”,见旧情难忘;“旧意”改,怨对方变心;“谁教”,隐含出乎所料之意;末以“懒

调弦”、洒“闲泪”,形容苦恨深沉;“泪”曰“闲”,人情翻复、所期无望之内蕴,已流露笔端。

〔2〕“一春”二句:意谓无心调弦抒恨而泪水犹自洒落不已。

采　桑　子〔1〕

秋来更觉消魂苦,小字还稀〔2〕。坐想行思,怎得相看似旧时。　　南楼把手凭肩处,风月应知。别后除非,梦里时时得见伊。

〔1〕此为秋日怀思往昔所恋丽人之作。起以“消魂”总括离思之苦,继以音书稀少、无缘相看申述其因,“坐想行思”,形容无时忘怀,语真情切。“把手凭肩”,承“旧时”来,足见当日亲密无间,“风月”可作见证。收尾二句表明别后相会无缘而时时结想成梦。直白道来,一往情深。

〔2〕小字:指书信。

采　桑　子〔1〕

西楼月下当时见,泪粉偷匀〔2〕。歌罢还颦,恨隔炉烟看未真。　　别来楼外垂杨缕,几换青春。倦客红尘。长记楼中粉泪人。

〔1〕小词忆念当年在歌筵间所见的一位歌女。先写初见时的印象:这位

女郎表演前暗自抹泪,歌唱罢紧皱双眉,可恨炉烟袅袅,未能看真,然从“偷匀”“还颦”的表情,足可透露出她辛酸的身世、凄苦的心灵。次写别后忆念。借“楼外垂杨”“几换青春”,既感慨年光消逝,又暗喻身世飘零。收尾红尘倦客长记粉泪人,颇有薄命人同病相恤,怜人自怜之意。全词反映了作者对歌女的关念与同情。

〔2〕泪粉偷匀:谓暗自抹去泪花搽匀脂粉。

思远人〔1〕

红叶黄花秋意晚,千里念行客。飞云过尽,归鸿无信〔2〕,何处寄书得。　　泪弹不尽临窗滴,就砚旋研墨。渐写到别来,此情深处,红笺为无色〔3〕。

〔1〕词写闺中妇怀思远行人而就“寄书”宣发深情。思路层层递进,愈转愈深。由秋深感怀念远入题,自盼信不见,转入无计通邮,触发起泪弹不尽,无尽泪水滴入窗下砚池,以泪研墨,纵无处递笺,仍要挥笔摅怀,一派痴情,无以自控。写到别来心境,墨泪交莹,滴洒不止,红笺湿透,彩色褪尽。墨耶、泪耶、情耶?浑化难分,凄楚欲绝。“红笺为无色”,钟情妙语,动人精魂!

〔2〕“归鸿”句:古有鸿雁传书之说,这里指收不到行人的来信。

〔3〕“红笺”句:言红笺为泪湿透,孟郊《闻夜啼赠刘正元》诗,有“一纸乡书泪滴穿”之句,可谓与此同样酸楚。

长相思〔1〕

长相思,长相思。若问相思甚了期,除非相见时。　　长相思，长相思。欲把相思说似谁[2]，浅情人不知。

〔1〕此词以民歌式体裁、通俗性口语直倾相思情，谓只有相见方能了结相思，相思之情谁人可诉，浅情之人终难体味。一篇中多次重复“相思”，回环往复，直白爽畅，脱口而出，愈质直，愈见其情真、情深、情痴。小晏词中多处提到“浅情人”，如《菩萨蛮》：“相逢欲话相思苦，浅情肯信相思否？还恐漫相思，浅情人不知！”这正可看出小晏的赤子之心、钟情无限。

〔2〕说似谁：犹言向谁诉。

王观

王观（1035—1100），字通叟，如皋（今属江苏）人，一作海陵（今江苏泰州）人。仁宗嘉祐二年（1057）进士，任大理寺丞，知江都县，累官翰林学士。据《能改斋漫录》卷十七，因赋应制词《清平乐》，高太后以为媟渎神宗，被罢职，遂有逐客之号。词集名《冠柳集》，不传，今有赵万里辑本，存词十六首。

卜　算　子

送鲍浩然之浙东〔1〕

水是眼波横〔2〕，山是眉峰聚〔3〕。欲问行人去那边，眉眼盈盈处〔4〕。　　才始送春归，又送君归去。若到江南赶上春，千万和春住。

〔1〕浙东，指两浙东路，今浙江钱塘江以东地区。这首词是送友人鲍浩然回家乡探闺人的。构思十分新巧灵动。先从友人所去之地写，再从友人归去之时写。以美人眼波喻水，以眉黛喻山，以眉目盈盈喻山川之美，由美人之美想象故乡山川之美，亦可由故乡山川之美想见故乡闺人之美。晚春回归江南，恰是江南春意深浓时节，祝愿友人与春同住，亦是暗示友人尽情享受与伊人团聚的欢乐与温馨。意象、语言和祝愿一并美妙动人。

〔2〕"水是"句：前人多以秋水喻美人的眼神，如白居易《筝》诗："双眸剪

秋水。”此处以美人眼波喻家乡的水波。

〔3〕“山是”句:《西京杂记》卷二:“文君姣好,眉色如望远山。”此处以美人双眉喻山峰蹙皱。

〔4〕盈盈:美好貌。

清　平　乐〔1〕

黄金殿里,烛影双龙戏〔2〕。劝得官家真个醉〔3〕,进酒犹呼万岁。　　折旋舞彻伊州〔4〕,君恩与整搔头〔5〕。一夜御前宣住〔6〕,六宫多少人愁〔7〕。

〔1〕这首词咏皇帝的后宫生活,对封建时代帝王的恣意享乐有一定讽谕意味。《能改斋漫录》云:“王观学士尝应制撰《清平乐》词云……高太后以为媟渎神宗,翌日罢职,世遂有逐客之号。”《碧鸡漫志》卷二说:“王逐客才豪,其新丽处与轻狂处,皆足惊人。”足见王观其人,颇有个性,应制而作居然有涉“轻狂”,难免要付出代价。上片写后宫欢宴,嫔妃劝酒,“双龙戏”一句,使皇帝与嫔妃的狎昵情形,宛然在目。下片写这位妃子乘兴起舞,娇态赢得皇帝好感,亲手为她整理玉簪,她当晚得幸,留侍御寝。煞拍二句揭露封建嫔妃制的禁锢宫女、毁灭人性。这首词的题材和客观意蕴,在宋词中是颇为罕见的。

〔2〕“烛影”句:指烛光下皇帝及其身影闪动。

〔3〕官家:俗称皇帝。《湘山野录》卷下载,宋真宗问李侍读仲容:“何故谓天子为官家?”李对曰:“臣尝记蒋济《万机论》言三皇官天下,五帝家天下,兼三、五之德,故曰官家。”

〔4〕“折旋”句:谓旋转起舞,舞尽伊州曲。伊州,即《伊州曲》,唐代由西域传入的舞曲。

〔5〕搔头:玉簪。

〔6〕宣住:指皇帝宣示今夜止宿之处。

〔7〕六宫:泛指皇后嫔妃所居。

庆清朝慢

踏　　青[1]

调雨为酥[2],催冰做水,东君分付春还[3]。何人便将轻暖,点破残寒?结伴踏青去好,平头鞋子小双鸾[4]。烟郊外,望中秀色,如有无间[5]。　晴则个[6],阴则个,饾饤得天气[7],有许多般。须教镂花拨柳,争要先看。不道吴绫绣袜,香泥斜沁几行斑。东风巧,尽收翠绿,吹在眉山[8]。

〔1〕本篇写初春姑娘们结伴踏青野游情事。开篇五句描摹春光初临,雨细、冰溶、残寒渐敛、暖意融融,抓住初春季候特色,妙在"调雨"、"催冰"、破寒,由东君着意"分付",将自然运行、早春生机,加以人格化。"结伴踏青"醒明题旨,出现人物,人物形象略去正面铺陈,而以局部映现整体,从"小双鸾",可知游春主人乃一群打扮娇艳的女郎。"望中秀色"总写郊原风光。换头回应开端,再写季候阴晴无常、变化多端。尽管如此还要拨弄花柳、争先赏春,不想脚陷泥泞、绣袜溅污。末后以景结,写东风吹散烟云,姑娘们开心地观赏到翠碧的远山。全篇语言俚俗,下字新巧,以拟人化手法写春景变化,以微妙细节写少女兴致,景象与人物交插描写,俨然是一幅少女游春图。

〔2〕"调雨"句:谓调配成滑腻的细雨。韩愈《早春呈水部张十八员外》:"天街小雨润如酥。"

〔3〕东君:司春之神。

〔4〕小双鸾:指少女绣鞋上绣制的鸾鸟。

〔5〕“望中”二句:指烟雾中青秀的山色若有若无。王维《汉江临眺》:“江流天地外,山色有无中。”

〔6〕则个:口语助词。欧阳修《醉蓬莱》(见羞容敛翠):“却待更阑,庭花影下,重来则个。”

〔7〕饾饤:杂乱拼凑之意。郭应祥《好事近》(今岁度元宵):“客来草草办杯盘,饾饤杂蔬果”。

〔8〕眉山:即远山。

木兰花令

柳[1]

铜驼陌上新正后[2],第一风流除是柳。勾牵春事不如梅,断送离人强似酒[3]。　　东君有意偏搁就[4],惯得腰肢真个瘦[5]。阿谁道你不思量,因甚眉头长恁皱[6]。

〔1〕这篇咏柳词,由时地起笔赞其风流第一,与梅、酒比照称其送别情重,谓受春神偏爱长成腰肢婀娜,更以反诘衬跌,言其深于离思。全篇融汇杨柳意象的传统情韵,运用生动的口语,将杨柳人格化,写来形神兼到,风神流美,极为别致。

〔2〕铜驼陌:洛阳城南有铜驼街,为游乐胜地,且多柳树。骆宾王《艳情代郭氏答卢照邻》:“铜驼路上柳千条,金谷园中花几色。”

〔3〕“勾牵”二句:谓引动春色虽不如梅花早,送别行人却情浓于酒。传

统习俗,自古即流行折柳送别。

〔4〕 掴就:温存牵就。晁端礼《点绛唇》(我也从来):“掴就百般”。

〔5〕“惯得”句:诗人多以柳枝形容美人细腰,也多以舞腰形容柳条细柔。白居易《杨柳枝》:“柳袅轻风似舞腰”。

〔6〕 长恁皱:形容柳叶卷蹙,有如皱眉。

张舜民

张舜民字芸叟，号浮休居士，又号矴斋，邠州（今陕西彬州）人，英宗治平二年（1065）进士。神宗元丰时期，曾从军征西夏，掌机密文字。哲宗元祐初召试，除秘阁校理，监察御史。徽宗立，累擢吏部侍郎。后坐元祐党籍，贬商州。有《画墁集》，今传本为四库馆臣从《永乐大典》辑出。存词四首。

卖花声

题岳阳楼[1]

木叶下君山[2]，空水漫漫。十分斟酒敛芳颜[3]。不是渭城西去客，休唱阳关[4]。　　醉袖抚危栏，天淡云闲。何人此路得生还。回首夕阳红尽处，应是长安[5]。

〔1〕岳阳楼在今湖南岳阳市，与耸立洞庭湖中的君山遥遥相对。元丰四年（1081）张舜民从高遵裕征西夏，掌机密文字，作诗讥议边事，有“灵州城下千枝柳，总被官军斫作薪”，“白骨似沙沙似雪，将军休上望乡台”之句，次年十月坐罪谪监郴州酒税。在南行赴贬所时途经岳阳，写了两首《卖花声》，此是其一。起写岳阳秋光，寥廓浩渺，秋气萧瑟，当为登楼所见。继写楼内饮宴，侍女满斟美酒，收敛笑容，若为动情。再反用王维《阳关曲》，表明不是西征，而是南迁，正话反说，情悰勃郁。换头写酒后凭栏远眺，“何人”句，凄苦愤懑，为古今

迁客一吐心声。煞拍笔锋折转,寄寓对故都的眷眷之怀。这首迁谪词沉郁悲慨,直中有曲,化用前人,贴切得体。

〔2〕“木叶”句:屈原《九歌·湘夫人》:“袅袅兮秋风,洞庭波兮木叶下。”此化用其意。

〔3〕十分:指将酒斟得很满。

〔4〕“不是”二句:王维《送元二使安西》诗,系为送友人由渭城西出阳关而作,后成为流行的送别曲,又称《阳关曲》《渭城曲》。

〔5〕“回首”二句:费衮《梁溪漫志》卷七“张芸叟词”条云:回首夕阳云云“人喜诵之。乐天《题岳阳楼》诗云:‘春岸绿时连梦泽,夕波红处近长安。’盖芸叟用此换骨也。”张词长安泛指京都。

魏夫人

魏夫人名玩，字玉汝，襄阳（今属湖北）人，魏泰之姊，曾布之妻，封鲁国夫人。朱熹云："本朝妇人能文，只有李易安与魏夫人"（见《朱子语类》卷一四〇）。近人周泳先辑有《鲁国夫人词》一卷，存词十四首。

阮郎归[1]

夕阳楼外落花飞，晴空碧四垂。去帆回首已天涯，孤烟卷翠微[2]。　楼上客，鬓成丝。归来未有期。断魂不忍下危梯，桐阴月影移。

〔1〕这是一首月夜怀人词。上片记行人离去，暮春傍晚，天宇空阔，旅船回首已远，望中唯见一缕孤烟由山冈卷起。下片写居者怀远，离愁凝重，归期难凭，不下梯、月影移，见其凭高痴望，夜深不眠。

〔2〕翠微：指山腰幽深处。

菩萨蛮[1]

溪山掩映斜阳里，楼台影动鸳鸯起[2]。隔岸两三家，出墙红杏花[3]。　绿杨堤下路，早晚溪边去。三见柳绵飞，离人犹未归。

〔1〕这是一首念远怀人词。先写居处环境,楼台靠溪傍山,碧水倒影,居民稀少,隔岸相望,景象幽雅。“鸳鸯起”一句将全景写活,且反衬独处闺楼,逗起怀远离思。“杏花”着一“出”字,见春意盎然,闭关不住。次写怀人情悰,“绿杨堤”或许是送别之地;杨柳又为赠别之物,尤易触发离思;时刻徘徊溪边,足知忆念情深;收尾处点明离人三年未归,补足怀思凝重之由。写景静中有动,写情紧切实地实物,文笔秀雅,离思殷殷。

〔2〕“楼台”句:言戏水鸳鸯双双起飞,搅动了水波,使楼台的倒影也晃动不已。

〔3〕“出墙”句:南宋叶绍翁《游园不值》诗,有“春色满园关不住,一枝红杏出墙来”之句,备受人们称赏,魏夫人此句,早于叶诗,亦精妙可称。

江城子

春恨〔1〕

别郎容易见郎难。几何般,懒临鸾〔2〕。憔悴容仪,陡觉缕衣宽〔3〕。门外红梅将谢也,谁信道、不曾看。　　晓妆楼上望长安〔4〕。怯轻寒,莫凭阑。嫌怕东风,吹恨上眉端。为报归期须及早,休误妾、一春闲。

〔1〕题曰“春恨”,系独居深闺为怀念宦游京邑的丈夫而作。起笔直抒胸臆,感叹别易见难。以下多层面刻画怀远心绪,懒得梳妆,体态消瘦,无心看花,时或登楼跷望,又怯寒怕风,唯恐加深愁怀。左右不适的重重幽怨,将春恨形容

得淋漓尽致,末以早定归期相盼。全篇一气贯通,娓娓道来,语浅情切,平易坦直。

〔2〕懒临鸾:懒得窥照妆镜。铜镜刻有鸾鸟图案,称鸾镜。

〔3〕“陡觉”句:形容消瘦。缕衣,丝衣。

〔4〕长安:代指汴京。

孙浩然

孙浩然，仕历身世均不详。据楼钥《攻愧集》卷七十《跋王晋卿江山秋晚图》，王诜取孙浩然《离亭燕》词意画作《江山秋晚图》。然据范公偁《过庭录》，《离亭燕》为张昇作，范氏时代较早，今姑从其说。孙浩然存词一首，见于《花草粹编》卷五。

夜行船〔1〕

何处采菱归暮，隔宵烟、菱歌轻举。白蘋风起月华寒，影朦胧、半和梅雨。　脉脉相逢心似许，扶兰棹、黯然凝伫〔2〕。遥指前村，隐隐烟树，含情背人归去。

〔1〕小词写江南采菱少女的多情和羞涩。从女主人公采菱暮归起笔，隔宵烟、菱歌起，未见其人，先闻其声。风起月寒，梅雨淅沥，夜景极富特色，伊人若隐若现。于环境氛围铺垫之后，下半阕专写少女情态和行迹。"脉脉"言其温情，"凝伫"见其思绪沉稳，与对方相对相觑、情感交流之事，自在言外。末以指点住处含情离去收煞，也许这对青年男女的情缘刚刚开始，今后的密约欢会无需明言。

〔2〕兰棹：指精美的船桨。

王诜

王诜字晋卿，太原（今属山西）人，徙居开封（今属河南）。神宗熙宁二年尚英宗女，拜左卫将军、驸马都尉，为利州防御使。与苏轼为好友。元丰二年因"乌台诗案"牵连，责授昭化军行军司马、均州安置，后转置颍州。元祐初始得召还。赵万里辑存《王晋卿词》一卷，存词十五首。

忆故人[1]

烛影摇红向夜阑，乍酒醒、心情懒。尊前谁为唱阳关[2]，离恨天涯远。　　无奈云沉雨散[3]。凭阑干、东风泪眼。海棠开后，燕子来时，黄昏庭院。

〔1〕此词咏女郎忆念远别情人。上片为酒醒忆别。起句写夜深人静、烛光摇曳，情景真切传神。接写酒醒后心境，"唱阳关""天涯远"，补述睡前方为对方饯别而醉酒。换头紧承"离恨"，以"云沉雨散"形容欢情消逝；"凭阑""泪眼"，见怀思情切；收尾三句以花、鸟反衬，以景结情；下片当是长昼离思。情词深婉，悠悠不尽。据《能改斋漫录》卷十七载，此词受到徽宗爱赏，周邦彦"增损其词，而以首句为名，谓之《烛影摇红》。"对周邦彦增益之作，朱彝尊曾有"续凫为鹤"的批评。

〔2〕"尊前"句：意谓自己曾不得已在酒筵上唱《阳关曲》为之饯别。

〔3〕云沉雨散：宋玉《高唐赋序》记巫山神女有"旦为朝云，暮为行雨"之语，后多以云雨巫山代指男女欢情，此处化用其事喻好事消散。

蝶恋花[1]

钟送黄昏鸡报晓。昏晓相催，世事何时了。万恨千愁人自老，春来依旧生芳草。　　忙处人多闲处少，闲处光阴，几个人知道[2]。独上高楼云渺渺，天涯一点青山小。

〔1〕据《词苑粹编》引《西清诗话》谓："王晋卿得罪外谪，后房善歌者名啭春莺，为密县马氏所得，晋卿还朝……凄然赋《蝶恋花》词。"据此则此篇当为忆旧怀人之作。不过全词意蕴较为空灵宏阔，与一般忆旧欢的情词不同。上片从大处着笔，写时序更替、世事变迁、人生多愁易老，且以自然宇宙的无限性衬跌，人生感喟充溢行间。下片推进到个人寥落处境。以忙处反衬闲处，失位投闲，门庭冷落，知音难逢。以独望寰宇收结，大有所思不见，人海茫茫，天遥地远，抚躬怆然之慨。韵致苍凉沉厚，似不当局囿于怀思丽人。

〔2〕"忙处"三句：意谓人多为名利奔忙，不甘处闲，清闲寂寞的滋味有多少人能体察。

蝶恋花[1]

小雨初晴回晚照。金翠楼台，倒影芙蓉沼[2]。杨柳垂垂风袅袅，嫩荷无数青钿小[3]。　　似此园林无限好。流落归来，到了心情少。坐到黄昏人悄悄，更应添得朱颜老。

〔1〕王诜也是宋代著名书画家，据《式古堂书画汇考》，其《蝶恋花》词手迹至今犹存。苏轼乌台诗案发生时，王诜以“留轼讥讽文字及上书奏事不实”（《乌台诗案》）罪名，于元丰三年（1080）谪贬均州（今湖北均县），直到哲宗元祐元年（1086）始得召还，本篇是“流落归来”汴京后抒怀之作。上片描绘雨后晚照下园林景观，楼台倒影，柳枝摇曳，嫩荷如钿，无不在雨后夕阳笼罩之下，词中有画，且不乏象征意味。换头“园林无限好”收拢上片，转入“归来”心怀摅发。佳兴不多，氛围寂落，朱颜已改。可见园林虽好、人事已非，倾吐了迁谪归来的迟暮感、酸楚情。“回晚照”与“朱颜老”，首尾隐约呼应，耐人玩味。

〔2〕芙蓉：荷花的别称。

〔3〕青钿：用金翠制成的花朵形的青色首饰，此处喻指荷花蕊。

苏轼

苏轼(1037—1101),字子瞻,一字和仲,号东坡居士,眉山(今属四川)人。仁宗嘉祐二年(1057)进士。神宗熙宁时期,先后任杭州、密州、徐州地方官。元丰间坐诗文讽讥新法罪贬居黄州。哲宗元祐时期除授中书舍人、翰林学士、知制诰等职,后出知杭、颍、扬、定等州。绍圣期间远放惠州(今属广东)、儋州(今属海南)。徽宗即位,奉命内迁,病死常州。苏轼以坌涌的诗情和壮浪的文笔致力于词,举首高歌,纵情挥洒,写出多样风调的作品,扩大词境,提高词体,发展词艺,丰富词格,勇于突破传统习尚,别树一宗,使天下耳目一新。所作豪纵清壮、超轶洒脱而外,兼有韶秀婉丽。今有元延祐本《东坡乐府》、龙沐勋笺注本《东坡乐府》,今人石声淮、唐玲玲《东坡乐府编年笺注》较为完备,存词三百多首。

水 龙 吟

次韵章质夫杨花词〔1〕

似花还似非花〔2〕,也无人惜从教坠〔3〕。抛家傍路,思量却是,无情有思〔4〕。萦损柔肠,困酣娇眼,欲开还闭〔5〕。梦随风万里，寻郎去处，又还被、莺呼起[6]。　　不恨此花飞尽，恨西园、落红难缀[7]。晓来雨过，遗踪何在，一池萍碎[8]。春色三分，二分尘土，一分流水[9]。细看来，不是杨花点点，是离人泪。

〔1〕本篇为元丰三年(1080)苏轼贬居黄州时为次韵章楶杨花词而作。章氏词章笔锋细腻，形神兼到，风调婉媚，堪称佳作。苏轼和章紧切原韵，咏杨花寓离愁，兼融忧患中沉郁之思。上阕刻画杨花飘落，摇曳入题。似花非花，无情有思，熔化前人诗意，于杨花若即若离，形神兼摄。“萦损”以下从“有思”生发，“柔肠”喻柳条，“娇眼”喻柳叶。“梦随”化用唐诗，既象征杨花飘零之状，又映现其“有思”之魂。以物为人，以人写物，杨花美人，契合为一。下阕由上文“惜”字、“坠”字，引申出“恨”“飞”“落”，借以抒发伤春惜花之愁。由“不恨”到恨，欲进先退，由杨花到落红，宕开一笔，折回杨花。“遗踪何在”一问，承以化尘、随水，转瞬消逝。末以点点杨花与美人珠泪浑融为一。融情于物，以物体情，神来之笔，令人叫绝，正应“似花非花”旨趣。全篇赋物体情，虚实相生，笔墨入化，有神无迹。其风韵之妩媚，晁叔用比为“如王嫱、西施，洗净脚面，与天下妇人斗好”(《诗人玉屑》引)，可谓传神妙喻！

〔2〕非花：谓柳絮不是花。梁元帝《咏阳云楼檐柳》诗，有“杨柳非花树”句。白居易作有《花非花》词。

〔3〕从教坠：任凭它飘落。

〔4〕无情有思：看似无情，实是有意。杜甫《白丝行》：“落絮游丝亦有情。”

〔5〕“萦损”三句：意谓缠扰人的离思折磨得柔肠细软，春情使困倦的眉眼睁开又闭合。柔肠，形容柳条。娇眼，形容柳叶。

〔6〕“梦随风”三句：形容柳花随风飘荡、乍起乍落，宛似闺人梦魂追寻情郎。此从金昌绪《春怨》诗化出，诗云：“打起黄莺儿，莫教枝上啼。啼时惊妾梦，不得到辽西。”

〔7〕落红难缀：落花不能重新连缀到枝头。

〔8〕“遗踪”二句:谓杨花落水变成零乱的浮萍。苏轼旧注:“杨花落水为浮萍。”苏轼《再次韵曾仲锡荔支》诗,亦有“柳花著水万浮萍”句,自注云:“飞絮落水中经宿即为浮萍。”此说不合实际,只能说犹如浮萍。

〔9〕“春色”三句:叶清臣《贺圣朝》:“三分春色二分愁,更一分风雨。”此处春色代指杨花,杨花二分落地化轻尘,一分随流水漂去。

满 庭 芳〔1〕

元丰七年四月一日,余将去黄移汝,留别雪堂邻里二三君子〔2〕。会李仲览自江东来别〔3〕,遂书以遗之。

归去来兮,吾归何处?万里家在岷峨〔4〕。百年强半,来日苦无多〔5〕。坐见黄州再闰〔6〕,儿童尽、楚语吴歌〔7〕。山中友,鸡豚社酒,相劝老东坡〔8〕。　　云何、当此去?人生底事〔9〕,来往如梭!待闲看,秋风洛水清波〔10〕。好在堂前细柳,应念我、莫剪柔柯〔11〕。仍传语,江南父老,时与晒渔蓑〔12〕。

〔1〕宋神宗元丰七年(1084),贬谪黄州已达五年之久的苏轼,接到量移汝州(今河南临汝)的诏命,这篇词是为告别黄州邻里父老而作。开篇移用陶潜语以“归去”唤起,而承以家乡万里、何处可归、岁月急匆、人空老大,怀乡叹老,感触万端。以下转入倾吐留恋黄州之情,“鸡豚”二句,写出父老深情。过片荡开一笔,用问句抒人生飘流之叹。而后转入开解,闲看洛水,说自己聊可投闲汝州;莫剪柔柯,时晒渔蓑,戏言与嘱托之中,隐含彼此友情和自当重来相聚之意。由归去始,以重来收,首尾呼应,中间怀思故乡、留恋黄州、感叹人生,体现了词人复杂的思绪、起伏的心潮和善于超拔愁苦的旷达胸襟。

〔2〕雪堂:苏轼在黄州东坡所建居室,堂以大雪中筑成,因名雪堂,并作有《雪堂记》。

〔3〕李仲览:名翔,时杨元素(绘)闻苏轼自黄移汝,特托李翔前来看望。

〔4〕岷峨:指岷山、峨眉山,四川的名山,用以代指四川家乡。

〔5〕"百年"二句:时苏轼已四十九岁。韩愈《除官赴阙至江州寄鄂岳李大夫》诗:"年皆过半百,来日苦无多。"强半,将近一半。

〔6〕黄州再闰:苏轼于元丰三年二月到黄州,至元丰七年四月,中间经元丰三年闰九月、元丰六年闰六月,故曰再闰。

〔7〕"儿童"句:谓居留黄州多年,孩子们已习惯当地方言土语。黄州古属楚,三国时属吴。

〔8〕"鸡豚"二句:谓社日杀鸡宰猪乡邻聚会饮酒,父老们劝苏轼终老于黄州东坡。春秋社日祭祀土地神聚会饮酒,谓之社酒。

〔9〕底事:何事,为何。

〔10〕"待闲看"二句:意谓秋后将到河南观赏洛河风光。洛水,洛河,源出陕西,流经河南洛阳等地。

〔11〕"应念我"句:意谓当地老友怀念旧谊不会剪伐我手植的杨柳柔条。《诗经·召南·甘棠》:"蔽芾甘棠,勿剪勿伐,召伯所茇。"召伯南巡,曾在甘棠下休息,后人思其德,很爱护此树。苏轼暗用此典,喻黄州邻里对自己的系念。

〔12〕"仍传语"三句:告知黄州父老乡亲,时常代我晾晒钓鱼的蓑衣。言外之意我还要回来再用。

满　庭　芳〔1〕

蜗角虚名〔2〕,蝇头微利〔3〕,算来着甚干忙〔4〕。事皆前定,谁弱又谁强。且趁闲身未老,须放我、些子疏狂〔5〕。百年里,浑教是醉,三万六千场〔6〕。　　思量、能几许〔7〕?忧愁风雨,一半相妨。又何须,抵死说短论长[8]。幸对清风皓月,苔茵展、云幕高张[9]。江南好,千钟美酒,一曲《满庭芳》。

〔1〕本篇大约是苏轼经历文字狱而被贬谪黄州之后所写的刺世抒怀之作。上片由鄙薄追名逐利互相倾轧的世态人情,转向揭示自我秉持的人生宗旨。“蜗角”“蝇头”对庸俗人生一笔否定;不较强弱,以道家乘时归化与世无争的哲理摆脱尘缘羁縻;“且趁”以下提出以“疏狂”姿态潇洒地面对人生。下片由人生忧患良多,说到不计长短浮沉,“清风皓月”描绘超拔世俗、皈依自然、陶然自乐的情趣。“短”“长”与上文“弱”“强”呼应,“幸对”以下,由“疏狂”展衍,是词人所追求的潇洒人生的形象显示。全篇以议论发端,以抒情、写景收结,体现了作者历经政治磨难之后,傲视世俗纷争,追求自我精神解放的情怀。

〔2〕蜗角:蜗牛的触角,喻渺小纷争的社会。《庄子·则阳》:“有国于蜗之左角者,曰触氏;有国于蜗之右角者,曰蛮氏。时相与争地而战。”

〔3〕蝇头:喻细微。《南史》卷四十一《衡阳元王道度传》有“蝇头细书”语。

〔4〕着甚干忙:犹云为甚空忙。

〔5〕“须放我”句:意谓任我来些宽松狂放。

〔6〕“百年里”三句:李白《襄阳歌》:“百年三万六千日,一日须倾三百杯。”

〔7〕“思量”句:试想人生几何。

〔8〕抵死:老是,硬要。

〔9〕“苔茵”句:谓以青苔作茵褥,以白云作帷幕,陶醉于大自然之中。

水调歌头

黄州快哉亭赠张偓佺[1]

落日绣帘卷,亭下水连空。知君为我新作,窗户湿青红[2]。长记平山堂上[3]，欹枕江南烟雨，杳杳没孤鸿[4]。认得醉翁语："山色有无中[5]。"　　一千顷，都镜净，倒碧峰。忽然浪起，掀舞一叶白头翁[6]。堪笑兰台公子，未解庄生天籁，刚道有雌雄[7]。一点浩然气，千里快哉风[8]。

〔1〕据傅藻《东坡纪年录》，元丰六年十一月作《水调歌头》赠张偓佺。张偓佺，即张梦得，字怀民，又字偓佺，苏辙《黄州快哉亭记》云："清河张君梦得，谪居齐安，即其庐之西南为亭，以览观江流之胜，而余兄子瞻名之曰快哉。"这首咏亭台词，主要篇幅是写景。首写亭之外景，次写亭之内景，再以记忆中的平山堂风光相比拟，以虚写实，也说明他们与前辈胸襟契合。换头以下五句，转笔写眼前动景，碧峰倒影，白浪骤起，船头渔翁掀舞。妙景引发联想，借赞庄生，驳《风赋》，反跌出抒怀壮语，煞拍扣合题旨，将"快哉"情悰推向高峰。全篇以"快"字贯穿，由写景到议论，收结到抒怀，体现了词人不计贵贱、胸怀浩气，追求坦荡旷放、自得其乐的雅洁情操。

〔2〕"知君"二句：意谓知你为我到来，重新内部修整，将门窗涂上了青红的油漆。

〔3〕平山堂：欧阳修在扬州所建，"在州城西北五里大明寺侧……负堂而望，江南诸山，拱列檐下"（王象之《舆地纪胜》卷三十七）。

〔4〕"欹枕"二句：谓卧看江南烟雨，孤鸿远飞隐没于天际。杳杳，幽远貌。

〔5〕"认得"二句：谓体认到欧阳修词中"山色"句的美妙。欧阳修《朝中措》词，有"平山栏槛倚晴空，山色有无中"之句。

〔6〕"掀舞"句：谓一叶扁舟上的渔翁被浪头冲得忽起忽伏。

〔7〕"堪笑"三句：借讥讽宋玉不懂风乃自然现象，而硬说风有雌、雄、贵、贱之别。宋玉仕楚为兰台令，故称兰台公子。天籁，自然界的声响。《庄子·齐物论》："女（汝）闻地籁而未闻天籁。"宋玉《风赋》写宋玉等陪楚襄王游兰台之宫，忽然风起，襄王披襟当之，曰："快哉此风！寡人所与庶人共者邪？"宋玉说：大王之风，"庶人安得而共之。"他称大王之风为"雄风"，庶人之风为

“雌风”。

〔8〕“一点”二句:谓只要保持浩然正气,便能享有快意风。《孟子·公孙丑上》:“我善养吾浩然之气。”

水调歌头[1]

余去岁在东武,作《水调歌头》以寄子由[2]。今年,子由相从彭门百馀日[3],过中秋而去,作此曲以别。余以其语过悲,乃为和之,其意以不早退为戒,以退而相从之乐为慰云。

安石在东海,从事鬓惊秋[4]。中年亲友难别,丝竹缓离愁[5]。一旦功成名遂,准拟东还海道,扶病入西州[6]。雅志困轩冕,遗恨寄沧洲[7]。　　岁云暮,须早计,要褐裘[8]。故乡归去千里,佳处辄迟留[9]。我醉歌时君和,醉倒须君扶我,惟酒可忘忧。一任刘玄德,相对卧高楼[10]。

〔1〕本篇是神宗熙宁十年(1077)苏轼在徐州知州任上为和苏辙《水调歌头》(离别一何久)而作。此词针对苏辙词予以开解。上片借谢安事,作为不及时引退的鉴戒;下片设想兄弟二人“退而相从之乐”,以安慰对方,体现了兄弟手足情深。这篇惜别词全然摆脱情景交错、借景抒情的路数,而是直倾胸臆,纵论古今,由前人“遗恨”,提出自身“早计”。灵活熔裁史籍掌故,纵笔开阖,辞气驱迈,已开稼轩以文为词的端倪。

〔2〕“余去岁”二句:上一年苏轼在密州曾作《水调歌头》词咏中秋、兼怀子由。东武,汉时旧县名,在密州治所诸城(今属山东),此指密州。

〔3〕子由相从彭门:本年四月苏轼赴徐州任,苏辙同行,五月至徐州,过

中秋而别。彭门,指徐州。

〔4〕“安石”二句:意谓谢安出仕从政时鬓发已衰颓。安石,东晋会稽谢安的字,谢安隐居会稽东山,其地濒海,故曰“在东海”。《晋书·谢安传》:“安石少有重名,栖迟东土,放情丘壑……始有仕进志,时年已四十馀矣。”

〔5〕“中年”二句:谓中年与亲友离别,时有感伤,往往用管弦乐器冲淡离愁。《晋书·王羲之传》:“谢安尝谓羲之曰:‘中年以来,伤于哀乐,与亲友别,辄作数日恶。’羲之曰:‘年在桑榆,自然至此。顷正赖丝竹陶写’。”

〔6〕“一旦”三句:谓一旦成就功业名望,一定准备归隐会稽,不料后来抱病回来。据《晋书·谢安传》,谢安出仕后,始终怀归隐东山之志,拟经略政务粗定,即从江道还东,可是此愿未及实现即病重还都。“闻当舆入西州门(今南京朝天宫附近),自以本志不遂,深自慨失”,并对亲近说:“吾病殆不起乎!”

〔7〕“雅志”二句:谓因困于官务,高隐之志未能实现,空有遗恨寄托于江湖。轩冕,官员的车驾、冠服。

〔8〕要褐裘:换上粗布衣辞官为民。

〔9〕迟留:徘徊留连。

〔10〕“一任”二句:任凭雄心大志的人瞧不起,不去管它。据《三国志·陈登传》,刘备一次同许汜评论扬州名士陈元龙(陈登)。许汜曰:“昔遭乱过下邳,见元龙。元龙无客主之意,久不相与语,自上大床卧,使客卧下床。”刘备曰:“君有国士之名,今天下大乱……而君求田问舍,言无可采,是元龙所讳也,何缘当与君语?如小人,欲卧百尺楼上,卧君于地,何但上下床之间邪?”

水调歌头〔1〕

丙辰中秋,欢饮达旦,大醉。作此篇兼怀子由。

明月几时有?把酒问青天〔2〕。不知天上宫阙,今夕是何年[3]。我欲乘风归去,唯恐琼楼玉宇[4],高处不胜寒。起舞弄清影,何似在人间[5]! 转朱阁,低绮户,照无眠[6]。不应有恨,何事长向别时圆[7]! 人有悲欢离合,月有阴晴圆缺,此事古难全。但愿人长久,千里共婵娟[8]。

〔1〕本篇为熙宁九年丙辰(1076)把酒赏月而作。时苏轼出川宦游,滞留密州,生活上与胞弟七年阔隔,政治上与变法派意见抵牾。中秋之夜,望月怀人,感慨身世,激荡出如许感喟与遐思。词由探询月轮肇始、天阙年代摇曳入题,足见对超尘表示兴趣。继而"我欲"转化为"唯恐",承以"起舞",虚幻憧憬,终为现实眷恋所战胜,而归结为人间即是仙境,识度何等明达! 人间毕竟不无缺憾,月移夜深,怀人无寐,月圆人缺,倍添离索。其实人不长聚,月不长圆,天象人事,同此一理,由来如此。惟愿顺其自然,各保健康,共沐明月清晖,襟怀何等爽旷! 前后两阕,由问月,设想登月,到月下起舞;由望月、怨月,因月悟理,到祝愿与月共在,享受人生。妙在句句不离月字,又句句借月写怀。思路由虚而实,由实而虚,由天上折转人间,由星体妙悟人生。"人有悲欢"三句,以宇宙意识观照人生,涵盖自然与人类共同律动,意象愈空灵,意境愈澄澈,意蕴愈玄奥,意念愈明达。所谓"清空中有意趣"(《词源》)。中秋词名作,千古不可有二,诚如《苕溪渔隐丛话》所云:此调一出,"馀词尽废"。

〔2〕"明月"二句:李白《把酒问月》诗有"青天明月来几时,我今停杯一问之"句,此化用其意。

〔3〕"不知"二句:《周秦纪行》有诗云:"香风引到大罗天,月地云阶拜洞仙。共道人间惆怅事;不知今夕是何年。"或为东坡所本。

〔4〕琼楼玉宇:形容月中景观。《大业拾遗记》:"瞿乾祐于江岸玩月。或问此中何有? 瞿笑曰:'可随我观之。'俄见月规半天,琼楼玉宇烂然。"

〔5〕"起舞"二句:谓月下起舞,清影摇曳,"仿佛神魂归去,几不知身在人间也。"(《蓼园词选》)

〔6〕"转朱阁"三句:夜深月移,月光转过朱红的楼阁,洒进雕花的窗户,照见不眠之人。

〔7〕“不应”二句:谓月轮不会对人有恨,为何偏在人逢离别时它却圆呢!《温公诗话》:“李长吉‘天若有情天亦老’人以为奇绝无对。曼卿对‘月如无恨月常圆,’人以为勍敌。”

〔8〕“但愿”二句:只愿都能健康,虽相隔千里,可共沐明月清辉。谢庄《月赋》:“隔千里兮共明月。”孟郊《古怨别》:“别后唯所思,天涯共明月。”许浑《怀江南同志》:“唯应洞庭月,万里共婵娟。”婵娟,美好貌,此代指月。

水调歌头[1]

欧阳文忠公尝问余,琴诗何者最善?答以退之《听颖师琴》诗[2]。公曰:“此诗固奇丽,然非听琴,乃听琵琶诗也。”余深然之。建安章质夫家善琵琶者乞为歌词,余久不作,特取退之词,稍加檃括[3],使就声律,以遗之云。

昵昵儿女语[4],灯火夜微明。恩怨尔汝来去,弹指泪和声[5]。忽变轩昂勇士,一鼓填然作气,千里不留行[6]。回首暮云远,飞絮搅青冥[7]。　　众禽里,真彩凤,独不鸣[8]。跻攀寸步千险,一落百寻轻[9]。烦子指间风雨,置我肠中冰炭,起坐不能平[10]。推手从归去,无泪与君倾[11]。

〔1〕苏轼在黄州《与朱康叔》手札有“章质夫求琵琶歌词,不敢不寄呈”语,可知此词当为贬居黄州时作,与其和章质夫杨花词写作时期相近。乃依韩愈《听颖师(弹)琴》诗,改写而成。韩诗以男女私语、勇士猛进、晚云飞絮、众鸟齐鸣、攀岩落谷等一系列生活和自然意象,极力摹写音乐低昂、渺远、嘈杂和抑

扬升沉的变化，将诉诸听觉的声情具形化，渲染出演奏家的高妙弹技。苏轼词保留原作精髓，经过巧妙增删熔裁，改成合乎律度的曲子词。这番再创造，发挥词体之长，升华原作之神，写来宛转错落，曲折尽意，浑成融贯。末以“无泪”取代“湿衣”，翻进一层，尤觉精练新警。词中檃括体，倡自东坡，此篇虽系檃括，犹如自创，以名手改制名作，自是非凡。

〔2〕退之《听颖师琴》：退之，韩愈的字。韩诗原文云：“昵昵儿女语，恩怨相尔汝。划然变轩昂，勇士赴敌场。浮云柳絮无根蒂，天地阔远随飞扬。喧啾百鸟群，忽见孤凤凰。跻攀分寸不可上，失势一落千丈强。嗟余有两耳，未省听丝篁。自闻颖师弹，起坐在一旁。推手遽止之，湿衣泪滂滂。颖乎尔诚能，无以冰炭置我肠。”

〔3〕檃括：根据原作内容情节进行改编。

〔4〕“昵昵”句：形容音乐细柔，如男女情人亲昵地私语。

〔5〕“恩怨”二句：谓弹出声泪俱下的音调，犹如男女间谈情诉怨一样。尔汝，双方以尔汝相称，表示亲切。

〔6〕“忽变”三句：形容乐声忽而高昂，像伴随勇士进击的战鼓，像脱缰迅跑的奔马，千里不停。填然，鼓声。

〔7〕“回首”二句：形容乐声缥缈，像远天暮云，如晴空飞絮。

〔8〕“众禽里”三句：形容乐声细碎，孤调危绝，像百鸟喧啾，彩凤吞声。

〔9〕“跻攀”二句：形容乐声冷涩顿挫，忽起忽伏，如攀登险峰而又陡落深谷。寻，八尺曰寻。

〔10〕“烦子”三句：谓弹奏家技艺高妙，指间能兴风作雨，使听众心肠乍暖乍寒，感情不能平静。

〔11〕“推手”二句：谓音乐太激动人，泪已洒尽，请乐师退席，自己实在不能再听了。

满　江　红[1]

寄鄂州朱使君寿昌[2]

江汉西来,高楼下、蒲萄深碧[3]。犹自带、岷峨雪浪,锦江春色[4]。君是南山遗爱守,我为剑外思归客[5]。对此间、风物岂无情,殷勤说。　《江表传》[6],君休读。狂处士[7],真堪惜。空洲对鹦鹉[8],苇花萧瑟。不独笑书生争底事,曹公黄祖俱飘忽[9]。愿使君、还赋谪仙诗,追黄鹤[10]。

〔1〕本篇是在黄州写给朱寿昌的。大笔勾勒,起势突兀,由写景引入,既为眼前所见,又关联彼我。“遗爱守”“思归客”归拢为一,自然导出“岂无情”,收到“殷勤说”,结上启下。以下向友人开怀畅叙,慷慨评说。“《江表传》”到“狂处士”,由时代一般,说到人物个别,“休读”“堪惜”“萧瑟”,景与事呼应,激愤、惋惜、凭吊之情流溢笔端。“不独笑”二句,既不赞同书生傲物招祸,更将讽刺锋芒投向戕害人才的权势人物。“俱飘忽”一笔扫灭历史旧案,转出正意,提出超脱政治漩涡而寄情于传世文章的祝愿。煞拍与起笔绾合。全章即地写景,由景生情,导出评说,熔裁史事。情、景、史事契合无间,紧切当地胜迹,藏情于事。气格顿挫跌宕,起伏回旋,一派苍凉悲壮,勃郁不平之气激扬于其间。

〔2〕鄂州朱使君:朱寿昌,字康叔,苏轼贬居黄州时,他任鄂州(今武汉市)太守,时有馈问,两人交谊颇厚。

〔3〕“江汉”二句:长江汉水从西来流至武汉汇合,黄鹤楼下江水呈深绿色。高楼,指黄鹤楼,在武昌黄鹄山上,下临长江。

〔4〕“犹自带”二句:写武汉江水带有四川故乡的风情。长江上游经过四川,四川岷山、峨嵋山积雪溶化后流入长江,四川的锦江也与长江相通,故作如此想象。这里也暗用李白“江带峨嵋雪”(《经乱离后天恩流夜郎忆旧游书怀赠江夏韦太守良宰》)、杜甫“锦江春色来天地”(《登楼》)诗意。

〔5〕“君是”二句:叙双方与四川有关的阅历。朱寿昌曾知阆州,阆州在四川,唐属山南道,《宋史》本传称朱在阆有德政,当为“南山遗爱守”所指,“南山”,“山南”的倒置。遗爱,指德政,此词出于《左传》,这里暗用乐广“每去职,遗爱为人所思”(《晋书·乐广传》)事。剑外,四川在剑门山以南,故云。

〔6〕《江表传》:记三国时代吴国人物的史书,裴松之注《三国志》,多引此书,今已不传。

〔7〕狂处士:指祢衡,字正平,有才辩,性刚傲,因触怒曹操,曹操把他送到刘表处,刘表不能容,遣送给江夏太守黄祖,黄祖赏其文才,但脾性急暴,一次宴客,祢衡出言不逊,黄祖大怒,把祢衡杀死,事见《后汉书·祢衡传》。

〔8〕“空洲对”句:空对鹦鹉洲。祢衡写过著名的《鹦鹉赋》,他死后埋于汉阳(今属武汉)江边沙洲上,人称鹦鹉洲。李白《经乱离后天恩流夜郎忆旧游书怀赠江夏韦太守良宰》诗云:“顾惭祢处士,虚对鹦鹉洲。”

〔9〕“不独笑”二句:意谓祢衡书生何苦与这些政客争强斗胜,惹祸戕身,而不能容人的曹操、黄祖也很快在人间消失。

〔10〕“愿使君”二句:祝愿友人还是同李白那样赋诗抒怀,写出追步前人的传世名作。崔颢游武昌写《黄鹤楼》诗很有名,李白读后曾有搁笔之叹云:“眼前有景道不得,崔颢题诗在上头”(《唐才子传》)。后写有《登金陵凤凰台》《鹦鹉洲》等篇,据说有意与《黄鹤楼》诗争胜。

满　江　红

怀子由作[1]

清颍东流[2]，愁来送、征鸿去翮[3]。情乱处、青山白浪[4]，万重千叠。孤负当年林下意，对床夜雨听萧瑟[5]。恨此生、长向别离中，凋华发。　　一樽酒，黄河侧[6]。无限事，从头说。相看恍如昨[7]，许多年月。衣上旧痕馀苦泪，眉间喜气占黄色[8]。便与君、池上觅残春[9]，花如雪。

〔1〕本篇是元祐七年(1092)苏轼在颍州为怀念弟弟苏辙而作，时苏辙在朝任职。上阕写离思种种。起述身居颍畔，注目征鸿，“情乱”承“愁来”，“青山白浪”喻离绪重叠，兼言山川阻隔，“辜负”以下，叙所思种种，以长别催人老收结。下阕言聚合可期。先忆汴京对饮，开怀倾诉，两两相视，恍如昨日；次展望来日，归期可待；末以联袂赏春相约。感今忆昔，展望未来，委宛宽解，殷殷期盼，体现兄弟手足之情。

〔2〕清颍：指颍水，在颍州城外，为淮河的支流。

〔3〕“愁来”句：言离愁袭来，注目天际飞鸿。翮(hé 核)，指鸟翅。一本此句作“愁目断、孤帆明灭”。

〔4〕“情乱处”句：一本“情乱”作“宦游”。

〔5〕“孤负”二句：谓孤负了当年联袂归隐、对床夜话之约。苏辙《逍遥堂会宿二首并引》：“辙幼从子瞻读书，未尝一日相舍。既壮，将宦游四方，读韦苏州诗，至‘安知风雨夜，复此对床眠’，恻然感之。乃相约早退，为闲居之乐。

故子瞻始为凤翔幕府,留诗为别,曰:‘夜雨何时听萧瑟。’”苏轼官凤翔至写此词已二十馀年,仍未实现宿愿,故曰“孤负”。

〔6〕黄河侧:指在汴京暂聚,黄河流经汴京。

〔7〕怳:同恍,恍忽。

〔8〕“衣上”二句:谓往日离别的悲泪残留衣袖,今后归乡的喜讯已有兆头。古人认为眉间呈现黄色是喜兆。韩愈《郾城晚饮赠副使马侍郎及冯、李二员外》诗:“眉间黄色见归期”。

〔9〕池上觅残春:化用谢灵运《登池上楼》诗的故事。相传谢灵运极爱从弟谢惠连,尝于永嘉西堂构思诗歌,竟日不就,忽梦见惠连,即得佳句“池塘生春草”(《南史·谢方明传附谢惠连》)。

满江红

正月十三日,雪中送文安国还朝〔1〕

天岂无情,天也解、多情留客。春向暖、朝来底事〔2〕,尚飘轻雪?君遇时来纡组绶〔3〕,我应老去寻泉石〔4〕。恐异时、杯酒复相思,云山隔。　浮世事,俱难必。人纵健,头应白。何辞更一醉,此欢难觅。不用向佳人诉离恨〔5〕,泪珠先已凝双睫。但莫遣、新燕却来时〔6〕,音书绝。

〔1〕本篇为神宗熙宁九年(1076)苏轼在密州为送别友人文安国而作。文勋,字安国,庐江人,官太常府侍丞,工于篆书。他因事来密州,与苏轼情趣契合,很为投机。这篇送别词以爽畅的语言、直抒胸臆的手法倾诉离情,由眼下的留恋,说到异时的云泥异路、山水阻隔;由世事难料,说到欢会难觅、离恨深重,

进而期盼今后常通音书。虽是通常别筵上的应有之言,但作者借天象来映现,用“纡组绶”“寻泉石”等形象化的语句来表现,使词章直中有曲、朴中含巧,有力地体现了词人朴厚而真挚的友情。

〔2〕底事:何事,为何。

〔3〕“君遇”句:谓你遇上好时机将会做官了。纡组绶,系上官员绶带。组绶,《礼记·玉藻》:“公侯佩山玄玉而朱组绶。”

〔4〕“我应”句:我该告老退休寻求山水之乐。

〔5〕佳人:指倾心敬慕的朋友。

〔6〕新燕却来时:代指春深之时。

归　朝　欢

和苏坚伯固〔1〕

我梦扁舟浮震泽〔2〕,雪浪摇空千顷白。觉来满眼是庐山〔3〕,倚天无数开青壁〔4〕。此生长接淅〔5〕,与君同是江南客。梦中游,觉来清赏,同作飞梭掷〔6〕。　明日西风还挂席〔7〕,唱我新词泪沾臆〔8〕。灵均去后楚山空,澧阳兰芷无颜色〔9〕。君才如梦得,武陵更在西南极〔10〕。《竹枝词》,莫徭新唱,谁谓古今隔〔11〕?

〔1〕苏坚字伯固,苏轼同宗好友。哲宗绍圣元年(1094),苏轼坐元祐党籍,落职责授建昌司马惠州安置。赴贬所途中七月经九江,与赴澧阳(今湖南澧县)任所的老友苏坚相遇,临歧泣别,因有此作。上片行经九江,记述所见所感,下片惜别赠言,表达激励期望。开端四句写梦游震泽,醒赏庐山,景观奇伟,

气象宏阔。“此生”以下感叹宦途坎坷、岁月匆促。换头申明赠别,以下就友人所去之地生发,慰勉老友步武前贤,在逆境中有所创建。词风横放奇健而兼溶空灵惆怅之思,在赠别词中别具风神。

〔2〕震泽:即太湖,在江苏南部。

〔3〕庐山:在今江西九江。

〔4〕“倚天”句:形容庐山峰峦陡峭。

〔5〕接淅:捧着已经淘湿的米,喻行色匆忙。《孟子·万章下》:“孔子之去齐,接淅而行。”朱熹集注:“接,犹承也;淅,渍米也。渍米将炊,而欲去之速,故以手承米而行。”

〔6〕飞梭掷:形容岁月像飞梭一样逝去。

〔7〕挂席:张帆而去,指友人将乘舟而去。

〔8〕泪沾臆:泪落满胸。

〔9〕“灵均”二句:屈原字灵均,楚怀王时遭谗见忌,被谪于沅、湘之间,其所作《九歌·湘夫人》有“沅有芷兮澧有兰”之句。此处言屈原逝去此地香草也失去光泽。

〔10〕“君才”二句:刘禹锡字梦得,洛阳人,因参加王叔文集团主张改革弊政,被贬为郎州(今湖南常德)司马,在武陵西南边远地区生活了十年。

〔11〕“《竹枝词》”三句:刘禹锡后来到夔州任刺史,曾效法屈原在沅、湘间用民歌风调创作《九歌》的精神,采用巴渝儿歌写成《竹枝词》,其《竹枝词序》记其事。莫徭,隋唐时西南地区的少数民族名,刘禹锡也作有《莫徭歌》。这里叮嘱友人继承屈原、刘禹锡的精神写出新作,以踵武前贤、感照后世。古今虽时代不同而感情是相通的。

念奴娇

赤壁怀古[1]

大江东去，浪淘尽、千古风流人物[2]。故垒西边，人道是、三国周郎赤壁[3]。乱石崩云，惊涛裂岸，卷起千堆雪。江山如画，一时多少豪杰！　　遥想公瑾当年，小乔初嫁了[4]，雄姿英发[5]。羽扇纶巾[6]，谈笑间、樯橹灰飞烟灭[7]。故国神游，多情应笑我，早生华发[8]。人间如梦，一樽还酹江月[9]。

〔1〕此词元丰五年(1082)游黄冈城外赤壁矶作。上片即地写景，为风流人物铺垫。开篇由大江着笔，“浪淘尽”将自然与人事扭结一起，时空背景极为宏阔。“人道是”点明时地，拍合词题。“乱石”“惊涛”三句，大笔烘染，险境奇观，动魄惊心。再以脱口唱赞，束上启下，地灵人杰，交相辉映。下片紧承“多少豪杰”意脉，转入怀古抒感，由“遥想”领起，以五句集中刻画周瑜，视其为一时豪杰代表，又扣合“周郎赤壁”。公瑾风度潇洒，指挥若定，战场态势紧张、急转直下，忽插入“小乔初嫁”情节，以美人烘托英雄，豪中含婉，笔墨精湛，匠心独绝。“神游”三句，折转到自身，以他人反衬一己，古今对照，不胜艳羡，无限感慨，尽蕴其中。煞拍以举酒赏月自解，宏阔、高迈、感喟，迭相递转而归于开旷。全章大气磅礴，高唱入云，庄中含谐，直中有曲。古今绝唱，洵足振聋发聩！

〔2〕风流人物：指杰出的历史人物。

〔3〕周郎赤壁：周瑜，字公瑾，建安三年，孙策授以“建威中郎将”，时年二十四，吴中皆呼为周郎。赤壁，湖北名为赤壁的地方有四五处，赤壁之战的赤壁

究在何处,前人考证,说法不一,有的认为在今武昌西赤矶山,有的认为在今蒲圻县西北。苏轼所游为黄冈赤壁矶。他并未认定就是当年的赤壁战场,故曰“人道是”。

〔4〕“小乔”句:《三国志·周瑜传》载,周瑜从孙策攻皖,“得桥公两女,皆国色也。策自纳大桥,瑜纳小桥。”时周瑜二十四五岁。

〔5〕雄姿英发:谓姿态雄武,才华横溢。孙权评论吕蒙与周瑜才学,谓吕蒙较周瑜,“言议英发不及之耳”(见《三国志·吕蒙传》)。苏轼《送欧阳推官赴华州监酒》诗,亦有“知音如周郎,议论亦英发”之句。

〔6〕羽扇纶巾:程大昌《演繁露》引《语林》:“诸葛武侯与晋宣帝战于渭滨,乘素车,着葛巾,挥白羽扇,指麾三军。”纶巾,用丝带做的头巾。儒将打扮。这里借用来刻画周瑜儒雅。

〔7〕“樯橹”句:描写周瑜以火攻战败曹军情景。据《三国志》引《江表传》,吴军以轻便战舰装满燥荻枯柴,浸以鱼油,诈请降,驶向操军,一时间“火烈风猛,往船如箭,飞埃绝烂,烧尽北船”。李白《赤壁送别歌》亦有“烈火张天照云海,周瑜于此破曹公”之句。樯橹,桅杆、船桨之类,此指战船。

〔8〕“多情”二句:意谓应笑我多情。华发,花白头发。

〔9〕酹(lèi 泪):以酒洒地,表示祭奠。

沁园春

赴密州,早行,马上寄子由〔1〕

孤馆灯青,野店鸡号,旅枕梦残。渐月华收练,晨霜耿耿〔2〕;云山摛锦〔3〕,朝露漙漙〔4〕。世路无穷,劳生有限〔5〕,似此区区长鲜欢〔6〕。微吟罢,凭征鞍无语,往事千端。　　当时共客长安,似二陆初来俱少年[7]。有笔头千字,胸中万卷;致君尧舜,此事何难[8]。用舍由时,行藏在我[9],袖手何妨闲处看。身长健,但优游卒岁[10],且斗尊前[11]。

〔1〕神宗熙宁七年(1074),苏轼由杭州通判调知密州(今山东诸城),十月由海州出发赴任,未及绕道与任职齐州(今山东济南)的弟弟苏辙相会,途中写此词以寄。前阕早行纪实,引发感叹,后阕途中沉思,倾诉胸臆。开篇七句紧扣“早行”,直叙旅况,先客馆,后野外,景象真切,暗寓奔走之劳,“世路”以下转出“劳生”之叹,引发诸般沉思。换头紧承往事,忆旧游,谈抱负,心高志壮,以下折回现实,伸明处世之方,用则行志,舍则藏才,袖手优游,与己何妨!此词写政治情怀、人生态度,言议英发,开怀吐露。苦闷、压抑、任运、旷放的复杂情悰,拂拂于笔端。

〔2〕“渐月华”二句:明月逐渐收起光亮,早霜显露微明。练,白绸,喻月色。耿耿,微明。

〔3〕“云山”句:云雾缭绕的远山仿佛铺开了锦缎。摛(chī 吃),铺展。

〔4〕漙(tuán 团)漙:形容露水多。

〔5〕劳生:劳苦的一生。《庄子·大宗师》:“夫大块载我以形,劳我以生。”骆宾王《海曲书情》:“薄游倦千里,劳生负百年。”

〔6〕区区:指内心。繁钦《定情诗》:“何以致区区,耳中双明珠。”

〔7〕“当时”二句:指嘉祐元年二十一岁的苏轼同十八岁的苏辙,至汴京应进士试,年轻气盛,意志非凡。长安,代指汴京。二陆,西晋太康末年,华亭(今上海松江)陆机、陆云兄弟到洛阳,以文才受到张华赏识,名重一时,人称“二陆”。事见《晋书·陆机传》。

〔8〕“有笔头”四句:化用杜甫《奉赠韦左丞丈二十二韵》中“读书破万卷,下笔如有神”,“致君尧舜上,再使风俗淳”诗句,写两人抱负。

〔9〕“用舍”二句:化用《论语·述而》:“用之则行,舍之则藏”语。

〔10〕优游卒岁:悠闲地打发岁月。《左传》襄公二十一年载叔向引《诗》:

“优哉游哉,聊以卒岁。”

〔11〕且斗尊前:姑且大杯饮酒。杜甫《绝句漫兴》:“莫思身外无穷事,且尽生前有限杯。”牛僧孺《席上赠刘梦得》:“休论世上升沉事,且斗尊前见在身。”此处化用其意。

木兰花令[1]

霜馀已失长淮阔[2],空听潺潺清颍咽。佳人犹唱醉翁词,四十三年如电抹[3]。　草头秋露流珠滑,三五盈盈还二八[4]。与予同是识翁人,唯有西湖波底月[5]。

〔1〕一本题曰“次欧公西湖韵”。元祐六年(1091)八月,苏轼被派知颍州(今安徽阜阳),到任不久,游颍州西湖,作此词。欧阳修于皇祐元年(1049)知颍州时作有《木兰花令》(又名《玉楼春》)其首句为“西湖南北烟波阔”,苏词即次此韵而作。起就颍水光景落笔,“咽”字壮水浅并注入感情色彩,继之听唱欧词,触发年光如电之叹。以下秋露、明月,清雅的写景中深蕴着凄惋的怀思。收拍点睛醒题,怀人伤逝情悰隽永深沉。小词以精巧的手法、含蓄的韵致,寄托了苏轼对恩师欧阳修的深挚怀念。

〔2〕“霜馀”句:言秋后淮水变浅变窄。

〔3〕“佳人”二句:言欧阳修当年所作《木兰花令》犹为人们传唱,转眼已历四十三年。由欧阳修作词的皇祐元年,至本年正为四十三年。

〔4〕“三五”句:指十五、十六的月亮。盈盈,美好貌。

〔5〕“与予”二句:言外之意如今认识欧阳修的人已经很少。欧阳修作《木兰花令》已四十多年,病逝于颍州也已二十多年了。西湖,指颍州西湖。

苏轼《水调歌头》（明月几时有）

西　江　月[1]

世事一场大梦[2],人生几度新凉[3]?夜来风叶已鸣廊,看取眉头鬓上。　酒贱常愁客少[4],月明多被云妨[5]。中秋谁与共孤光[6],把盏凄然北望。

〔1〕元丰二年(1079)八月苏轼因"乌台诗案"锒铛入狱,次年二月死里逃生、流放黄州,本篇当为他遭受重谴、谪居黄州后、孤身度过第一个中秋之夜,对月伤怀抒愤之作。开端感叹世事虚幻、人生短促,承以秋声萧瑟、愁满眉鬓,悲凉氛围笼罩全章。以下进入实景,借景寓意,"酒贱"代表物质地位,"月明"象征人格力量。收拍醒题,"北望"俨有不忘君国之意。显然是经历巨大人生风波所产生的喟叹和反思。言近旨远,辞浅意深,哲思萦回,耐人品味。

〔2〕"世事"句:李白《春日醉起言志》:"处世若大梦,胡为劳其生"。

〔3〕新凉:指秋凉。

〔4〕"酒贱"句:讽刺世态炎凉。苏轼《东坡八首》其七有"我穷交旧绝"句,与此意同。

〔5〕"月明"句:即《古诗十九首》"浮云蔽白日"之意。

〔6〕孤光:指月。

西　江　月[1]

三过平山堂下[2],半生弹指声中[3]。十年不见老仙翁[4],壁上龙蛇飞动[5]。　　欲吊文章太守,仍歌杨柳春风[6]。休言万事转头空,未转头时皆梦[7]。

〔1〕元丰二年(1079)四月,苏轼自徐州移知湖州,赴任途经扬州。知州鲜于侁置酒宴请,并伴游平山堂。释惠洪《石门题跋》卷二《跋东坡平山堂词》:"东坡登平山堂,怀醉翁,作此词。"先写与平山堂的机缘,次述瞻仰胜迹与手泽,再记筵间听歌与缅怀,末抒由此触动的人生感喟,化用乐天诗,跌进一层,尤觉警策。体现了词人对其恩师欧公的深情怀思。

〔2〕"三过"句:苏轼于熙宁四年(1071)由汴京赴杭州任通判,熙宁七年(1074)由杭州移知密州,本年由徐州移知湖州,凡三次途经扬州。平山堂,欧阳修于庆历八年(1048)任扬州知州时所建。

〔3〕弹指:喻时间短暂,佛经语。

〔4〕"十年"句:苏轼于熙宁四年(1071)赴杭州通判任途中,九月经颍州,谒欧阳修于私第,曾陪欧公游宴颍州西湖,至作此词之年已九年。此言十年,举其成数而已。欧公卒于熙宁五年(1072)。

〔5〕"壁上"句:形容壁上欧公留题的诗句,笔势飞舞。李白《草书歌行》:"恍恍如闻鬼神惊,时时只见龙蛇走。"

〔6〕"欲吊"二句:谓歌唱欧公词来表达对他的思念缅怀。嘉祐元年欧阳修作《朝中措》词云:"手种堂前垂柳,别来几度春风。文章太守,挥毫万字,一饮千钟。"此处化用其语,"文章太守"指欧阳修,"杨柳春风"指其词。

〔7〕"休言"二句:用白居易《自咏》诗:"百年随手过,万事转头空。"《白雨斋词话》卷六谓此句"追过一层,唤醒痴愚不少。"

临　江　仙

送　王　缄[1]

忘却成都来十载[2]，因君未免思量。凭将清泪洒江阳[3]。故山知好在[4]，孤客自悲凉。　　坐上别愁君未见，归来欲断无肠[5]。殷勤且更尽离觞。此身如传舍，何处是吾乡[6]！

〔1〕本词为送别来自苏轼故乡四川的王缄而作。王缄，朱祖谋疑即王箴，字元直，东坡妻弟。前片言对方到来，勾起无限乡思；后片别筵劝酒饯行，倾诉乡情。收拍凝聚游子漂流无归之思，情辞凄惋。

〔2〕“忘却”句：谓淡忘西川首府成都已十多年了。成都，宋朝西川路首府。

〔3〕江阳：江北。

〔4〕“故山”句：谓得知故乡平安无恙。

〔5〕“归来”句：谓送走行者独回庐舍益发伤怀。

〔6〕“此身”二句：谓自身犹如逆旅，无固定归宿。传舍，旅站。

临江仙

夜归临皋[1]

夜饮东坡醒复醉[2],归来仿佛三更。家童鼻息已雷鸣。敲门都不应,倚杖听江声。　　长恨此身非我有,何时忘却营营[3]。夜阑风静縠纹平[4]。小舟从此逝,江海寄馀生。

〔1〕临皋在湖北黄冈市南,长江北岸,苏轼贬黄州曾寓居其地。本篇作于元丰六年(1083)春间。《避暑录话》载:苏轼"与数客饮于江上,夜归。江面际天,风露浩然,有当其意,乃作歌词,所谓'夜阑风静縠纹平。小舟从此逝,江海寄馀生'者,与客大歌数过而散。翌日,喧传子瞻夜作此词,挂冠服江边,拏舟长啸去矣。郡守徐君猷闻之,惊且惧,以为州失罪人,急命驾往谒,则子瞻鼻鼾如雷,犹未兴也。"此事传至京都,还曾引起神宗的怀疑。可见此词传出,曾引起一些传闻和猜测。词上片纪游,下片抒感。夜游归晚,家门紧闭,依杖听涛,融一己于大自然怀抱,优游洒脱,委天任运,无适不可。江涛引发自我反思,憾于生命不能自主,苦于尘缘劳碌,顿生超拔羁縻、而遁身江海之遐想。全词熔铸出一位风韵萧散的抒情主人公,体现了他昂首尘外、恬然自处的生命哲学。

〔2〕东坡:在黄冈城东南隅,苏轼躬耕之地,白居易为忠州刺史,有《东坡种花》《步东坡》等诗。苏轼"谪居黄州,始号东坡,其原必起乐天忠州之作也。"(周必大《二老堂诗话》)

〔3〕"长恨"二句:意谓无法掌握自身命运,终年奔波劳碌。《庄子·知北游》:"舜问乎丞曰:'道可得而有乎?'曰:'汝身非汝有也,汝何得有夫道?'舜曰:'吾身非吾有也,孰有之哉?'曰:'是天地之委形也'。"营营,奔走劳碌貌。

〔4〕縠纹:形容水波细微。縠,皱纱。

鹧　鸪　天[1]

林断山明竹隐墙[2],乱蝉衰草小池塘。翻空白鸟时时见,照水红蕖细细香[3]。　　村舍外,古城傍,杖藜徐步转斜阳[4]。殷勤昨夜三更雨,又得浮生一日凉[5]。

〔1〕本篇咏夏末秋初作者萧散闲静的村居生活,一般认为是元丰六年(1083)在黄州作。前片写园林风光,意象密集,画意浓郁,"白鸟""红蕖"两句,对仗工整,物象灵动。后片写村外散步,环境古朴,身影幽闲,末感谢天公赐雨,送来凉爽,暗含人生适意氛围不可多得之感。

〔2〕竹隐墙:绿竹遮蔽园墙。

〔3〕红蕖:荷花。杜甫《狂夫》诗:"雨裛红蕖冉冉香。"

〔4〕杖藜:以藜茎为杖。

〔5〕"又得"句:唐代李涉《题鹤林寺僧舍》诗:"偶经竹院逢僧话,又得浮生半日闲。"此句或由此化出。

定　风　波[1]

三月七日,沙湖道中遇雨[2]。雨具先去,同行皆狼狈,余独不觉,已而遂晴。故作此词。

莫听穿林打叶声，何妨吟啸且徐行[3]。竹杖芒鞋轻胜马[4]，谁怕？一蓑烟雨任平生[5]。　　料峭春风吹酒醒[6]，微冷，山头斜照却相迎。回首向来萧瑟处，归去，也无风雨也无晴[7]。

〔1〕元丰五年(1082)三月苏轼拟在黄州买田，到城郊沙湖观察，途中遇雨，有感而赋此词。“穿林打叶”，风雨急骤；“吟啸”“徐行”，态度从容；“竹杖芒鞋”，条件简陋；“莫听”“何妨”“谁怕”，倔强豁达风神，宛然在目。“一蓑”句，由此次表现引申到终生。换头转入雨后，经风雨洗礼，人醒、雨霁、天晴、日出，回首往事，一切皆空。自然界有急雨扑面，人生中也不乏灾祸轰顶，只要沉着履险，从容应变，岂有闯不过的沟坎风浪？深邃的人生哲理，即寓于日常生活小景之中，弦外之音，令人领略不尽。

〔2〕沙湖：在黄冈东南三十里，一名螺丝店。

〔3〕吟啸：吟咏长啸。《晋书·阮籍传》：“登山临水，吟啸自若。”

〔4〕芒鞋：草鞋。

〔5〕“一簑”句：谓即便一生顶笠披簑出没于烟雨之中，也任凭它去。

〔6〕料峭：形容微寒。亦形容风力寒冷、尖利。

〔7〕“回首”三句：谓归去时回头再看遇雨之处，风雨已过，落日也收起斜辉，一切都已消逝。萧瑟，雨打草木声。苏轼《独觉》诗云：“翛然独觉午窗明，欲觉犹闻醉鼾声。回首向来萧瑟处，也无风雨也无晴。”末二句与此词收拍相同。

定　风　波

南海归，赠王定国侍儿寓娘[1]

长羡人间琢玉郎[2]，天应乞与点酥娘[3]。自作清歌传皓齿，风起，雪飞炎海变清凉〔4〕。　　万里归来年愈少，微笑，笑时犹带岭梅香〔5〕。试问岭南应不好〔6〕？却道，此心安处是吾乡〔7〕。

〔1〕另本此词有序云："王定国歌儿柔奴，姓宇文氏，眉目娟丽，善应对。家住京师。定国南迁归，余问柔：'广南风土，应是不好？'柔对曰：'此心安处，便是吾乡。'因为缀词云。"王定国，名巩，宰相王旦之孙，莘县人，苏轼好友。乌台诗案中因受苏轼牵连，贬监宾州（今广西宾阳）盐酒税，五年后北归。元祐初，"王定国置酒与东坡会饮，出宠人点酥侑酒"（杨湜《古今词话》）。苏轼作此以赠。词赞侍儿的非凡歌艺和高雅品格。起二句由羡郎君到赞佳人，"琢玉""点酥"，对应工巧，精美至极。次二句赞其歌喉高艺，从艺术实效刻画，想象飞驰，构思奇妙。过片描绘被贬后的风度情态，神采飞扬，活龙活现。末以问答入词，口吻逼肖，言简意深。全词思路由岭南到归来，由外形美到心怀阔，情趣与理趣融通，柔美与刚美相济。在赞人中映现出作者傲视逆境、履险如夷的情怀。

〔2〕琢玉郎：赞王巩美而多情。卢仝《与马异结交》诗："白玉璞里琢出相思心，黄金矿里铸出相思泪。"

〔3〕"天应"句：意谓上天交付你一位美丽温柔的姑娘。点酥娘，指柔奴，柔奴，或亦名寓娘。点酥，喻柔美。

〔4〕"自作"三句：谓从爽洁的口中唱出自编的歌曲，使人感到如风起雪飞，炎热的岭南顿时变为清凉之国。杜甫《听杨氏歌》："佳人绝代歌，独立发皓齿。"

〔5〕"笑时"句：谓启齿微笑还带有岭南梅花的幽香。

〔6〕岭南：五岭以南，泛指两广一带地区。南海、岭海、广南，均指此。

〔7〕"此心"句：《能改斋漫录》卷八谓此语本出于白居易。"白《吾土》诗云：'身心安处为吾土，岂限长安与洛阳'。又《出城留别》诗云：'我生本无乡，心安是归处。'又《重题》诗云：'心泰身宁是归处，故乡可独在长安。'又《种桃杏》诗云：'无论海角与天涯，大抵心安即是家。'"

南乡子

送述古[1]

回首乱山横，不见居人只见城[2]。谁似临平山上塔[3]，亭亭，迎客西来送客行[4]。　　归路晚风清，一枕初寒梦不成。今夜残灯斜照处，荧荧[5]，秋雨晴时泪不晴。

〔1〕述古名陈襄，苏轼通判杭州时，陈述古任杭州知州，两人宴集酬唱，相得甚欢。熙宁七年(1074)七月，陈襄调任南都(今河南商丘)，苏轼赋词数篇赠行。稍后陈襄离杭，苏轼追送至临平舟中，作此道别。前片即景抒情，借高塔衬映。后片归寐怀思，以秋雨反跌。自叹不如耸立的高塔，可长久凝望到行人的身影；离泪犹秋雨连连，雨晴而离泪不停。足见友情深浓。

〔2〕居人：《诗经·郑风·叔于田》："叔于田，巷无居人。岂无居人？不如叔也，洵美且仁。"这里指杭城走了美好仁厚的陈襄。

〔3〕临平山：在杭州城东北五十馀里，上有塔，下临湖。

〔4〕"迎客"句：时杨绘(字元素)由南京西来代陈襄知杭州，苏轼《诉衷情》词题曰："送述古，迓元素"。故有迎客送客之语。

〔5〕荧荧：灯光微弱貌。

南歌子

杭州端午[1]

山与歌眉敛，波同醉眼流。游人都上十三楼[2]，不羡竹西歌吹占扬州[3]。　　菰黍连昌歜[4]，琼彝倒玉舟[5]。谁家水调唱歌头[6]，声绕碧山飞去晚云留。

〔1〕本篇《全宋词》本题作"游赏"，为作者于端午节游赏杭州湖山而作。起句以歌女秀眉喻山峦耸翠，用游客醉眼喻湖水荡漾，山水之美，游乐之盛，一笔写出。承以游人涌上景点，再以扬州歌吹陪衬，端午盛赏，展现眼前。以下米粽佳点，倾杯劝饮，歌声动人，写出端午宴乐雅兴。声绕碧山，歌留晚云，自然景观，游乐氛围，融为一体，精巧空灵。

〔2〕十三楼：周密《武林旧事》卷五："十三间楼相严院，旧名十三间楼石佛院。东坡守杭日，每治事于此。"

〔3〕竹西歌吹：竹西亭，又名歌吹亭，在扬州市北。杜牧《题扬州禅智寺》："谁知竹西路，歌吹是扬州。"

〔4〕"菰黍"句：端午的节序食品。菰黍，即粽子。昌歜（zàn 赞），用菖蒲制成的咸菜。

〔5〕"琼彝"句：言尽兴饮酒。琼彝，玉制酒器。玉舟，舟形玉酒杯。

〔6〕"谁家"句：谓何处传来《水调歌头》的动听歌声。

南歌子[1]

雨暗初疑夜，风回便报晴。淡云斜照着山明，细草软沙溪路马蹄轻。　　卯酒醒还困[2]，仙村梦不成[3]。蓝桥何处觅云英[4]，只有多情流水伴人行。

〔1〕本篇写江南早行的羁旅风情和寂落遐思，反映出作者宦海飘泊的情怀。先为早行纪实，朝云变幻，忽暗忽明，细草软沙，匹马溪路。风物如画，触发遇仙飞升遐想，化用传奇故事，叹息仙梦难圆，以“流水伴人”收结，飘渺灵动的旅思中渗透着寂寞之感。

〔2〕卯酒：清晨饮酒。白居易《卯时酒》：“未如卯时酒，神速功力倍。”

〔3〕仙村梦：成仙之梦。《参同契》：“得长生，居仙村。”

〔4〕“蓝桥”句：唐人裴铏《传奇》中《裴航》载一故事云：唐长庆中，秀才裴航下第后游于鄂渚，与樊夫人同舟，夫人赠诗曰：“一饮琼浆百感生，玄霜捣尽见云英。蓝桥便是神仙窟，何必崎岖上玉清。”后至蓝桥，果遇云英，遂结为夫妇，双双仙去。

鹊桥仙

七夕送陈令举[1]

缑山仙子[2]，高情云渺，不学痴牛騃女[3]。凤箫声断月明中，举手谢时人欲去[4]。　　客槎曾犯，银河波浪，尚带天风海雨[5]。相逢一醉是前缘[6]，风雨散、飘然何处？

〔1〕陈舜俞，字令举，乌程（今浙江湖州市）人，熙宁中做过山阴知县，因抵制青苗法，被贬家居。熙宁七年秋，苏轼自杭移高密，途中过访湖州知州李公择，陈令举、杨元素、张子野、刘孝叔俱在，“夜半月出，置酒垂虹亭上”（苏轼《书游垂虹亭》）。人称“六客之会”。本篇或作于这一时期。词借咏七夕送友人，紧切七夕下笔。前阕化用王子乔飘然仙去故事，称扬王子乔不陷柔情，超尘拔俗的风致。后阕熔铸牵牛织女神话，由“天风海雨”转入人生聚散，感叹飘然分离，相逢难期。这篇七夕词，仙气缥缈，逸怀超迈，一反旧调，别开新境。正如陆游所云：“昔人作七夕诗，率不免有珠栊绮疏惜别之意。惟东坡此篇，居然是星汉上语，歌之曲终，觉天风海雨逼人。”（《跋东坡七夕词后》）

〔2〕缑山仙子：指仙人王子乔。刘向《列仙传》载，周灵王太子王子乔，好吹笙作凤鸣，游伊洛间，被道士浮丘公接上嵩山，后见柏良说：“告我家，七月七日待我于缑氏山颠。”至时，果乘白鹤驻山头，望之不得到。举手谢时人，数日而去。缑山，在今河南偃师。

〔3〕痴牛骙（ái 皑）女：指牛郎织女。骙，呆。卢仝《月蚀》诗：“痴牛与骙女，不肯勤农桑。徒劳含淫思，旦夕遥相望。”

〔4〕“凤箫”二句：写王子乔月夜告别尘世而飞升。凤箫，排箫，形如凤翼。

〔5〕“客槎”三句：张华《博物志》卷十载一故事云：天河与海相通，年年定期有浮槎往来。海滨一人怀探险奇志，多带干粮，乘槎浮去，“去十馀日，奄至一处，有城郭状，屋舍甚严。遥望宫中多织妇，见一丈夫牵牛渚次饮之。”探险人问此是何处，牵牛人让他到蜀郡去问严君平。后此人还，至蜀郡问严君平，严答：“某年某月有客星犯牵牛宿。”计算年月，正是此人到天河之时。这里是化用这则神话，暗喻六客浮舟夜游。

〔6〕相逢一醉：指六客聚饮。

卜算子

黄州定惠院寓居作[1]

缺月挂疏桐,漏断人初静[2]。谁见幽人独往来[3]?缥缈孤鸿影[4]。　　惊起却回头,有恨无人省。拣尽寒枝不肯栖[5],寂寞沙洲冷。

〔1〕“乌台诗案”结案后,苏轼谪贬黄州。元丰三年(1080)二月到达贬所,先寓居定惠院,后迁居临皋亭。本篇当为初到黄州时作。定惠院在黄州东清淮门外。“惠”亦作“慧”。词写黄州谪居的寂落凄苦之怀。起句由描述环境氛围,过渡到幽人独处形迹,再以孤鸿身影喻其行动幽隐、不肯露面。以下集中刻画孤鸿神态和心境,惊魂不定,含恨茹苦,难寻安身之地,身在寂寞冷清包围之中。全词托鸿自喻,以物写人,由兴而比,语义高妙,宛曲地映现了苏轼当时的处境和心态。

〔2〕漏断:指夜深。漏,古代计时器。

〔3〕幽人:幽囚谪居之人,作者自指。

〔4〕缥缈:飘逸恍惚。

〔5〕“拣尽”句:陈鹄《耆旧续闻》:“拣尽寒枝不肯栖,取兴鸟择木之意”。

贺新郎[1]

乳燕飞华屋[2]。悄无人、桐阴转午,晚凉新浴。手弄生绡白团扇，扇手一时似玉[3]。渐困倚、孤眠清熟。帘外谁来推绣户，枉教人、梦断瑶台曲。又却是，风敲竹[4]。

石榴半吐红巾蹙[5]。待浮花浪蕊都尽，伴君幽独[6]。浓艳一枝细看取，芳心千重似束[7]。又恐被、秋风惊绿[8]。若待得君来向此，花前对酒不忍触。共粉泪，两簌簌[9]。

〔1〕此词题旨向来说法不一。杨湜《古今词话》谓苏轼守杭时，湖中有宴会，官妓秀兰因困倦而迟到，触怒府僚，此词系为秀兰解围而作。陈鹄《耆旧续闻》谓东坡有妾名朝云、榴花，《贺新郎》用榴花事，乃为妾榴花而作。曾季貍《艇斋诗话》则说杭州万顷寺有石榴花树，词中言石榴，当在万顷寺作。其实香草美人，比兴寄托，乃诗人传统手法。词的上片全力塑造一薄命佳人，其人冰清玉洁，用具纯洁玲珑，心灵有高雅的向往，而好梦却总是难圆。下片集中咏榴花，借花写人。榴花"幽独"的品位，蹙束的"芳心"，惊秋的情怀，与佳人契合无间。末后佳人把酒对花，粉泪与花瓣纷纷下落，至此人与花感情交融、合而为一。"是花是人，婉曲缠绵，耐人寻味不尽"(《蓼园词选》)。托物取喻、曲折含蓄，借失时佳人寄托自我怀才不遇、人生迟暮之感，与杜甫《佳人》诗有异曲同工之妙。

〔2〕"乳燕"句：小燕飞旋于华美的居室。

〔3〕"手弄"二句：借扇写人，谓手与扇同样洁白纯净。《世说新语·容止》："王夷甫容貌整丽，妙于谈玄，恒捉白玉柄麈尾，与手都无分别。"

〔4〕"帘外"四句：写风吹竹声疑有人推门，惊醒了好梦。瑶台曲，瑶台仙境的幽深处。李益《竹窗闻风寄苗发司空曙》诗："开门复动竹，疑是故人来。"此处化用其意。

〔5〕"石榴"句：白居易《题孤山寺山石榴花示诸僧众》诗："山榴花似结红巾。"此谓榴花半开如红巾摺皱。

〔6〕"待浮花"二句：谓众花谢尽，唯有榴花陪伴佳人。韩愈《杏花》诗："浮花浪蕊镇长有，才开还落瘴雾中。"

〔7〕"芳心"句：写花蕊层层包蕴，兼喻美人心事难吐。

〔8〕秋风惊绿：指秋风惊退绿色，使花叶萎黄。

〔9〕簌簌：形容泪落、花落的声音。

洞仙歌[1]

江南腊尽，早梅花开后。分付新春与垂柳[2]。细腰肢，自有入格风流[3]。仍更是，骨体清英雅秀。　永丰坊那畔，尽日无人，谁见金丝弄晴昼[4]。断肠是飞絮时，绿叶成阴[5]，无个事，一成消瘦。又莫是东风逐君来，便吹散眉间，一点春皱。

〔1〕据傅藻《东坡纪年录》，熙宁十年（1077）三月一日，苏轼与王诜（晋卿）会于汴京四照亭。“有倩奴者求曲，遂作《洞仙歌》《喜长春》与之。”傅榦《注坡词》题作“咏柳”，盖借柳喻人。上片写柳的体态标格和风度，由腊尽梅残引出，依次赞其体态，评其骨相。下片叹其际遇，寂寞无主，断肠消瘦，东风吹拂，略展愁眉，终无归宿。由形到神，由品格到命运，句句写垂柳，句句似佳人，先以人拟柳，再以柳喻人，隐然倾注了词人对骨体清淑、命运凄苦的少女的无限同情。

〔2〕分付：犹交付。

〔3〕“细腰肢”二句：杜甫《绝句漫兴九首》之八：“隔户垂杨弱袅袅，恰如十五女儿腰。”入格，够格入时。

〔4〕“永丰坊”三句：《白氏长庆集》卷三十七载有卢贞《和乐天诗》序云：“永丰坊西南角园中，有垂柳一株，柔条极茂。白尚书曾赋诗，传入乐府，遍流京都。近有诏旨，取两枝植于禁苑。乃知一顾增十倍之价，非虚言也。”白诗曰：“一树春风千万枝，嫩于金色软于丝。永丰西角荒园里，尽日无人属阿谁？”

此处化用白居易《杨柳枝词》。永丰坊,在长安。

〔5〕绿叶成阴:杜牧《叹花》诗:"如今风摆花狼籍,绿叶成阴子满枝。"

洞仙歌[1]

余七岁时,见眉州老尼,姓朱,忘其名,年九十馀。自言尝随其师入蜀主孟昶宫中[2]。一日,大热,蜀主与花蕊夫人夜纳凉摩诃池上[3],作一词[4],朱具能记之。今四十年,朱已死久矣,人无知此词者,但记其首两句。暇日寻味,岂《洞仙歌令》乎!乃为足之云。

冰肌玉骨[5],自清凉无汗。水殿风来暗香满。绣帘开,一点明月窥人。人未寝,攲枕钗横鬓乱[6]。　　起来携素手,庭户无声,时见疏星渡河汉。试问夜如何[7]?夜已三更,金波淡,玉绳低转[8]。但屈指西风几时来?又不道流年[9],暗中偷换。

〔1〕本篇由来,具见词序。为苏轼元丰五年(1082)四十七岁时所作。他幼年曾听人唱蜀主孟昶词,深印脑际;后仅据记忆中的起首两句,驰骋想象,补写而成。词写孟昶与花蕊夫人夏夜纳凉事,隐约地寄寓了作者好景难驻、岁月不居的人事感喟。前阕倚枕纳凉,起笔总述主人感受,继而铺陈环境幽美,水清、风凉、花香、月明,何其惬意!"钗横鬓乱",放浪自由,略无拘束。后阕转入室外,携手庭阶,望星步月,不觉夜深。良辰美景,爽气宜人,月明人美,温情缱绻,只可惜无计阻止瞬即消逝的似水流年。

〔2〕孟昶:五代末后蜀国王,擅文词,工音乐,后降赵宋,封秦国公。

〔3〕花蕊夫人:《能改斋漫录》卷十六:“伪蜀主孟昶,徐匡璋纳女于昶,拜贵妃,别号花蕊夫人。”摩诃池:在五代后蜀成都王宫中。

〔4〕作一词:孟昶所作原词,前人说法不一。《苕溪渔隐丛话前集》卷六十引《漫叟诗话》,云尝见一士人诵其全篇为:“冰肌玉骨清无汗,水殿风来暗香暖。帘开明月独窥人,欹枕钗横云鬓乱。　起来琼户启无声,时见疏星渡河汉。屈指西风几时来,只恐流年暗中换。”此七言八句,上下片各四句,乃《玉楼春》调。苕溪渔隐谓当以东坡词序为正。

〔5〕“冰肌”句:形容花蕊夫人肌肤白嫩。

〔6〕“欹枕”句:王安石《题画扇》诗:“青冥风露非人世,鬓乱钗斜特地寒”。欹(qī七),倾斜。

〔7〕“试问”句:《诗经·小雅·庭燎》:“夜如何其?夜未央。”

〔8〕“金波”二句:谢朓《暂使下都夜发新林至京邑赠西府同僚》诗:“金波丽鳷鹊,玉绳低建章。”金波,指月光。玉绳,北斗七星中之二星。低转,下降,指夜深。

〔9〕不道:不想,犹不知不觉。

八声甘州

寄参寥子〔1〕

有情风、万里卷潮来,无情送潮归。问钱塘江上,西兴浦口〔2〕,几度斜晖?不用思量今古,俯仰昔人非〔3〕。谁似东坡老,白首忘机〔4〕。　记取西湖西畔,正春山好处,空翠烟霏〔5〕。算诗人相得,如我与君稀〔6〕。约它年、东还海道,愿谢公、雅志莫相违〔7〕。西州路,不应回首,为我沾衣[8]。

〔1〕参寥子，诗僧道潜之别号，於潜（今属杭州）人，俗姓何，苏轼好友。《苕溪渔隐丛话后集》卷三十九谓此词有石刻，“石刻后东坡自题云：元祐六年三月六日。”元祐六年（1091）二月，苏轼由知杭州召为翰林学士承旨，三月九日离杭赴汴京，此词当为行前赠友之作。起由钱塘景象着墨，潮来、潮归，斜晖几度，景中隐寓世事推移、岁月不居之意，以下议论正由此引申，而落脚到自我忘机任运。换头以“记取”领起，转入忆湖畔旧游、友谊投契，进而相约他年归隐雅聚，免使方外老友为己抱憾。全词从大处着笔，自远而近，由人事代谢、古今兴废，说到珍重友情，早日实现林泉之约。笔势如江潮卷地，突兀而来，以爽畅之语，寓闲逸之思。《白雨斋词话》卷八评曰：“寄伊郁于豪宕，坡老所以为高。”

〔2〕西兴：渡口名，在杭州钱塘江南岸。

〔3〕“俯仰”句：王羲之《兰亭集序》：“向之所欣，俯仰之间，已为陈迹。”

〔4〕忘机：消除机诈之心。李白《下终南山过斛斯山人宿置酒》：“我醉君复乐，陶然共忘机。”

〔5〕“空翠”句：形容山色苍翠、烟雾迷濛。王维《山中》诗：“山路元无雨，空翠湿人衣。”

〔6〕“算诗人”二句：言两人友情深笃。东坡知徐州，参寥专程拜访；贬黄州时，他远道相从；知杭时二人过从甚密；迁岭南时，他拟前去探视，苏轼极力劝阻，方始作罢。

〔7〕“约它年”二句：用谢安事，意谓它年归隐相聚之愿当能实现，不使老友感到遗憾。《晋书·谢安传》载，谢安身为大臣，隐居东山之志始终不渝，镇守广陵时，“造泛海之装，欲须经略粗定，自江道还东，雅志未就，遂遇疾笃。”病危还京，过西州门，“自以本志不遂，深自慨失。”死后其外甥羊昙醉中过西州门，触景生情，悲感不已。

〔8〕“西州路”三句：意谓我经由西州回汴京，老友不要为分离而悲伤。西州，晋宋时扬州刺史治所，因在台城西，故称西州。此处代指北返汴京之路，不必牵涉羊昙恸哭西州门事。

江城子[1]

陶渊明以正月五日游斜川[2]，临流班坐[3]，顾瞻南阜，爱曾城之独秀[4]，乃作《斜川诗》，至今使人想见其处。元丰壬戌之春[5]，余躬耕于东坡，筑雪堂居之[6]。南挹四望亭之后丘[7]，西控北山之微泉[8]，慨然而叹，此亦斜川之游也。乃作长短句，以《江城子》歌之。

梦中了了醉中醒[9]。只渊明，是前生。走遍人间、依旧却躬耕。昨夜东坡春雨足，乌鹊喜[10]，报新晴。　雪堂西畔暗泉鸣。北山倾，小溪横。南望亭丘，孤秀耸曾城[11]。都是斜川当日境，吾老矣，寄馀龄[12]。

〔1〕苏轼谪贬黄州后，生计困难，在友人马正卿帮助下，求得城东黄冈山下故营地数十亩，躬耕其中。名其地曰东坡，并筑雪堂以居。本篇为元丰五年(1082)春在东坡联想陶潜斜川之游即兴咏怀之作。开篇以梦中醉里独醒而超拔尘俗的渊明自期，进而赞其阅历人世、栖身躬耕，由渊明“躬耕”，带出自己躬耕之地的喜人景象。以下集中描写雪堂周围的秀雅景观，泉水、山崖、小溪、亭台，宛如曾城重现。末收结到此地境同斜川，誓将终老于斯，拍合开端。全词抒怀坦易，写景如画，体现了尚友渊明、栖身林泉、宅心恬淡的情怀，字里行间渗透着田园诗趣。

〔2〕游斜川：陶潜为彭泽令，因不愿为五斗米折腰，弃官归隐。于晋安帝隆安五年(401)正月五日，与二三邻里同游斜川。作有《游斜川》诗并序。斜川，在今江西庐山市。

〔3〕班坐:布草而坐。《游斜川》诗:“班坐依远流。”

〔4〕曾城:山名,在今庐山市郊鄱阳湖中。

〔5〕元丰壬戌:元丰五年。

〔6〕雪堂:元丰五年苏轼筑雪堂,作有《雪堂记》,其中云:“堂以大雪中为之,因绘雪于四壁之间”,榜曰雪堂。

〔7〕四望亭:“在雪堂之南高阜处,(唐)太和间刺史刘胤之建,李绅作记。”(明弘治《黄州府志》卷四)

〔8〕北山:指聚宝山,在府城北。

〔9〕了了:清醒,清楚。

〔10〕乌鹊喜:王仁裕《开元天宝遗事》:“时人之家,闻鹊声皆为喜兆,故谓灵鹊报喜。”

〔11〕“南望”二句:谓南望四望亭及高丘,屹立独秀,仿佛曾城山耸峙眼前。

〔12〕寄馀龄:言馀生寄身于此。韩愈《过南阳》:“孰忍生以戚,吾其寄馀龄。”

江 城 子

湖上与张先同赋时闻弹筝〔1〕

凤凰山下雨初晴〔2〕。水风清,晚霞明。一朵芙蕖,开过尚盈盈〔3〕。何处飞来双白鹭,如有意,慕娉婷〔4〕。 忽闻江上弄哀筝〔5〕。苦含情,遣谁听?烟敛云收,依约是湘灵〔6〕。欲待曲终寻问取,人不见,数峰青〔7〕。

〔1〕本篇为苏轼通判杭州时期与张先同游西湖而作。张邦基《墨庄漫录》卷一,载有此词本事说:东坡在杭州,一日游西湖,二客相从。“久之,湖心有一彩舟渐近亭前,靓妆数人,中一人尤丽,方鼓筝,年且三十馀,风韵娴雅,绰有态度。二客竞目送之,曲未终,翩然而逝。公戏作《江神子》云。”所记故事,关合内容,或有所据。起三句写湖上景以作铺垫;“芙蕖”“盈盈”,明写花,实写人,以花喻人;“白鹭”“有意”,赋鸟以情,正面写禽鸟,侧面写佳人。上阕虚写,下阕转入实写,“弄哀筝”未见其人,先传其声;“含情”,借声情以写佳人;“烟敛”人影呈现,“湘灵”借以喻指弹筝美人;收尾化用唐诗状述美人飘然远去景象,引人眷顾。全篇紧扣“闻弹筝”,着力表现佳人的仪容美、弹技高、品位雅,意象优美,人物呼之欲出,风调美妙动人。

〔2〕凤凰山:在杭州东南,北宋州衙所在地。

〔3〕“一朵”二句:暗喻佳人。芙蕖,荷花。盈盈,形容仪态美好。

〔4〕“何处”三句:写水鸟也为美人所吸引。双白鹭,一说借指船上二客。袁文《瓮牖闲评》卷五:“东坡倅钱塘日,忽刘贡父相访,因拉与同游西湖。时二刘(指刘敞字原父与刘攽字贡父兄弟)方在服制中,至湖心,有小舟翩然至前,一妇人甚佳。……”娉婷,姿容美好的女子。其实以水鸟烘托美人写法,已见于杜牧《晚晴赋》,其中有云:“白鹭潜来兮,邈风标之公子;窥此美人兮,如慕悦其容媚。”

〔5〕弄哀筝:弹奏哀怨的筝乐。

〔6〕“依约”句:隐约是湘妃出现。湘灵,湘妃,相传为尧之二女娥皇、女英,舜帝之妃,舜南巡,二妃追之不及,溺于湘水,成为湘水女神。

〔7〕“欲待”三句:化用钱起《省试湘灵鼓瑟》诗:“曲终人不见,江上数峰青。”

江　城　子

密州出猎[1]

老夫聊发少年狂。左牵黄，右擎苍[2]。锦帽貂裘，千骑卷平冈[3]。为报倾城随太守[4]，亲射虎，看孙郎[5]。

酒酣胸胆尚开张[6]。鬓微霜，又何妨！持节云中，何日遣冯唐[7]？会挽雕弓如满月，西北望，射天狼[8]。

〔1〕此词为熙宁八年(1075)苏轼在密州祭常山回，与同官出猎习射而作。上片由聊发豪兴领起，描述射猎场面。牵犬擎鹰，装束非常，千骑飞卷，何等气势，倾城随观，孙郎自喻，兴致极高，豪气干云。下片由酒后心高志壮，进而抒发报国宏图。以魏尚自比，期盼一朝获得朝廷理解信任，定当效力疆场，有所建树。以豪壮的会猎场景，烘托自我英武气概，发抒欲一试身手之雄心，开抗战爱国词先河。苏轼在《与鲜于子骏》书中提到这首词说："近却颇作小词，虽无柳七郎风味，亦自是一家。呵呵！数日前，猎于郊外，所获颇多，作得一阕，令东州壮士抵掌顿足而歌之，吹笛击鼓以为节，颇壮观也。"可见作者明确地自视此篇为不同于传统词风的豪壮之吟。

〔2〕"左牵黄"二句：左手牵黄犬，右臂擎苍鹰。《史记·李斯传》记其临刑对儿子说："吾欲与若复牵黄犬，俱出上蔡东门逐狡兔，岂可得乎。"《南史·张充传》记张充出猎："左臂鹰，右牵狗。"

〔3〕"锦帽"二句：写太守带领头戴锦蒙帽、身着貂皮袄的出猎武士在山冈上奔驰。

〔4〕"为报"句：为酬谢全城百姓跟随太守观看打猎的盛意。

〔5〕“亲射虎”二句：请看我亲手射虎吧。孙郎，指孙权，作者用以自喻。《三国志·吴主传》载，建安二十三年十月，孙权“乘马射虎于庱(chēng撑)亭，马为虎所伤，权投以双戟，虎却废”。

〔6〕“酒酣”句：形容酒意正浓、心高胆壮。苏舜钦《舟中感怀》诗，有“胸胆森开张”句。

〔7〕“持节”二句：表明渴望得到朝廷重用。西汉魏尚为云中郡太守，爱抚士卒，守边有方，战绩显著，后因上报战果数字略有差误，便被削爵追究。郎中署长冯唐认为，如此对待臣下，有失宽厚，无法用才，冯唐将此意上奏汉文帝，文帝大悦，当天即“令唐持节赦魏尚，复以为云中守，而拜唐为车骑都尉。”(《汉书·冯唐传》)

〔8〕“会挽雕弓”三句：言定会致力边防，抗击西北的辽夏强敌。天狼，星名，古以喻指侵略。《楚辞·九歌·东君》：“举长矢兮射天狼。”

江城子

别徐州〔1〕

天涯流落思无穷，既相逢，却匆匆。携手佳人，和泪折残红〔2〕。为问东风馀几许？春纵在，与谁同！　　隋堤三月水溶溶〔3〕。背归鸿，去吴中〔4〕。回首彭城〔5〕，清泗与淮通〔6〕。欲寄相思千点泪，流不到，楚江东〔7〕。

〔1〕元丰二年(1079)三月苏轼由徐州移知湖州，此篇为临行前告别徐州友好之作。由感叹流落起笔，承以相逢晚、离别急，复以佳人折花赠行浓化气氛，由“残红”忆及春晚，末以退为进，扣合离别。过片写渠水、归鸿，即景寄情，

再由淮水相通而离思难寄,渲染分隔遥远,友情深浓。全篇由肺腑自然流出,真挚爽畅,收拍颇有民歌风情。

〔2〕残红:晚春将谢之花。

〔3〕隋堤:隋炀帝时开通济渠,沿渠筑堤种柳,人称隋堤。

〔4〕"背归鸿"二句:春暖后鸿雁由南方北飞,词人却南去湖州,故云。湖州今吴兴,古吴地,因称吴中。

〔5〕彭城:即徐州。

〔6〕"清泗"句:泗水经徐州南流与淮河相通。当年泗水流经曲阜、滋阳、济宁、滕县、沛县、徐州、宿迁等地,自清江县入淮。楚江东指徐州一带,为通常说法。黄苏《蓼园词评》谓:"隋堤,汴堤也,通于淮。言我沿隋堤南下维扬,回望彭城,相去已远。纵泗水流与淮通,而泪亦寄不到,为可伤也。楚江东谓扬州,古称吴头楚尾也。"此又一说。

〔7〕"欲寄"三句:言两地分隔遥远,欲凭流水难寄别泪。楚江东,当指徐州。《史记·货殖列传》称彭城以东等地为"东楚"。

江　城　子

乙卯正月二十日夜记梦〔1〕

十年生死两茫茫〔2〕。不思量,自难忘。千里孤坟〔3〕,无处话凄凉。纵使相逢应不识,尘满面,鬓如霜。　　夜来幽梦忽还乡。小轩窗,正梳妆〔4〕。相顾无言,唯有泪千行。料得年年肠断处,明月夜,短松冈〔5〕。

〔1〕此为熙宁八年乙卯(1075)苏轼在密州为悼念亡妻而作。起句一笔

彼、我两写,“两茫茫”,状幽明永隔,惘然无尽。用逆接法反跌出“自难忘”,愈见自然真挚。“无处话”既承难忘,又点阻隔之遥。“纵使”由假设转出“相逢”,打入自我身世之感。“换头”进入“记梦”,以下四句白描乍逢细节,意幻情真,虚中带实。“料得”写梦后设想对方念己,“年年肠断”,柔情绵绵无尽,令人酸楚。以词悼亡,前此少有。全篇以实带虚,由梦前、梦中到梦后,以平实语言写夫妻至情,凄惋真挚,感人至深。

〔2〕“十年”句:苏轼前妻王弗,眉州青神人,生子苏迈。治平二年(1065)二十七岁病卒于汴京,追封通义郡君。由治平二年至作此词时,恰为十年。

〔3〕千里孤坟:王氏卒后先葬于汴京西郊,次年六月迁葬于眉州彭山县安镇乡可龙里,距密州遥远,故云。

〔4〕“小轩窗”二句:写梦中见到妻子与往常一样在窗前梳妆打扮。

〔5〕“料得”三句:设想亡妻为怀念自己而悲伤。孟棨《本事诗》载幽州衙将张某妻亡故后,忽于坟中出,题诗赠张,有“欲知断肠处,明月照孤坟”之句。

蝶恋花〔1〕

花褪残红青杏小〔2〕。燕子飞时,绿水人家绕。枝上柳绵吹又少,天涯何处无芳草〔3〕! 墙里秋千墙外道。墙外行人,墙里佳人笑。笑渐不闻声渐悄,多情却被无情恼〔4〕。

〔1〕词写暮春生活小景,暗寓伤春情愫。上片暮春景,句句显示晚春向夏季过渡气象。下片伤春情,以行人情思为笑声搅动来展现。墙里、墙外,布设场景极富意趣,闻笑声之柔媚,想见其人之婉丽。佳人笑,行人恼,多情为无心

所搅逗,纵无一字伤春,而伤春情思沛然流溢。风光美,场景美,人物美,情思美,融契为一。透过一般伤春题意,亦可悟得某种人生妙理。春花残,青杏长,柳绵稀,芳草盛,春去自有夏来。一墙相隔,恼笑两殊,自作"多情",难免面对"无情",人生无不如是,何苦自寻懊恼!坡公总是钟于情而又善于悟,有结又有解。本篇亦复情理融通,就情而言,"恐屯田缘情绮靡,未必能过"(王士禛《花草蒙拾》);就理而论,"是色是空,公其有悟耶?"(俞陛云《宋词选释》)

〔2〕褪:颜色变浅,形容花色萎黄。

〔3〕"天涯"句:《离骚》:"何所独无芳草兮,尔何怀乎故宇。"此化用其句。

〔4〕"多情"句:魏庆之《诗人玉屑》卷二十一引《词话》:"盖行人多情,佳人无情耳,此二字极有理趣。"

永　遇　乐〔1〕

孙巨源以八月十五日离海州,坐别于景疏楼上〔2〕。既而与余会于润州,至楚州乃别。余以十一月十五日至海州,与太守会于景疏楼上〔3〕,作此词以寄巨源。

长忆别时〔4〕,景疏楼上,明月如水。美酒清歌,留连不住,月随人千里。别来三度,孤光又满〔5〕,冷落共谁同醉?卷珠帘,凄然顾影,共伊到明无寐〔6〕。　　今朝有客,来从濉上,能道使君深意〔7〕。凭仗清淮,分明到海,中有相思泪〔8〕。而今何在?西垣清禁,夜永露华侵被〔9〕。此时看、回廊晓月,也应暗记。

〔1〕本篇乃熙宁七年(1074)十一月在海州作。孙巨源,名洙,广陵人,苏轼朋友。本年八月孙洙由知海州调汴京任修起居注知制诰,九月苏轼由杭州通判调知密州。两人在赴任途中相遇于润州(今江苏镇江),行至楚州(今江苏淮安)分手,苏轼到达海州稍事停留,作此寄孙洙,倾诉思念之情。上阕从对面起笔,想象对方告别海州情景,正当中秋之夜,美酒清歌,难以挽留,明月相随而行。"别来"三句,揣想友人别后远行旅况,"卷珠帘"落笔到自己月夜怀人。上阕写自己怀友人,下阕转换角度,写友人怀思自己。"有客"三句,写对方嘱人问候;"凭仗清淮"三句,渲染对方友情深挚;"而今"三句,想象对方禁中值夜,清寂难耐;收尾言对方怀友,有晓月见证。由自己忆念友人,想象友人忆念自己,前阕句句关联明月,全篇笔锋细腻,融情入景,情景交会,以明月始,以晓月终,首尾绾合,浑然一体。

〔2〕海州:宋代淮南路的一个州,今江苏连云港。景疏楼,在海州州治北,宋代叶祖洽为纪念汉代邑人疏广、疏受而建。疏广和侄儿疏受主张"知止不殆,功遂身退",后两人一同上书请求解职还乡。

〔3〕太守:指新任海州太守陈某。苏轼在海州另有一首《浣溪沙》,题曰:"赠陈海州,陈尝为眉令,有声。"

〔4〕别时:指孙洙离任告别海州之时。

〔5〕"别来"二句:指自孙洙八月中离海州,历九月、十月至苏轼到海州日已三度月圆。孤光,指月光。王文诰《苏文忠公诗编注集成总案》卷十三"寄孙洙作《永遇乐》词",按云:此句"乃与巨源相别三月",恐不确。王氏《总案》定苏轼熙宁七年十一月三日到密州,则与词序"十一月十五日至海州"相矛盾,故有人疑词序有误。今人孔凡礼《苏轼密州系年》,考订东坡十二月三日到密州,论证周严,可从。

〔6〕伊:指月光。

〔7〕"今朝"三句:谓有人从濉上来海州带来孙洙的问候。宋时濉水自河南经安徽至江苏萧县入泗水。濉(suī 虽)水,代指孙洙所在地汴京。

〔8〕"凭仗"三句:写孙洙思念情深。清淮,指淮河。淮河发源于河南,东经安徽、江苏,其下游流经淮阴涟山东注入海。

〔9〕"西垣"二句:言孙洙夜深未眠。西垣,宋代中书省所在地。清禁,指宫禁。

永遇乐[1]

彭城夜宿燕子楼，梦盼盼，因作此词[2]。

明月如霜，好风如水，清景无限。曲港跳鱼，圆荷泻露，寂寞无人见。紞如三鼓[3]，铿然一叶[4]，黯黯梦云惊断[5]。夜茫茫、重寻无处，觉来小园行遍。　天涯倦客，山中归路，望断故园心眼[6]。燕子楼空，佳人何在？空锁楼中燕[7]。古今如梦，何曾梦觉，但有旧欢新怨[8]。异时对、黄楼夜景，为余浩叹[9]。

〔1〕本篇元丰元年(1078)作于徐州。上阕先写燕子楼小园夜景，明月、好风、跳鱼、泻露，景物有静有动，静景泼墨烘染，动景工笔刻画，物象巨细有别，同为深夜所见，故以“清景”“寂寞”先后挽结。次写梦觉，“紞如”“铿然”以声响衬夜之深静，且拈出一“惊”字，形容梦醒恍惚之状。“夜茫茫”三句反接开端夜景，倒点以上乃梦中所见。下阕径写梦后所感，融入自我身世情悰。一发乡国之思，二发今昔之慨，再发人生迷惘之叹，末后折回自身。由空间阻隔，时间有限，扩大到人生虚幻，进而由燕子楼联想到黄楼，由今日凭吊昔人，设想后人凭吊自己，感悟人生，喟叹古今。全词章法细密，意境清绝，融理入情，哲思幽邃，空灵中含玄远韵致。

〔2〕燕子楼：在徐州官廨内，据说唐代张建封(735—800)所建。张镇守徐州时，有爱妾关盼盼，能歌善舞，张特为筑此楼。张死后，盼盼念旧爱不嫁，独居燕子楼十馀年。白居易有《燕子楼诗》三首述其事。诗序有“予为校书郎时，游徐泗间，张尚书宴予，酒酣，出盼盼以佐欢”之语。宋人一般认为张尚书为张

建封。然白居易贞元二十年(804)始为校书郎,时张建封已死,白居易所云“张尚书”,据今人考订,当为张建封之子张愔。词题一作“徐州夜梦觉,北登燕子楼作”。

〔3〕 紞(dǎn胆)如:击鼓声。《晋书·邓攸传》:“紞如打五鼓,鸡鸣天欲曙。”

〔4〕 “铿然”句:写夜静叶落声清晰可闻。

〔5〕 “黯黯”句:暗淡迷茫的梦境被惊醒。梦云,暗用《高唐赋》楚王梦巫山神女事,指梦见关盼盼。

〔6〕 “望断”句:写客居思乡,心盼故乡眼却望不见故乡。

〔7〕 “燕子楼”三句:写人去楼空之感。晁补之称赞说:“只三句,便说尽张建封事。”(《高斋诗话》)

〔8〕 “何曾”二句:指为俗缘所缚,情结难解。

〔9〕 “异时对”二句:设想后人凭吊黄楼亦如我今日凭吊燕子楼一样会发出深长感叹。黄楼,苏轼任徐州知州时所建,在彭城东门,因垩以黄土,故名黄楼。苏轼有《黄楼赋》。苏轼《送郑户曹》诗,有“登楼一长啸,使君安在哉”之句,与此词收尾用意正同。

行　香　子〔1〕

清夜无尘,月色如银。酒斟时、须满十分。浮名浮利,虚苦劳神〔2〕,叹隙中驹、石中火、梦中身〔3〕。　　虽抱文章,开口谁亲〔4〕。且陶陶、乐尽天真〔5〕。几时归去,作个闲人。对一张琴、一壶酒、一溪云。

〔1〕 此词抒写月夜幽怀与遐思。夜清月皎,把酒盈樽,沛然坌涌思绪种种:感名利虚幻,叹人生短促,既怀才莫售,且自乐天真,末收结到及时抽身,清

闲作人,享受简单、自然、雅净、纯洁的生活。小词首尾布设一个与污浊纷争的官场截然相反的高雅境界,中间贯通着自我反思和人生理想,体现出词人昂首天外、超拔尘垢、厌倦庸俗、追求解脱的精神品格。

〔2〕虚苦:犹徒然受苦。

〔3〕“叹隙中驹”句:喻人生短暂,浮生如梦。《庄子·知北游》:“人生天地之间,若白驹之过郤(隙),忽然而已。”白居易《对酒》:“石火光中寄此身。”李群玉《自遣》:“浮生暂寄梦中身。”

〔4〕“虽抱文章”二句:谓纵有才学,无人信任,说话不受尊重。

〔5〕“且陶陶”句:谓安享天真之乐。《诗经·王风·君子阳阳》:“君子陶陶……其乐只且。”

诉 衷 情〔1〕

小莲初上琵琶弦〔2〕,弹破碧云天〔3〕。分明绣阁幽恨,都向曲中传。　　肤莹玉,鬓梳蝉〔4〕,绮窗前。素娥今夜,故故随人,似斗婵娟〔5〕。

〔1〕此篇毛晋本、《全宋词》本题曰“琵琶女”,词系写弹琵琶少女的倩丽姿容和深沉幽恨。起笔写弹技,“破”状声情缥缈,兴致深浓;“绣阁幽恨”倾注曲中,进一步说明乐曲动听、内蕴丰厚。以下描述少女姿色,末以“素娥”衬映,愈见其人妩媚非常。

〔2〕小莲:少女昵称。

〔3〕“弹破”句:形容乐曲动听。《诗话总龟前集》卷二十三引《古今诗话》载郑还古《赠柳将军家伎诗》:“眼看白纻曲,欲上碧云天。”

〔4〕“肤莹玉”二句:形容肌肤洁白、鬓发入时。马缟《中华古今注》:“魏文帝宫人……莫琼树,始制为蝉鬓,望之缥缈如蝉翼,故号为蝉鬓。”

〔5〕“素娥”三句:谓明月有意与少女斗美。古有嫦娥奔月传说,嫦娥为月中女神,亦名素娥,代指月。婵娟,美丽。

浣溪沙

游蕲水清泉寺。寺临兰溪,溪水西流[1]。

山下兰芽短浸溪[2],松间沙路净无泥,萧萧暮雨子规啼[3]。　　谁道人生无再少,门前流水尚能西[4],休将白发唱黄鸡[5]。

〔1〕蕲水,今湖北浠水县,在黄冈东。元丰五年(1082)三月,苏轼因患臂疾,曾往麻桥医生庞安常家留住数日,针疗得愈。与庞同游清泉寺,“寺在蕲水郭门外二里许,有王逸少洗笔泉,水极甘,下临兰溪,溪水西流。”(《东坡志林》卷一)因作此纪游。上片描写兰溪小景,清溪、沙径、暮雨、杜鹃,组成净洁清幽、生机盎然之境界。下片即景取喻,一反伤时叹老意向,反用乐天诗意,唱出乐观之歌。在负罪贬谪中,不以忧患戚戚,而反激情洋溢,拥抱人生,呼唤青春,坡公坦荡豁达,令人神往,破人闲愁。

〔2〕兰芽:兰草的嫩芽。

〔3〕子规:杜鹃鸟。

〔4〕“门前”句:中国河流多自西向东流入海,兰溪自东向西流入江,苏轼《八月十五看潮五绝》其三,亦有“造物亦知人易老,故教江水向西流”之句。

〔5〕“休将”句:谓不要徒然感叹岁月流逝,自伤衰老。这里反用白居易诗。白居易《醉歌示妓人商玲珑》诗云:“谁道使君不解歌,听唱黄鸡与白日。黄鸡催晓丑时鸣,白日催年酉前没。腰间红绶系未稳,镜里朱颜看已失。玲珑玲珑奈老何,使君歌了汝再歌。”人们惯用“白发”“黄鸡”形容岁月匆促,光景催

年，人生易老。

浣　溪　沙

徐门石潭谢雨，道上作五首。潭在城东二十里，常与泗水增减，清浊相应〔1〕。

照日深红暖见鱼，连村绿暗晚藏乌。黄童白叟聚睢盱〔2〕。

麋鹿逢人虽未惯，猿猱闻鼓不须呼〔3〕。归来说与采桑姑。

〔1〕元丰元年(1078)春旱严重，身任太守的苏轼到徐州城东二十里的石潭祈雨，下雨后，到石潭谢雨，途中写了五首《浣溪沙》。这是宋代词史上最早的集中描写农村生活的组词。这里悉予选录。这首是写村民聚观石潭谢雨的情景。雨过天晴后，石潭鱼跃，绿树藏乌，老少聚观，为得雨而开心。森林中野鹿因遇行人而惊避，猿猴听到赛神鼓声却前来观光，看完热闹的人们回家把见闻说与姑娘听。在简短的篇幅中，含纳男女老幼村民、鱼鸟鹿猿等物象，村野景象逼真，乡土气息浓郁。

〔2〕睢盱(suīxū 虽须)：喜悦貌。

〔3〕猿猱(náo 挠)：泛指猿猴。猱，猕猴。

浣　溪　沙〔1〕

旋抹红妆看使君〔2〕，三三五五棘篱门〔3〕。相排踏破蒨罗裙[4]。　　老幼扶携收麦社[5]，乌鸢翔舞赛神村[6]。道逢醉叟卧黄昏。

〔1〕此词上片写农村妇女匆忙打扮、三五成群、拥挤着去看太守经过的情景。下片写老幼扶携兴冲冲地来参加迎神赛会的场面。村姑好奇，叟醉鸢舞，人禽和煦，反映出年景安乐，赛神活动的热闹。

〔2〕旋抹红妆：妇女快速打扮。使君，太守，作者自指。

〔3〕棘篱门：用荆棘编制的篱笆门。

〔4〕蒨罗裙：红色裙子，蒨同茜。杜牧《村行》诗："篱窥茜裙女。"

〔5〕收麦社：收麦季节祭祀土神，叫社祭。

〔6〕"乌鸢"句：乌鸦、鸢鸟为祭品吸引，围绕迎神赛会盘旋飞舞。旧俗以鼓乐、仪仗等迎神祭祀，称赛神。

浣　溪　沙[1]

麻叶层层苘叶光，谁家煮茧一村香。隔篱娇语络丝娘[2]。　　垂白杖藜抬醉眼[3]，捋青捣麨软饥肠[4]。问言豆叶几时黄。

〔1〕此首写入村问农。村外苘麻遍野，农家煮茧生香，缫丝娘隔篱笑语，白发翁杖藜散步，作者与捋麦农民谈论庄稼与年景，一派淳朴和乐的农村生活气息，使人如履其境，亲切异常。

〔2〕络丝娘：指缫丝的妇女。

〔3〕垂白杖藜：须发将白，手拄藜木拐杖。

〔4〕"捋青"句：取青麦制成干粮填充饥肠。捋青，用手捋下青麦粒。捣

麨(chǎo 炒),把炒熟的麦子捣成粉。

浣　溪　沙[1]

簌簌衣巾落枣花[2],村南村北响缫车[3]。牛衣古柳卖黄瓜[4]。　　酒困路长惟欲睡,日高人渴漫思茶,敲门试问野人家。

〔1〕此首纪村行见闻与感受。上片枣花落,缫车响,卖瓜人身披蓑衣,景象极富乡土特色。下片路长人困,敲门索茶,平实真切,极富生活情趣。诗人虽身为州长,却以普通百姓身份深入农家,何等平易近人!

〔2〕簌簌:形容枣花纷纷下落声。

〔3〕缫车:缫丝的车。

〔4〕牛衣:蓑衣之类。《汉书·王章传》载,王章少贫,曾"卧牛衣而泣"。

浣　溪　沙[1]

软草平莎过雨新[2],轻沙走马路无尘。何时收拾耦耕身[3]。　　日暖桑麻光似泼[4],风来蒿艾气如薰[5]。使君元是此中人[6]。

〔1〕前片前二句写雨后路径清新宜人,后片前二句写田野桑麻如洗、蒿艾传香,以欣喜目光绘出乡村环境之可爱。两片各以末句抒怀,表示要抽身归

耕、自己本来自农村,体现出作者不以高贵者自视的淳朴识度。

〔2〕平莎:整齐的莎草。莎草,俗称香附子。

〔3〕耦耕:两人并耜而耕。《论语·微子》:“长沮、桀溺耦而耕。”

〔4〕光似泼:桑麻光泽鲜亮,如水泼过一样。

〔5〕薰:薰香、香气。

〔6〕“使君”句:自谓出身农家。《东坡题跋·题渊明诗》:“陶靖节云:‘平畴交远风,良苗亦怀新。’非古人偶耕植杖者不能道此语,非余之世农,亦不能识此语之妙也。”

浣溪沙〔1〕

道字娇讹语未成〔2〕。未应春阁梦多情。朝来何事绿鬟倾。　　彩索身轻长趁燕〔3〕,红窗睡重不闻莺。困人天气近清明。

〔1〕一本有题曰“春情”,小词全力刻画一位充满稚气的少女的娇懒情态。先写她晨起娇憨、懒于梳妆,说话吐字不清,有意撒娇。该不是夜梦情人吧?发一疑问,带出下片,原来白天贪玩,打秋千过累,天明仍酣然熟睡,黄莺也叫不醒她,故有发端的一幕。词虽短小,偏采用倒置追叙结构,人物声容动态毕现,跃然纸背,栩栩如生。风调极娇艳婉媚之致。贺裳《皱水轩词筌》评曰:“苏子瞻有铜琶铁板之讥,然其《浣溪沙》(春闺)曰:‘彩索身轻长趁燕,红窗睡重不闻莺’。如此风调,令十七八女郎歌之,岂在‘晓风残月’之下!”

〔2〕“道字”句:形容初醒时发话含糊不清娇声娇气。李白《对酒》写吴姬有“道字不正娇唱歌”句。苏轼《薄命佳人》诗,亦有“吴音娇软带儿痴”之句。

〔3〕“彩索”句:形容少女尽兴荡秋千,轻捷灵巧的身躯犹如燕子。彩索,代指秋千。

满庭芳

余谪居黄州五年，将赴临汝，作《满庭芳》一篇别黄人。既至南都，蒙恩放归阳羡，复作一篇[1]。

归去来兮，清溪无底，上有千仞嵯峨[2]。画楼东畔，天远夕阳多[3]。老去君恩未报，空回首、弹铗悲歌[4]。船头转，长风万里，归马驻平坡[5]。　无何，何处有[6]？银潢尽处[7]，天女停梭。问何事人间，久戏风波？顾谓同来稚子，应烂汝、腰下长柯[8]。青衫破，群仙笑我，千缕挂烟蓑[9]。

〔1〕元丰七年(1084)苏轼被命由黄州移居汝州(在今河南)，临行，曾作《满庭芳》(归去来兮，吾归何处)告别黄州父老。在赴汝州途中，他以有薄田在常州宜兴(即阳羡)为由，上《乞常州居住表》，及得报诏允，苏轼已到达南都(今河南商丘)，乃调转船头返常州，因作此篇。上片先写阳羡山水、宅舍之美，次写无缘报国、身被闲置的苍凉情怀，末落笔到返回阳羡归心急切的情景。既而，由上片途中所思转入下片幻游天宇。先在银河巧遇织女；继借与织女对话，隐寓滞留宦海、历经风险的人生遭遇；最后以为群仙哂笑场景，映出自我落魄形象，是自嘲，亦是酸楚的反思。全章由实到虚，由真而幻，归思中浓缩着复杂情悰，游仙中寄托着深沉自叹。

〔2〕“清溪”二句：指阳羡溪清深，宜兴君山高峻，环境幽美。八尺曰仞。

〔3〕“画楼”二句：指宜兴的住宅。天远，含距京城遥远之意。

〔4〕“空回首”句：谓回顾前段才华未展。弹铗，用冯驩事借喻。《战国

策·齐策》载,战国时齐国孟尝君门客冯驩,有智略,因未受重视,乃倚柱弹剑而歌曰:“长铗归来乎,食无鱼。”后又歌“长铗归来乎,出无车。”“长铗归来乎,无以为家。”

〔5〕“船头转”三句:写掉转船头,飞快地归返宜兴。驻平坡,即苏轼《百步洪》“骏马下注千丈坡”之意。

〔6〕“无何”二句:探询哪里有超尘拔俗的无何有之乡。《庄子·列御寇》谓至人“甘冥乎无何有之乡。”

〔7〕银潢:银河。

〔8〕“应烂汝”句:喻指滞留尘世为时过长。任昉《述异记》载一故事谓:王质到信安郡石室山伐木,“见童子数人,棋而歌。质因听之,童子以一物与质如枣核,质含之,不觉饥。俄顷,童子谓曰:何不去?质起,视斧柯烂尽。既归,无复时人。”长柯,斧柄。

〔9〕“青衫”三句:意谓自己衣裳烂缕,为群仙所笑。

蝶恋花〔1〕

记得画屏初会遇,好梦惊回,望断高唐路〔2〕。燕子双飞来又去,纱窗几度春光暮。　那日绣帘相见处,低眼佯行〔3〕,笑整香云缕〔4〕。敛尽春山羞不语〔5〕,人前深意难轻诉。

〔1〕钟情少男对心目中佳丽的第一印象,常常深印脑海,尤其那种可望而终难得的情缘,当更为入骨铭心。本篇即是写一男子的刹那情遇。上片回忆初遇、幻灭、思念的全过程。“燕子双飞”“几度春光”,见触景动情、眷念不已,为时已久。下片集中特写其初遇一幕。少女顾盼、矜持、沉默、怕羞,风姿娇美,情态温柔。写来真切朴实,摄魄传神。恋情词风调如此婉转柔媚,同样出自东

坡笔下,何尝逊于秦七、小晏。

〔2〕“好梦”二句:谓情缘犹好梦破灭,再也望不到通向高唐之路。高唐,高唐观,在古云梦泽中。宋玉《高唐赋》写楚王在高唐观与巫山神女相会,这里喻与情人无缘相见。

〔3〕佯行:假意要走开。

〔4〕香云缕:芳香浓密的秀发。

〔5〕敛尽春山:紧皱双眉。春山,代指美女之眉。

蝶恋花[1]

蝶慵莺懒春过半,花落狂风,小院残红满。午醉未醒红日晚,黄昏帘幕无人卷。　　云鬓鬅松眉黛浅,总是愁媒[2],欲诉谁消遣。未信此情难系绊,杨花犹有东风管[3]。

〔1〕东坡词以清雄横放见胜,然并不与婉媚风调绝缘,这首少女伤春之作,写来就颇为含蓄细腻。上片由环境景象过渡到写主人,蝶、莺、花、风,着以“慵”“懒”“狂”“残”,物象种种无不渗入少女情绪色彩。醉眠日晚,帘幕阒寂,倍增寥落。下片由外貌过渡到写内心。“愁媒”扣合前文景物,“欲诉”呼应上片“无人”,煞拍宕开,体现冲出孤寂的祈望。虽全篇不露伤春字面,而主人公情懒意慵的感春情怀宛然在目。吴梅《词学通论》云:“余谓公词豪放缜密,两擅其长。世人第就豪放处论,遂有铁板铜琶之诮,不知公婉约处,何让温、韦。”的是持平之论。

〔2〕总是愁媒:言触物生愁,到处是愁情的媒体。李咸用《途中逢友人》诗:“烟花随处作愁媒。”

〔3〕“未信”二句:佳人自我排解之意。意谓杨花随风飘荡,有似薄命红颜,然犹有东风管束,自己心情难道就永无依托吗?

李之仪

李之仪(1048—1117?)字端叔,号姑溪居士,沧州无棣(今属山东)人,后徙楚州山阳(今江苏淮安)。中进士,为万全县令。元祐间,苏轼知定州,曾辟之为幕僚。晚年编管太平州。著有《姑溪居士文集》《姑溪词》。存词九十多首。

谢池春[1]

残寒销尽,疏雨过,清明后。花径敛馀红[2],风沼萦新皱[3]。乳燕穿庭户,飞絮沾襟袖。正佳时,仍晚昼。着人滋味[4],真个浓如酒。　　频移带眼[5],空只恁、厌厌瘦。不见又思量,见了还依旧。为问频相见,何似长相守。天不老,人未偶[6]。且将此恨,分付庭前柳。

〔1〕本篇写深春的伤离之怨、怀思之情。上阕写庭院春光。点出节令后,以两组对句描绘花、水、燕、柳,笔锋细密,意象灵动,给人以春色满园之感。“佳时”“晚昼”作一收拢,牵连出主人感受,心头“滋味”,浓如醇酒。下阕述怨离思绪,紧承前文,就“滋味”申说。于形容消瘦之后,就“不见”与“相见”、“频相见”与“长相守”,逐层比较,宛转曲折,体现出对“长相守”的殷殷期盼。末以怨天叹人,将离恨付诸垂柳收结,无奈之怨思绵绵不尽。以市井语抒缠绵情,韵格新鲜而活泼。

〔2〕敛馀红:指花朵收拢。

〔3〕“风沼”句:谓风吹池水萦回着细小的波纹。

〔4〕着人:惹人。

〔5〕频移带眼:形容消瘦。沈约与徐勉书信有“百日数旬,革带常应移孔”(《梁书·沈约传》)之语。

〔6〕“天不老”二句:谓上天无情,不使人成双。李贺《金铜仙人辞汉歌》:“天若有情天亦老。”此处“天不老”是说上苍无情。

卜算子[1]

我住长江头,君住长江尾。日日思君不见君,共饮长江水。

此水几时休,此恨何时已。只愿君心似我心,定不负相思意。

〔1〕小词咏相思情深。用江水写出双方空间遥隔和两情牵连,又用江水悠悠不断,喻相思绵绵不已。末以己之钟情期望对方,执着恋情,倾口而出。构思新巧,语言平易,情感炽热,很具乐府民歌风味。

苏辙

苏辙(1039—1112)字子由,一字同叔,晚号颍滨遗老。苏洵之子,与兄苏轼同登进士,同策制举。神宗时,曾为制置三司条例司检详文字,元丰中受苏轼牵连,谪贬筠州。元祐时期,召为秘书省校书郎,累迁翰林学士知制诰,后拜尚书右丞,进门下侍郎。哲宗时出知汝州,安置雷州。晚年致仕,退居许州。著有《栾城集》,存词四首。

水调歌头

徐州中秋[1]

离别一何久,七度过中秋[2]。去年东武今夕,明月不胜愁[3]。岂意彭城山下,同泛清河古汴[4],船上载凉州[5]。鼓吹助清赏,鸿雁起汀洲。　　坐中客,翠羽帔[6],紫绮裘。素娥无赖[7],西去曾不为人留。今夜清尊对客,明夜孤帆水驿[8],依旧照离忧。但恐同王粲,相对永登楼[9]。

〔1〕熙宁十年(1077)四月,苏轼自开封赴徐州知州任,苏辙相随同行至徐州,居留约四个月,将赴南都签判任,于中秋作《水调歌头》与其兄惜别。苏轼作有同调和章(即“安石在东海”)予以宽慰。苏辙此词上片忆往日离合。起句追叙七年离别,继写上年在密州两地相思。“岂意”以下写彭城相聚、同游汴河的兴致。下片记今宵宴别。翠羽、紫裘,写宾朋之盛;素娥无赖,怨流光不驻;

"今夜"以下,由聚会说到远行,落笔到"离忧";末揣想未来,以身世飘摇、登楼望乡收结,且着一"永"字,情绪颇为悲恻。全词以离别何久呼起,由离别写到欢聚再到离别,由往昔写到今夜再到明夜,其间"中秋""明月""素娥""依旧照",始终扣合秋月,通篇贯注着眷眷难舍的兄弟亲情。

〔2〕"七度"句:熙宁四年苏辙应辟为陈州教授,苏轼赴杭州通判任,后又改知密州,直到熙宁十年两人相从徐州,兄弟二人已分离七年。

〔3〕"去年"二句:谓熙宁九年中秋苏轼在密州,怀念苏辙,曾作《水调歌水》(明月几时有)词。东武,即密州,今山东诸城。

〔4〕古汴:指汴水,发源于河南,流经徐州转入泗水。

〔5〕载凉州:谓携带乐队。凉州,乐曲名。杜牧《河湟》诗:"唯有凉州歌舞曲,流传天下乐闲人。"

〔6〕翠羽帔:指华美的帔肩。

〔7〕素娥:指月,古代传说月中有嫦娥,故以代月。

〔8〕"明夜"句:谓明日即孤身乘舟远行。苏辙于八月十六即赴南京(今河南商丘)留守签判任,苏轼有《初别子由》诗。

〔9〕"但恐"二句:以王粲淹留外地、登楼望乡自拟。王粲,汉末文学家,漂流异乡,依人作客,怀才不遇,登麦城城楼,作《登楼赋》,抒发思乡怀归之情。

黄裳

黄裳(1044—1130)字冕仲,号演山,延平(今福建南平)人,元丰五年进士。政和间知福州,累迁端明殿学士、礼部尚书。喜道家书,诗文有骨力。有《演山集》,词存其中,凡五十三首。

减字木兰花

竞　渡[1]

红旗高举,飞出深深杨柳渚。鼓击春雷,直破烟波远远回。

欢声震地,惊退万人争战气。金碧楼西,衔得锦标第一归[2]。

〔1〕为纪念爱国诗人屈原沉江,古代民间形成竞渡之戏,以赛船象征拯救仪式。本篇即是写南方竞渡之戏的。先写在轰鸣的鼓声中,龙舟驶出杨柳港湾,又冲破浩渺烟波疾驰而回;再写参赛健儿奋勇夺标,争得第一,引起万人惊骇、欢声震地。紧张的表演,喧闹的声响,热烈的场面,欢乐的气氛,令人如置身其境。

〔2〕"衔得锦标"句:谓优胜者夺得奖赏。白居易《和春深二十首》之十五:"齐桡争渡处,一匹锦标斜。"《东京梦华录》卷七写皇帝观争标:"两行舟鸣鼓并进,捷者得标。"

黄庭坚

黄庭坚(1045—1105)字鲁直,号涪翁,又号山谷,洪州分宁(今江西修水)人。治平四年进士。熙宁、元丰间任州县幕僚和地方学官。元祐时期调任秘书丞、著作郎。绍圣初贬涪州别驾、黔州安置,移戎州。建中靖国初召还。崇宁初再贬宜州,卒于贬所。有《豫章集》、《山谷词》。词学东坡,风格疏宕,时杂俳体,今存词一百九十馀首。

念奴娇[1]

八月十七日,同诸甥步自永安城楼[2],过张宽夫园待月。偶有名酒,因以金荷酌众客。客有孙彦立,善吹笛。援笔作乐府长短句,文不加点。

断虹霁雨,净秋空,山染修眉新绿[3]。桂影扶疏[4],谁便道,今夕清辉不足。万里青天,姮娥何处,驾此一轮玉[5]。寒光零乱,为谁偏照醽醁[6]。　　年少从我追游,晚凉幽径,绕张园森木。共倒金荷家万里,难得尊前相属[7]。老子平生,江南江北,最爱临风曲[8]。孙郎微笑,坐来声喷霜竹[9]。

〔1〕哲宗元符初年,黄庭坚由黔州贬所移贬戎州(今四川宜宾),他借居僧舍,际遇困苦,但不改其旷达风度,在八月十七日这天,他与一群青年游园待月,酌酒听笛,写下这篇纪游词。上片写金秋雨后明月。秋空、彩虹、远山,铺设

背景，澄明旷远。进而熔裁美妙神话描绘月轮皎洁，嫦娥驾驶玉轮游翔，想象奇妙！寒光照美酒，将天象与人事紧密勾联。下片纪月下游园、饮酒、听笛，纪游融入抒情。幽径森木，场景如画。“倒金荷”三句，无限身世感坌涌而出。“老子”三句，写尽平生坎壈，体现出傲兀豁达襟怀。末以孙郎笛声，使词章旋律顿变激越，凌空荡漾，经久不已。词格超旷中隐含傲岸不羁之气，有人“以为可继东坡赤壁之歌”（《苕溪渔隐丛话》）。

〔2〕诸甥：《苕溪渔隐丛话后集》卷三十一作“诸生”。

〔3〕“山染”句：形容雨后远山碧绿，如美人长而曲的黛眉。

〔4〕桂影扶疏：月中桂树的影子茂密清晰。古神话说月中有桂树。扶疏，枝叶分披貌。

〔5〕“万里”三句：想象月中嫦娥驾驶一轮玉盘在万里长空翔游。姮娥，即嫦娥，神话传说中月神。《淮南子·览冥训》载，后羿之妻窃不死之药以奔月，成为月中之神，即嫦娥。

〔6〕“寒光”二句：指月光照射美酒。醽醁（línglù 灵录），美酒名。

〔7〕“共倒”二句：谓万里他乡朋友聚会，举杯祝酒，非常难得。金荷，荷叶状酒杯。

〔8〕“老子”三句：谓老夫平生沦落南北，最爱临风听笛。《世说新语》载，东晋庾亮游赏武昌有“老子于此处兴复不浅”之语，老子，犹老夫。

〔9〕“孙郎”二句：写孙彦立吹笛。霜竹，指笛。

水调歌头

游　览〔1〕

瑶草一何碧〔2〕，春入武陵溪〔3〕。溪上桃花无数，花上有黄鹂。我欲穿花寻路，直入白云深处，浩气展虹霓〔4〕。只恐花深里，红露湿人衣[5]。　　坐玉石，倚玉枕，拂金徽[6]。谪仙何处，无人伴我白螺杯[7]。我为灵芝仙草，不为朱唇丹脸，长啸亦何为[8]。醉舞下山去，明月逐人归[9]。

〔1〕本篇是充满幻想和浪漫气息的纪游词。上片写进入世外桃源般的环境所接触的幽美景象。瑶草、仙溪、桃花、鹂鸟、白云、虹霓，种种雅洁物象，多样艳美色彩，构成与世俗社会截然不同的另一世界。“春入”“穿花”“直入”，体现其探寻幽境，雅兴深浓。下片写自身徜徉其中的狂逸情态和超然胸臆。坐、倚、拂的身边物，如此雅洁，唯望能有“谪仙”式高人，相伴对酌，则神合心契。“为”与“不为”的象征对照，宣发出品格的拔尘轶俗。以醉舞而归收结，词人放浪形骸、不与俗子为伍之风姿豁然在目。黄庭坚生活于党争时期，晚岁遭遇坎坷，厌倦污浊世态，向往超脱尘垢，追求人格自我完善，本篇以虚景寄性灵，融桃源遗韵、谪仙风情于一体，正是其清逸傲兀情趣的展现。

〔2〕瑶草：仙草。

〔3〕武陵溪：武陵在湖南常德，此处用陶潜《桃花源记》掌故，代指世外仙境。

〔4〕“浩气”句：谓天地间浩然大气幻化为仙境中绚丽的彩虹。

〔5〕“红露”句：形容花丛仙露晶莹欲滴。王维《山中》：“山路元无雨，空翠湿人衣。”

〔6〕拂金徽：指弹琴。

〔7〕“谪仙”二句：倾慕李白飘逸旷放的仙骨高品，感叹缺少知音。李白被称为谪仙人。白螺杯，用白螺壳制成的酒杯。张籍《流杯渠》诗，有“渌酒白螺杯”之句。

〔8〕“我为”三句：写自己的志趣品格，愿如栖迟岩穴超拔尘累的仙草，不作美容悦人、趋时干进的妾妇，无须郁愤不平，发为长啸。

〔9〕“醉舞”二句：李白《下终南山过斛斯山人宿置酒》诗，有“暮从碧山下，山月随人归”之句。这里意境近似，写放浪自得之意。

定 风 波

次高左藏使君韵〔1〕

万里黔中一漏天〔2〕，屋居终日似乘船〔3〕。及至重阳天也霁，催醉，鬼门关外蜀江前〔4〕。　　莫笑老翁犹气岸〔5〕，君看，几人黄菊上华颠〔6〕。戏马台南追两谢〔7〕，驰射，风流犹拍古人肩〔8〕。

〔1〕绍圣二年(1095)黄庭坚为新党构陷，责贬涪州别驾、黔州(今重庆市彭水县)安置。重阳日黔守高左藏赋诗为乐，山谷次韵作此。上片写重阳宴集。先言气候之劣、环境之苦，重阳天霁，气氛陡转，引出"催醉"，末点地处险远，回应起句。下片以"莫笑""君看"带起簪菊、"驰射"，化用刘裕、二谢事，紧扣重九，勾勒豪健丰神，再以追步名士风流自许，绾合前文"气岸"。全篇由低抑到昂扬，苦中寻乐，下笔奇警，跌宕有力，体现出作者身处忧患、襟怀豁达、气度兀傲、老而弥坚的个性。

〔2〕漏天：形容黔中阴雨连绵。

〔3〕似乘船：比喻积水充满庭阶。

〔4〕"鬼门关"句：指聚饮之地。鬼门关，古关名，在广西北流县西，此借指险远偏僻之地。蜀江，指流经彭水的乌江。

〔5〕"莫笑"句：自谓年虽老迈，气度傲岸。

〔6〕"几人"句：写自己不伏老的气概，将菊花插满白头。古有重阳节簪菊的风俗。杜牧《九日齐山登高》诗："尘世难逢开口笑，菊花须插满头归。"

〔7〕"戏马台"句：谓追步二谢重九赋诗。戏马台为项羽所筑，在徐州。

东晋末年,刘裕北伐过彭城,于重阳节登戏马台大宴僚佐,赋诗遣兴。著名诗人谢瞻、谢灵运各吟诗一首(诗见《文选》卷二十)。此处化用这则典故。

〔8〕“驰射”二句:谓驰马射箭,风流气概不逊于古人。郭璞《游仙诗》:“左挹浮丘袖,右拍洪崖肩。”拍肩,追踪之意。

清平乐[1]

春归何处?寂寞无行路。若有人知春去处,换取归来同住。　　春无踪迹谁知?除非问取黄鹂[2]。百啭无人能解,因风飞过蔷薇。

〔1〕惜春词所在多有,触目可见,黄庭坚却能别出心裁,翻新出奇。作者先将春人格化,幻想知其去处、唤回同住。然而春去无迹,又转而求助黄鹂,可奈鹂语无人能解,飘然飞去,春光无计挽留。一波三折,妙趣横生,颇有民歌风采、童话韵致。

〔2〕问取黄鹂:黄鹂随春而来,应知其去向,故要向黄鹂打听。

鹧鸪天

坐中有眉山隐客史应之和前韵,即席答之[1]。

黄菊枝头生晓寒,人生莫放酒杯干。风前横笛斜吹雨[2],醉里簪花倒着冠。　　身健在,且加餐,舞裙歌板尽清欢[3]。黄花白发相牵挽，付与时人冷眼看[4]。

〔1〕史应之，名铸，眉山人，是流寓戎州、泸州一带的隐士。元符间山谷与他有诗词酬唱。山谷词中有同韵《鹧鸪天》“呈史应之”，史氏有和作，此为再和之篇，抒发重阳即席感怀之情。起借“黄菊”点节令，承以劝酒语，接写醉中狂态。过片以且尽眼前欢，延伸但求酒中醉，黄花白发相牵相挽，狂放傲兀神态，与横笛、倒冠相互衬映，写尽无视礼法、侮慢世俗的傲岸情怀。收拍任人冷眼相对，愤懑不平之气坌涌而出。反映了山谷晚岁历经挫折而不甘屈服的逆反心态。

〔2〕“风前”句：谓不顾风吹雨打，横笛斜吹。

〔3〕“舞裙”句：谓看舞听歌享尽人间清福。

〔4〕“黄花”二句：意谓白发人以傲霜黄菊为密友保持清操，任凭世人冷眼相看。

西　江　月[1]

老夫既戒酒不饮，遇宴集，独醒其旁。坐客欲得小词，援笔为赋。

断送一生惟有，破除万事无过[2]。远山横黛蘸秋波[3]，不饮旁人笑我。　　花病等闲瘦弱[4]，春愁没处遮拦[5]。杯行到手莫留残[6]，不道月斜人散[7]。

〔1〕这是一首在酒筵间应邀而写的劝酒词。小词借用和改铸前人诗句，以幽默的笔法写成。起首两句以“歇后”形式言酒的重要，既言佳人劝饮，岂可

不识趣,再说消忧破愁,正须一饮而尽、尽欢而散。山谷论诗主张以故为新、以俗为雅,本篇正体现了翻新出奇、妙趣解颐的特点。

〔2〕“断送”二句:点化韩愈诗句,歇后一“酒”字,浓缩了坎坷的人生体验。韩愈《遣兴》诗:“断送一生惟有酒,寻思百计不如闲。”又《赠郑兵曹》诗:“杯行到君莫停手,破除万事无过酒。”

〔3〕“远山”句:形容侑酒佳人黛眉如远山、眼神如秋水。醮,指眼波晶莹,充满情意。

〔4〕“花病”句:言暮春花残萎弱。等闲,无端之意。

〔5〕遮拦:意同排遣。

〔6〕“杯行”句:庾信《舞媚娘》:“少年唯有欢乐,饮酒那得留残。”

〔7〕不道:不知不觉。

望　江　东[1]

江水西头隔烟树,望不见、江东路。思量只有梦来去,更不怕、江拦住。　　灯前写了书无数,算没个、人传与。直饶寻得雁分付[2],又还是、秋将暮。

〔1〕此词倾诉对远方亲人刻骨铭心的思念。起写隔江遥望,然烟树迷茫,望而不见;思来想去,唯有求诸梦寐,梦幻不怕阻拦;然而梦毕竟空幻难凭,唯有借助书信沟通情怀;可是无数信笺没人传递,无奈中想到鸿雁,可是秋暮鸿雁飞回南方,无法向北地传书。全词由思念、希望到失望,由期盼产生幻想,再由幻想堕入冷峻的现实,主人公感情的起伏,思绪的回环,体现出离思的深挚与浓烈。

〔2〕直饶:假如之意。欧阳修《鼓笛慢》词:“便直饶、更有丹青妙手,应难写,天然态。”

昼夜乐[1]

夜深记得临岐语，说花时、归来去。教人每日思量，到处与谁分付[2]。其奈冤家无定据，约云朝、又还雨暮[3]。将泪入鸳衾，总不成行步。　　元来也解知思虑，一封书，深相许。情知玉帐堪欢，为向金门进取[4]。直待腰金拖紫后[5]，有夫人、县君相与[6]。争奈会分疏，没嫌伊门路[7]。

〔1〕这是一篇代人立言的闺怨词，全词以女主人公的口吻倾诉对求取功名的行人的思念与谅解。上片从临岐分手说起，抱怨对方未能如约归来，屡改行期，惹得自己含泪入衾，走不成步。下片言接到来信，对方解释原委，为了行人追求仕途进取，纵然无奈分离，自己也能谅解。用市井口语，娓娓道来，写出士人家中思妇由怨别到理解、由伤心到等待的真实心态。山谷词有雅、俗两类，这是俗词中的佳篇。

〔2〕分付：托付，这里是分担之意。

〔3〕“约云朝”句：谓允诺的归期，屡屡更改。

〔4〕金门：金马门的省称，汉代宫廷有金马门，后以代指官署。

〔5〕腰金拖紫：腰怀金印、身拖紫绶，指入朝为官。白居易《哭从弟》诗：“一片绿衫消不得，腰金拖紫是何人。”

〔6〕“有夫人”句：谓一旦做官可以使你荣获夫人、县君的封号。古代九品以上官员的母或妻可获夫人或县君称号。

〔7〕“争奈”二句：意谓不嫌你寻求进身门路，怎奈分离如此之久。

晁端礼

晁端礼(1046—1113)字次膺,济州巨野(今属山东)人。熙宁六年进士,两为县令,因忤上官,坐废。政和年间,以蔡京荐,除大晟府协律郎。为晁补之族叔。词有双照楼影宋本《闲斋琴趣外篇》六卷。今存词一百四十馀首。

绿头鸭

咏月[1]

晚云收,淡天一片琉璃[2]。烂银盘、来从海底[3],皓色千里澄辉。莹无尘、素娥淡伫,静可数、丹桂参差[4]。玉露初零,金风未凛,一年无似此佳时。露坐久,疏萤时度[5],乌鹊正南飞。瑶台冷,栏干凭暖,欲下迟迟。　念佳人、音尘别后,对此应解相思。最关情、漏声正永,暗断肠、花影偷移。料得来宵,清光未减,阴晴天气又争知[6]。共凝恋,如今别后,还是隔年期[7]。人强健,清尊素影,长愿相随[8]。

〔1〕这是一篇咏秋月怀佳人的长篇慢词。上阕侧重写景。先铺开天宇背景,次言冰轮出海放射银辉,再化用神话设想月宫事,再次赞季候佳美,由露坐、凭栏过渡到写人,情景交会,含蓄透露到怀人情思。下阕转入怀人,"念佳

人”承上启下,“应解”用揣测语气,从对方着墨。“漏声”“花影”,见夜久思长,“来宵”“阴晴”,顾虑天象难测。对方重重思绪,由自己写出,愈见两心相印体贴入微。“共凝恋”收拢彼我两方,期盼来年聚会,末以美好祝愿收结。通篇紧扣明月,意脉贯串,笔锋细致,境界澄澈。胡仔《苕溪渔隐丛话》赞为咏月佳篇。

〔2〕琉璃:比喻天空澄澈。

〔3〕烂银盘:灿烂的银盘,比喻月轮。

〔4〕“莹无尘”二句:谓净莹皎洁的月宫中嫦娥素装伫立,桂树参差可见。

〔5〕疏萤时度:稀疏的萤火虫时而飞过。

〔6〕争知:怎知。

〔7〕“还是”句:言期盼明年再见。

〔8〕“人强健”三句:从谢庄《月赋》“隔千里兮共明月”化来,与苏轼《水调歌头》“但愿人长久,千里共婵娟”用意相同。

水　龙　吟[1]

倦游京洛风尘[2],夜来病酒无人问。九衢雪小[3],千门月淡,元宵灯近。香散梅梢,冻消池面,一番春信。记南楼醉里,西城宴阕[4],都不管、人春困。　　屈指流年未几,早人惊、潘郎双鬓[5]。当时体态,如今情绪,多应瘦损。马上墙头[6],纵教瞥见,也难相认。凭栏干,但有盈盈泪眼,把罗襟揾。

〔1〕晁端礼流寓京邑,旅况清寂,仕途和爱情均不得意。本篇抒发了旅食京华的失意落寞情悰。开篇点题,“倦游”“病酒”,已披露处境与心态,“无人问”,尤见凄苦。“九衢”“千门”“香散”“冻消”,节日气氛愈浓,春光愈美,愈反

衬一己之寂落。佳节春景引发忆旧,早年南楼、西城欢游,历历如昨。“屈指”计年,折回当今,“潘鬓”自叹颜衰,“瘦损”感念伊人。“难认”足见流年无情。收拍对面写法,由己念伊人,设想伊人念己,对方泪水融入词人悲酸。全词笔锋细密,思路宛曲,收纵自如,可谓当行之作。

〔2〕“倦游”句:写游宦落拓失意。化用“京洛多风尘,素衣化为缁”(陆机《为顾彦先赠妇诗》)句意。

〔3〕九衢:纵横交叉的街道,繁华的街市。此指京城街道。

〔4〕西城:指汴京西城金明池一带游览胜地。

〔5〕潘郎双鬓:代指中年鬓发已白。潘岳三十二已生白发,其《秋兴赋》有“斑鬓髟以承弁兮,素发飒以垂领”之句。

〔6〕马上墙头:白居易《井底引银瓶》诗:“妾弄青梅凭短墙,君骑白马傍垂杨。墙头马上遥相顾,一见知君即断肠。”此处指情人相遇。

秦观

秦观(1049—1100)字太虚,改字少游,别号邗沟居士,扬州高邮(今属江苏)人。元丰八年进士,授定海主簿,调蔡州教授。元祐五年应制科,除太学博士,贡职秘书省。八年迁国史院编修,与黄庭坚、张文潜、晁补之并列史馆,同游苏轼之门,人称"苏门四学士"。绍圣间,坐元祐党籍,先后贬处州(今浙江丽水)、郴州(今属湖南)、横州(今广西横县)、雷州(今属广东)等地。徽宗立,放还,行至藤州(今广西藤县)病逝。有《淮海集》四十卷。《淮海居士长短句》存词七十七首,今人整理本又得补遗三十馀首。其词风调婉美,情辞兼胜,寄慨身世,一往情深,公认为婉约派高手。

望海潮〔1〕

梅英疏淡,冰澌溶泄〔2〕,东风暗换年华〔3〕。金谷俊游,铜驼巷陌,新晴细履平沙〔4〕。长记误随车〔5〕。正絮翻蝶舞,芳思交加。柳下桃蹊,乱分春色到人家〔6〕。　西园夜饮鸣笳〔7〕。有华灯碍月,飞盖妨花〔8〕。兰苑未空〔9〕,行人渐老,重来是事堪嗟〔10〕!烟暝酒旗斜。但倚楼极目,时见栖鸦。无奈归心,暗随流水到天涯。

〔1〕绍圣元年(1094)哲宗亲政,元祐旧臣被贬逐,秦观亦坐党籍调离汴京。本篇为当年春间离京前追怀旧游之作。起三句由梅疏冰溶表明冬去春来,“东风暗换年华”略点春光依旧而年光非昔。“金谷”以下到“华灯”“飞盖”,均写当年春日京华俊游盛况,“长记”句,乃追忆中情事。京华春光之美,夜宴冠盖之盛,“误随车”之少年浪漫,令人神往。“兰苑”三句,说明物华如旧、行年渐老,与“暗换”呼应,且发出深长感喟。以下转入眼前景,烟暗风紧,天宇无际,栖鸦飞掠,面对行将远谪天涯的前程,颇如栖鸦无奈,顿生何枝可依之感。忆昔伤今,以往日俊游,反衬今夕寥落,一为“春色到人家”,一为“流水到天涯”,“暗换”意脉,贯通全章,愁思满楮。

〔2〕冰澌溶泄:水中流冰溶化。

〔3〕“东风”句:谓东风送走严冬,迎来春光,又开始新的一年。

〔4〕“金谷”三句:写当年汴京俊游。金谷,在洛阳东北,西晋石崇曾筑金谷园宴集宾客。铜驼巷陌,洛阳有铜驼街,汉朝曾铸铜驼二枚,分置宫门两侧。两处均为游乐盛地,此处代指汴京繁华街巷。

〔5〕“长记”句:写年少浪漫,错跟不相识女郎的香车。韩愈《嘲少年》诗:“只知闲信马,不觉误随车。”

〔6〕“柳下”二句:谓柳荫巷桃花径,居户荡漾着一派春光。

〔7〕西园夜饮:西园,汴京王诜的花园,王诜字晋卿,尚英宗第二女,为驸马都尉,苏轼之友。曾于园中延请苏轼和苏门文士宴集雅游。宋李伯时绘有《西园雅集图》,元赵孟頫据以临摹,图下有元虞集跋,谓集会者有十四人,并一一列出姓名。

〔8〕“有华灯”二句:灯火辉煌使月光减色,游车飞驰车盖损折了花木。形容聚会盛况。

〔9〕兰苑:对西园的美称。

〔10〕是事:犹言凡事、事事。

水　龙　吟[1]

小楼连苑横空,下窥绣毂雕鞍骤[2]。朱帘半卷,单衣初试,清明时候。破暖轻风,弄晴微雨〔3〕,欲无还有。卖花声过尽,斜阳院落;红成阵,飞鸳甃〔4〕。　　玉珮丁东别后〔5〕。怅佳期、参差难又〔6〕。名缰利锁〔7〕,天还知道,和天也瘦〔8〕。花下重门,柳边深巷,不堪回首。念多情但有,当时皓月,向人依旧。

〔1〕本篇为宦游京城怀思佳人之作。《苕溪渔隐丛话前集》卷五十引《高斋诗话》云:“少游在蔡州,与营妓娄琬字东玉者甚密,赠之词云:‘小楼连苑横空’,又云:‘玉珮丁东别后’者是也。”秦观元祐初授蔡州(今河南汝南)教授,元祐五年应诏赴京,词当作于这一时期。上片从女方着笔,先写从楼上伫望情人乘马驰去,次写孤守空闺的晚春景象和庭院氛围,以景体情,物物着上离思别绪。下片从男方着笔,由别后写起,直倾别怀,“重门”“深巷”,挽结别前欢聚之地,末以月圆衬映人离,情深意密,婉转凄恻。

〔2〕“下窥”句:写注目情人离去。绣毂,华丽的车辆。雕鞍,雕饰的马鞍。骤,奔驰。

〔3〕弄晴微雨:细雨忽有忽无,似逗弄晴天。

〔4〕“红成阵”二句:谓落花成堆,飞满庭阶。鸳甃,指鸳瓦砌成的井台。

〔5〕“玉珮”句:写离别之时佩玉有声。丁东,象声词。

〔6〕参差难又:言蹉跎失误,错过佳期。

〔7〕名缰利锁:言名利,是束缚人的缰绳与枷锁。柳永《夏云峰》词:“向此免、名缰利锁,虚费光阴。”

〔8〕“天还知道”二句:化用李贺《金铜仙人辞汉歌》“天若有情天亦老”句意。和,意犹连。王世贞《弇州山人词评》谓:“词内‘人瘦也,比梅花瘦几分’,又‘天还知道,和天也瘦’,‘莫道不消魂,人比黄花瘦’,三‘瘦’字俱妙。”

八六子〔1〕

倚危亭,恨如芳草,萋萋刬尽还生〔2〕。念柳外青骢别后[3],水边红袂分时[4],怆然暗惊。　　无端天与娉婷[5],夜月一帘幽梦,春风十里柔情。怎奈向、欢娱渐随流水[6],素弦声断,翠绡香减,那堪片片飞花弄晚,濛濛残雨笼晴[7]。正销凝,黄鹂又啼数声[8]。

〔1〕此伤别怀人之作。起句含独立望远意,继以芳草喻离思绵绵。“念”字领下,转入追忆,直贯下片。“青骢”自己所乘,“红袂”伊人丽装,“柳外”“水边”,青、红交映,离别场景,刻骨难忘,思之怆然心惊。“无端”以下紧承“念”字,缅想与伊人相遇、相恋与睽离。“天与娉婷”“幽梦”“柔情”,相遇之巧、伊人之美、两情之深,可以想见。“怎奈”又折回别后,琴断、香减,伊人声息睽违已久,且对花残、日暮、细雨、晚烟,一派凄迷现境,使人黯然魂销。几声黄鹂,惊断怀旧思绪,深化无限离愁。全词意象优美,情景交练,于艳情离歌中,堪称千古绝唱。

〔2〕萋萋:草盛貌。刬尽:铲除干净。

〔3〕青骢:青白色的马。

〔4〕红袂:红色衣袖。

〔5〕娉婷:指柔美的佳人。

〔6〕怎奈向:犹怎奈何。

〔7〕“濛濛”句:形容细雨暂停,半露晴空的景象。

〔8〕“正销凝”二句:杜牧《八六子》词:“正销魂,梧桐又移翠阴。”与此意境相近。销凝,销魂、凝思、出神之意。

满　庭　芳[1]

山抹微云,天粘衰草,画角声断谯门[2]。暂停征棹,聊共引离尊[3]。多少蓬莱旧事[4],空回首、烟霭纷纷。斜阳外,寒鸦万点,流水绕孤村[5]。　　销魂,当此际,香囊暗解,罗带轻分[6]。谩赢得青楼,薄幸名存[7]。此去何时见也?襟袖上、空惹啼痕。伤情处,高城望断[8],灯火已黄昏。

〔1〕此为客中与所恋女子惜别之词。《苕溪渔隐丛话后集》卷三十三引《艺苑雌黄》云:"程公辟守会稽,少游客焉,馆之蓬莱阁。一日,席上有所悦,自尔眷眷不能忘情,因赋长短句,所谓'多少蓬莱旧事,空回首、烟霭纷纷'是也。"少游于元丰二年(1079),赴会稽探望伯父叔父,与郡守程公辟欢晤,此词或作于本年。起调由写景渐入,"抹""粘",下字精美传神,远景入画。角声报时,停棹点地,"离尊"说出暂对别筵,一派暮色苍茫、行色匆匆场景。"蓬莱旧事"三句,追想旧情,多少缱绻,无限温存,顿涌心头。插写外景,烘染凄凉况味。"销魂"提点,再叙别愁。"香囊""罗带",缀以"分""解",告别刹那间,密意浓情难割难舍之状,宛然在目。"谩赢得""何时见",思前念后,自怨自艾,无可奈何,逼出泪染襟袖,离愁进入高潮。船去夜深,回首凝望,眷顾不休。笔触精细,思绪缠绵,画景诗情,一往而深。"其词极为东坡所称道,取其首句,呼之为'山抹微云君'。"(《苕溪渔隐丛话后集》卷三十三引《艺苑雌黄》)

〔2〕"画角"句:写傍晚城楼吹角。画角,西羌乐器,外施彩绘,故名。谯门,古代筑在城门上的警楼。

〔3〕引:连续引取。杜甫《夜宴左氏庄》:"看剑引杯长。"

〔4〕蓬莱旧事:指在蓬莱阁的恋情往事。

〔5〕"寒鸦"二句:叶梦得《避暑录话》卷二引隋炀帝诗:"寒鸦千万点,流水绕孤村。"此化用其句。

〔6〕"香囊"二句:指与情侣分别。香囊、罗带,古代男女佩带物,青年男女多用以交换定情。东汉繁钦《定情诗》:"何以致叩叩,香囊系肘后。"五代韦庄《清平乐》:"惆怅香闺渐老,罗带悔结同心。"

〔7〕"谩赢得"二句:徒然赚得了个薄幸之名。杜牧《遣怀》:"十年一觉

扬州梦,赢得青楼薄幸名。”

〔8〕“高城”句:欧阳詹《初发太原途中寄太原所思》:“高城已不见,况复城中人。”此处化用其意。

满　庭　芳[1]

碧水惊秋,黄云凝暮,败叶零乱空阶。洞房人静,斜月照徘徊。又是重阳近也!几处处、砧杵声催[2]。西窗下,风摇翠竹,疑是故人来[3]。　　伤怀!增怅望,新欢易失,往事难猜。问篱边黄菊,知为谁开[4]?谩道愁须殢酒[5],酒未醒、愁已先回。凭栏久,金波渐转[6],白露点苍苔。

〔1〕此词为贬谪中感秋抒怀之作,渗透着词人前程未卜孤寂寥落的情悰。上片侧重写景,由远而近,由物而人,“碧水”“黄云”“败叶”,景象衰飒。人静、月斜、砧杵声声,氛围冷清。化用李益诗句,愈见故人难见,心境凄寂。下片转入抒怀,“伤怀”二字提领,瞻前顾后,际遇难料,徒增怅望。故园黄菊,无人观赏,欲借酒消愁,愁绪难却。末以凭栏凝思收结,月沉露零,见夜深不寐,以景会情,情融景中。

〔2〕砧杵声催:指捣衣声急,引发思归情浓。砧杵(zhēnchǔ 针楮),捣衣石、捣衣棒。

〔3〕“风摇”二句:李益《竹窗闻风寄苗发司空曙》诗:“开门复动竹,疑是故人来。”此化用其句。

〔4〕“问篱边”二句:写花开无主,表思乡之情。杜甫《秋兴八首》:“丛菊两开他日泪,孤舟一系故园心。”

〔5〕“谩道”二句:徒然说解愁须醉酒。殢(tì 替)酒,为酒困扰。

〔6〕金波:指月光。苏轼《洞仙歌》词:“金波淡,玉绳低转。”

江　城　子[1]

西城杨柳弄春柔[2],动离忧,泪难收。犹记多情曾为系归舟。碧野朱桥当日事[3],人不见,水空流。　　韶华不为少年留[4],恨悠悠,几时休?飞絮落花时候一登楼。便作春江都是泪,流不尽,许多愁。

〔1〕此为暮春时节抒离思、怀旧游之作。杨柳与离别关联密切,由杨柳弄柔引动离忧,进而追怀旧游,当日系舟水涯,碧野朱桥,临流欢宴,历历如昨。而今溪水空流,故人星散,韶华悄逝,又将远行,登高一望,絮飞花落,离思凝重。末以春江写愁情,比李煜“恰似一江春水向东流”(《虞美人》)翻进一层,如怨如诉,“尽情发泄,却终未道破”(《词则大雅集》卷二)。艳愁耶?国愁耶?费人揣想。

〔2〕西城:当指汴京。汴京金明池,在城西郑门外西北,多种垂杨。《淮海集》卷九:“西城宴集,元祐七年三月上巳,诏赐馆阁花酒,以中浣日游金明池、琼林苑,又会于国夫人园。会者二十有六人。”

〔3〕当日事:可能指元祐七年西城宴集之事。此后两年,即绍圣元年(1094)暮春,秦观坐党籍,外放杭州通判。词或为离京前作。

〔4〕韶华:美好的青春。

鹊　桥　仙[1]

纤云弄巧[2],飞星传恨[3],银汉迢迢暗度[4]。金风玉露一相逢，便胜却人间无数[5]。　柔情似水，佳期如梦，忍顾鹊桥归路[6]。两情若是久长时，又岂在朝朝暮暮[7]！

〔1〕七夕双星相会，骚人题咏甚多。此篇先写秋日天宇美妙物象，纤云、飞星、银河、玉露，无限清凉皎洁。继写两情挚厚，“似水”见其纯洁贞净，“如梦”见其幽幻匆促，不忍一顾归路，见其情胜胶漆。而以精诚超越形迹收结，神来之笔，独出心裁，“情长不在朝暮，化臭腐为神奇！”（《草堂诗馀》正集卷二）美妙传说，以高情雅趣、妙语遐思来咏唱，自是出手不凡。

〔2〕纤云弄巧：纤薄的秋云变幻出巧妙的花样。

〔3〕飞星传恨：流星飞越银河，为牛郎织女传达离恨。

〔4〕“银汉”句：传说每年七夕牛郎织女渡河相会。南朝梁吴均《续齐谐记》：“桂阳成武丁有仙道，常在人间，忽谓其弟曰：‘七月七日，织女当渡河，诸仙悉还宫，吾向已被召，不得暂停，与尔别矣。’弟问曰：‘织女何事渡河？兄当何还？’答曰：‘织女暂诣牵牛，一去后三千年当还。’明旦果失武丁所在。世人至今犹云：七月七日织女嫁牵牛。”宗懔《荆楚岁时记》：“七月七日世谓织女牵牛聚会之日，是夕陈瓜果于庭中以乞巧。”

〔5〕“金风”二句：李商隐《辛未七夕》诗：“由来碧落银河畔，可要金风玉露时”。欧阳修《七夕》诗：“莫云天上稀相见，犹胜人间去不回。”此处参照前人诗，融化无迹。

〔6〕鹊桥：韩鄂《岁华纪丽》卷三引《风俗通》：“织女七夕当渡河，使鹊为桥。相传七日鹊首无故皆髡，因为梁以渡织女故也。”

〔7〕“又岂在”句：谓岂在朝夕不离。宋玉《高唐赋》：“朝朝暮暮，阳台之下。”

减字木兰花[1]

天涯旧恨，独自凄凉人不问。欲见回肠[2]，断尽金炉小篆香[3]。　　黛蛾长敛[4],任是东风吹不展。困倚危楼,过尽飞鸿字字愁[5]。

〔1〕词写独处深闺女子的离愁别恨。起调直白入题,点出隔离远、幽恨长、身世孤。继之就近取喻,刻画内心凄苦。过片转笔形容表情,末以凝望神态,渲发期盼之切、失望之苦,以“愁”回应开端之“恨”。

〔2〕回肠:状思虑凄苦。杜甫《秋日夔州咏怀寄郑监》诗:“吊影夔州僻,回肠杜曲煎。”

〔3〕篆香:状似篆文的盘香,喻回肠寸断。

〔4〕黛蛾:《事文类聚》:“汉宫人扫青黛蛾眉。”

〔5〕“过尽”句:古有鸿雁传书之说,雁飞尽,书不来,故生愁。又飞雁常排成“人”字飞过,见此常触发忆人之思。

南歌子[1]

香墨弯弯画[2],燕脂淡淡匀。揉蓝衫子杏黄裙[3],独倚玉阑无语点檀唇[4]。　　人去空流水,花飞半掩门。乱山何处觅行云[5]?又是一钩新月照黄昏。

〔1〕词写多情佳人期盼情侣的失望情悰。上片是着意梳妆。香墨描眉,燕脂匀面,蓝衫黄裙,色彩浓妍,工笔细抹。点唇动作,暗示佳人精心艳妆,有所等待。下片是夜守空闺。水空流,花乱飞,门半掩,一派迟暮萧索景象,“行云”象征行人无迹。眼前唯有新月斜照,“又是”,见空闺切盼,已非一日。全篇并不说破,佳人失落情怀,悉由画面显示,意在画中,情溢言外。

〔2〕香墨:指画眉的颜料。

〔3〕揉蓝:蓝色。

〔4〕檀唇:形容美女之唇。檀,浅绛色。

〔5〕行云:喻指情侣行踪,暗用《高唐赋》“朝为行云”语。

千　秋　岁[1]

水边沙外,城郭春寒退。花影乱,莺声碎[2]。飘零疏酒盏,离别宽衣带[3]。人不见,碧云暮合空相对[4]。　忆昔西池会,鹓鹭同飞盖[5]。携手处,今谁在?日边清梦断[6],镜里朱颜改[7]。春去也,飞红万点愁如海。

〔1〕此词为秦观绍圣初年谪处州(今浙江丽水)时追忆京中旧游而作。当地春暖,花鸟繁乱,逗引流落之思。身世飘零,酒疏欢少,衣宽人瘦,日夕徒对暮云,则境况寥落可知。孤寂中追怀汴京宴集,时过景迁,故交星散,旧梦难温,年华悄逝,不禁发出深长感喟。结句凄厉中含蕴对美好事物的深沉依恋。以海喻愁,落笔凝重,历来视为写愁名句。

〔2〕“花影”二句:杜荀鹤《春宫怨》诗:“风暖鸟声碎,日高花影重。”

〔3〕“离别”句:柳永《凤栖梧》:“衣带渐宽终不悔”。

〔4〕“人不见”二句:化用江淹《休上人怨别》诗:“日暮碧云合,佳人殊未来。”

〔5〕“忆昔”二句:追想元祐七年春汴京师友同僚西城宴集往事。西池,指金明池,在京城西。鹓鹭,指朝臣行列,《隋书·音乐志》:“怀黄绾白,鹓鹭成行。”飞盖,指车辆疾驰。

〔6〕“日边”句:谓久断回朝之想。传说伊挚将应商汤召,梦乘船过日月之旁。李白《行路难》:“忽复乘舟梦日边。”

〔7〕“镜里”句:化用李煜《虞美人》词:“只是朱颜改。”

踏莎行[1]

雾失楼台，月迷津渡[2]，桃源望断无寻处[3]。可堪孤馆闭春寒，杜鹃声里斜阳暮。　　驿寄梅花[4]，鱼传尺素[5]，砌成此恨无重数。郴江幸自绕郴山，为谁流下潇湘去[6]？

〔1〕此词乃绍圣四年(1097)秦观贬居郴州(今属湖南)为摅泻迁谪情怀而作。首写雾浓月暗，避世桃源无路可寻。次写旅况孤凄、清冷，日暮杜鹃悲啼，一派萧瑟，情何以堪！连用两则友人投书掌故，写乡国之思。“砌成此恨”，化抽象为具象，极见愁思之深。收拍即景取喻、借物寓意，而以诘问句出之，自悲际遇，语意恺切。全词韵调凄惋，色相朦胧，寄意幽隐，费人寻绎。

〔2〕“雾失”二句：云雾遮蔽了楼台，朦胧月色下看不清渡口。

〔3〕桃源：代指隔绝尘寰的仙境，语出陶潜《桃花源记》。

〔4〕驿寄梅花：《荆州记》：“吴陆凯与范晔交善，自江南寄梅花诣长安与晔，并赠诗曰：折梅逢驿使，寄与陇头人。江南无所有，聊赠一枝春。”

〔5〕鱼传尺素：尺素，一尺长的素绸，代指书信。古乐府：“客从远方来，遗我双鲤鱼，呼儿烹鲤鱼，中有尺素书。”

〔6〕“郴江”二句：郴江本应绕郴山而流，为何流向遥远的潇湘呢！隐喻自身远离乡国，漂泊异地。郴江，在郴州，发源于湖南郴县(今郴州市苏仙区)的郴山(黄岭山)，下流会耒水，北流入湘云。潇湘，湖南二水名，至零陵合流，这里代指湘江。

秦观《满庭芳》（山抹微云）

点　绛　唇[1]

醉漾轻舟，信流引到花深处[2]。尘缘相误[3]，无计花间住。　　烟水茫茫，千里斜阳暮。山无数，乱红如雨[4]，不记来时路。

〔1〕词咏荡舟醉游林荫花丛，留连忘返，迷不识路的经过，并感叹尘缘羁縻、无计久住，体现出对纯洁美好的幻想世界的向往。别本题作“桃源”，意境有类于渊明《桃花源记》，只是不免给人一种前路迷茫之感，其寄慨身世之远韵，耐人品味。

〔2〕信流：任水漂流。

〔3〕尘缘：指世俗牵累。

〔4〕乱红：指落花。此句化用李贺《将进酒》诗：“桃花乱落如红雨。”

点　绛　唇[1]

月转乌啼，画堂宫徵生离恨[2]。美人愁闷，不管罗衣褪。　　清泪斑斑，挥断柔肠寸[3]。嗔人问，背灯偷揾，拭尽残妆粉。

〔1〕词咏深闺少女的离恨别愁。起笔略点时地，以下写女主人公弹琴抒

怀、无心艳装、背人挥泪，诸般动作和表情，旨在宣发其人离恨深浓。“嗔人问”，见出少女内心烦乱，个中痛苦埋藏殊深。

〔2〕宫徵：泛指乐曲。古代音乐有宫、商、角、徵、羽、变宫、变徵等七声。

〔3〕寸：寸断的省文。

南歌子〔1〕

玉漏迢迢尽，银潢淡淡横〔2〕。梦回宿酒未全醒〔3〕，已被邻鸡催起怕天明。　　臂上妆犹在，襟间泪尚盈。水边灯火渐人行〔4〕，天外一钩残月带三星〔5〕。

〔1〕这是一首赠伎的惜别词。《苕溪渔隐丛话前集》卷五十引《高斋诗话》云：少游在蔡州有“赠陶心儿词云：‘天外一钩横月带三星’谓‘心’字也。”词起调写晨景，点临别之时，继写醒后神态，伤离心境，再写残妆在臂，宿泪盈襟，末写临行所见，回应篇首。全章记早起将别情景，顺时展开，一贯到底，景真情浓，着墨疏淡。

〔2〕银潢：银河。

〔3〕宿酒：昨晚送别筵酣饮之酒。

〔4〕“水边”句：言天尚早，河岸燃灯照明，刚有行人。

〔5〕“天外”句：有人认为这句“只作晓景，佳！”（《填词杂说》）有人认为“‘一钩残月带三星’，亦隐‘心’字”（《词品》卷三）。

南乡子〔1〕

妙手写徽真〔2〕，水剪双眸点绛唇〔3〕。疑是昔年窥宋玉，东邻，只露墙头一半身[4]。　　往事已酸辛，谁记当年翠黛颦？尽道有些堪恨处，无情，任是无情也动人[5]！

〔1〕这是一首题画词。崔徽画像，宋时曾为章质夫赠苏轼收藏，见苏轼《章质夫寄惠崔徽真》诗。崔徽，唐代伎女，元稹《崔徽歌并序》纪其事。裴敬中以兴元幕使蒲州时，与崔徽相恋，别后崔以不得相从为恨而感疾。因托画师丘夏为画像，寄给裴敬中，后崔饮恨而死。此词题其画像。出句点题后，描摹眼、唇，状其肖像美，再融化宋玉赋，拟其美而多情，留给读者想象空间。“往事”“酸辛”“翠黛颦”，由形貌描写进入惜其身世，涵盖一段佳人薄命悲剧，收结到画像动人。人物美、画艺高，一笔兼到。

〔2〕“妙手”句：画家丘夏为崔徽写真画像。

〔3〕“水剪”句：形容貌美，两眼似秋水，嘴唇绛红色。李贺《唐儿歌》：“一双瞳人剪秋水。”江淹《咏美人春游》诗：“明珠点绛唇。”

〔4〕“疑是”三句：熔裁宋玉《登徒子好色赋》故事，比喻崔徽画像仪容之美。赋云：“臣里之美者，莫若东家之子，增之一分则太长，减之一分则太短；著粉则太白，施朱则太赤；眉如翠羽，肌如白雪；嫣然一笑，惑阳城，迷下蔡。然此女登墙窥臣三年，至今未许也。”

〔5〕“尽道”三句：尽管其人含恨，画像无性灵意识，但其美十分动人。罗隐《牡丹》诗：“若教解语能倾国，任是无情也动人。”

浣　溪　沙[1]

漠漠轻寒上小楼[2]，晓阴无赖似穷秋[3]，淡烟流水画屏幽。　　自在飞花轻似梦，无边丝雨细如愁，宝帘闲挂小银钩。

〔1〕词写暮春时节幽居阁楼的感受。首句略点季候、环境,以下“晓阴”“飞花”“丝雨”,为楼外景;“画屏”“宝帘”为楼内景。全借楼内外景象,创造出一个宁静、清幽、悠闲、雅致的美好境界,主人公的感受情趣,隐寓于环境氛围之中。下语取喻,出人意表。“晓阴无赖”,被梁启超赞为“奇语”(《艺蘅馆词选》引)。

〔2〕“漠漠”句:轻淡弥漫的春寒浸入小楼。

〔3〕穷秋:指九月。鲍照《白纻歌》:“穷秋九月荷叶黄。”

阮郎归[1]

湘天风雨破寒初[2],深沉庭院虚。丽谯吹罢《小单于》[3],迢迢清夜徂[4]。　乡梦断,旅魂孤,峥嵘岁又除[5]。衡阳犹有雁传书,郴阳和雁无[6]。

〔1〕此为绍圣四年(1097)末在郴阳(即郴州)作。湘天风雨,庭院深虚,笛曲幽咽,长夜迢遥,为乡思旅愁烘染了足够的氛围。之后集中倾泻愁怀,家乡远,梦魂单,又到年关,乡音渺无,谪居凄苦况味,可以想见。煞拍用进层手法,将愁情推入极境,与“人人尽道断肠初,那堪肠已无”(秦观《阮郎归》),同样酸楚。

〔2〕湘天:郴州在湖南,故曰湘天。

〔3〕“丽谯”句:形容远天角声。丽谯,高楼,语出《庄子·徐无鬼》。小单于,唐乐曲名,李益《听晓角》诗:“无限塞鸿飞不度,秋风卷入《小单于》。”

〔4〕清夜徂:清夜消逝,徂,往。杜甫《倦夜》诗:“空悲清夜徂。”

〔5〕“峥嵘”句:谓寒气凛冽,又到年终。罗隐《雪霁》诗:“南山雪乍晴,寒气转峥嵘。”

〔6〕“衡阳”二句:《汉书·苏武传》有鸿雁传书的记载。古说湖南衡阳

有回雁峰。《埤雅》:"鸿雁南翔,不过衡山。盖南地极燠,雁望衡山而止,恶热故也。"郴阳,即郴县,在衡阳之南。

满　庭　芳[1]

晓色云开,春随人意,骤雨才过还晴。古台芳榭,飞燕蹴红英[2]。舞困榆钱自落[3],秋千外、绿水桥平。东风里,朱门映柳,低按小秦筝。　　多情,行乐处,珠钿翠盖[4],玉辔红缨[5]。渐酒空金榼,花困蓬瀛[6]。豆蔻梢头旧恨,十年梦、屈指堪惊[7]。凭阑久,疏烟淡日,寂寞下芜城[8]。

〔1〕秦观早年生长于扬州,曾有一段开怀如意的冶游生活。后尝外出游学应试,元丰二三年间还乡杜门却扫,此词当为这期间追忆扬州旧游而作。上片写春光宜人,破晓云开,雨过天晴,燕飞花舞,绿水盈岸,以下由迷人美景,引出朱门歌舞。下片紧承歌舞,写少年游兴。女流乘车,男士跨马,美酒饮尽,佳丽沉酣,尽情取乐,可以想见。"豆蔻"以下化用杜牧诗,倒点以上欢娱场景,已是昨梦前尘。"凭阑"转入当前,绾合扬州,流露无限低徊与怅惘。笔锋精美,物象生动,乐趣深浓,收尾陡落"寂寞"深谷,首尾感情落差甚大。

〔2〕蹴红英:踩动红花。

〔3〕"舞困"句:写榆钱在春风中飞扬飘落。

〔4〕珠钿翠盖:装饰精美的车子,指女子。

〔5〕玉辔红缨:玉饰马缰与红色丝穗,代指男子。

〔6〕花困蓬瀛:谓如花佳人在游乐场地因醉酒而嗜睡。蓬、瀛,蓬莱、瀛洲,传说海上仙山,见于《史记·封禅书》,此代指游乐场。

〔7〕"豆蔻"二句:化用杜牧诗,谓往日情场旧事,恍如梦寐,屈指计年,令人心惊。杜牧《赠别》诗:"娉娉袅袅十三馀,豆蔻梢头二月初。"又《遣怀》诗:

"十年一觉扬州梦,赢得青楼薄幸名。"

〔8〕"疏烟"二句:谓晚烟中昏黄的夕阳向寂寞的城阴落下。芜城,指扬州,扬州当年经北魏南侵及南朝宋竟陵王之乱,荒芜残破,鲍照曾作《芜城赋》,后因名芜城。《苕溪渔隐丛话后集》卷二十引宋王琪《题九曲池》诗:"凄凉不可问,落日下芜城。"

临江仙[1]

千里潇湘挼蓝浦[2],兰桡昔日曾经[3]。月高风定露华清,微波澄不动,冷浸一天星。　　独倚危樯情悄悄[4],遥闻妃瑟泠泠[5],新声含尽古今情。曲终人不见,江上数峰青[6]。

〔1〕词为绍圣三年(1096)秦观自处州徙贬郴州,途中抒写夜泊湘江的感受而作。起调两句直述泊舟潇湘,"月高"三句江上所见夜景,风、露、水、月、星等物象,给人以幽冷寂静之感。以下写"独倚危樯"的情怀感触。遥闻湘妃鼓琴,感到感情古今相通,末借用钱起诗,传出虚幻寂寥情悰。词人捕捉似真似梦的微妙幻觉,透露出自我凄凉寂寞的心声。

〔2〕挼蓝:碧蓝,形容流水清澈,挼(ruó 若,读第二声),揉搓,蓝,染青之草。黄庭坚《诉衷情》:"山泼黛,水挼蓝。"

〔3〕兰桡:船桨的美称,代指船。

〔4〕危樯:很高的帆樯。

〔5〕"遥闻"句:隐约听到湘水神鼓瑟的幽冷之声。传说舜妃溺于湘水,为湘夫人,称湘灵。《楚辞·远游》:"使湘灵鼓瑟兮,令海若舞冯夷。"

〔6〕"曲终"二句:钱起《省试湘灵鼓瑟诗》:"善鼓云和瑟,常闻帝子灵。……曲终人不见,江上数峰青。"

好　事　近

梦　中　作[1]

春路雨添花，花动一山春色。行到小溪深处，有黄鹂千百。　飞云当面舞龙蛇，夭矫转空碧[2]。醉卧古藤阴下，了不知南北[3]。

〔1〕本篇是绍圣二年(1095)春间秦观贬居处州所写的一首记梦词。全篇写梦游春野的奇妙景象，上片写行见，春路雨后，花朵满山，溪深径曲，黄鹂百千，“行到”紧承“春路”，醒明为途中所见。下片写卧观，云如龙蛇，飞卷碧空，景观奇警，结穴点出“醉卧”。“不知南北”，暗含忘怀世事皈依自然之意。山谷曾有小诗云：“少游醉卧古藤下，无复愁眉唱一杯。”(《诗人玉屑》卷二十一引《冷斋夜话》)即为此词而作，足见此词一向引人注目。

〔2〕夭矫：形容龙蛇翻转屈伸之态，借以喻指飞云。

〔3〕“醉卧”二句：《草堂诗馀续集》卷上评此二句云：“白眼看世之态。”

行　香　子[1]

树绕村庄，水满陂塘。倚东风、豪兴徜徉[2]。小园几许，收尽春光。有桃花红，李花白，菜花黄。　远远围墙，隐隐茅堂。飏青旗、流水桥旁[3]。偶然乘兴，步过东冈。正莺儿啼，燕儿舞，蝶儿忙。

〔1〕这是一首新春游赏田园风光的写景词。起两句鸟瞰村野环境，继点出个人阳春乘兴闲游，以下随足迹所至，先写园内小景，再写园外风情。小园景着重写花卉竞艳，红、白、黄色彩绚丽，春光烂漫。园外首先入目的是远景，竹墙、茅舍、酒旗、溪桥，接写步入山冈所见，莺、燕、蝴蝶，以“啼”“舞”“忙”状述，渲染出春景繁荣、一派生机。上下片句型两两相对，节奏灵动轻快，写法移步换景，语言通俗清新，真切地描绘出村野田园的宜人春光，通篇呈现着平常亲切的画面美。

〔2〕徜徉：自在悠闲地散步。

〔3〕“飏青旗”句：谓溪桥边酒旗飘扬。飏，扬的异体字。

米芾

米芾(1051—1107),字元章,号鹿门居士,先人籍太原,后徙襄阳,寓居润州(今镇江)。以恩荫补地方官,徽宗时召为书画博士,擢礼部员外郎。善画水山,长于书法。存词十七首。

水调歌头

中　秋[1]

砧声送风急[2],蟋蟀思高秋。我来对景,不学宋玉解悲愁[3]。收拾凄凉兴况,分付尊中醽醁,倍觉不胜幽[4]。自有多情处,明月挂南楼。　帐襟怀,横玉笛,韵悠悠。清时良夜,借我此地倒金瓯[5]。可爱一天风物,遍倚栏干十二,宇宙若萍浮[6]。醉困不知醒,欹枕卧江流。

〔1〕这是一首旷放飘逸的中秋词。前阕写对秋光超旷的情怀,后阕写把酒赏月的狂逸风姿。砧声急、蟋蟀鸣,点出秋声萧瑟,不解悲秋,将凄凉交予美酒化解,饶有清幽之趣。于是引出多情明月。"怅襟怀"轻快承转,以下写吹笛、把酒,倚栏赏月,神游广宇,引发遐思,何其悠游放浪!末以枕江醉卧收顿,狂放韵致,略与东坡《前赤壁赋》相近。此词一反悲秋、伤时、怀远、忆人旧调,而出之以摆落忧伤、笑傲风月,体现出作者萧散豪放、超然物外的风姿。

〔2〕"砧声"句:意为风送砧声。砧声,捣衣声。

〔3〕"不学"句:意谓不学古人悲秋伤时。宋玉《九辩》有"悲哉秋之为气也,萧瑟兮草木摇落而变衰"之句。

〔4〕“收拾”三句:谓将凄凉况味交付美酒予以消解,倍感幽雅。醽醁(línglù 灵录),美酒名。李贺《示弟》诗:“醁醽今夕酒,缃帙去时书。”

〔5〕倒金瓯:指尽兴饮酒。金瓯,酒器。

〔6〕“宇宙”句:宇宙犹如浮于水面的草叶。杜甫《又呈窦使君》诗:“相看万里客,同是一浮萍。”这里把宇宙视若浮萍,见其胸怀博大。

赵令畤

赵令畤(1051—1134)字德麟,号聊复翁,燕王德昭玄孙。元祐六年(1091)签书颍州公事,时苏轼为知州,两人相与唱和,相得甚欢。后苏轼远贬,赵坐元祐党籍,被废十年。绍兴初袭封安定郡王,同知行在大宗正事。有笔记《侯鲭录》八卷,存词三十馀首,赵万里辑为《聊复词》。

蝶恋花[1]

卷絮风头寒欲尽,坠粉飘香,日日红成阵。新酒又添残酒困,今春不减前春恨。　　蝶去莺飞无处问,隔水高楼,望断双鱼信。恼乱横波秋一寸[2],斜阳只与黄昏近。

〔1〕词写闺中少妇伤春怀人。先写暮春花落,由惜花引发春恨,"新酒""残酒""今春""前春",反映出离愁累日连年,为时已久。次写独处高楼、跷盼音讯,"蝶去莺飞",衬托孤独;恼乱秋波,渲发春恨。末以黄昏晚景收结,给人以黯然伤神之感。写来情景交错,句句递进,怨望之情,流于言外。

〔2〕"恼乱"句:言眼波迷乱,形容愁苦之态。横波秋一寸,指美目似秋水。

清　平　乐[1]

春风依旧,着意隋堤柳。搓得蛾儿黄欲就[2],天气清明时候。　　去年紫陌青门[3],今宵雨魄云魂[4]。断送一生憔悴,只销几个黄昏。

〔1〕小词写别愁离思,由隋堤柳引发,柳枝变黄,暗示春深,“搓得”含折磨意,写柳亦复拟人。“紫陌青门”,往日欢游之处;“雨魄云魂”,今夕梦想殊深。末收到黄昏离愁断送艰苦的一生,情意深浓,出语痛切。

〔2〕“搓得”句:意谓春风搓磨得柳枝发黄。蛾儿黄,虫蛾般黄色。韩偓《大庆堂赐宴》诗:“绿搓杨柳绵初软。”

〔3〕紫陌青门:指京城街巷郊野等繁华区域,与情人游乐之处。紫陌,京郊大道。李白《南都行》:“高楼对紫陌,甲第连青山。”青门,汉长安城东南门,后泛指京城门。

〔4〕雨魄云魂:魂牵梦绕之意,暗用宋玉《高唐赋》“朝为行云,暮为行雨”句意。

蝶　恋　花[1]

庭院黄昏春雨霁。一缕深心,百种成牵系[2]。青翼蓦然来报喜[3],鱼笺微谕相容意[4]。　　待月西厢人不寐。帘影摇光,朱门犹慵闭[5]。花动拂墙红萼坠,分明疑是情人至[6]。

〔1〕赵令畤依据元稹《会真记》中张生、莺莺的恋爱故事,改编成十二首商调《蝶恋花》,形之管弦,供教坊艺人演唱。这里选录其中第四首。情节是:红娘手持写有"待月西厢下"诗的彩笺送给张生,约他幽会。上片写张生于黄昏深院情思萦绕,忽得红娘递送诗笺。下片写莺莺待月西厢,墙间花动蕊落,玉人果来,莺莺犹疑心不定、惴惴不安。恋人双方缭乱、揣测、等待、焦灼……刻画人物心态十分微妙。以联章体叙述故事,为其后诸宫调套曲之先声。晁补之、毛滂等均有此类词作,赵令畤这套鼓子词最有名。

〔2〕"一缕"二句:写张生对莺莺一往情深、心绪缭乱的思念之怀。

〔3〕"青翼"句:写红娘送信。青翼,指青鸾,神话传说中的使者,喻指红娘。

〔4〕"鱼笺"句:谓彩笺隐隐暗示了接受对方前来幽会的要求。

〔5〕"帘影"二句:写莺莺等待对方的焦急不安,从"待月西厢下,迎风户半开"化出。

〔6〕"花动"二句:写张生悄悄前来,檃括"拂墙花影动,疑是玉人来"诗句。

贺铸

贺铸(1052—1125)字方回,卫州(今河南卫辉市)人。娶宗室女,授右班殿直。出身武职世家,经李清臣、苏轼等荐,改入文阶,为承直郎。其人性格近侠,才兼文武,喜谈世事,敢诋斥权要,一生屈居下僚,官至泗州、太平州通判、承议郎等。晚年退居苏州、常州一带,闭门读书,自号"庆湖遗老"。其词深婉丽密兼具悲壮激越,笔势飞舞,变化无端。著有《庆湖遗老诗集》《东山词》(又有别本名《方回词》),存词二百八十馀首,数量仅次于苏轼。有钟振振笺注本。

辨弦声〔1〕

迎春乐

琼琼绝艺真无价,指尖纤、态闲暇。几多方寸关情话〔2〕,都付与、弦声写。　　三月十三寒食夜〔3〕,映花月、絮风台榭。明月待欢来,久背面、秋千下〔4〕。

〔1〕词咏崔怀宝与薛琼琼的爱情故事。据宋陈元靓《岁时广记》卷十七引《丽情集》,唐明皇天宝十三年清明,"敕宫娥出游踏青,狂生崔怀宝佯以避道不及,隐树下,睹车中一宫娥,流盼于生"。乐供奉杨羔呵斥崔生,崔生惶恐告罪,杨羔笑着告诉他,你果真对她有意,可作小词,方能安排两人相见。崔生吟

曰:“平生无所愿,愿作乐中筝,得近玉人纤手子,研罗裙上放娇声,便死也为荣。”杨羔甚喜,遂遣美人与崔生相见相从。后琼琼一次中秋弹筝,被人发现。杨羔求救于贵妃,明皇不予追究,并将琼琼赐与崔生为妻。此词上片咏琼琼的高妙弹技,从指法、风姿写到声情无限。下片咏两人月下幽会,化用唐诗,写美人含羞等待,十分传神。

〔2〕“几多”句:谓多少内心的深情之语。方寸,指心灵。

〔3〕“三月”句:欧阳修《越溪春》词:“三月十三寒食日。”

〔4〕“明月”二句:写期盼情人的神态。欢,指情人。李商隐《无题》诗:“十五泣春风,背面秋千下。”

半　死　桐〔1〕

思越人,亦名鹧鸪天

重过阊门万事非〔2〕,同来何事不同归。梧桐半死清霜后,头白鸳鸯失伴飞〔3〕。　原上草,露初晞〔4〕,旧栖新垅两依依〔5〕。空床卧听南窗雨,谁复挑灯夜补衣!

〔1〕此为作者重回苏州时为悼念夫人赵氏而作。元符末年贺铸曾离苏州有淮南之行,赵夫人当死于北行之前。开端直倾哀思,接以“梧桐半死”“鸳鸯失伴”,自喻自叹,无限凄惋。“原上草”二句,景兼借喻,悲“新垅”也;“空床”二句,景寓哀感,悲“旧栖”也;“两依依”将幽明两方情一笔写出。“挑灯补衣”,往日家常情景,至为逼真动人。语极平易而情极酸楚。陈廷焯云:“方回词,儿女、英雄兼而有之。”(《云韶集》卷三)信然。

〔2〕阊门:苏州古城之西门。

〔3〕“梧桐”二句:李峤《天宫崔侍郎夫人吴氏挽歌》:“琴哀半死桐。”孟

郊《列女操》:“梧桐相待老,鸳鸯会双死。”白居易《为薛台悼亡》诗:“半死梧桐老病身。”此处化用前人诗意。

〔4〕露初晞:喻夫人新逝。古乐府《薤露》:“薤上露,何易晞！露晞明朝更复落,人死一去何时归。”

〔5〕旧栖:昔日夫妻二人的栖息之处。因妻亡,实代指词人。新垅:新坟,亡妻的坟垅。

夜捣衣[1]

古捣练子

收锦字,下鸳机[2],净拂床砧夜捣衣[3]。马上少年今健否？过瓜时见雁南归[4]。

〔1〕此词从闺妇角度反映军人征戍之苦。少妇写完信,连夜为征人准备寒衣,内心反复琢磨丈夫的身体现况,为何服役期满仍不归来。末以反衬法收束,只说雁来,即温庭筠《定西番》“雁来人不来”之意。思妇对丈夫思念,全由行为心态来体现,体贴入微。

〔2〕“收锦字”二句:收起为丈夫织就的锦字,走下雕着鸳鸯图案的织机。《晋书·列女传》载,窦滔徙流沙,其妻苏蕙织锦为回文旋图诗寄丈夫,词甚凄惋。李商隐《即日》诗:“几家缘锦字,含泪坐鸳机。”

〔3〕“净拂”句:床砧,捣衣石及其支架。李白《子夜歌》:“长安一片月,万户捣衣声。”

〔4〕过瓜时:过了服役期满的时间。《左传》庄公八年:“齐侯使连称、管至父戍葵丘,瓜时而往,曰:及瓜而代。”

杵　声　齐[1]

古捣练子

砧面莹，杵声齐，捣就征衣泪墨题[2]。寄到玉关应万里[3]，戍人犹在玉关西。

〔1〕词借思妇捣衣寄远表达殷殷的怀念之情。从捣衣工具下笔，"莹"足见石被磨光，"齐"可见家家如此。"泪墨题"，醒明题旨，倾尽离思。末以进层手法，加重离愁分量。

〔2〕"捣就"句：谓理好征衣流泪和墨题写家书。与唐长孙佐转妻《答外》诗"结成一衣和泪封"，用意相近。

〔3〕玉关：玉门关，在今甘肃敦煌附近。北宋时属西夏，此借指远戍西北边境。

夜　如　年[1]

古捣练子

斜月下，北风前，万杵千砧捣欲穿。不为捣衣勤不睡，破除今夜夜如年[2]。

〔1〕此词借彻夜捣衣的行动,宣发千万思妇想念征人度日如年的心态。点出时、地、季候,接写家家捣衣,末更以彻夜“不睡”用捣衣消磨漫漫长夜,刻画思妇念远深情。

〔2〕破除:消磨之意。

望书归[1]

古捣练子

边堠远[2],置邮稀[3],附与征衣衬铁衣。连夜不妨频梦见,过年惟望得书归[4]。

〔1〕词以思妇口吻借邮信寄衣表达对征夫的刻骨思念。起始叹分离远、通邮难,借寄信附征衣,体贴殷切,于此可见。只有梦中相见,唯望明年得书,处境极艰,企望极低,衷情可悯。贺铸《捣练子》组词共六首,均另取词中语为题。以上共选四首。

〔2〕边堠:边防哨所。堠,土堡。

〔3〕置邮:安排邮车、驿马。

〔4〕过年:经年之意。贾岛《寄远》诗:“十书九不到,一到忽经年。”

陌　上　郎[1]

生　查　子

西津海鹘舟[2]，径度沧江雨。双艣本无情，鸦轧如人语[3]。　　挥金陌上郎[4]，化石山头妇[5]。何物系君心，三岁扶床女。

〔1〕上片写津口送别，由无情物听出惜别语，见思妇痴情。下片写别后幽怨，熔化两则故事，将男子薄幸与思妇坚贞作强烈比衬，继以反诘责问行者何以滞外不归，末以家有幼女委婉讽劝，冀其勿负骨肉亲情。全从思妇方面着墨，言简意挚，组合日常意象与民间传说，反映男子负心、贞妇痴情这类常见的人间悲剧，体现出词人对女性的尊重与同情。

〔2〕海鹘舟：一种如鹘之形的快船。鹘，即隼。

〔3〕鸦轧：象声辞，摇橹声。

〔4〕"挥金"句：借秋胡故事，谓男子不忠。刘向《列女传》卷五载，秋胡婚后五日，远去做官，五年归家，路遇采桑妇人，爱其美貌，以金钱诱惑采桑女，说："力田不如逢丰年，力桑不如见国卿，吾有金，愿以与夫人。"妇人曰："嘻！夫采桑力作，纺绩织纴以供衣食，奉二亲，养夫子。吾不愿金，所愿卿无有外意。妾亦无淫佚之志。收子之赍与笥金！"秋胡归家，方知采桑妇就是他妻子。

〔5〕"化石"句：写思妇忠贞不渝。刘义庆《幽明录》："武昌阳新县北山上有望夫石，状如人立。相传昔有贞妇，其夫从役，远赴国难。妇携弱子，饯送北山，立望夫而化为立石，因以为名焉。"

醉中真[1]

减字浣溪沙

不信芳春厌老人，老人几度送馀春，惜春行乐莫辞频[2]。

巧笑艳歌皆我意，恼花颠酒拚君瞋[3]，物情惟有醉中真[4]。

〔1〕此词当为贺铸晚年游春聚饮劝酒之作。本为老人寻春，却从对面说起，由芳春不厌老人，推进到老人应及时行乐，以下由行乐生发，引出听歌醉酒，而以醉中见真性收结，见出不应辞醉，唯宜豪饮。

〔2〕"惜春"句：李珣《浣溪沙》词："遇花倾酒莫辞频。"

〔3〕"恼花"句：谓尽情赏花豪饮至狂任凭人们瞋怪。杜甫《戏题寄上汉中王》诗："尚怜诗警策，犹忆酒颠狂。"

〔4〕"物情"句：谓人情事理惟有醉时方见其真。李白《拟古十二首》诗其三："仙人殊恍惚，未若醉中真。"苏轼《和陶饮酒二十首》诗其十二："惟有醉时真。"

拥　鼻　吟[1]

吴　音　子

别酒初销,怃然弭棹蒹葭浦[2]。回首不见高城,青楼更何许[3]。大艑轲峨[4],越商巴贾[5]。万恨龙钟[6],篷下对语。　　指征路,山缺处,孤烟起,历历闻津鼓。江豚吹浪,晚来风转夜深雨[7]。拥鼻微吟,断肠新句[8]。粉碧罗笺,封泪寄与[9]。

〔1〕此词当为贺铸乘舟江行途中忆别而作。上片写乘舟离岸情景,起叙酒后乘舟登程,“回首”已远离驻地,“青楼”当指伊人所居,“大艑”“越商”途中所见,“万恨”写自身潦倒之况。下片言途中雨夜吟诗抒怀,“山缺”“孤烟”,远景苍茫;浪高雨急,行旅凄清。末以吟诗寄远收煞。“断肠”“封泪”,见出离思深沉。词写旅况旅怀,景象真切,心绪清寂。

〔2〕“怃然”句:写泊舟江岸的惆怅心情。怃然,茫然自失貌。弭棹,指停舟。蒹葭(jiānjiā 兼佳),荻与芦苇,泛指水草。

〔3〕“回首”二句:写远离故地之眷恋之情。欧阳詹《初发太原途中寄太原所思》诗:“高城已不见,况复城中人!”

〔4〕大艑轲峨:大艑,大船。轲峨,高貌。

〔5〕越商巴贾:江浙、巴蜀一带的商人。贾(gǔ 古),商家。

〔6〕万恨龙钟:愁苦交集,潦倒失意。

〔7〕“江豚”二句:许浑《金陵怀古》诗:“江豚吹浪夜还风。”《至顺镇江志》卷四土产鱼:“江豚,生扬子江中,状如豚,黑色,出没波浪间,鼻中作声,其

出必有大风,土人以此占候。”

〔8〕“拥鼻”二句:谓低吟悲凄诗句。唐彦谦《春阴》诗:“天涯已有销魂别,楼上宁无拥鼻吟。”

〔9〕“粉碧”二句:谓以彩色粉笺带泪寄与。杜甫《因许八奉寄江宁旻上人》诗:“封书寄与泪潺湲。”

惜馀春〔1〕

踏莎行

急雨收春,斜风约水〔2〕,浮红涨绿鱼文起〔3〕。年年游子惜馀春〔4〕,春归不解招游子〔5〕。　　留恨城隅〔6〕,关情纸尾〔7〕,阑干长对西曛倚〔8〕。鸳鸯俱是白头时〔9〕,江南渭北三千里〔10〕。

〔1〕此词当为贺铸宦游外地暮春忆内之作。先写暮春景象,急雨斜风,落花浮水,惜春之情,拂拂笔端。次叹春归人不归,怅憾无限。进而转入忆别恨离,“城隅”分袂之地,“纸尾”深情之笺,“阑干”怅望凝想之处,一句一意,层层推进,语简意丰。末二句兼写双方,夫妻情意深厚,年岁已长,天各一方,分隔迢遥,俱已醒明,结得厚重精练。

〔2〕约水:掠水。

〔3〕“浮红”句:谓落花野草飘零水上,游鱼掀起波纹。

〔4〕“年年”句:陈子良《春晚看群公朝还入为八韵》诗:“游子惜春暮。”李白《惜馀春赋》:“惜馀春之将阑,每为恨兮不浅。”

〔5〕“春归”句:言春天回归不知招引游子一同还乡。反用杜甫“青春作

伴好还乡”(《闻官军收河南河北》)诗句。

〔6〕 留恨城隅:写别恨,城隅为分别之处。王维《崔九弟欲往南山马上口号与别》诗:“城隅一分手。”

〔7〕 关情纸尾:谓书信末尾多深情叮咛之语。

〔8〕 西曛:落日。

〔9〕 “鸳鸯”句:李商隐《石城》诗:“鸳鸯两白头。”

〔10〕 江南渭北:时贺铸在江夏(今武汉),故曰江南。渭北,指长安,代指汴京,其夫人留居汴京。化用杜甫《春日忆李白》“渭北春天树,江东日暮云”诗意。

阳 羡 歌〔1〕

踏 莎 行

山秀芙蓉〔2〕,溪明罨画〔3〕,真游洞穴沧波下〔4〕。临风慨想斩蛟灵〔5〕,长桥千载犹横跨〔6〕。 解组投簪〔7〕,求田问舍〔8〕,黄鸡白酒渔樵社〔9〕。元龙非复少时豪,耳根清净功名话〔10〕。

〔1〕 阳羡,常州。贺铸大观三年(1109)致仕,卜居苏州、常州。《阳羡歌》当为晚年休官后遣怀抒感之作。阳羡山秀溪明,奇洞曲深,长桥横跨,令人思通千载,慨想当年斩蛟英雄。上阕紧扣当地风光名胜,笔墨奇警,韵致超轶。下阕转入自身,弃官投闲,悠游于鸡酒醉乡,潇洒于渔村樵社,末以元龙消尽豪气自拟,看似飘逸,实含某些愤激。全篇由自然到人事,风情之美与人物之豪相衬映,超逸之气与豪侠之气相交织,隐隐流露作者傲兀不平的情悰。

〔2〕山秀芙蓉:形容阳羡山峦如花。李白《望九华山赠青阳韦仲堪》诗:“秀出九芙蓉。”

〔3〕溪明罨画:常州宜兴(今属江苏无锡)有罨画溪,溪水明净。罨画,杂色彩画。

〔4〕“真游”句:谓在岩洞水波间仙游。宜兴有溶洞,《舆地纪胜》卷六“两浙西路常州”条:“张公洞,在宜兴县南三十五里,自山颠空彻,有水散流。”真游,犹仙游。李峤《奉和九月九日登慈恩寺浮图应制》诗:“真游下大千。”

〔5〕斩蛟灵:西晋阳羡人周处,少年时十分勇敢,曾于长桥下挥剑斩蛟,为乡里除害,传为佳话。

〔6〕长桥:《太平寰宇记》“常州宜兴”条:长桥在县城前,“晋周处少时斩长桥下食人蛟,即此处也”。

〔7〕解组投簪:解去绶带,投弃冠簪,指去官为民。

〔8〕求田问舍:《三国志·魏书·陈登传》载:陈登,字元龙,当汉末天下动乱,忧国忘家,为人敬重。许汜曾拜访他,他对许汜表示藐视。后来许汜对刘备谈及此事,刘备说:今天下大乱,“望君忧国忘家,有救世之意,而君求田问舍,言无可采,是元龙所讳也,何缘当与君语!”

〔9〕“黄鸡”句:谓在乡村过起农家生活。

〔10〕“耳根”句:谓不再谈论和听取官场功名之事。

将进酒〔1〕

小梅花

城下路,凄风露,今人犁田古人墓〔2〕。岸头沙,带蒹葭,漫漫昔时流水今人家〔3〕。黄埃赤日长安道,倦客无浆马无草〔4〕。开函关,掩函关,千古如何不见一人闲〔5〕? 六国扰,三秦扫[6],初谓商山遗四老[7]。驰单车,致缄书,裂荷焚芰接武曳长裾[8]。高流端得酒中趣,深入醉乡安稳处[9]。生忘形,死忘名,谁论二豪初不数刘伶[10]?

〔1〕本篇仿佛是一篇皇皇的"词体史论"。起六句即景发论,融化古诗乐府,纵述人世沧桑。次五句慨叹世人奔逐不息,社会治乱交替,自古扰攘不定。换头以下六句,借秦汉史事、商山四皓,针砭遗民隐士清节不终,晚跌政网,"初谓"转换为"接武",满含意外与惋惜。"高流"以下衬跌出对"忘形""忘名"高人豪士的由衷颂赞,情至高潮,戛然而止。全词从历史、人生、社会的广阔视野,和万象终归幻灭的虚无观,批判人间世的名利角逐、权力争斗,而倡扬一种超尘拔俗、忘我自放的逆反精神。思路由远而近,由宏观而具体,语言浓缩,笔力陡健,纵论历史与人物,毫无拘检,飘然有豪纵高举之气,在词中别具一格。

〔2〕"城下路"三句:《古诗十九首》其十四:"古墓犁为田。"顾况《短歌行》:"城边路,今人犁田古人墓。"此化用其句。

〔3〕"岸头沙"三句:顾况《短歌行》:"岸上沙,昔时江水今人家。"蒹葭,没长穗的芦苇。

〔4〕"黄埃"二句:顾况《长安道》诗:"长安道,人无衣,马无草。"

〔5〕"开函关"三句:函谷关,在今河南灵宝市,为战国秦国东方门户,和平时开,战争时关。此谓干戈纷争从未止息。

〔6〕"六国扰"二句:概括秦朝灭亡、楚汉相争、刘邦建汉的历史变迁。秦末陈涉起义,齐、楚、燕、韩、赵、魏六国势力蜂起扰秦,秦朝覆灭。项羽破秦后,三分关中,立秦三将章邯、司马欣、董翳为王,称三秦,汉王举兵与楚相争,扫灭三秦。

〔7〕"初谓"句:汉初东园公、绮里季、夏黄公、角里先生隐居陕西商山不出,义不为汉臣,称商山四皓。

〔8〕"驰单车"三句:谓商山四老亦未能置身局外,终为当权者网罗。据《史记·留侯世家》,吕后用张良计,为巩固太子地位,令以单车之使,奉太子书,卑辞厚礼,迎回商山四皓。裂荷焚芰,指抛弃隐士服装而出山。《北山移

文》有“焚芰制而裂荷衣”句。接武，接踵。曳长裾，喻指依附贵族之家。邹阳《上吴王书》：“饰固陋之心，则何王之门不可曳长裾乎？”

〔9〕“高流”二句：赞扬隐者逃避于醉乡，以饮酒自乐。孟嘉好酣饮，任怀得意，桓温问酒有何好？孟嘉笑而答曰：“明公但不得酒中趣耳。”（陶潜《长史孟府君传》）唐王绩著有《醉乡记》，宣扬醉中境界之美好。

〔10〕“生忘形”三句：赞豪饮高士刘伶之徒的超俗忘我。刘伶，《晋书》有传，字伯伦，嗜酒忘形，尝乘鹿车，携酒，使人荷锸随之，云：死便埋我。刘伶著《酒德颂》，假设公子、处士为二豪，先反对饮酒，后反被酒徒感化。

行　路　难〔1〕

小　梅　花

缚虎手，悬河口〔2〕，车如鸡栖马如狗〔3〕。白纶巾，扑黄尘〔4〕，不知我辈，可是蓬蒿人〔5〕。衰兰送客咸阳道，天若有情天亦老〔6〕。作雷颠，不论钱〔7〕，谁问旗亭美酒斗十千〔8〕。　酌大斗，更为寿〔9〕，青鬓长青古无有〔10〕。笑嫣然，舞翩然，当垆秦女十五语如弦〔11〕。遗音能记秋风曲，事去千年犹恨促〔12〕。揽流光，系扶桑〔13〕，争奈愁来一日却为长〔14〕。

〔1〕此词为体现贺铸豪侠性格和郁愤情怀的作品，词意跌宕，胸襟勃郁。起五句高才、儒雅，与敝车、瘦马、奔走黄尘形成反差，“可是蓬蒿人”，颇为自负。“衰兰”二句再述穷窘际遇。“作雷颠”三句充满豪情骨气。换头顺承，“青鬓”句发一感慨，“笑舞”状年少之乐，“秋风曲”又抒惜时之悲。“揽流光”以下，由狂想振起，以反跌收束。全首刚肠愤激，感情忽低忽昂，如碧涛起伏回旋，

写尽才高运蹇之愤,英雄失路之悲。“掇拾古语,运用入化,借他人之酒杯,浇自己之块垒。”(《词则别调集》卷一)开稼轩词豪迈勃郁之先路。

〔2〕“缚虎”二句:谓智勇和辩才过人。卢纶《腊日观咸宁王部曲娑勒擒虎歌》:“始知缚虎如缚鼠。”《世说新语·赏誉》:郭象“语议如悬河泻水,注而不竭”。韩愈《石鼓歌》:“愿借辩口如悬河。”

〔3〕“车如”句:形容位卑而身穷。朱震,字伯厚,有正义感而处境穷窘。当时有谚语云:“车如鸡栖马如狗,痴恶如风朱伯厚。”(见《后汉书·陈蕃传》)

〔4〕“白纶巾”二句:谓布衣而饱经风尘。白纶巾,处士之服。白居易《访陈二》诗:“晓垂朱绶带,晚著白纶巾。出去为朝客,归来是野人。”

〔5〕蓬蒿人:草莱之人。李白《南陵别儿童入京》诗:“仰天大笑出门去,我辈岂是蓬蒿人。”

〔6〕“衰兰”二句:借李贺《金铜仙人辞汉歌》中诗句,写一己沦落风尘,愁情动天。

〔7〕“作雷颠”二句:像雷义那样颠狂不羁,行侠好义,不计金钱。《后汉书·雷义传》载,雷义曾救人于死罪中,被救人以金二斤酬谢,义拒而不受。后举为秀才,刺史不许推让,义佯狂披发而逃。

〔8〕“谁问”句:谓不计贵贱买酒浇愁。旗亭,市楼。《集异记》卷二:“三诗人共诣旗亭贳酒小饮。”曹植《名都篇》:“美酒斗十千”。

〔9〕“酌大斗”二句:《诗经·大雅·行苇》:“酌以大斗,以祈黄耇。”

〔10〕“青鬓”句:韩琮《春愁》诗:“金乌长飞玉兔走,青鬓常青古无有。”

〔11〕“笑嫣然”三句:形容青春年少之乐。嫣然,形容美女笑貌。当垆,指卖酒。垆,卖酒的土台。辛延年《羽林郎》:“胡姬年十五,春日独当垆。”韩琮《春愁》诗:“秦娥十六语如弦。”

〔12〕“遗音”二句:谓当年汉武帝感叹人生苦短的歌辞时在记忆中。汉武帝《秋风辞》:“欢乐极兮哀情多,少壮几时兮奈老何!”

〔13〕“揽流光”二句:挽住流光,系住太阳。扶桑,神话传说中日出之处,此代太阳。

〔14〕“争奈”句:争奈,怎奈。李益《同崔邠登鹳雀楼》诗:“愁来一日即为长。”

水调歌头

台城游[1]

南国本潇洒，六代浸豪奢[2]。台城游冶，襞笺能赋属宫娃。云观登临清夏。璧月留连长夜，吟醉送年华[3]。回首飞鸳瓦，却羡井中蛙[4]。　　访乌衣，成白社，不容车[5]。旧时王谢，堂前双燕过谁家[6]。楼外河横斗挂[7]，淮上潮平霜下，樯影落寒沙。商女篷窗罅，犹唱《后庭花》[8]。

〔1〕这是一首金陵怀古词。上片直赋史事，开篇总括领起，继写陈后主游冶、淫靡、荒政亡国，具体申述六朝“浸豪奢”。“飞鸳瓦”“井中蛙”二句，形象、深刻、浓缩，将陈亡惨景，一笔写出。下片转入凭吊陈迹，化用唐诗，以眼前现境昭示历史通则：豪贵难久，荣枯交替，逸乐招祸，人事沧桑，令人同声一慨！金陵怀古，总结历史教训，诗中多有名作，求之北宋词，方回此曲，与王安石《桂枝香》、周邦彦《西河》，并可千秋。全章“平仄通叶，句句押韵”，《水调歌头》中又是一体。

〔2〕“南国”二句：谓建都金陵的江南六朝（三国吴、东晋、宋、齐、梁、陈）十分豪奢。刘禹锡《金陵五题》其三：“台城六代竞豪华。”

〔3〕“台城”五句：写陈后主叔宝奢侈享乐荒废朝政的情景。据《南史·陈后主本纪》载，当年隋兵压境，陈后主迷恋酒色，后宫美人众多，常令张贵妃、孔贵人等八人夹坐，江总、孔范等十人预宴，“令八妇人襞彩笺，制五言诗，十客一时继和，迟则罚酒。”并制艳曲《玉树后庭花》《临春乐》等，“其略云：璧月夜夜

满,琼树朝朝新。"台城,在今南京市鸡鸣山南,为皇宫所在地。襞笺,叠笺。云观,齐云观,陈宫名。

〔4〕"回首"二句:谓隋军入京烧起栋折瓦飞的大火,陈后主逃入井中被生俘。杜牧《台城曲》有"谁怜容足地,却羡井中蛙"之句。

〔5〕"访乌衣"三句:谓豪族旧地荒废。乌衣,乌衣巷,晋南渡时王、谢诸望族聚居之地,在今南京秦淮附近。白社,贫民所居。

〔6〕"旧时"二句:化用刘禹锡《乌衣巷》:"旧时王谢堂前燕,飞入寻常百姓家。"

〔7〕"楼外"句:指天宇银河横空、北斗斜挂。

〔8〕"商女"二句:杜牧《夜泊秦淮》诗:"商女不知亡国恨,隔江犹唱《后庭花》。"

青　玉　案

横　塘　路〔1〕

凌波不过横塘路,但目送、芳尘去〔2〕。锦瑟华年谁与度〔3〕?月桥花院,琐窗朱户,只有春知处。　　飞云冉冉蘅皋暮〔4〕,彩笔新题断肠句〔5〕。若问闲情都几许〔6〕?一川烟草,满城风絮,梅子黄时雨〔7〕!

〔1〕这是贺铸作于苏州的体现芳思艳愁的妙篇。起二句艳遇:偶见丽人,飘然远去。次四句芳思:揣想谁人天赐艳福,得与其人花前月下、朱户雕窗、共度华年。再二句赋词:无端逗起多情,久伫蘅皋,思绪缭乱,提笔摅怀。末四句闲愁:以反问呼起,以系列比喻自答,将愁思之多而纷乱、迷茫无边、连绵不休

形容曲尽，且契合时序，衬映心境，情景浑融，语意精新，故成绝唱。由极常见生活情节，撩拨起词人无端芳思闲愁，催发出彩笔妙曲，堪称骚坛佳话。《鹤林玉露》卷七谓，诗家或以山、或以水喻愁，此处以三种景象喻愁，"尤为新奇，兼兴中有比，意味更长。"由此方回赢得"贺梅子"之称，收因一工句而"倾倒一世"之效。

〔2〕"凌波"二句：写目送一丽人情景。凌波，形容丽人步履轻盈，出自《洛神赋》"凌波微步"。横塘，在苏州盘门外，水上有桥。贺铸寓居苏州时，住近其地。目送，《左传·桓公元年》："宋华父督见孔父之妻于路，目逆而送之，曰：美而艳。"

〔3〕"锦瑟"句：谓谁与丽人共度青春。李商隐《锦瑟》诗："锦瑟无端五十弦，一弦一柱思华年。"

〔4〕冉冉：流动貌。蘅皋：长满香草的沼泽。

〔5〕彩笔：据《南史·江淹传》，江淹梦郭璞索取毛笔，江淹探怀中取五色笔与之。后以彩笔为文笔的美称。

〔6〕都：统算之辞。

〔7〕"梅子"句：江南春夏间有梅雨天气，《岁时广记》卷一引唐人诗，有"梅子黄时雨意浓"之句。

感皇恩

人南渡〔1〕

兰芷满芳洲，游丝横路〔2〕。罗袜尘生步，迎顾。整鬟颦黛，脉脉两情难语〔3〕。细风吹柳絮，人南渡。　　回首旧游〔4〕，山无重数。花底深朱户，何处。半黄梅子，向晚一帘疏雨。断魂分付与、春将去[5]。

〔1〕此词写与丽人的相遇、分离与别后缅怀。起二句会面时环境,春光满野。继三句相晤刹那间,伊人步履神态,“颦黛”“难语”,既含脉脉深情,又有难以沟通的隐秘。“细风吹絮”二句,以景喻事,写明伊人飘然南去。换头点出相会为忆念中事,以下转笔写当前的深情怀思。山重叠、朱户深,见分隔遥,倩影难觅,黄昏疏雨,插写现境。末以断魂被春光带走收煞,思念之深,不言而喻。

〔2〕“游丝”句:化用李白《惜馀春赋》:“见游丝之横路。”

〔3〕“脉脉”句:化用《古诗十九首》其九:“盈盈一水间,脉脉不得语。”

〔4〕“回首”句:苏轼《台头寺步月得人字》诗:“回首旧游真是梦。”

〔5〕“断魂”句:谓孤魂交给春光带走。分付,犹交托。

薄　　幸[1]

淡妆多态,更的的、频回眄睐[2]。便认得、琴心先许[3],欲绾合欢双带[4]。记画堂、斜月朦胧,轻颦浅笑娇无奈。向睡鸭炉边[5],翔鸾屏里[6],羞把香罗暗解[7]。　　自过了烧灯后[8],都不见、踏青挑菜[9]。几回凭双燕,丁宁深意,往来却恨重帘碍。约何时再?正春浓酒暖,人闲昼永无聊赖。厌厌睡起[10],犹有花梢日在。

〔1〕这是一篇精美婉妙的恋情词。上片追怀往日欢情。首四句写定情。第一印象铭记最深,由装扮、容姿、眼波传情,到传递心声、两情结好。次五句写幽会。“记”字贯通上下,“轻颦”“浅笑”“娇”“羞”,摹尽少女柔情蜜意,又以“画堂”“鸭炉”“鸾屏”等景物衬垫,追忆当时欢情缠绵甜蜜,风致嫣然,笔锋精

细,情事极美。下片直记今夕离思。“烧灯”后“踏青”游乐之节,人却不见,凭燕寄语,关切之情无由通,重会难期,无聊之怀怎排遣,借酒浇愁,永昼难耐,眷念之深,可以想见。全篇记一则爱情故事,记事写人,缘情布景,下字精美,风韵翩翩,体现方回词“深婉丽密如次组绣”之美(《宋史·本传》)。

〔2〕“更的的”句:谓以明亮的眼波频频回头顾盼。的的,明亮貌。眄睐(miǎnlài 免赖):斜视貌。

〔3〕“便认得”句:谓看出男方的心思而表示认同。琴心,指爱慕之心。用司马相如弹琴挑动卓文君,文君夜奔相如的故事。事见《史记·司马相如列传》。

〔4〕“欲绾”句:意谓结同心之好。

〔5〕睡鸭炉:形似睡鸭的香炉。

〔6〕翔鸾屏:画有飞鸾的屏风。

〔7〕香罗:散发香气的罗带。

〔8〕烧灯:指元宵燃挂花灯。

〔9〕踏青、挑菜:指春日郊游活动,古有踏青节、挑菜节。旧俗二月二到郊外踏青、挑菜,张耒有《二月二日挑菜节大雨不能出》诗。

〔10〕厌厌:形容精神不振。

天　香

伴　云　来[1]

烟络横林[2],山沉远照,逦迤黄昏钟鼓[3]。烛映帘栊,蛩催机杼[4],共苦清秋风露。不眠思妇,齐应和、几声砧杵。惊动天涯倦宦,骎骎岁华行暮[5]。　　当年酒狂自负[6],谓东君、以春相付[7]。流浪征骖北道,客樯南浦[8]。幽恨无人晤语[9]。

赖明月、曾知旧游处。好伴云来，还将梦去。

〔1〕本篇写深秋羁旅离思。起三句途中黄昏远景，继三句旅邸深夜近景，林烟、远照、钟鼓、烛光、蛩鸣，种种物象浸染着萧索凄苦情悰，“共苦清秋”作一收拢，以下转入叙思妇情、倦客心，将居人行人关联一体、心灵相通。“岁华行暮”引发伤时之悲。换头四句承上意脉，自我反思，由当年心高自负，跌落到今日沉沦飘泊，“幽恨”句收结到现境。“赖明月”即景生发，借幻想倾泄离愁、解脱苦恨。

〔2〕烟络：谓晚烟封锁。

〔3〕“逦迤”句：形容钟鼓声由远而近绵延不绝。

〔4〕蛩催机杼：郑愔《秋闺》诗：“机杼夜蛩催。”蛩，蟋蟀。机杼，织机、织梭。

〔5〕骎骎：马奔驰的样子。

〔6〕酒狂：《汉书·盖宽饶传》载盖自语：“我乃酒狂。”

〔7〕“谓东君”句：谓东君给自己人生洒满春光。东君，司春之神。

〔8〕“流浪”二句：意谓不料一生流浪、南北奔波。征骖，指骑马。客樯，指乘船。

〔9〕“幽恨”句：写孤独失落、佳伴远离。《诗经·陈风·东门之池》：“彼美淑姬，可与晤语。”

采　桑　子

罗　敷　歌〔1〕

东亭南馆逢迎地〔2〕，几醉红裙。凄怨临分，四叠阳关忍泪闻[3]。　　谁怜今夜篷窗雨，何处渔村。酒冷灯昏，不许愁人不断魂。

〔1〕本篇为作者临离苏州时在驿馆惜别之作。先写别筵凄怨之情，后写旅途寂寞之况，忍泪听阳关，夜雨对灯昏，此情此景，令人难堪。末句为李清照“被冷香消新梦觉，不许愁人不起”（《念奴娇》）所本。

〔2〕东亭南馆：古吴郡（苏州）驿亭名，泛指饯别之地。

〔3〕四叠阳关：王维所作送别曲，即《送元二使安西》诗。四叠每句重唱。苏轼《仇池笔记》卷上：“旧传阳关三叠，今歌者每句再叠而已，若通一首，又是四叠。”

六州歌头[1]

少年侠气，交结五都雄[2]。肝胆洞，毛发耸。立谈中，死生同[3]。一诺千金重[4]。推翘勇，矜豪纵。轻盖拥，联飞鞚，斗城东[5]。轰饮酒垆，春色浮寒瓮，吸海垂虹[6]。闲呼鹰嗾犬，白羽摘雕弓，狡穴俄空[7]。乐匆匆。　　似黄粱梦[8]。辞丹凤[9]，明月共，漾孤篷[10]。官冗从[11]，怀倥偬，落尘笼，簿书丛[12]，鹖弁如云众，供粗用，忽奇功[13]。笳鼓动，渔阳弄，思悲翁[14]。不请长缨，系取天骄种，剑吼西风[15]。恨登山临水，手寄七弦桐，目送归鸿[16]。

〔1〕方回忠义愤发、性格豪爽、为人近侠。本篇最能体现其侠肝义胆。他出身行伍，早年倜傥京邑，壮岁沉抑下僚。其后夏军犯边，朝廷退让，胆略之

士，愤激难平。此词契合自我身世，一吐时代抑塞。上片追忆少年豪侠气概。起二句总括，次七句形容性格义侠，再五句述轻车快马、聚友豪饮，末记间或带鹰犬射猎习武，而以“乐”字总收。下片首句，将“乐”字推开，“辞丹凤”三句，写离阙外放；“官冗从”四句，写沉抑下僚；“鹖弁如云”三句，写朝廷轻视武功；“笳鼓动”六句，言纵有边警无路请缨；收拍三句，写游乐抚琴借抒忧愤。前后阕，由忆昔到抚今，由乐转化为恨，由“少年侠”过渡到“思悲翁”，前阕为后阕铺垫烘衬，前宾后主，而由侠、豪、悲、恨贯穿上下。健笔密韵，急管繁弦，雄思壮彩，不可一世。

〔2〕五都：汉、唐各有五大都市，此泛指。

〔3〕“立谈”二句：谓片刻间订立生死之交。

〔4〕“一诺”句：指重信义。《史记·季布传》有“得黄金百斤，不如季布一诺”的谚语。

〔5〕“轻盖拥”三句：形容轻车快马流寓京邑。鞚，马络头。斗城，据《三辅黄图》，人们呼汉朝旧京为斗城，此泛指京城。

〔6〕“轰饮”三句：写豪饮。春色，指酒。吸海垂虹，喻酒量之大。据《异苑》卷一载，晋义熙初年有长虹饮薛愿釜瓮中酒，须臾吸尽，“愿辇酒灌之，随投随涸。”杜甫《饮中八仙歌》：“饮如长鲸吸百川。”

〔7〕“间呼鹰”三句：写呼唤猎鹰猛犬，携弓带箭郊外打猎，使狡兔一空。间，间或。

〔8〕黄粱梦：比喻前尘空幻。唐小说《枕中记》载，吕翁授卢生枕，枕之入睡，历尽荣华，醒来黄粱未熟。

〔9〕辞丹凤：离别京邑。唐长安宫阙有丹凤门。

〔10〕漾孤篷：泛孤舟。

〔11〕官冗从：任低级侍卫之官。

〔12〕“怀倥偬”三句：谓心情烦乱、误落尘网，案牍劳形。

〔13〕“鹖弁”三句：谓当朝武官众多，只供上级任意趋使，不得立功疆场。鹖(hé 禾)弁，武官的帽子，代指武官。

〔14〕“笳鼓动”三句：谓响起军乐，边疆有警，战争将起。渔阳弄、思悲翁，古乐曲名，多写战争之事。

〔15〕“不请”三句:谓自己不得请战生擒敌酋,腰间宝剑发出怒吼。请长缨,用终军自请“愿受长缨,必羁南越王而致之阙下”史事(见《汉书·终军传》)。天骄种,《汉书·匈奴传》称强胡为“天之骄子”。唐郑锡《出塞曲》有“会当系取天骄人”之句。剑吼,《拾遗记》卷一,记颛顼有剑,“未用之时,常于匣里如龙虎之吟”。

〔16〕“恨登山”三句:谓只得怀愤漫游,抚琴寄意,发泄悲慨以送别知己了。嵇康《赠兄秀才入军》诗:“目送归鸿,手挥五弦。”七弦桐,即七弦琴。

忆仙姿〔1〕

江上潮回风细,红袖倚楼凝睇〔2〕。天际认归舟〔3〕,但见平林如荠〔4〕。迢递,迢递,人更远于天际。

〔1〕小词写闺阁佳人忆念远行情侣。起写环境,次勾勒佳人伫立念远形象,以下言佳人望中所见所思,“平林如荠”极见所望之远,末更推进一层,忆念之殷切,见于言外。

〔2〕“红袖”句:杜牧《南陵道中》诗:“谁家红袖倚江楼。”红袖,代指佳人。

〔3〕“天际”句:谢朓《之宣城郡出新林浦向板桥》诗:“天际识归舟,云中辨江树。”

〔4〕平林如荠:《颜氏家训·勉学篇》:“《罗浮山记》云:‘望平地树如荠。’”孟浩然《秋登万山》诗:“天边树若荠。”荠,荠菜。

望湘人[1]

春 思

厌莺声到枕，花气动帘，醉魂愁梦相半[2]。被惜馀薰，带惊剩眼[3]，几许伤春春晚。泪竹痕鲜[4]，佩兰香老[5]，湘天浓暖[6]。记小江、风月佳时，屡约非烟游伴[7]。　须信鸾弦易断，奈云和再鼓，曲终人远[8]。认罗袜无踪，旧处弄波清浅。青翰棹舣[9]，白蘋洲畔，尽目临皋飞观[10]。不解寄、一字相思，幸有归来双燕。

〔1〕本篇为晚春忆情侣抒离怀之作。起三句写伤春心境，继三句睹物怀人、自伤憔悴，“泪竹”“佩兰”“湘天”以外境烘染，“记小江”即景忆旧，宣出物是人非之慨。过片用借喻法兼化用钱起诗意抒发离怀。“认罗袜”以下，转笔写眼前景，隐现低徊情悰。煞拍收拢到音问杳然，而以旧时双燕归来聊且自慰，馀音无限凄惋。前片由景到情，后片由情到景，精丽委宛，蕴藉缜密。

〔2〕“厌莺声”三句：写面对春光美景心绪不佳，经常借酒浇愁、结想成梦。

〔3〕“被惜”二句：谓忆念往日相处之温馨，惊异自己之消瘦。《梁书·沈约传》载，沈约寄书陈情于徐勉，有“百日数旬，革带常应移孔；以手握臂，率计月小半分”之句。

〔4〕泪竹痕鲜：张华《博物志》卷八载，“尧之二女，舜之二妃曰湘夫人，舜崩，二妃啼，以涕挥竹，竹尽斑”。

〔5〕佩兰：屈原《离骚》：“纫秋兰以为佩。”

〔6〕湘天：指湘江流域。

〔7〕非烟：指彩云，借喻伊人。《艺文类聚》卷九十八“祥瑞部”言：“非气非烟，五色氛氲，谓之庆云。”贺铸《点绛唇》有“十二层楼，梦回缥缈非烟里”之句。

〔8〕“须信”三句：谓美好情恋易有变故，欲修旧好人在他方。鸾弦，指琴弦。云和，代指琴瑟，《周礼·春官宗伯大司乐》：“云和之琴瑟。”曲终人远，用钱起《省试湘灵鼓瑟》诗“曲终人不见”句意。

〔9〕青翰棹舣：舟之美称，犹画舫。

〔10〕临皋飞观：近水的高地耸立的楼阁。

天　门　谣〔1〕

牛渚天门险〔2〕，限南北、七雄豪占〔3〕。清雾敛，与闲人登览。　　待月上潮平波滟滟〔4〕，塞管轻吹新阿滥〔5〕。风满槛，历历数、西州更点〔6〕。

〔1〕这是一首天门登览怀古之作。小词开门见山，起笔二句将其险要形势道尽。紧接写雾散天晴，为游人提供绝好登览时机，将“清雾”人格化，亲切有趣。以下由“待”字领起，写月夜江景、塞笛、风槛、寒更，全为想象之景，思路由实而虚，气象苍莽萧瑟，体现出词人反思历史，想落天外，笔触奇倔。

〔2〕牛渚天门：为金陵的西方门户。牛渚矶，在安徽当涂县北，突出江中，绝壁嵌空。其西南方有两山夹江耸立，谓之天门。

〔3〕七雄豪占：当涂地处金陵上游，又有天门之险，偏安王朝多建都金陵，凭长江天险御敌。七雄，指吴、东晋、宋、齐、梁、陈六朝，另加南唐。宋沈立《金陵记》：“六代英雄叠居于此。”

〔4〕滟滟：水波盈满貌。

〔5〕“塞管”句:言羌笛吹奏新曲。塞管,指笛。阿滥,笛曲名。《碧鸡漫志》卷四引《中朝故事》载:“骊山多飞禽,名阿滥堆,明皇御玉笛采其声,翻为曲子名。”

〔6〕西州:指今之南京。东晋置西州,城治扬州(即今之南京)。

仲殊

仲殊，字师利，湖北安陆人，原名张挥。曾应进士第，后弃家为僧，改法号为仲殊，尝居苏州承天寺、杭州宝月寺。工于诗词，有《宝月集》，已失传。赵万里辑《宝月词》一卷，共四十六首，孔凡礼《全宋词补辑》，又增补二十二首。

柳梢青[1]

吴中

岸草平沙，吴王故苑[2]，柳袅烟斜。雨后寒轻，风前香软[3]，春在梨花。　　行人一棹天涯。酒醒处，残阳乱鸦。门外秋千，墙头红粉，深院谁家。

〔1〕小词咏唱苏州春景，点明吴地胜迹后，摹写初春物象，再以旅船、人家点缀。江南水乡园林风物，宛然如画。门外秋千、墙头佳人，由行人眼中看出，尤为别致。

〔2〕“吴王”句：苏州为春秋时吴国故地，存有吴王阖闾宫阙苑囿，故称故苑。

〔3〕香软：形容微香缕缕。

诉衷情[1]

寒食

涌金门外小瀛洲[2]，寒食更风流。红船满湖歌吹，花外有高楼。　晴日暖，淡烟浮，恣嬉游。三千粉黛[3]，十二阑干，一片云头。

〔1〕小词写杭州寒食风光，先点地点、时令，"风流"总摄全章，继之一句写湖，一句写山，突出杭州风姿。以下咏唱游乐之盛，日晴烟淡，游人尽欢，众多美女徙倚雕阑，仿佛彩云飘浮，写出杭州湖山之丽、春游之雅。

〔2〕"涌金门"句：喻指西湖如仙岛。涌金门，杭州城西门。瀛洲，为海上仙山之一。

〔3〕粉黛：艳妆美人。

晁补之

晁补之(1053—1110),字无咎,晚号归来子,济州钜野(今山东巨野)人。十六岁从父端友宦游杭州,二十一岁(熙宁六年)袖文谒苏轼,受到称赏,成为苏门弟子。元丰二年中进士,先后任澶州司户参军、北京(大名府)国子监教授。元祐初召试学士院,除秘书省正字,迁校书郎,后通判扬州,为苏轼之佐,唱和甚得。绍圣初坐元祐党籍,连续遭贬外放,晚年退居故里。卜居缗城(今金乡县),建归来园自娱。著有《鸡肋集》,词集名《晁氏琴趣外篇》,今有刘乃昌、杨庆存笺注本,上海古籍社出版。存词一百七十馀首。

摸鱼儿[1]

东皋寓居

买陂塘、旋栽杨柳,依稀淮岸江浦[2]。东皋嘉雨新痕涨[3],沙觜鹭来鸥聚[4]。堪爱处,最好是、一川夜月光流渚,无人独舞。任翠幄张天[5],柔茵藉地[6],酒尽未能去。

青绫被,莫忆金闺故步[7]。儒冠曾把身误[8]。弓刀千骑成何事[9],荒了邵平瓜圃[10]。君试觑,满青镜、星星鬓影今如许[11]。功名浪语[12],便似得班超,封侯万里,归计恐迟暮[13]。

〔1〕崇宁二年(1103)晁补之免官回故乡山东金乡归来园隐居,本篇当作于此时。上片写隐居之可乐,起写开塘植柳,依稀江南,总括一笔。继以雨后野禽会聚,月夜翩翩独舞,旷野席地豪饮,状闲居净洁、恬淡、自得,悠游中略带些许豪迈气象。下片写宦途不足恋。青陵、金闺、弓刀,对如许官宦尊荣,缀以“莫忆”“身误”“成何事”,厌倦情悰,溢于言表。继以田园荒芜、年华悄逝,予以强化,而归结出“功名浪语”。末再以班超事申明。直泻胸臆,连用典实,议论滔滔,一派愤激。堂庑笔力,足为稼轩悲愤词滥觞。

〔2〕“依稀”句:言仿佛如秦淮河、长江岸一样风光秀美。

〔3〕东皋:郊野高地。陶潜《归去来辞》:“登东皋以舒啸。”此指金乡归来园。

〔4〕沙觜:沙洲,皇甫松《浪淘沙》:“去年沙觜是江心。”

〔5〕翠幄:喻茂密的绿叶,陆机《招隐》诗:“轻条像云构,密叶成翠幄”。

〔6〕柔茵:软草。

〔7〕“青绫”二句:谓无需追忆往日官场生涯。汉官仪,尚书郎官署夜值,可供青缣白绫被使用。金闺,金马门别称,代指朝廷,谢朓《始出尚书省》诗:“既通金闺籍,复酌琼筵醴。”

〔8〕“儒冠”句:化用杜甫《奉赠韦左丞丈二十二韵》“儒冠多误身”句,说习文无用。

〔9〕“弓刀”句:谓仕宦人的侍从护卫亦属无谓。

〔10〕“荒了”句:谓白误了田园乐趣。《史记·萧相国世家》记,故秦东陵侯邵平,秦破不仕,“种瓜于长安城东,瓜美,故世俗谓之东陵瓜。”

〔11〕“君试觑”二句:感叹年华悄逝。青镜,青铜镜,司空曙《酬李端校书见赠》诗:“青镜流年看发变,白云芬草与心违。”星星,形容发稀,左思《白发赋》:“星星白发,生于鬓垂。”

〔12〕浪语:犹废话。

〔13〕“便似得”三句:谓功名犹如云烟不足留恋。《后汉书·班超传》载,

班超立功西域,封定远侯,年老思乡,上疏请归,有“但愿生入玉门关”之句。后被召回京,年逾七十。

水龙吟[1]

次韵林圣予惜春

问春何苦匆匆,带风伴雨如驰骤[2]。幽葩细萼,小园低槛,壅培未就[3]。吹尽繁红,占春长久,不如垂柳。算春常不老,人愁春老,愁只是、人间有。　　春恨十常八九,忍轻辜、芳醪经口[4]。那知自是,桃花结子,不因春瘦[5]。世上功名,老来风味,春归时候。纵樽前痛饮,狂歌似旧,情难依旧。

〔1〕以问发端,开口擒题,突出春光匆促。继以芳花易凋渲染,又以垂柳占春长久旁衬。“算春”一转说春愁不在春光自身。过片顺承“人愁”。“那知”三句,再为春光开脱,由青春到老成如“桃花结子”,出于自然。以下暗承愁出人间意脉,与人生世事扭结,将“惜春”归拢到叹老,从而倾吐出功业难就,岁月迟暮之感。全章在惜春中注入身世愁绪,融入人生哲思,与一般惜春词不同。先惜春老,又谓春不老,转而说人愁春老,而归结到人老如春归,宛转曲折,笔如游龙。

〔2〕“问春”二句:语意与李煜《乌夜啼》“林花谢了春红,太匆匆,常恨朝来寒雨晚来风”相近。

〔3〕“幽葩”三句:谓园林中柔花嫩蕊培植未久,即面临晚春凋落时节。

〔4〕芳醪:美酒。

〔5〕“那知”三句:谓桃花因结子而凋落,不能单怨春光匆促。王建《宫词》:“自是桃花贪结子,错教人恨五更风。”

盐角儿[1]

亳社观梅[2]

开时似雪,谢时似雪[3],花中奇绝。香非在蕊,香非在萼,骨中香彻。　　占溪风,留溪月,堪羞损、山桃如血。直饶更、疏疏淡淡,终有一般情别[4]。

〔1〕这是一首赏梅词。先状花色白,香彻骨,再以占风月、羞山桃烘托,末更以疏淡之姿、特别之情形容之,用平淡语写出梅花之色、香、神,于赏梅词中别具风神。

〔2〕亳社:在商丘附近。本篇应为绍圣二年(1095)春,作者贬应天府(商丘)通判时作。

〔3〕"开时"二句:张谓《早梅》诗:"不知近水花先发,疑是经冬雪未销。"

〔4〕"直饶更"二句:谓即使再花稀色淡,梅花终会别具情韵。直饶,即使。

忆少年[1]

别历下[2]

无穷官柳,无情画舸,无根行客。南山尚相送[3],只高城人隔[4]。　　罨画园林溪绀碧[5]，算重来、尽成陈迹。刘郎鬓如此，况桃花颜色[6]。

〔1〕晁补之于绍圣元年(1094)出知齐州(今济南)，次年贬应天府离开历下，本篇当为别齐州作。起笔叠用三“无”字，写尽行踪飘零、宦途辗转，十分警绝！继写南山送、故人隔，无限依恋。“罨画”句赞历下林泉胜景。“算重来”以下，设想今后，鬓影花色，预计主客变迁，不胜感慨！

〔2〕历下：即历城，今属济南市。

〔3〕南山：指历山，在历城县南，一名千佛山。

〔4〕“只高城”句：欧阳詹《初发太原途中寄太原所思》诗：“高城已不见，况复城中人。”

〔5〕罨(yǎn 眼)画：杂色彩画。绀(gàn 干)，深青色。

〔6〕“刘郎”二句：谓年华悄逝、人事变迁。据刘禹锡《再游玄都观》绝句序，他因写看花诗讽刺权贵再度被贬，十四年后回京，再游玄都观，当年道士手植桃花已荡然无存，因有“种桃道士归何处，前度刘郎今又来”之句。此化用其事。

临　江　仙[1]

信　州　作

谪官江城无屋买，残僧野寺相依。松间药臼竹间衣[2]。水穷行到处，云起坐看时[3]。　　一个幽禽缘底事，苦来醉耳边啼。月斜西院愈声悲。青山无限好，犹道不如归[4]。

〔1〕元符二年(1099)晁补之因受党争牵连,谪贬信州(今江西上饶)酒税,次年遇赦北归。本篇是在信州抒写迁客异乡思归之作。起句直写政治处境,继之描述清苦生活和悠闲淡泊的心态。以下由小见大,借责怨幽禽悲鸣倾泻内心郁愤。篇中化用前人诗句,自然贴切,一如己出。

〔2〕"松间"句:谓在松林捣药、在竹丛漫步。"竹间衣",意指竹叶拂衣。

〔3〕"水穷"二句:王维《终南别业》诗:"行到水穷处,坐看云起时。"此处变动词序加以化用,表现恬静情怀。

〔4〕"青山"二句:移用范仲淹《越上闻子规》诗中成句,表达客子之思。

迷神引〔1〕

贬玉溪对江山作

黯黯青山红日暮〔2〕,浩浩大江东注。馀霞散绮〔3〕,向烟波路。使人愁,长安远,在何处〔4〕。几点渔灯小,迷近坞〔5〕。一片客帆低,傍前浦。　　暗想平生,自悔儒冠误〔6〕。觉阮途穷〔7〕,归心阻。断魂素月,一千里、伤平楚〔8〕。怪竹枝歌,声声怨,为谁苦。猿鸟一时啼,惊岛屿〔9〕。烛暗不成眠,听津鼓〔10〕。

〔1〕本篇为元符二年(1099)晁补之赴信州贬所途中所作。玉溪,即江西信江,一名上饶江。上片写旅途所见傍晚江景。日落山暗,江水滔滔,馀霞消散,晚烟凄迷,引发客愁旅思,浓墨勾画远景。"渔灯""近坞""客帆""前浦",视线移向近景。由远而近,写出江行风情,烘染黯淡苍凉氛围,为下文铺垫。下

片反思平生、倾诉衷怀。换头四句,总述读书自误、坎坷流离。以下借月夜郊景、竹枝歌声、猿鸟啼鸣多层意象渲染凄苦情悰,末以旅邸就枕夜不成眠收煞。全篇重笔浓抹,景象真切,气氛凄迷,情绪悲怆,倾尽了迁客游子的郁愤和伤感。

〔2〕“黯黯”句:梁元帝《荡妇秋思赋》:“日黯黯而将暮,风骚骚而渡河。”黯黯,昏暗。

〔3〕馀霞散绮:谢朓《晚登三山还望京邑》诗:“馀霞散成绮,澄江静如练。”

〔4〕“使人愁”三句:指远离京都不受朝廷信任。长安,代指汴京。《晋书·明帝纪》载,明帝司马绍幼时早慧,有“举头则见日,不见长安”之语。李白《登金陵凤凰台》诗:“长安不见使人愁。”

〔5〕迷近坞:近岸的船坞迷濛,看不清楚。坞,水边停船或修船的土堡。

〔6〕“自悔”句:杜甫《奉赠韦左丞丈二十二韵》诗:“纨袴不饿死,儒冠多误身。”

〔7〕阮途穷:《晋书·阮籍传》载,阮籍“时率意独驾,不由径路,车迹所穷,辄恸哭而返”。

〔8〕平楚:草木丛生的树林。谢朓《郡内登望》诗:“寒城一以眺,平楚正苍然。”

〔9〕“怪竹枝歌”五句:谓远客南国歌声鸟鸣增人悲感。《竹枝》原为巴渝一带的民歌,刘禹锡贬放连州、郎州时,曾倚其声作竹枝辞,音声悲凉。其《踏歌词》云:“日暮江南闻竹枝,南人行乐北人悲。”白居易《竹枝》诗云:“唱到竹枝声咽处,寒猿暗鸟一时啼。”此处化用前人诗意。

〔10〕津鼓:渡头的更鼓。李端《古别离》诗:“天晴见海樯,月落闻津鼓。”

洞仙歌[1]

泗州中秋作

青烟幂处[2],碧海飞金镜[3]。永夜闲阶卧桂影,露凉时、零乱多少寒螿[4],神京远,惟有蓝桥路近[5]。　水晶帘不下[6],云母屏开[7],冷浸佳人淡脂粉。待都将许多明,付与金尊,投晓共、流霞倾尽[8]。更携取、胡床上南楼[9],看玉做人间,素秋千顷。

〔1〕徽宗大观四年(1110),晁补之起知泗州(州治在今江苏盱眙),到任未久病逝。本篇当为泗州中秋赏月之作。起笔月轮升空,继言桂影洒阶,复以凉露、寒蝉描摹月下秋气秋声,一派清凉幽寂,触动身世感,而发神京远、天阙近之叹。换头写帘、屏、佳人,由室外望月转换为楼内赏月。物象、侍女无不浸染洁素冷幽气韵。"待得"三句,写举酒邀月放情豪饮。收尾又宕开笔势,将视线投向广宇。从月出、写到月上、月满,从户外转向楼内、楼上,复放眼千顷,句句不离赏月,层次井然,首尾呼应。"玉做人间"语极奇警。诸多意象织成清凉世界,冰魂玉魄,足以涤荡凡心。

〔2〕幂:覆盖笼罩。

〔3〕"碧海"句:写蓝天升起明月。李商隐《常娥》诗:"碧海青天夜夜心。"李贺《七夕》诗:"天上飞金镜,人间望玉钩。"

〔4〕"零乱"句:形容螿声零乱。寒螿(jiāng 江),寒蝉。

〔5〕"神京"二句:谓汴京遥远,明月可近,仙境可通。陕西蓝田县有蓝桥。裴铏《传奇·裴航》记一故事,秀才裴航遇同船樊夫人,慕其人,赠诗致意,

有“倘若玉京朝会去,愿随鸾鹤入青云”之句,夫人答诗云:“蓝桥便是神仙窟,何必崎岖上玉京。”后裴航过蓝桥驿,遇仙女云英,遂一同仙去。

〔6〕“水晶”句:化用李白《玉阶怨》“却下水晶帘,玲珑望秋月”。

〔7〕“云母”句:化用李商隐《常娥》“云母屏风烛影深”句。云母,透明矿石。

〔8〕流霞:仙酒,《论衡·虚道》载,项曼都离家求仙,被仙人带到月边,口饥欲食,仙人辄饮以“流霞一杯,数月不饥”。

〔9〕“更携取”句:《世说新语·容止》载,晋庾亮在武昌,尝与诸佐吏殷浩辈登南楼赏月。佐吏先来,俄庾亮至,众人欲起避之。庾亮云:“‘诸君少住,老子于此处兴复不浅’。因便据胡床,与诸人咏谑,竟坐甚得任乐。”

陈师道

陈师道(1052—1102)字履常,一字无己,号后山居士,彭城(今江苏徐州)人。早年师从曾巩,后见知于苏轼,名列苏门六君子。元祐初以苏轼等荐,授徐州教授,改颍州教授,绍圣初以党籍罢,元符三年除秘书省正字。建中靖国初,扈从南郊,不肯借穿赵挺之棉衣,以寒疾卒。有《后山词》一卷,存词五十馀首。

木兰花[1]

阴阴云日江城晚,小院回廊春已满。谁教言语似鹂黄,深闭玉笼千万怨。　　蓬莱易到人难见[2],香火无凭空有愿。不辞歌里断人肠,只怕有肠无处断。

〔1〕这是一首代禁锢深宅的佳人诉苦的闺怨词。起写日暮春深;继以玉笼黄鹂比况,见其身似玩物,人不自由;再写她梦想会见有情人,然宿愿难酬,欲借长歌发泄,又怕无地表现,无人理会。则佳人之空虚孤独可以想见。

〔2〕蓬莱:传说中的海上仙山,代指美好的幻想。

菩 萨 蛮[1]

七 夕

行云过尽星河烂,炉烟未断蛛丝满。想得两眉颦,停针忆远人。　　河桥知有路,不解留郎住。天上隔年期,人间长别离[2]。

〔1〕此词写七夕闺妇思念远人的情怀。起笔写七夕夜空,次写室内景象,再写佳人神态,颦眉、停针,见其心事重重。下片写其心理活动,收句将“人间”与“天上”对比,扣合七夕。

〔2〕“天上”二句:言牛郎、织女定期相会,人间分离遥遥无期。织女、牵牛两星隔银河相对,后民间演化为神话故事。《文选·洛神赋》注引曹植《九咏》诗注云:“牵牛为夫,织女为妇,牵牛织女之星各处一旁,七月七日乃得一会。”

张耒

张耒(1054—1114)字文潜,号柯山,祖籍亳州,生长于楚州淮阴(今属江苏)。熙宁六年进士,授临淮主簿。元祐初召试学士院,授秘书省正字,擢起居舍人。绍圣初、崇宁初两度谪居黄州,晚居陈州。著有《张右史文集》,词作今有辑本《柯山诗馀》,存词六首。

秋蕊香[1]

帘幕疏疏风透,一线香飘金兽[2]。朱栏倚遍黄昏后,廊上月华如昼。　　别离滋味浓于酒,着人瘦。此情不及墙东柳,春色年年如旧。

〔1〕小词写相思之情。上片写外景,景中有人;下片抒别情,借物反衬。“朱栏倚遍”见伫望之久,“着人瘦”见相思之苦,叹情不及柳,担心年华易逝、恋情降温,写出闺人的复杂情悰。

〔2〕“一线”句:言缕缕香烟飘自兽形的香炉之中。

周邦彦

周邦彦(1056—1121),字美成,钱塘(今杭州)人。元丰初游学汴京,元丰七年献《汴都赋》,受到神宗赏识,擢为太学正。历任庐州教授、溧水知县。哲宗朝除秘书省正字,历校书郎、河中知府。徽宗朝入为秘书监,进徽猷阁待制,提举大晟府。其人性好音乐,能自度曲,寄情长短句,缜密典丽,富艳精工,工于铺叙,以赋法入词,熔裁唐诗一如己出,风调浑厚和雅,笔力穷极工巧,被称为词家巨擘。自号清真居士,有《清真先生文集》,已散佚,今人辑存其诗文五十馀题。词名《清真集》,又名《片玉词》,今存二百馀首。

瑞龙吟[1]

章台路[2]。还见褪粉梅梢,试花桃树。愔愔坊陌人家[3],定巢燕子[4],归来旧处。　　黯凝伫,因念个人痴小[5],乍窥门户。侵晨浅约宫黄[6],障风映袖,盈盈笑语。
前度刘郎重到[7],访邻寻里,同时歌舞。惟有旧家秋娘[8],声价如故。吟笺赋笔,犹记燕台句[9]。知谁伴、名园露饮[10],东城闲步。事与孤鸿去[11]。探春尽是,伤离意绪,官柳低金缕。归骑晚、纤纤池塘飞雨。断肠院落,一帘风絮。

〔1〕这首长调叙写旧地重游、寻访情人不见踪影而产生的无限低徊怅惘之情。全章三叠。首叠写寻访旧居，章台、梅、桃，见居处之美，坊陌承章台，燕子归来，作一反衬，暗示人去楼空。次叠忆念伊人，全写初遇第一印象。风姿天真、雅淡、羞涩、嫣媚，宛然在目。三叠抚今追昔，收结到当今。由重到而寻访，与首叠挽结。"惟有""如故"见伊人品艺超群、声誉不减，当为寻访所得讯息。"吟笺"二句，借义山故事，追怀往日两情欢洽、情趣骚雅。"知谁伴"三句，猜想对方近况，关念伊人兼缅怀旧事。"事与孤鸿去"，一笔将往事扫空，转回现实，点明题旨，以景结情，呼应开篇。前两叠为双拽头，侧重忆旧；末叠相当于下片，侧重伤今，今昔对照。意脉步步递进，而又回环往复，首尾绾合，意象生动优美，章法清晰缜密，风韵含蓄凝重，洵为长调楷模。

〔2〕章台路：汉长安街巷名。《汉书·张敞传》载，张敞无威仪，下朝后时走马过章台。唐许尧佐《柳氏传》记韩翃与妓女柳氏爱情故事，韩寄柳氏词有"章台柳"语。章台，代指妓女聚居之处。

〔3〕愔愔（yīn因）：寂静貌。

〔4〕定巢：安巢。杜甫《堂成》："频来语燕定新巢。"

〔5〕个人：那人，伊人。

〔6〕浅约宫黄：谓淡抹脂粉。宫黄，宫女所用涂眉化妆的黄粉。

〔7〕刘郎：梁吴均《续齐谐记》载，汉刘晨、阮肇入天台山采药遇二位仙女，结为夫妇，后刘、阮思乡辞归，后复寻天台，不复得路。刘禹锡《再游玄都观》诗，有"前度刘郎今又来"之句。

〔8〕秋娘：唐代名妓，屡见于唐人歌咏。杜牧有《杜秋娘诗》。此代指歌伎。

〔9〕"犹记"句：暗用李商隐诗中的爱情故事。据李诗《柳枝五首》，洛阳一少女柳枝，听人吟李商隐《燕台》诗，对李产生爱慕之情，一日相遇于巷，柳枝风障一袖，约期欢会，但两人最终未得结合。

〔10〕露饮：露天饮酒。

〔11〕"事与"句：形容往事成空。杜牧《题安州浮云寺楼寄湖州张郎中》诗："恨如春草多，事与孤鸿去。"

风 流 子[1]

新绿小池塘,风帘动、碎影舞斜阳。羡金屋去来,旧时巢燕,土花缭绕[2],前度莓墙[3]。绣阁里、凤帏深几许,听得理丝簧。欲说又休,虑乖芳信,未歌先咽,愁近清商。

遥知新妆了。开朱户,应自待月西厢[4]。最苦梦魂,今宵不到伊行[5]。问甚时说与,佳音密耗,寄将秦镜,偷换韩香[6]。天便教人,霎时厮见何妨。

〔1〕此篇恋情词,以细腻笔触摹写两情受阻,欲见不能,切盼复会之执着心态。起二句写黄昏外境,点明时地。“羡金屋”四句写伫望所见,“旧时”“前度”,暗示与伊人曾有欢会,而今却欲见不能,故以“羡”字贯穿,以燕与花反衬。“绣阁”二句,写久立所闻。“欲说”“虑乖”“先咽”“愁近”云云,由所闻深帏琴声引起对伊人揣想。“遥知”三句,紧承上片意脉,写对方念己。“最苦”二句转写自己梦魂难觅。“问甚时”以下,盼旧欢重续,意急情切。煞拍冲口而出,痴情无限。全词由景而情,由隐渐显,步步递进,驯至高潮,戛然而止。

〔2〕土花:苔藓。

〔3〕莓墙:生长野草的墙垣。

〔4〕“应自待月”句:化用《会真记》中崔莺莺“待月西厢下”诗句。

〔5〕伊行:伊人身边。

〔6〕“问甚时”四句:谓何时才能倾吐思慕、赠物定情、互通情笺呢?秦镜,东汉秦嘉离家宦游,其妻徐淑因病不能随行,秦嘉寄明镜、宝钗并赠诗安慰,有“宝钗好耀首,明镜可鉴形”之句。韩香,晋贾充之女爱慕韩寿,私以家藏御香相赠,贾充得知,即以女许配韩寿。此处秦镜、韩香,代指恋人信物。

锁窗寒[1]

寒食

暗柳啼鸦，单衣伫立，小帘朱户。桐花半亩[2]，静锁一庭愁雨。洒空阶、夜阑未休，故人剪烛西窗语[3]。似楚江暝宿，风灯零乱[4]，少年羁旅。　　迟暮，嬉游处。正店舍无烟，禁城百五[5]。旗亭唤酒[6]，付与高阳俦侣[7]。想东园、桃李自春，小唇秀靥今在否[8]？到归时、定有残英，待客携尊俎。

〔1〕此词抒写客居京邑寒食对雨的羁愁乡思。开篇五句描述时、地、季候，"伫立"醒明自我行迹，"一庭愁雨"突现环境氛围。次二句继写夜深人寂、暮雨潇潇，化用义山诗境，希慕晤对故旧。歇拍以昔年楚江夜泊，比拟而今的孤冷萧瑟。过片以"迟暮"笼罩，回转到当前，紧扣寒食，且点明客游京邑。继言无心"旗亭唤酒"，申释"迟暮"情怀。"想东园"以下，另辟思路，驰念故里情人。末以设想归家情景收煞。全章紧切寒食旅思，长于环境烘染、心绪布摅，时空转换，由今而昔折转至今，再揣想未来，曲折回环，丝丝入扣。

〔2〕桐花：桐树之花。元稹《桐孙》诗："去日桐花半桐叶，别来桐树老桐孙。"

〔3〕"故人"句：李商隐《夜雨寄北》诗："何当共剪西窗烛，却话巴山夜雨时。"此处化用李诗，向往与故旧晤语。

〔4〕风灯零乱：杜甫《船下夔州郭宿雨湿不得上岸别王十二判官》诗："风起春灯乱，江鸣夜雨悬。"

〔5〕禁城百五:禁城,指京城。百五,即寒食。宗懔《荆楚岁时记》:“去冬节一百五日,即有疾风甚雨,谓之寒食,禁火三日。”元稹《连昌宫词》:“初过寒食一百六,店舍无烟宫树绿。”

〔6〕旗亭:指卖酒之处。

〔7〕“付与”句:谓呼酒豪饮之事让那些酒徒们去做吧。《史记·郦生陆贾列传》载,郦食其以儒冠求见沛公,刘邦以为是儒生,不愿接见。郦生按剑大呼曰:“吾高阳酒徒也,非儒人也。”

〔8〕小唇秀靥:指美貌女子,靥(yè 夜),面颊微涡。李贺《恼公》诗:“晓奁妆秀靥,夜帐减香筒。”

应天长[1]

寒食

条风布暖[2],霏雾弄晴,池台遍满春色。正是夜堂无月,沉沉暗寒食[3]。梁间燕,前社客[4]。似笑我、闭门愁寂。乱花过,隔院芸香[5],满地狼藉。　　长记那回时,邂逅相逢,郊外驻油壁[6]。又见汉宫传烛,飞烟五侯宅[7]。青青草,迷路陌。强载酒、细寻前迹。市桥远,柳下人家,犹自相识。

〔1〕此为身居京华寒食夜堂忆旧怀人之作。起三句描绘白日风暖日丽池台如画的盎然春色,布设寒食外景。“正是”以下笔锋跳向作词之现境,暗夜昏沉,梁燕嗤笑,残花狼藉,烘托出自身的孤寂凄冷,与上述春光迥异,引发下片离愁沉思。“长记”领起忆昔,郊游初遇,刻骨铭心。“又见”以下折回到日间故

地寻访，与开端春景拍合，"传烛""飞烟"，京都风情，青草迷路，人杳景新。"寻前迹"倒点日间访旧情事，末以所见景收，含无限物是人非之慨。全篇忽开忽合，有挽结，有倒点，时空变幻微妙，意脉暗线贯穿，宣发出沉厚的忆旧情悰。

〔2〕条风：和煦的春风。

〔3〕"正是"二句：写寒食节宵夜厅堂不见月光，气氛清寂。沉沉：形容夜色昏沉。

〔4〕"梁间燕"二句：立春后第五个戊日为春社日，清明前三日为寒食，其时旧时梁间燕子已归来，故称前社客。

〔5〕芸香：一种香草。

〔6〕"长记"三句：回忆当年偶然相逢、伊人停车野外晤谈情景。邂逅，不期而遇。油壁，女性所乘以油彩涂饰的轻车。罗隐《江南行》："西陵路边月悄悄，油壁轻车苏小小。"

〔7〕"又见"二句：化用韩翃《寒食》诗，写汴京寒食气氛。韩诗云："日暮汉宫传蜡烛，轻烟散入五侯家。"

解　连　环〔1〕

怨怀无托。嗟情人断绝，音信辽邈。纵妙手能解连环〔2〕，似风散雨收，雾轻云薄。燕子楼空，暗尘锁、一床弦索〔3〕。想移根换叶，尽是旧时，手种红药。　　汀洲渐生杜若〔4〕。料舟依岸曲，人在天角。漫记得、当日音书，把闲语闲言，待总烧却。水驿春回，望寄我、江南梅萼〔5〕。拚今生〔6〕，对花对酒，为伊泪落。

〔1〕此为怀人之词，居者为痴情男性，怀思远去的情侣。开篇擒题，总摄

全篇。伊人一去无信。故生“怨怀”。接着连用两喻，谓爱情如飘风阵雨，过眼烟云，但情网困缚却无法开解。以下借用关盼盼故事和低徊于伊人手植芍药，倾泻人去楼空、睹物思人之感。过片若断若续，由故物联想伊人当年乘舟离去，远在天角。再想当日海誓山盟、彩笺锦字，全属空言，总当烧却。由想切、怨深而转入决绝。决绝不得又折回期待，期待无凭，转而决心为伊洒泪终生。收拍无限痴情，感人肺腑。全章犹内心独白，由怨怀始，以洒泪收，嗟怨、缅想、反思、低徊、决绝、期待，一波三折，往复回环，写尽失恋之苦、钟情之深。

〔2〕解连环：《战国策·齐策》载，秦始皇派人给齐国王后送去玉连环，说齐人聪明，能否解开此环。群臣均无能为力，齐王后以椎将环击破，说：“谨以解矣。”这里喻指解开情结。

〔3〕“燕子楼”二句：形容人去楼空的萧索景象。燕子楼，在徐州官廨内。白居易《燕子楼诗序》：“徐州故尚书（按：当为张建封之子张愔），有爱妾关盼盼，善歌舞，雅多风态。尚书既没……盼盼念旧爱而不嫁，居是楼十馀年。”弦索指乐器。

〔4〕杜若：香草名。《楚辞·九歌·湘夫人》：“搴汀洲兮杜若。”

〔5〕“水驿”二句：期待能得到对方的讯息和关怀。《太平御览》卷九七〇引南朝宋盛弘之《荆州记》：“陆凯与范晔相善，自江南寄梅花一枝，诣长安与晔，并赠花诗曰：折花逢驿使，寄与陇头人，江南无所有，聊赠一枝春”。此化用其事。

〔6〕拚：甘愿之意。

满江红〔1〕

昼日移阴，揽衣起，春帷睡足。临宝鉴〔2〕，绿云撩乱〔3〕，未忺装束〔4〕。蝶粉蜂黄都褪了，枕痕一线红生玉〔5〕。背画栏、脉脉悄无言〔6〕，寻棋局。　　重会面，犹未卜。无限事，萦心曲。想秦筝依旧，尚鸣金屋[7]。芳草连天迷远望[8]，宝香薰被成孤宿。最苦是、蝴蝶满园飞，无心扑。

〔1〕词写独处春闺的倩女思念远人的神情和心态。前阕描述佳人晨起疏懒、百无聊赖。先言日高晚起，继言无心理妆，再写玉颊残粉已褪、泪痕依稀，末以背栏觅棋、无言凝思收结。描摹真切，笔锋细腻，全以神态形貌显示女主人公沉重的心理。后阕揭示其内心思绪、离恨无限。换头直倾心曲，秦筝尚鸣为心中所忆，芳草连天为目中所见，“孤宿”转回现境，末以无心扑蝶的动作意象，展现少女情怀低落、心绪迷惘。意切言痛，一泻无馀，倾尽闺人无限忧伤。宋人多以此调抒壮怀，本篇写来柔媚婉丽，辞采精妙，体现浓郁的女性柔情美。

〔2〕宝鉴：宝镜。

〔3〕绿云：形容秀发。

〔4〕未忺（xiān仙）：言无兴趣。忺，高兴。

〔5〕“蝶粉”二句：谓玉颊所施脂粉都已销褪，伏枕所留下的一条泪痕尚隐约可见。蝶粉蜂黄，女子化妆的脂粉颜料。

〔6〕脉脉：含情貌。

〔7〕“想秦筝”二句：设想金屋藏娇的爱情之曲尚能继续弹奏吧。班固《汉武故事》载，汉武刘彻少时曾说：“若得阿娇作妇，当作金屋贮之。”

〔8〕“芳草”句：言芳草际天、远人望而不见。淮南小山《招隐士》：“王孙游兮不归，春草生兮萋萋。”

瑞鹤仙[1]

悄郊原带郭[2]。行路永，客去车尘漠漠[3]。斜阳映山落，敛馀红、犹恋孤城阑角[4]。凌波步弱，过短亭、何用素约[5]。有流莺劝我[6],重解绣鞍,缓引春酌。　不记归时早暮,上马谁扶,醒眠朱阁。惊飙动幕[7],扶残醉,绕红药[8]。叹西园、已是花深无地,东风何事又恶。任流光过却,犹喜洞天自乐[9]。

〔1〕南宋王明清《玉照新志》卷二载本篇写作本事,有"自杭徙居睦州,梦中作《瑞鹤仙》一阕,既觉犹能全记"等语。周邦彦居杭州、睦州,为宣和初年事,则本词当写于作者晚年。全章于叙事中写景体情。上片叙送客回城,歌妓劝饮。起三句言郊原寂静、客去尘飞,次二句言孤城日落、依阑留恋,再四句言偶逢佳人、劝解鞍饮酒。"悄"字领起,兼融环境氛围与心理感受。"敛馀红"融情入景。"流莺"见伊人娇语善劝,措辞婉妙。下片写次早酒醒,怜花惜时。换头追记昨晚醉归迷濛。"惊飙动幕"以下,写晨起漫步西园,引发东风无情、流光易逝之感,末以"洞天自乐"聊以宽解。笔致精美,思路摇曳,情节性强,意丰辞约。

〔2〕"悄郊原"句:言郊野寂静与城郭相映带。

〔3〕漠漠:形容车尘弥漫。

〔4〕"敛馀红"句:谓夕阳收敛馀红缓缓下沉,仿佛依恋城角的阑干。

〔5〕"凌波"二句:谓步履轻盈的佳人步越道旁亭舍前来接待,并未事前约定。

〔6〕流莺:指歌伎娇语如莺。

〔7〕惊飙动幕:狂风吹动窗帏。

〔8〕绕红药:环绕红芍药徘徊。

〔9〕洞天:道教称仙人所居,这里借指青楼朱阁。

满　庭　芳[1]

夏日溧水无想山作

风老莺雏,雨肥梅子[2],午阴佳树清圆[3]。地卑山近,衣润费炉烟[4]。人静乌鸢自乐,小桥外、新绿溅溅。凭栏久,黄芦苦竹,疑泛九江船[5]。　　年年,如社燕,飘流瀚海,来寄修椽[6]。且莫思身外,长近尊前[7]。憔悴江南倦客,不堪听、急管繁弦。歌筵畔,先安簟枕,容我醉时眠。

〔1〕周邦彦于哲宗元祐八年(1093)至绍圣三年(1096)任溧水(今江苏南京溧水区)令,溧水背靠无想山。作者自元祐初外放,至此已近七年。本篇反映宦游羁思,仕途漂流之感与任天萧闲之致浑融交织。前阕为凭栏所见,后阕为凭栏所思。起三句院中夏景,次二句室内氛围,六、七句望中远景,"凭栏",倒点一笔,继化用乐天贬九江事,总上启下。过片承上意脉,以社燕自悯漂零;"莫思身外",转而开解;"江南倦客"又不由自叹,以下再解;"醉时眠",承"近尊前",以开解收煞。全章体物精致,文思荡漾,时感叹时宽解,转折跌宕,于"沉郁顿挫中别饶蕴藉"(《白雨斋词话》)。

〔2〕"雨肥"句:杜甫《陪郑广文游何将军山林》诗:"绿垂风折笋,红绽雨肥梅。"

〔3〕清圆:形容树影。苏轼《次韵子由柳湖感物》诗:"夜爱疏影摇清圆。"

〔4〕"地卑"二句:谓地势低下衣装潮湿,需费炉熏烤。

〔5〕"黄芦"二句:白居易贬谪九江作《琵琶行》,有"住近湓江地低湿,黄

芦苦竹绕宅生”之句,此化用其意。

〔6〕“如社燕”三句:比喻自己身世飘泊、寄人篱下。社燕,燕子春社时北飞,秋社时南下,故称。修椽,长椽,指房屋。

〔7〕“且莫思”二句:化用杜甫《绝句漫兴九首》其四有“莫思身外无穷事,且尽生前有限杯”之句。

过秦楼〔1〕

水浴清蟾〔2〕,叶喧凉吹〔3〕,巷陌马声初断。闲依露井〔4〕,笑扑流萤,惹破画罗轻扇〔5〕。人静夜久凭阑,愁不归眠,立残更箭〔6〕。叹年华一瞬,人今千里,梦沉书远。　空见说、鬓怯琼梳,容销金镜〔7〕,渐懒趁时匀染〔8〕。梅风地溽〔9〕,虹雨苔滋〔10〕,一架舞红都变〔11〕。谁信无聊为伊,才减江淹〔12〕,情伤荀倩〔13〕。但明河影下,还看稀星数点。

〔1〕这是一首静夜怀人词。开篇六句写在一月轮映水、凉风吹叶、马息人静的夏夜,手持罗扇的佳人于闲庭井畔笑扑流萤。这特定的场景和人物,似实而虚。以下“夜久凭阑,愁不归眠”,方为醒题之笔,点明眼下实景,“人今千里”,原来即是开端浮现脑际的“笑扑流萤”之佳人。“空见说”领起“怯琼梳”、懒匀染,言对方念己,“梅风”“虹雨”“舞红”,转笔写眼前景,烘托情怀。进而借江淹、荀倩自拟,说自身为伊憔悴。末以伫望稀星收顿,与“立残更箭”紧相扣合。思路跳跃,线索深藏,顿挫开阖,勾勒精妙。

〔2〕清蟾:指月光。

〔3〕叶喧凉吹:凉风吹树叶响。

〔4〕露井:没有覆盖的井,常有护栏。

〔5〕“笑扑”二句:言扑打流萤将罗扇弄破。杜牧《秋夕》:“银烛秋光冷画屏,轻罗小扇扑流萤。”

〔6〕“立残”句:伫立至深夜。更箭,古铜壶滴漏计时的箭形标尺。

〔7〕“空见说”二句:闻对方持玉梳而怯发稀对金镜而伤憔悴。琼梳,玉制的梳子。

〔8〕“渐懒”句:谓无心逐时尚化妆。

〔9〕“梅风”句:梅子熟时风吹地湿。

〔10〕“虹雨”句:夏雨出现虹霓,阶前生青苔。

〔11〕舞红:指风中之花。

〔12〕江淹:齐梁时文学家,少梦人授五色笔,文思大进,后又梦自称郭璞的索回其笔,从此诗无佳句,人称江郎才尽。此喻指文思减退。

〔13〕荀倩:《世说新语》载,荀粲,字奉倩,娶曹洪女,有美色,爱昵备至,曹氏病没,粲伤感至极,逾年亦亡。此用以比伤怀情深。

苏幕遮〔1〕

燎沉香〔2〕,消溽暑。鸟雀呼晴,侵晓窥檐语。叶上初阳干宿雨。水面清圆,一一风荷举。　　故乡遥,何日去。家住吴门〔3〕,久作长安旅〔4〕。五月渔郎相忆否。小楫轻舟,梦入芙蓉浦〔5〕。

〔1〕本篇以清新平易之语写夏日京门怀乡之思。上片写夏日清景,由室内到室外。赋鸟雀以性灵,极富情趣。刻画风中水面荷花,尤得神理。由荷花联想江南水乡,引出下片乡情。不说自己忆乡人,而问渔郎忆己,从对面着笔。梦游荷浦,足见思乡情切。字字如出水芙蓉,清新素雅,涤尽雕镂之迹。

〔2〕燎沉香:燃起薰香。

〔3〕吴门:苏州的别称,古吴国都。吴包括浙江北部一带,此代指江浙。

〔4〕长安:借指汴京。

〔5〕芙蓉浦:长满荷花的洲渚。

少年游[1]

并刀如水[2],吴盐胜雪[3],纤手破新橙。锦幄初温[4],兽烟不断[5],相对坐调笙。　　低声问,向谁行宿,城上已三更。马滑霜浓,不如休去,直是少人行[6]。

〔1〕《贵耳集》载一则与此词创作缘起有关的故事:"道君(宋徽宗)幸李师师家,偶遇周邦彦先在焉,知道君至,遂匿床下,道君自携新橙一颗,云:'江南新进来。'遂与师师谑语。邦彦悉闻之,檃括成《少年游》云云。"风流天子宠幸一时名妓事,是否可靠,前人多有争议,可另当别论,但此词反映上层社会游冶生活却活龙活现。全篇就女性着墨,"纤手""低声"已有暗示。上片以行为显示,"破新橙""坐调笙",两则细节宣出无限缠绵温馨。下片借问话展现,低声一贯到底,担心夜深、路滑、天寒行人少,以"不如休去"委婉挽留,温存、体贴眷恋之情自见,言出肺腑,口吻毕肖,十分传神。

〔2〕并刀:并州(今山西太原一带)产刀以锋利称,光洁似水。杜甫《戏题王宰画山水图歌》:"焉得并州快剪刀。"

〔3〕吴盐:吴地产盐洁白如雪。李白《梁园吟》:"吴盐如花皎白雪。"

〔4〕锦幄:锦缎帐幔。

〔5〕兽烟:兽形香炉飘袅出香烟。

〔6〕直是:真是、正是。

少　年　游[1]

雨　　后

朝云漠漠散轻丝[2]，楼阁淡春姿。柳泣花啼，九街泥重[3]，门外燕飞迟。　　而今丽日明金屋[4]，春色在桃枝，不似当时，小桥冲雨，幽恨两人知。

〔1〕小词当是抒发早年与恋人相聚的欣慰情怀。前后片由“而今”二字关联递转。前片勾画湿云含雨、淡烟笼罩，旋即淫雨普降，泥深燕藏，“柳泣花啼”，赋物以情，借环境暗示以往分隔独处之幽怨。“而今”折转到下片，日丽风和，桃花明艳，与以上所追忆情景忧乐迥异。“金屋”着“明”字，“幽恨两人”以“不似”来否定，则如今两人的欢恰相处，无限温馨，自在言外，耐人寻味。

〔2〕“朝云”句：形容阴云迷濛、细雨霏霏的景象。

〔3〕九街：犹九衢，四通八达的大街。

〔4〕金屋：暗用《汉武故事》中“金屋藏娇”事典。

夜　游　宫[1]

叶下斜阳照水，卷轻浪、沉沉千里。桥上酸风射眸子[2]，立多时，看黄昏，灯火市。　　古屋寒窗底，听几片、井桐飞坠。不恋单衾再三起。有谁知，为萧娘，书一纸[3]。

〔1〕词写深秋羁旅中思家怀人的沉重心绪。前后两种场景。叶落日沉，江面空阔，伫立桥头，凝望灯市，给人以无限漂流之愁、孤寂之感。“古屋寒窗”镜头转向室内，“井桐”以动衬静，“再三起”夜不成眠，结句一笔点睛。由外景到内景，由日落、上灯到深夜，层层深入，步步推进，刻画出一纸书的分量，馀味深长，语淡情浓。

〔2〕“桥上”句：化用李贺《金铜仙人辞汉歌》中“东关酸风射眸子”诗句，形容含泪欲滴的凄苦情态。

〔3〕“有谁知”三句：杨巨源《崔娘》诗：“风流才子多春思，肠断萧娘一纸书。”此化用其句。萧娘，代指热恋的女子。

望　江　南〔1〕

春　　游

游妓散，独自绕回堤。芳草怀烟迷水曲，密云衔雨暗城西。九陌未沾泥。　　桃李下，春晚未成蹊〔2〕。墙外见花寻路转，柳阴行马过莺啼。无处不凄凄。

〔1〕词写独自春游的清冷寂落。起写游人行迹，“散”“独”见氛围清冷，以下写郊原笼烟、天宇阴沉、街陌寂静。继之言绕行所见，“未成蹊”“寻路转”“马过莺啼”，从果林、花丛、柳行多种场景，极写孤寂之象，最后逼出尾句“凄凄”神理。下字含蓄精当，情融景中。

〔2〕“桃李下”二句：《史记·李将军传赞》引谚语：“桃李不言，下自成

蹊”，此处反用其意，言桃李盛开，却无人欣赏，形容景象荒僻。

解语花[1]

上元

风销绛蜡[2]，露浥红莲[3]，灯市光相射。桂华流瓦[4]，纤云散，耿耿素娥欲下[5]。衣裳淡雅，看楚女纤腰一把[6]。箫鼓喧，人影参差，满路飘香麝[7]。　　因念都城放夜[8]。望千门如昼[9]，嬉笑游冶。钿车罗帕，相逢处，自有暗尘随马[10]。年光是也，唯只见、旧情衰谢[11]。清漏移，飞盖归来，从舞休歌罢[12]。

〔1〕本篇为元宵观灯忆旧感怀之作，周济《宋四家词选》认为当在荆南(今湖北江陵)时所写。上片写荆南元宵灯节盛况。起三句写花灯灿烂，风露写夜色，绛蜡、红莲为灯景，“光相射”总写灯市。继三句写月光明净，云散光流，“素娥欲下”，赋物以情，亲切自然。再三句写观灯姑娘，淡妆清雅，身段苗条。收拍从听觉、视觉、嗅觉三个角度，极写南方元宵佳节的喧闹热烈温馨。下片追怀往年汴京元宵盛况并引发感喟。换头由“因念”领起，过渡到往昔。以下描述京阙彩灯如昼、游人尽兴欢乐，并插一少男追逐情侣的特写镜头，别饶情致。“年光是也”陡然折转，感叹“旧情”衰谢，热闹氛围顿时跌入低谷。末以挥车独归，无心观赏收束，将佳节繁闹中个人寂落无聊襟绪，骤然推出，乃全篇题旨所在。由当今上元勾逗出往日上元，由繁闹跌宕出寂落，陈廷焯谓下阕“纵笔挥洒，有水逝云卷、风驰电掣之感。”(《白雨斋词话》)

〔2〕“风销”句：言红蜡在春风中消溶。

〔3〕“露浥”句:言露水沾湿彩灯。

〔4〕“桂华”句:月光在屋瓦上流转。桂华,代指月光。

〔5〕素娥:指皎洁的月光。

〔6〕楚女:指荆南游女。荆南,古属楚地。《韩非子》:“楚灵王好细腰,而国中多饿人。”

〔7〕香麝:指麝香,以雄麝分泌物制成的香料。

〔8〕放夜:古代京都实行宵禁,每逢元宵节于正月十五前后,夜间弛禁,以便游人观灯,称“放夜”。

〔9〕千门:千家万户。亦指京都繁华街巷。

〔10〕“钿车”三句:写歌女乘华丽游车,挥香罗帕招引游人,引逗青年人争相追逐。钿车,以铜花图案装饰的车子。暗尘随马,化用苏味道《正月十五夜》中“暗尘随马去,明月逐人来”诗句。

〔11〕“年光”二句:谓元宵光景犹昔而情怀有异。

〔12〕“清漏移”三句:谓夜已晚,挥车急归,让人们尽兴歌舞吧。

大　酺〔1〕

春　雨

对宿烟收,春禽静,飞雨时鸣高屋。墙头青玉旆〔2〕,洗铅霜都净,嫩梢相触。润逼琴丝〔3〕,寒侵枕障,虫网吹粘帘竹。邮亭无人处〔4〕,听檐声不断,困眠初熟。奈愁极频惊,梦轻难记,自怜幽独。　　行人归意速。最先念、流潦妨车毂〔5〕。怎奈向、兰成憔悴〔6〕,卫玠清羸〔7〕,等闲时、易伤心目。未怪平阳客,双泪落、笛中哀曲〔8〕。况萧索、青芜国[9]。红糁铺地[10],门外荆桃如菽[11],夜游共谁秉烛。

〔1〕题曰“春雨”,词借写暮春雨景,抒发归心似箭的旅愁。起笔擒题,描述烟散禽藏、急雨轰响。“墙头”三句刻画青竹在雨中摇曳撞碰的室外雨景。“润逼”三句转写室内景,潮气、寒气、虫网、帘竹,布设就一派孤寂凄冷氛围。以下六句描摹旅馆孤栖感受,独听檐雨,乍眠频惊,刻画精微,以“自怜”收拢。换头直倾心绪,顾虑为淫雨困阻。“怎奈向”,一声叹息,连用庾信、卫玠、马融故事描述羁旅穷愁。“况萧索”以下归拢到自身,以景结情,“共谁秉烛”回应上片结句,突出春雨中阻隔驿馆的孤独感受。

〔2〕青玉旆:喻指绿竹的青叶。

〔3〕润逼琴丝:指琴弦受潮。

〔4〕邮亭:古代指驿馆。

〔5〕“流潦”句:指道上积水妨碍行车。

〔6〕兰成:庾信小字兰成,初仕梁,出使西魏,恰值梁乱,被留,后仕周,长期羁留北方,怀念南方乡土,写《哀江南赋》以寄乡思,《北史》有传。

〔7〕卫玠:晋人,字叔宝,风姿秀异,有羸疾。《晋书·卫瓘传》附载其行迹。

〔8〕“未怪”二句:难怪当年马融在平阳客店听到笛曲双眼落泪了。平阳客,指东汉经学家马融,他性好音乐,一次在平阳客馆听人吹奏哀怨笛曲,触动愁思,遂撰为《长笛赋》,以抒旅愁。

〔9〕青芜国:青草丛生的郊原,语出温庭筠《春江花月夜》诗:“花庭忽作青芜国。”

〔10〕红糁:指落花。

〔11〕“门外”句:谓门外樱桃已结豆大的果实。荆桃,即樱桃。菽,豆子。

庆春宫[1]

云接平冈,山围寒野,路回渐转孤城。衰柳啼鸦,惊风驱雁，动人一片秋声。倦途休驾[2]，淡烟里、微茫见星[3]。尘埃憔悴，生怕黄昏，离思牵萦。　　华堂旧日逢迎，花艳参差[4]，香雾飘零。弦管当头，偏怜娇凤，夜深簧暖笙清[5]。眼波传意，恨密约、匆匆未成。许多烦恼，只为当时，一饷留情[6]。

〔1〕词写深秋游子在旅途中的一段离思。上片写旅途景象，即景生情。由远景而近景再到晚景。“平冈”“寒野”“孤城”放眼所见，“云接”“山围”“路回”景象如画，“衰柳”“啼鸦”“惊风”“驱雁”，气氛萧瑟，“休驾”承“路回”，写景中融入游人行迹。末以风尘憔悴，黄昏离思收顿。下片紧承离思，追想往日的一幕艳遇。华堂、花艳、香飘，布设华贵环境。弦管、娇凤、笙清，加浓热闹氛围。“眼波传意”，展现最难忘的一幕。由“一饷留情”，引发“许多烦恼”，用爽畅家常语总括了难忘的一段情遇。

〔2〕休驾：让车马停下休息。

〔3〕微茫见星：隐约地看见星光。微茫，隐约。陈子昂《感遇》诗：“巫山彩云没，高丘正微茫。”

〔4〕花艳参差：形容花枝招展，亦暗喻美女光艳夺目。

〔5〕“弦管”三句：意谓在弦管声歌中，偏偏爱慕那娇凤般的伊人，夜深仍音乐动人。簧，乐器中用以发声的机件，簧暖，见奏乐不停。笙清，笙乐清脆。

〔6〕一饷：犹片刻。

六　　丑[1]

蔷薇谢后作

正单衣试酒，恨客里、光阴虚掷。愿春暂留，春归如过翼[2]，一去无迹。为问花何在，夜来风雨，葬楚宫倾国[3]，钗钿堕处遗香泽。乱点桃蹊，轻翻柳陌[4]。多情为谁追惜。但蜂媒蝶使，时叩窗槅[5]。　　东园岑寂，渐蒙笼暗碧[6]。静绕珍丛底[7]，成叹息。长条故惹行客，似牵衣待话，别情无极[8]。残英小、强簪巾帻。终不似一朵，钗头颤袅，向人欹侧[9]。漂流处、莫趁潮汐[10]。恐断红尚有相思字，何由见得[11]。

〔1〕另本题作“落花”。词借咏花寄感伤春，寓对美好易逝事物之惘惜。起写客中伤春，由春归到花谢，“钗钿”“香泽”，以惨死美人喻名花摧折，哀艳凄绝。“乱点”“轻翻”，泛写春花飘零，“为谁追惜?”痛发一慨，蜂、蝶旁衬，赋物以情，借表悼惜。过片转入一己低徊东园，绕花丛凭吊落英。“故惹”“牵衣”，构思婉妙，残英强簪，终不及名花盛时，然而落红凋零，无可逆挽，但愿不随潮远逝，尚或有残迹可寻。诗思精微，惜花情深，由己爱花惜美，想象花亦含思恋人，以人喻花，将花人格化，妙想联翩。怜惜眷恋美好事物之情，写得婉转曲折，执着深婉，意蕴耐人领悟。

〔2〕过翼:经过的飞鸟。翼，代指鸟。杜甫《夜二首》诗:“村墟过翼稀。”

〔3〕楚宫倾国:楚宫美人，喻指落花。

〔4〕“乱点”二句:形容落花在桃溪柳陌飘零飞卷。

〔5〕窗槅:窗棂。

〔6〕蒙笼暗碧:形容绿叶笼罩下光线阴暗。

〔7〕珍丛:指花丛。

〔8〕“长条”三句:谓花枝沾连行人衣襟,仿佛含情话别。

〔9〕“残英”四句:谓残花枯萎勉强插在帽上,终不及鲜花一朵,带在美人头上,摇曳多姿,惹人喜爱。

〔10〕潮汐:潮,指早潮,汐,指晚潮。

〔11〕“恐断红”二句:谓落花倘有题字表示相思,一旦随潮流去,我如何得见呢?唐卢渥赴京应试,在御沟中捡得一片红叶,上有题诗(事见《云溪友议》),此暗用其意。

虞美人[1]

灯前欲去仍留恋,肠断朱扉远。不须红雨洗香腮[2],待得蔷薇花谢、便归来。　　舞腰歌板闲时按,一任傍人看[3]。金炉应见旧残煤,莫遣恩情容易、似寒灰[4]。

〔1〕本篇抒写与热恋中歌女的惜别之情。起笔擒题,点明为远行伤怀,灯下依依难舍。以下全为行者叮咛之语:先言自己将按期归来,不须伤心洒泪;次劝佳人尽兴歌舞,潇洒岁月;末就近取譬,祝愿两情永保热烈,决不销减。从嘱咐的精细缠绵,显示出性情的沉厚和对方的执着诚挚。

〔2〕红雨:指佳人融和胭脂的泪水。

〔3〕“舞腰”二句:劝对方歌舞取乐消遣时光。化用杜牧《留赠》诗,诗云:“舞靴应任闲人看,笑脸还须待我开。不用镜前空有泪,蔷薇花谢即归来。”

〔4〕“金炉”二句:谓金炉麝煤易残,人间恩情难断。莫遣,莫使。

虞　美　人〔1〕

廉纤小雨池塘遍〔2〕,细点看萍面。一双燕子守朱门,比似寻常时候、易黄昏。　　宜城酒泛浮春絮〔3〕,细作更阑语〔4〕。相看羁思乱如云,又是一窗灯影、两愁人。

〔1〕小词写与佳人雨夜话别的凄苦襟绪。上片为白日院内景,细雨淅沥,点落飘满浮萍的水面,天色阴沉,转眼进入黄昏,“双燕”颇具象征意味,借景寓情。下片进入室内,时光伸延到夜深,灯下酌酒话别,两人情语缠绵,离思纷乱。结句场景如画,意象凄惋,“两愁人”与“双燕子”遥相衬映,耐人寻味。

〔2〕廉纤:小雨连绵不断貌。

〔3〕“宜城”句:宜城美酒浮起了香沫。宜城今属湖北,汉代产美酒有名。黄庭坚《次韵刘景文登邺王台见思》有“酒泛酌宜城”之句。

〔4〕“细作”句:更深天晓仍细语缠绵。

虞　美　人〔1〕

疏篱曲径田家小,云树开秋晓。天寒山色有无中〔2〕,野外一声钟起、送孤篷〔3〕。　　添衣策马寻亭堠〔4〕,愁抱唯宜酒。菰蒲睡鸭占陂塘〔5〕,纵被行人惊散、又成双。

〔1〕小词写征途中羁旅清愁。上片言晨起乘船离去情景,先写郊原风

光，由近到远，农家小景，颇饶画意，收句醒明登舟起程行迹。下片言黄昏投宿旅邸况味，跨马入店，抱愁独酌，末以睡鸭惊散又成双，反衬逆旅中孤独漂泊，思乡怀人之情自在言外。

〔2〕“天寒”句：形容远山隐约可见。王维《汉江临眺》诗：“江流天地外，山色有无中。”

〔3〕孤篷：指旅船。

〔4〕亭堠：古代用以瞭望侦察的岗亭，此指驿站。

〔5〕菰蒲：菰，俗名茭白。蒲，蒲草。均浅水植物，为水禽栖宿之处。

西　河[1]

金陵怀古

佳丽地，南朝盛事谁记[2]？山围故国绕清江，髻鬟对起。怒涛寂寞打孤城，风樯遥度天际[3]。　　断崖树，犹倒倚。莫愁艇子曾系。空馀旧迹郁苍苍，雾沉半垒[4]。夜深月过女墙来，伤心东望淮水[5]。　　酒旗戏鼓甚处市[6]？想依稀，王谢邻里。燕子不知何世，向寻常巷陌人家相对，如说兴亡斜阳里[7]。

〔1〕本篇为游赏金陵怀古而作。起句点题，指明时地，“谁记”唤起今昔之感。一叠融化《石头城》诗前联，总写金陵形胜，境界旷远，雄壮中蕴含落寞。二叠糅合当地传说并《石头城》后联，扣紧金陵景观摅物是人非之感，“断崖”“旧迹”“雾沉”，景物涂上一种苍茫色调。三叠笔锋伸向原为望族聚居而今变为普通市井之地，宣发人世沧桑之思。化用《乌衣巷》诗意，自然入妙，燕子相

对说兴亡于斜阳之中,意象极巧,感伤殊深。由远景到近景。由江山故国、都邑胜迹到寻常巷陌,镜头愈近,感喟愈深。怀古评史不假陈说,全由景物描绘中隐隐道出。融化前人诗句,浑然天成,平易爽畅,一如己出。

〔2〕“佳丽地”二句:谢脁《入朝曲》:“江南佳丽地,金陵帝王州。”南朝,指相继在金陵建都的宋、齐、梁、陈四朝。

〔3〕“山围”四句:点化刘禹锡《石头城》诗描写金陵形胜。刘诗云:“山围故国周遭在,潮打空城寂寞回。淮水东边旧时月,夜深还过女墙来。”此处化用前二句。髻鬟,形容对峙的山峰。

〔4〕“莫愁”三句:化用传说故事抒古都物是人非的变迁。莫愁,少女名,或说石城人,或说洛阳人或金陵人,相传金陵莫愁湖即因莫愁女得名。古乐府《莫愁乐》有“莫愁在何处?莫愁石城西。艇子打两桨,催送莫愁来”之句。李商隐《莫愁》诗亦云:“若是石城无艇子,莫愁还自有愁时。”雾沉半垒,是说夜雾深沉埋没了旧踪残垒。

〔5〕“夜深”二句:化用刘禹锡《石头城》后二句。女墙,城上垛口。淮水,指秦淮河。

〔6〕甚处市:是什么街巷。

〔7〕“想依稀”五句:檃括刘禹锡《乌衣巷》诗,发古今兴亡之感,诗云:“朱雀桥边野草花,乌衣巷口夕阳斜。旧时王谢堂前燕,飞入寻常百姓家。”王谢,东晋时王、谢两大望族都住金陵乌衣巷。

绮 寮 怨〔1〕

上马人扶残醉,晓风吹未醒。映水曲、翠瓦朱檐,垂杨里、乍见津亭〔2〕。当时曾题败壁,蛛丝罩,淡墨苔晕青〔3〕。念去来、岁月如流,徘徊久、叹息愁思盈。　　去去倦寻路程,江陵旧事,何曾再问杨琼〔4〕。旧曲凄清,敛愁黛、与谁听。尊前故人如在,想念我、最关情。何须渭城[5],歌声未尽处,先泪零。

〔1〕本篇写词人醉访旧地,引发起对佳人的离思别绪。开篇突兀而来,直写醉态,“吹未醒”,见昨晚醉意深浓。水曲、朱檐、垂杨、津亭,醉眼所见,风物如画。“当时”由津亭引发追忆,旧题为蛛丝青苔所蒙,知岁月已久,旧迹荒凉。上片以叹唱分别岁月、低徊分手故地,予以总收。换头点明访旧忆昔,并借元稹与歌女故事,檃括自身情遇。“敛愁黛”揣想对方,“想念我”用虚拟法,由对方念已,映现两情挚厚,末以听歌溢泪,将相思深情推向高潮。

〔2〕津亭:津渡驿站,指分手之处。

〔3〕“淡墨”句:言旧日题壁已墨迹浅淡、青苔浸染。

〔4〕“江陵”二句:谓旧日恋情,再也无缘与伊人重温。杨琼,唐江陵酒妓,善歌,元稹贬居江陵时,与她有一段情缘,事见元稹《和乐天示杨琼》诗。

〔5〕渭城:送别曲,王维《送元二使安西》诗,后编入乐府,成为流行的送别曲,因首句有“渭城朝雨浥轻尘”句,亦名“渭城曲”。

拜星月慢[1]

夜色催更,清尘收露,小曲幽坊月暗。竹槛灯窗,识秋娘庭院[2]。笑相遇,似觉琼枝玉树相倚[3],暖日明霞光烂[4]。水盼兰情[5],总平生稀见。　　画图中、旧识春风面[6]。谁知道、自到瑶台畔[7]。眷恋雨润云温[8],苦惊风吹散。念荒寒、寄宿无人馆。重门闭、败壁秋虫叹。怎奈向、一缕相思,隔溪山不断。

〔1〕本篇为词人独居客馆、忆念丽人之作。上片描述艳遇经过。起五句实写相逢时、地、环境,夜色、天象、曲径、幽坊、竹槛、灯窗,由远而近,走入伊人所居。“笑相遇”五句写一见钟情、爱慕备至,“琼枝玉树”喻其体态美,“明霞光烂”见其容光艳,“水盼兰情”言其娇眼传情,“平生稀见”极言喜出望外、千载难逢。换头紧承上阕,言过去已见过此女的画像,只是无缘相识,明其倾慕已久。“谁知”一转,喜仙境巧逢。“雨润云温”喻两情亲昵,“苦惊”陡转,叹为外力拆散。“念荒寒”以下转入现实处境,氛围荒凉寂落,末以相念情深无力隔阻收结全章。两人相见之欣喜,被拆散之陡然,相思之痛切,毫发毕现,宛然在目。

〔2〕秋娘:借指美人。白居易《琵琶行》:“妆成每被秋娘妬。”

〔3〕琼枝玉树:形容女性体肢白嫩。沈约《古别离》:“愿一见颜色,不异琼树枝。”

〔4〕“暖日”句:形容伊人光彩夺目。化用宋玉《神女赋》:“其始来也,耀乎若白日初出照屋梁。”

〔5〕水盼兰情:秋波传递幽兰般的温情。

〔6〕“画图中”句:言旧时见过她的画像。此处化用杜甫《咏怀古迹》诗中“画图省识春风面”句。

〔7〕“自到”句:谓自己到伊人住处。瑶台,仙人所居,代指佳人庭院。

〔8〕雨润云温:喻指对方的柔情蜜意、无限温存。

尉 迟 杯[1]

离 恨

隋堤路[2]。渐日晚、密霭生深树。阴阴淡月笼沙,还宿河桥深处。无情画舸,都不管、烟波隔前浦。等行人、醉拥重衾,载将离恨归去[3]。　因思旧客京华,长偎傍、疏林小槛欢聚。冶叶倡条俱相识[4],仍惯见、珠歌翠舞。如今向、渔村水驿,夜如岁、焚香独自语。有何人、念我无聊,梦魂凝想鸳侣[5]。

〔1〕词写泛舟远行中的离恨别思。发端描绘江乡晚景,雾密、月淡,色调朦胧。“还宿河桥”,点明行迹。怨画舸无情,隔断望眼,待行人昏醉,载恨远去,借物宣情,离思深重。换头以“因思”领起,缅忆旧日京华欢情,“长偎傍”“仍惯见”见关系亲密,“小槛欢聚”“珠歌翠舞”,见热闹非常,乐事无限。“如今向”折回当今,夜长如岁,焚香自语,孤独难耐之甚,与京华旧梦对比强烈、反差极大。跌宕出脱口而来的无限幽恨:“凝想鸳侣”。

〔2〕隋堤:隋炀帝开运河,沿河筑堤,称隋堤,指汴京至淮河一段水路。

〔3〕“无情画舸”四句:借抱怨画船抒别怀旅愁。宋郑仲贤《送别》诗:“亭亭画舸系春潭,只待行人酒半酣。不管烟波与风雨,载将离恨过江南。”周词创意与郑诗异曲同工。

〔4〕冶叶倡条:以花柳喻指歌伎舞女。李商隐《燕台诗》有“冶叶倡条遍相识”之句,此化用其句。

〔5〕鸳侣:犹情侣舞伴。

蝶恋花[1]

早行

月皎惊乌栖不定,更漏将阑,辘轳牵金井[2]。唤起两眸清炯炯[3],泪花落枕红绵冷。　执手霜风吹鬓影,去意徘徊,别语愁难听。楼上阑干横斗柄,露寒人远鸡相应。

〔1〕词写晨起早行与居人分手的离别情。起三句枕间所闻，乌啼、漏残、辘轳，声响惊梦，见行将远别，一夜睡眠不稳。继二句凌晨清醒，泪湿枕绵，形容别情凄楚。“执手”三句，写路边话别，欲行又止，出语悲酸，将难舍难分、两情缠绵，情景刻画入微。末二句，一笔两写，一面为闺中佳人凭阑凝望，放心不下；一面为野外行人冒寒远征，孤单冷清。写来真切细致，言简意密。

〔2〕“辘轳”句：写用辘轳在井上汲水之声。吴均《行路难》：“玉栏金井牵辘轳。”

〔3〕炯炯：目光明亮。

浣　溪　沙〔1〕

楼上晴天碧四垂〔2〕，楼前芳草接天涯〔3〕。劝君莫上最高梯。　　新笋看成堂下竹，落花都上燕巢泥。忍听林表杜鹃啼〔4〕。

〔1〕小词咏羁旅迁客的乡思，妙在以不言言之。前片描绘碧天寥廓、草原无际，末托为他人劝莫登高张望，怕的是故乡无法望见。后片陈述新笋成竹、落花变泥，末言不忍听杜鹃悲啼。时光流逝，岁月迟暮，不忍设想归期，见于言外。先从空间着笔，形容万里分隔，骋目难见；后从时间着眼，叹息光阴流逝，耳不忍闻。措辞蕴藉，构思精巧。久客异地、深沉思乡之情，溢于言表。

〔2〕“楼上”句：形容天宇空阔。韩偓《有忆》诗有“愁肠泥酒人千里，泪眼倚楼天四垂”之句。

〔3〕“楼前”句：运用芳草连天的传统意象，表达游子长久不归。淮南小山《招隐士》：“王孙游兮不归，春草生兮萋萋。”

〔4〕“忍听”句：杜鹃暮春啼声凄苦，如唤“不如归去”，人称催归鸟。李

中《钟陵禁烟寄从弟》诗,有“忍听黄昏杜宇啼”之句。

一落索[1]

眉共春山争秀,可怜长皱。莫将清泪湿花枝,恐花也、如人瘦。　　清润玉箫闲久[2],知音稀有。欲知日日倚阑愁,但问取、亭前柳。

〔1〕小词写闺秀愁春情怀。以春山层叠喻秀眉艳丽而紧锁,以花瘦衬映人瘦,点石化金,翻出新意。借箫闲映现知心难觅,以亭柳为长日愁思见证,手法新巧,联想微妙。全篇短小清新,写来由形到神,移情于物,借物写人,充分体现出封建时代禁锢深闺的少女内心的空虚感、寂寞感。

〔2〕清润:形容玉箫发声清圆温润。

四园竹[1]

浮云护月,未放满朱扉[2]。鼠摇暗壁,萤度破窗,偷入书帏[3]。秋意浓,闲伫立,庭柯影里,好风襟袖先知[4]。

夜何其[5]。江南路绕重山,心知漫与前期[6]。奈向灯前堕泪[7],肠断萧娘,旧日书辞犹在纸[8]。雁信绝,清宵梦又稀。

〔1〕本篇调名又作“西园竹”,乃秋夜怀人之作。前片首四句为秋夜景

象，由室外到室内，由视觉到听觉，浮云、暗壁、破窗、鼠摇、萤度，系列意象构成一种阴沉、荒凉、萧索场景。次四句为人物行迹，伫立空庭，临风凝思，勾起无限心绪。后片点明时序，转向所思内容，"江南"见所思遥远，"漫与"见后约难凭。"奈向"以下回返现境，对灯堕泪，翻检情书，细节真切动人。收结到信绝、梦稀，旧缘难圆，出语酸楚，将忆念之情推向深层极境。

〔2〕"未放满"句：谓月光未照满书斋门户。

〔3〕"萤度"二句：谓萤虫飞进破窗爬入书帷。齐己《萤》诗："夜深飞过读书帷。"

〔4〕"好风"句：杜牧《秋思》诗："好风襟袖知。"

〔5〕夜何其：夜到何时。《诗经·小雅·庭燎》："夜如何其，夜未央。"

〔6〕"心知"句：谓心里清楚徒然早有期约，但终难实现。

〔7〕奈向：奈何。

〔8〕"肠断"二句：谓令人肠断的佳人书信犹在眼前。萧娘，代指佳人。杨巨源《崔娘》诗："风流才子多春思，肠断萧娘一纸书。"

玉楼春〔1〕

桃溪不作从容住〔2〕，秋藕绝来无续处。当时相候赤栏桥〔3〕，今日独寻黄叶路〔4〕。　烟中列岫青无数〔5〕，雁背夕阳红欲暮〔6〕。人如风后入江云，情似雨馀粘地絮〔7〕。

〔1〕小词写词人寻访往日与情侣幽会的旧地而引发的惆怅低徊情思。首韵言与情侣遇合未得久留，旋即失去联系。次韵承上勾画出旧时约会、今日独寻两种氛围不同的场景。过片进一步描绘现实景观，浓化独行氛围。收韵转向抒情，一叹伊人飘然远去，一写自己情思缠绵，难以超脱。化用故事，不着痕迹，即景取譬，贴切自然。见出一段难忘情缘，铭刻心头。

〔2〕“桃溪”句:化用刘晨、阮肇恋情故事比况自己的情遇。刘义庆《幽明录》载,刘晨、阮肇同入天台山,迷路中于桃溪侧畔遇二仙女,姿容艳美,欢爱成婚,居留半年,怀念家乡,遂辞别归家,其时子孙已历七世。后重访天台山,不复遇二女。

〔3〕赤栏桥:代表春天风光美好之处。温庭筠《杨柳枝》词:“一渠春水赤栏桥。”

〔4〕黄叶路:代指萧瑟的秋景。

〔5〕“烟中”句:形容晚雾中峰峦罗列。岫,山峰。

〔6〕“雁背”句:形容群雁在夕阳馀辉中飞去。温庭筠《春日野行》:“鸦背夕阳多”。

〔7〕“情似”句:柳絮粘着地面,喻指情思胶着。参寥《续骩骳说》:“禅心已作沾泥絮。”

长相思慢〔1〕

夜色澄明,天街如水,风力微冷帘旌。幽期再偶,坐久相看,才喜欲叹还惊。醉眼重醒,映雕阑修竹,共数流萤。细语轻轻,尽银台挂蜡潜听。　　自初识伊来,便惜妖娆艳质,美盼柔情〔2〕。桃溪换世〔3〕,鸾驭凌空〔4〕,有愿须成。游丝荡絮,任轻狂、相逐牵萦〔5〕。但连环不解〔6〕,流水长东,难负深盟。

〔1〕本篇长调记述作者与久别重逢的风尘佳侣灯下醉酒密语、倾诉心曲的情景。上阕写初见亲昵。起写月色、街衢、季候,勾画出明净、清爽、宜人的境界。次叙重逢注目对视,惊喜交加,乍见情态,细腻传神。再言喜极痛饮而醉,

醒来相偎不舍。末写银蜡潜听细语,不禁垂泪涔涔,衬映出情话动人,引人揣想。下阕为“细语”内容。先言初识一见钟情、爱慕极深;次化用古代成婚故事,表白不计岁月多久,终将如愿结合;再激励对方身处风尘,定能摆脱他人纠缠,保持贞静专一;末祝愿两人必将胶着终身实现盟誓。前半叙事,细针密线,摄魄传神。后半谈心,发自肺腑,娓娓动听。

〔2〕“自初识”三句:谓从认识伊人以来,就爱上她的姿质婉美、眼波深情。美盼,指双眼美好。《诗经·卫风·硕人》:“美目盼兮。”

〔3〕桃溪换世:用刘义庆《幽明录》中刘晨、阮肇故事,谓时移世变、爱心不改。

〔4〕鸾驭凌空:用《列仙传》中弄玉萧史的故事。

〔5〕“游丝”二句:意谓尽管佳人到处漂泊、受轻狂公子哥儿纠缠,定会坚贞不移。

〔6〕连环不解:喻恋情深挚,缠绵胶着。《战国策·齐策》载有秦始皇派人送玉连环给齐国,让齐人开解的故事。

夜飞鹊〔1〕

别情

河桥送人处,凉夜何其〔2〕?斜月远堕馀辉。铜盘烛泪已流尽,霏霏凉露沾衣。相将散离会处〔3〕,探风前津鼓〔4〕,树杪参旗〔5〕。花骢会意〔6〕,纵扬鞭、亦自行迟。　迢递路回清野,人语渐无闻,空带愁归。何意重经前地,遗钿不见〔7〕,斜径都迷。兔葵燕麦〔8〕,向残阳、欲与人齐。但徘徊班草,欷歔酹酒,极望天西〔9〕。

〔1〕本篇为忆别怀人之作。上片追忆当日送别场景,先点送别时地,用月辉、盘烛、凉露渲染氛围;再写别筵散场,匆匆分手,怏怏而归。“津鼓”催发行船,“扬鞭”自跨归骑。过片紧承“行迟”,述当日送别归途离思、旷野落寞,而由“空带愁归”顿住。“何意”以下转入当今。如今重经当年送别旧地,时过景迁,触目荒凉,路径难辨。怀想之极,不忍离去,收拍以“徘徊”“班草”“欷歔”“酹酒”“极望”等一系列密集动作意象写出离愁凝重、怀旧情深。全词用逆入结构,由往日送别、今夕忆送别两种场景组成,“遗钿”透露出所忆之人当为女性。描述细密,层层铺叙,宛如忆别小赋。

〔2〕“凉夜”句:凉夜到了什么时分。《诗经·小雅·庭燎》:“夜如何其?夜未央。”

〔3〕相将:相随。离会:饯别筵席。

〔4〕“探风前”句:了解寒风中渡头的鼓声。津鼓,开船信号。

〔5〕“树杪”句:树梢上天空中的星象。参旗,星名,二十八宿之一。

〔6〕花骢:青白杂毛的马。

〔7〕遗钿:丢弃在路边的首饰。

〔8〕兔葵燕麦:路边的野葵野麦。

〔9〕“但徘徊”三句:写路经告别旧地,不忍离去,独自铺草而坐,叹息洒酒,瞻望西方。班草,犹“班荆”,谓朋友相遇,共坐谈心。此句言徘徊于昔日共坐谈心之处,不忍离开。

关 河 令[1]

秋阴时晴渐向暝[2],变一庭凄冷。伫听寒声,云深无雁影。　　更深人去寂静,但照壁孤灯相映。酒已都醒,如何消夜永。

〔1〕小词写羁旅孤栖的冷清寂寞。由白昼到更深,由庭阶到室内,天象阴沉,气氛凄冷,雁无踪影,更深客馆人散,唯有孤灯相伴,寂寞长夜,何以消磨,倾尽了行役中的客愁旅思。

〔2〕“秋阴”句:形容天气乍晴又转入昏暗。暝,日暮。

谢逸

谢逸（1068—1113），字无逸，临川（今江西抚州临川区）人。屡举进士不第，终身隐居，以诗文自娱，与弟谢薖并称“二谢”，列名《江西诗社宗派图》，《宋史翼》有传。自号溪堂，著有《溪堂集》，词收其中，另有汲古阁本《溪堂词》单行，存词六十馀首，词风温雅有致，轻倩可人。

燕归梁[1]

六曲阑干翠幕垂，香烬冷金猊[2]。日高花外啭黄鹂，春睡觉、酒醒时。　草青南浦，云横西塞，锦字杳无期[3]。东风只送柳绵飞。全不管、寄相思。

〔1〕小词写春日行人思家。前片言行人拟想闺人春晓情景，翠幕、金猊，衬映佳人婉美，日高方起，夕醉晨醒，暗示伊人心绪不宁。后片写行人思家盼信，“南浦”当为佳人所居，“西塞”暗示行人远征，“锦字”句盼家信不到，煞拍怨东风送走春光，却不带回相思讯息，体现出无可奈何之襟绪。

〔2〕“香烬”句：谓薰香烧成灰烬香炉都凉了。金猊，形状似狮的香炉。

〔3〕锦字：出自《晋书》所载窦滔妻苏氏织回文锦诗以赠夫故事，代指妻子寄夫的书信。

江　神　子[1]

一江秋水碧湾湾，绕青山，玉连环。帘幕低垂，人在画图间。闲抱琵琶寻旧曲[2]，弹未了，意阑珊[3]。　飞鸿数点拂云端，倚阑看，楚天寒[4]。拟倩东风，吹梦到长安[5]。恰似梨花春带雨，愁满眼，泪阑干[6]。

〔1〕词写一独处秀闺的佳丽怀思情侣和知音。起勾画碧水青山玉峰连环，其间绣楼低垂帘幕，环境如画，烘托出主人公的倩美。继描述伊人弹奏琵琶，一曲未了，兴致销尽，暗示其人忆旧念远，心事重重。换头紧承上文，写佳人倚阑远眺，数尽飞鸿；进而写她幻想借东风把梦魂吹向长安，至此可知她独处江南，一心忆念京华中的情侣。结拍以梨花带雨拟其涕泪盈面，将怀人的深情推向高潮。全章主要由人物的动作意象宣发情思，风调蕴藉高雅。

〔2〕“闲抱”句：意谓无聊地抱起琵琶，欲找回往日的生活情趣。

〔3〕意阑珊：情绪低落。

〔4〕楚天：泛指江南的天空。

〔5〕长安：代指汴京。

〔6〕“恰似”三句：化用白居易《长恨歌》“玉容寂寞泪阑干，梨花一枝春带雨”诗句。阑干，纵横散落貌。

江　神　子[1]

杏花村馆酒旗风[2]，水溶溶[3]，飏残红[4]。野渡舟横[5]，杨柳绿阴浓。望断江南山色远,人不见,草连空。　　夕阳楼外晚烟笼。粉香融[6],淡眉峰。记得年时,相见画屏中。只有关山今夜月,千里外,素光同[7]。

〔1〕这是一首即景怀人词。前五句描绘村旁水畔郊野风光,村馆酒旗飘扬,溪边碧水流动,残花飘浮,野舟自横,杨柳阴浓。景象何等幽美!在这幅村野如画的背景中,出现一人伫立远望,眼前但见绿草连天。后三句显现人物。此人望断江南,意中人"不见"。换头三句,不见之人却由脑际浮现:她粉香温馨,娥眉淡描,露面于夕阳朦胧中。"记得"二句,倒点一笔。收尾再折转到当今,以景会情,聊抒隔千里共明月之感,强求开解,姑以自慰。全章布景如画,借景见情,清丽疏隽,灵动自然。

〔2〕"杏花村"句:点化杜牧《清明》诗:"借问酒家何处有,牧童遥指杏花村。"

〔3〕溶溶:水波流动貌。

〔4〕飏残红:指残花飘泛。

〔5〕野渡舟横:化用韦应物《滁州西涧》诗中"野渡无人舟自横"句。

〔6〕粉香融:脂粉香气飘散。

〔7〕"只有"三句:谓伊人远隔千里,只有共享皎洁的月光。谢庄《月赋》:"美人迈兮音尘阙,隔千里兮共明月。"此处化用其意。

晁冲之

晁冲之字叔用，初字用道，济州巨野（今属山东）人。师从陈师道，名列《江西诗社宗派图》，举进士不第，飘然隐去，绍圣初，卜居具茨山（在今河南新郑）下，人称具茨先生。徽宗时寓居汴京，政和间被授大晟丞。著有《晁具茨集》《晁叔用词》。今词集不存，赵万里辑本仅得十六首。刘乃昌、杨庆存编有《晁叔用词校注》，上海古籍社刊入《宋词别集丛刊》。

临江仙[1]

忆昔西池池上饮[2]，年年多少欢娱。别来不寄一行书[3]。寻常相见了，犹道不如初。　　安稳锦屏今夜梦，月明好渡江湖[4]。相思休问定何如[5]。情知春去后，管得落花无。

〔1〕小词为独处落寞怀念故旧之作。上片由忆念往日友朋宴聚之乐，跌落到眼下缺少音问。下片推进一步，由目前处境进而言相思入梦，悬想梦中必将相互寻问近况。“休问”话外之意耐人寻味。收拍以决绝语言春去后之落花不须闻问，故作豁达，实含无限酸楚。短章写来如此跌宕曲折，言简情深，咀之无穷。

〔2〕西池：汴京金明池，在开封西郑门西北，习称西池。为观赏胜地，秦观作有《金明池》词。

〔3〕“别来”句:杜甫《寄高三十五詹事适》诗:“相看过半百,不寄一行书。”

〔4〕“安稳”二句:谓在锦屏罗帐中安稳入睡,以便趁明月梦魂渡江与友人相会。

〔5〕“相思”句:言现今变化难以预料。杜甫《送孔巢父谢病归游江东兼呈李白》:“南寻禹穴见李白,道甫问信今何如。”

玉蝴蝶〔1〕

目断江南千里,灞桥一望〔2〕,烟水微茫。尽锁重门,人去暗度流光。雨轻轻、梨花院落,风淡淡、杨柳池塘〔3〕。恨偏长,佩沉湘浦〔4〕,云散高唐〔5〕。　　清狂。重来一梦,手搓梅子,煮酒初尝。寂寞经春,小桥依旧燕飞忙。玉钩栏、凭多渐暖〔6〕,金缕枕、别久犹香〔7〕。最难忘,看花南陌,待月西厢〔8〕。

〔1〕作者早年曾遨游长安,有一段裘马轻狂的浪漫生活,本篇当是重来长安、追怀旧游而作。上片侧重写景。江南、灞桥、庭院,自远而近,由大而小,视线凝聚于“梨花院落”,当年欢会之地。如今人去时移,光景美妙如故。“恨”即由此而生,所恨情事化用掌故予以点破。下片侧重怀旧。“清狂”承上领下,搓梅煮酒,小桥依旧,为重来所历所感。玉栏、金枕、追忆往昔情事,“暖”“香”字透露出当年无限温馨。“最难忘”回应“恨偏长”,“看花”“待月”涵盖如许幽欢情事。晁冲之词主情致,多写柔情离思,韶秀婉媚,风格近柳永,于此可见一斑。

〔2〕灞桥:在长安东,程大昌《演繁露》卷七:“灞桥,跨灞水为桥也。汉人

送客至此桥,折柳为别。”

〔3〕“雨轻轻”二句:晏殊《无题》诗:“梨花院落溶溶月,柳絮池塘淡淡风。”

〔4〕“佩沉”句:喻与恋人告别,《楚词·九歌·湘君》:“捐余玦兮江中,遗余佩兮澧浦。”

〔5〕“云散”句:喻恋情生活消逝,用宋玉《高唐赋序》典故。

〔6〕玉钩栏:弯曲精美如玉的栏杆。

〔7〕金缕枕:金线绣制图案的枕头。

〔8〕“待月”句:指与情人幽会,用元稹《莺莺传》故事。

毛滂

毛滂(1060—1124?),字泽民,衢州江山(今属浙江)人。元祐中为杭州法曹,受苏轼器重。元符初,知武康县,改建官舍,名之东堂,政务之暇,咏啸自娱,因自号“东堂”。历官祠部员外郎,后知秀州。《宋史翼》有传。著有《东堂集》。《彊村丛书》收有《东堂词》,《全宋词》续有增补,存词约二百首。

最高楼[1]

散后

微雨过,深院芰荷中[2]。香冉冉[3],绣重重。玉人共倚阑干角,月华犹在小池东。入人怀,吹鬓影,可怜风[4]。

分散去、轻如云与梦,剩下了、许多风与月,侵枕簟,冷帘栊。甫能小睡还惊觉[5],略成轻醉早醒松[6]。仗行云,将此恨,到眉峰[7]。

〔1〕此词记述与情侣约会分手之后孤寂幽冷情悰。上片为幽会情景。雨后庭院,芰荷丛中,香萦花绕,一对情人倚阑赏月,月光映水,凉风入怀,光景何其幽雅宜人。借荷花、月影凉风映衬玉人,风调婉美。下片为别后相思。过片三句,以云、梦喻好事如烟,以风、月喻遗韵尚存,笔触轻倩。以小睡还觉、轻醉早醒形容别后襟绪不宁,十分逼真。末以离恨难平挽结全章,情思绵绵不尽。

〔2〕芰荷:出水的荷花。

〔3〕冉冉:形容香味柔和。

〔4〕可怜:可爱。

〔5〕甫能:才能、刚能。

〔6〕醒松:指清醒。

〔7〕“仗行云”三句:意谓凭仗佳人入梦,将离恨推向眉头。化用宋玉《高唐赋》巫山神女故事。

相 见 欢[1]

秋 思

十年湖海扁舟[2],几多愁。白发青灯今夜、不宜秋。
中庭树,空阶雨,思悠悠。寂寞一生心事、五更头。

〔1〕小词抒写秋夜思绪,多年湖海漂零,历经无数愁苦,晚岁挑灯反思,感慨无限,秋雨空阶,烘染无尽寂寞寥落氛围。一生心事浓缩在一曲短章中,言简而内蕴颇深。

〔2〕湖海扁舟:指抽身远隐、落拓江湖。《史记·货殖列传》写范蠡“乃乘扁舟浮于江湖”。

叶梦得

叶梦得（1077—1148）字少蕴，苏州（今属江苏）人。绍圣四年进士，累迁翰林学士，历知汝州、蔡州、颍昌府，后除户部尚书、尚书左丞，曾镇守建康府，致力抗金防敌。绍兴十六年致仕，退居湖州卞山石林谷，号“石林居士”。著有《避暑录话》《石林诗话》，作词有林下风，晚学东坡，有汲古阁本《石林词》，存词百馀首。

贺新郎〔1〕

睡起啼莺语。掩青苔、房栊向晚〔2〕，乱红无数。吹尽残花无人见，惟有垂杨自舞。渐暖霭、初回轻暑〔3〕。宝扇重寻明月影，暗尘侵、尚有乘鸾女〔4〕。惊旧恨，遽如许〔5〕。

江南梦断横江渚〔6〕。浪粘天、葡萄涨绿〔7〕，半空烟雨。无限楼前沧波意，谁采蘋花寄取〔8〕。但怅望、兰舟容与〔9〕。万里云帆何时到，送孤鸿、目断千山阻〔10〕。谁为我，唱《金缕》〔11〕。

〔1〕此为晚春闲庭睹故物怀恋人之作。上片由午睡后所见夏景写起，流莺、青苔、乱红，表明春尽夏来，引出宝扇，触发怀人遐思，而以“惊旧恨”顿住。“残花”“自舞”云云，隐露寂落之感。下片由“旧恨”生出，追忆往事，江景恢阔空濛，撩起怅望期待情悰。云帆不到，山河阻隔，自然逼出一声喟叹，画龙点睛。风调婉丽绰约，有温（庭筠）李（商隐）之风，当为早期作品。

〔2〕房栊:窗户,栊,窗上棂木。

〔3〕"渐暖霭"句:暖云带来初夏的暑气。

〔4〕"宝扇"二句:找出团团如明月的宝扇,虽蒙灰尘,而扇面乘鸾仙女尚依稀可辨。《龙城录》:"九月望日,明皇游月宫见素娥千馀人,皆皓衣乘白鸾。"

〔5〕"惊旧恨"二句:由团扇美女骤然触发起无限的往事旧愁。

〔6〕横江渚:安徽和县东南有横江浦,此或泛指。

〔7〕葡萄涨绿:江水上涨碧如葡萄。李白《襄阳歌》:"遥看汉水鸭头绿,恰似葡萄初发醅。"

〔8〕"无限"二句:面对浩渺江波情思无限,又有谁采摘蘋花以传递思念之情呢?柳宗元《酬曹侍御过象县见寄》:"春风无限潇湘意,欲采蘋花不自由"。

〔9〕容与:缓慢安闲。

〔10〕送孤鸿:嵇康《赠秀才入军》诗:"目送归鸿,手挥五弦。"此处含极目远望,不见伊人意。

〔11〕《金缕》:乐曲名。杜秋娘《金缕词》有"劝君莫惜金缕衣,劝君须惜少年时"之句。

水调歌头〔1〕

秋色渐将晚,霜信报黄花〔2〕。小窗低户深映,微路绕欹斜。为问山翁何事,坐看流年轻度,拚却鬓双华〔3〕。徙倚望沧海,天净水明霞〔4〕。　念平昔,空飘荡,遍天涯。归来三径重扫〔5〕,松竹本吾家。却恨悲风时起,冉冉云间新雁,边马怨胡笳〔6〕。谁似东山老,谈笑静胡沙〔7〕。

〔1〕叶梦得晚年退隐浙东，面对金兵进逼，关念时事，常发悲慨。本篇即闲居忧时之作。起笔勾勒时、地、起居环境，继写日常生活，“坐看”“拚却”，含流年虚度之慨。“望沧海”二句，既写生活常课，又引发无尽遐思。换头“念”字领起，反思平生，转以重扫三径为依皈。“却恨”三句，关注边事，陡发悲慨，足见归休难忘忧国。收尾以不能效谢安静胡沙为憾，感情由旷逸转入激越。能于简淡处时出雄杰，可看出东坡词风的影响。

〔2〕霜信：谓霜降至预报菊花将开。

〔3〕“为问”三句：谓山翁何所事事，只好甘愿年华虚度，任凭双鬓变白。山翁，作者自谓。

〔4〕“徙倚”二句：谓徘徊瞭望大海，面对明净的天宇水波，引起无端遐思。

〔5〕“归来”句：谓回归田园隐居。三径，指庭间小路，用汉代蒋诩的典故：西汉末，王莽专权，兖州刺史蒋诩告病辞官，隐居乡里，于院中开辟三径，唯与求仲、羊仲（亦为隐士）来往。事见晋人赵岐《三辅决录·逃名》。

〔6〕“却恨”三句：谓想起塞风陡起、孤雁盘旋、边马嘶叫、胡笳悲鸣，转觉遗恨无穷。

〔7〕“谁似”二句：谁能像谢安那样从容抗敌、保卫国家呢！东晋名相谢安隐居东山，后再被起用，指挥淝水战役，一举击溃苻坚百万大军，建立了不世之功。李白《永王东巡歌》有“但用东山谢安石，为君谈笑净胡沙”之句，此化用其意。

八声甘州〔1〕

寿阳楼八公山作〔2〕

故都迷岸草〔3〕，望长淮、依然绕孤城〔4〕。想乌衣年少〔5〕，芝兰秀发[6],戈戟云横[7]。坐看骄兵南渡,沸浪骇奔鲸[8]。转盼东流水,一顾功成[9]。　　千载八公山下,尚断崖草木,遥拥峥嵘[10]。漫云涛吞吐,无处问豪英。信劳生、空成今古,笑我来、何事怆遗情[11]。东山老,可堪岁晚,独听桓筝[12]。

〔1〕本篇为八公山登临怀古之作,词借吟咏历史上的"淝水之战",寄托自己的主战情怀,抒发无地用武之愤。东晋孝武帝太元八年(383),谢安指挥谢石、谢玄以八万兵力挫败前秦苻坚的百万大军,这就是有名的以少胜多的"淝水之战"。此词上片歌唱淝水战役的胜利破敌。起笔三句鸟瞰地形,"想"字带起追忆,"乌衣"三句写晋军将领年少英俊、阵容整肃,"坐看"见指挥若定,"转盼"以胜利收结。人物风采宛然在目。下片即地兴感,先言江山如故,次叹朝中无人,再故作开解,末收结到爱国豪情备遭冷落。无限峥嵘不平之气,充溢笔端。

〔2〕八公山:在寿阳城北,寿阳,又名寿春,今安徽寿县,淝水流经八公山下,为当年淝水之战的旧址。

〔3〕故都:指寿春,寿春曾是楚国的首都。

〔4〕长淮:指作为淮河支流的淝水。

〔5〕乌衣年少:指东晋谢家子弟谢安的弟弟谢石及侄儿谢玄。乌衣,巷名,在今南京,为晋代王、谢等名门大族聚居之地。

〔6〕芝兰秀发:形容少年英俊。《世说新语·言语》载,谢安问诸子姪:"子弟亦何预人事,而正欲使其佳?"谢玄答曰:"譬如芝兰玉树,欲使其生于阶庭耳。"

〔7〕戈戟云横:武器排列如云,形容军队阵容强大。

〔8〕"坐看"二句:意谓眼看苻坚的骄兵南侵,犹如浪滚鲸奔,十分猖狂。

〔9〕"转盼"二句:意谓转眼敌兵溃败,御敌大功告成。

〔10〕"遥拥"句:言草木环绕峥嵘的山峰。

〔11〕"笑我来"句:可笑我为何为历史往事而伤怀。遗情,指想象往事。

曹植《洛神赋》:“遗情想象。”

〔12〕“东山老”三句:此处借谢安自喻遭受冷落。东山老,指谢安。谢安曾隐居东山。据《晋书·桓伊传》载,谢安晚年受晋孝武帝疏远。一次谢安侍孝武帝饮酒,桓伊弹筝助兴,并歌曹植《怨歌行》,有“忠信事不显,乃有见疑患”之句。听桓筝,系化用此事典。

点绛唇[1]

绍兴乙卯登绝顶小亭[2]

缥缈危亭[3],笑谈独在千峰上。与谁同赏,万里横烟浪。

老去情怀,犹作天涯想[4]。空惆怅。少年豪放,莫学衰翁样。

〔1〕宋高宗绍兴五年乙卯(1135),叶梦得登临绝顶亭作此抒怀。起笔突出亭的高险,“笑谈”言登临的潇洒风姿,继叹同调稀疏,再写所见绝景宏阔。由此引出远念中原之抱负,“惆怅”作一顿挫,末以“豪放”“莫学衰翁”自勉自戒。字里行间,壮气凌云,豪情四溢。

〔2〕绝顶小亭:在吴兴卞山南山之巅,叶梦得所筑,晚年叶氏退居于弁山(同卞山)。

〔3〕缥缈危亭:形容高亭隐约屹立峰巅。

〔4〕“犹作”句:意谓还有关注万里江山之情怀。

刘一止

刘一止(1078—1160),字行简,号苕溪,湖州归安(今浙江湖州)人。宣和三年进士。南宋绍兴间召试,除秘书省校书郎,历给事中、秘阁修撰等职。著有《苕溪集》。《彊村丛书》收有《苕溪词》一卷,存词四十馀首。

喜迁莺[1]

晓行

晓光催角,听宿鸟未惊,邻鸡先觉。迤逦烟村[2],马嘶人起,残月尚穿林薄[3]。泪痕带霜微凝,酒力冲寒犹弱[4]。叹倦客、悄不禁,重染风尘京洛[5]。　追念,人别后,心事万重,难觅孤鸿托。翠幌娇深,曲屏香暖,争念岁寒飘泊[6]。怨月恨花烦恼,不是不曾经着。这情味,望一成消减[7],新来还恶[8]。

〔1〕本篇写离家晓行旅途中怀念妻子的襟绪。上片记晓行情景,开篇角鸣、鸟静、鸡啼,见起身甚早;接写烟长、马嘶、月残,为登程所见;洒泪、怯寒,途中感受,显示离情凝重;"叹倦客"以下吐露心事,表明久事飘流,厌倦官场奔走。下片写怀思妻室,由"追念"转入,"心事"谓己方衷情难诉,"翠幌"想象娇妻忆念自己,"怨月恨花"倾泄抛家烦恼由来已久,末以情绪不佳有增无减收顿,将思家情推进一层。前半白描行役之苦,后半直倾思念之殷,笔触细密,情

景真切。据陈振孙说“晓行词盛传于京师”,以此刘一止被号称“刘晓行”(《直斋书录解题》卷二十一)。

〔2〕迤逦烟村:晨雾中村落连绵。

〔3〕林薄:草林丛生之处。屈原《九章·涉江》:“露申辛夷,死林薄兮。”

〔4〕“酒力”句:谓借酒力抗御不住清寒。

〔5〕“叹倦客”二句:慨叹常年客居外地,再受不了京都风尘的浸染。化用陆机《为顾彦先赠妇》诗“京洛多风尘,素衣化为缁”诗意。悄,意犹浑。

〔6〕“翠幌”三句:意谓佳人在香暖曲深的闺阁中,不知该怎样思念牵挂在外的行人。争念,怎念。

〔7〕一成:意犹逐渐。

〔8〕恶:指情绪很坏。

曹组

曹组字彦章，更字元宠，颍昌阳翟（今河南禹县）人。六举未第，著《铁砚篇》以自励。宣和三年特命就殿试，赐同进士出身，官阁门宣赞舍人、睿思殿应制。《宋史》有传。有《箕颍集》，不传。赵万里辑《箕颍词》一卷，存词三十六首。

相　思　会〔1〕

人无百年人，刚作千年调〔2〕。待把门关铁铸〔3〕，鬼见失笑〔4〕。多愁早老，惹尽闲烦恼。我醒也，枉劳心，谩计较〔5〕。　　粗衣淡饭，赢取暖和饱。住个宅儿，只要不大不小。常教洁净，不种闲花草。据见定、乐平生〔6〕，便是神仙了。

〔1〕《碧鸡漫志》卷二称曹组词脍炙人口，“今少年不学柳耆卿，则学曹元宠”。曹词以通俗爽畅引人注目。本篇以家常语言抒发恬淡潇洒心态。先言勘破人生愁，无须闲烦恼。再说知足方长乐，无求赛神仙。直白表述之中流露出几分幽默。

〔2〕“刚作”句：意谓幻想成仙。辛弃疾据曹组此句，将“相思会”改名“千年调”，用以写游仙。刚，偏要。杜安世《虞美人》（炉香昼永龙烟白）：“艳阳刚爱挫愁天。”

〔3〕门关铁铸：意谓严密防范自卫。

〔4〕失笑：忍不住大笑。苏轼《文与可画篔筜谷偃竹记》：“发函得诗，

失笑,喷饭满案。”

〔5〕漫:徒然。

〔6〕“据见定”句:谓依据现实境遇、随遇而安自乐其乐。见定,即现定,眼前境况。

青玉案[1]

碧山锦树明秋霁。路转陡,疑无地。忽有人家临曲水,竹篱茅舍,酒旗沙岸,一簇成村市[2]。　凄凉只恐乡心起。凤楼远,回头谩凝睇[3]。何处今宵孤馆里,一声征雁,半窗残月,总是离人泪。

〔1〕词写羁旅行役中思乡念家之情。上片工笔描绘山行所见景象。起句总写身临环境,兼点季令,山林辉映,色彩明丽。继言前行所历,峰回山陡,方疑无路可行,骤然发现别有洞天,茅舍、人家、酒旗、村市……景象亲切,风情宜人,展现一幅山村秋光图。物象依依如故人,四顾寂寂无相识,不免触动乡情。下片专就“乡心”着墨。换头总写;凤楼凝睇,想象妻室念己;今宵孤馆,设想旅宿凄凉;征雁残月,进一步烘染;末以醒题语挽结。前段眼中景,以景寓情,后段意中景,以景会情。全章由实到虚,虚实相生。

〔2〕“一簇”句:谓人烟聚集的一片地方形成村庄小集市。

〔3〕“凤楼远”二句:谓妻子所居距此处遥远,她徒然注目怅望,难见行人。

万俟咏

万俟咏字雅言，自号词隐。游上庠不第，徽宗朝任大晟府制撰。精通音律，放意歌酒，"每一章出，信宿喧传都下"(《碧鸡漫志》)。有《大声集》五卷，今不传。赵万里有辑本，存词二十九首。

三　　台[1]

清明应制

见梨花初带夜月，海棠半含朝雨。内苑春、不禁过青门[2]，御沟涨、潜通南浦。东风静、细柳垂金缕，望凤阙、非烟非雾。好时代、朝野多欢，遍九陌、太平箫鼓[3]。

乍莺儿百啭断续，燕子飞来飞去。近绿水、台榭映秋千，斗草聚、双双游女[4]。饧香更、酒冷踏青路[5]。会暗识、夭桃朱户[6]。向晚骤、宝马雕鞍[7]，醉襟惹、乱花飞絮。

正轻寒轻暖漏永，半阴半晴云暮。禁火天、已是试新妆，岁华到、三分佳处。清明看、汉宫传蜡炬，散翠烟、飞入槐府[8]。敛兵卫、阊阖门开[9]，住传宣、又还休务[10]。

〔1〕本篇为雅言在大晟府时清明节应制之作。前阕写宫禁风光：梨花、海棠，点画春色妖艳；御沟、南浦，形容春水荡漾；细柳、凤阙，描绘皇宫深沉；收结到朝野欢乐，一派升平气象。中阕写男女游春：在莺啭、燕飞、绿水、台榭的环

境里,男女出门,斗草踏青,约会聚饮,乐意陶然。后阕写日暮夜永,宫女试妆,朝官承恩,京华开禁,政务休闲情况。全章放笔铺叙,井井有条,意象多彩纷呈,节日氛围浓郁,反映了当年汴京的繁荣与安乐。

〔2〕“内苑春”句:谓内廷春光洒遍京城。青门,长安城东门,代指汴京城门。

〔3〕九陌:汉长安有八街九陌,此泛指京城大街。骆宾王《帝京篇》:“三条九陌丽城隈,万户千门平旦开。”

〔4〕斗草:古代民俗,春间有斗草之戏。司空图《灯花》诗:“明朝斗草多应喜,剪得灯花自扫眉。”

〔5〕“饧香”句:谓在踏青路上食饧、饮酒。饧(xíng 形),麦芽糖,古代清明节食用饧糖。沈佺期《岭表逢寒食》诗:“岭外无寒食,春来不见饧。”

〔6〕夭桃朱户:谓朱门旁边有艳丽桃花,代指女友住宅。

〔7〕骤宝马雕鞍:谓乘快马飞驰。

〔8〕“清明看”二句:唐代清明节有皇帝宣旨取榆柳之火赏近臣,以示皇恩的制度,唐诗窦叔向《寒食日赐火》、韩翃《寒食》诗,均写此事。《寒食》诗有“日暮汉宫传蜡烛,轻烟散入五侯家”之句。此处化用韩诗。槐府,泛指富贵之家。

〔9〕“敛兵卫”句:指节日撤敛禁卫军,开放门禁。阊阖,指宫阙大门。

〔10〕“住传宣”句:谓停止传达诏旨,实行休假。休务,停办公务。苏轼《临江仙》:“自古相从休务日,何妨低唱微吟。”

长　相　思[1]

雨

一声声,一更更。窗外芭蕉窗里灯,此时无限情。　梦难成,恨难平。不道愁人不喜听,空阶滴到明[2]。

〔1〕小词写夜雨失眠,愁情浓重。以雨声起,以雨声收,句句紧扣夜雨,句句关联失眠。"梦"字"恨"字,透露出为怀人而通宵不寐。

〔2〕"空阶"句:温庭筠《更漏子》:"一叶叶,一声声,空阶滴到明。"此词由温词脱化,风神同工。

长相思〔1〕

山驿

短长亭,古今情。楼外凉蟾一晕生〔2〕,雨馀秋更清。
暮云平,暮山横。几叶秋声和雁声,行人不要听。

〔1〕小词写羁旅愁思。全由山驿景物衬映,凉蟾、秋雨、暮云、晚山,一系列触人乡思物象,更加叶声、雁鸣,一派萧瑟,情何以堪!构图精简,语淡情深。

〔2〕"楼外"句:言雨后楼外冷月出现一抹晕带。晕,日月光线经云层折射而形成的景象。

田为

田为字不伐。政和末，充大晟府典乐，宣和元年，为大晟府乐令。善琵琶。王灼《碧鸡漫志》称其"才思与雅言（万俟咏）抗行"。有《芊呕集》，已佚。赵万里辑其词，仅得六首。

江神子慢[1]

玉台挂秋月，铅素浅，梅花傅香雪[2]。冰姿洁，金莲衬、小小凌波罗袜[3]。雨初歇，楼外孤鸿声渐远，远山外、行人音信绝。此恨对语犹难，那堪更寄书说。　教人红销翠减，觉衣宽金缕，都为轻别[4]。太情切，销魂处，画角黄昏时节，声呜咽。落尽庭花春去也，银蟾迥[5]、无情圆又缺。恨伊不似馀香，惹鸳鸯结[6]。

〔1〕本篇是写闺帏佳人秋夜思念远行情侣的闺怨词。起句借景点时、地，接写丽人风姿，梅花喻其雅淡，金莲衬其婀娜。"楼外""远山"由写其眼中景，转向怀人情，"此恨"二句，醒题收顿。过片承上，抒发离思之深，进而以黄昏哀角渲染，再叹光阴推移，抱怨花月无情，恨其不似炉香。一派痴语，情浓意挚。

〔2〕"铅素"二句：形容淡妆，宛如梅花着雪。铅素，白粉。傅，通附。

〔3〕"金莲衬"句：形容纤足轻盈、步履多姿。《南史·齐东昏侯纪》："又凿金为莲花以贴地，令潘妃行其上，曰：'此步步生莲花也。'"曹植《洛神赋》："凌波微步，罗袜生尘。"此处化用以上二则典故。

〔4〕“教人”三句:言离恨折磨之苦。红销翠减,红颜憔悴,风韵大减。金缕,金缕衣,饰以金缕的罗衣。

〔5〕银蟾迥:明月远挂。传说月中有蟾蜍,故称明月为“银蟾”。

〔6〕“恨伊”二句:恨时光不如炉中香气尚能长久绕留在我衣服的鸳鸯结上。

徐伸

徐伸字干臣，三衢（今浙江衢州）人。政和初为太常典乐，后出知常州。知音律，有《青山乐府》，今不传，仅存词一首，见《乐府雅词拾遗》。

转调二郎神[1]

闷来弹雀[2]，又搅破、一帘花影。漫试着春衫，还思纤手[3]，薰彻金炉烬冷[4]。动是愁端如何向[5]，但怪得、新来多病。思旧日沈腰，而今潘鬓[6]，不堪临镜。　　重省。别来泪滴，罗衣犹凝。料为我厌厌[7]，日高慵起，长托春酲未醒[8]。雁足不来[9]，马蹄轻驻，门掩一庭芳景。空伫立，尽日阑干倚遍，昼长人静。

〔1〕王明清《挥麈馀话》说：本篇系徐伸“为亡室不容逐去”的侍妾而作。词中倾吐出对侍妾的真挚思念。前阕抒发自身对伊人的情思。起句以“弹雀”的特殊动作，发泄内心苦恼。而后由春衫、金炉想到纤手，再说愁多致病，身瘦发白，以“不堪”收顿。后阕设想对方念己的苦痛。由“重省”折入，先忆及别时泪凝罗衣，随即料想今日伊人现况：百事无心，托酒谢客，门庭凄寂，倚阑凝伫。诸端细节宣尽己念伊人，设身处地想象伊人念己，体贴入微，两心相印，情真言切，十分感人。使此词获“天下称之”（《花庵词选》）的艺术效果。

〔2〕闷来弹雀：冯延巳《谒金门》：“终日望君君不至，举头闻雀喜。”民间有喜雀报喜之说，如今雀鸟齐鸣，却无喜讯可待，故而心烦弹雀。

〔3〕“漫试着”二句：漫不经心地穿起春衫，还是想起那人的细手。苏轼

《青玉案》:“春衫犹是,小蛮针线,曾湿西湖雨。”此或化用其意。

〔4〕“薰彻”句:伊人经常点燃的熏炉,早已香消灰冷。

〔5〕“动是”句:犹言动辄愁绪纷纭无可奈何。

〔6〕“思旧日”二句:意谓旧日消瘦,而今发白。沈腰,《梁书·沈约传》载其与友人书,有“百日数旬,革带常应移孔;以手握臂,率计月小半分”之句,形容消瘦。潘鬓,潘岳三十二始见二毛,写《秋兴赋》云:“斑鬓髟以承弁兮,素发飒以垂领。”后以沈腰、潘鬓,代指身瘦鬓白。李煜《破阵子》:“一旦归为臣虏,沈腰潘鬓消磨。”

〔7〕厌厌:振不起精神。

〔8〕“长托”句:长以病酒推托谢绝见客。酲,病酒。

〔9〕雁足:借指书信。《汉书·苏武传》:“天子射上林中得雁,足有系帛书,言武等在某泽中。”

陈克

陈克(1081—1137)字子高,号"赤城居士",临海(今属浙江)人,寓居金陵。绍兴中,吕祉帅建康,辟为都督府准备差遣,任敕令所删定官。绍兴七年随吕祉去淮西抚军,有人发动叛变,不幸遇难。赵万里辑有《赤城词》,现存词五十馀首。

临　江　仙〔1〕

四海十年兵不解〔2〕,胡尘直到江城。岁华销尽客心惊。疏髯浑似雪,衰涕欲生冰。　　送老齑盐何处是,我缘应在吴兴〔3〕。故人相望若为情。别愁深夜雨,孤影小窗灯。

〔1〕这是一首忧念时势、感叹迟暮的伤乱词。徽宗宣和七年(1125)金军大举南进,两年后北宋灭亡,赵宋偏安江左。绍兴四年(1134)秋,金兵纠合刘豫军南犯,一度进逼建康。据首句,词当作于是年。起笔总写形势,两句概括朝廷偏安以来,兵连祸结、敌势嚣张态势。接言岁月虚度、心绪不安,既而写垂老忧国,涕泪交零。过片由设想个人归宿,进而关念亲故友好,末以灯下孤影愁思之现境收结。体现国危时艰效忠无路晚岁难测的一腔焦虑。

〔2〕"四海"句:从北宋末叶至写词之时正为十年。

〔3〕"送老"二句:意谓老年的清苦生活,看来当在吴兴度过了。齑盐,腌菜,代指清贫的生活水平。吴兴,浙江湖州。

朱敦儒

朱敦儒(1081—1159)字希真,号岩壑,洛阳人。早年逍遥林泉,北宋末,流寓两广。绍兴五年始赴临安,赐进士出身,派任秘书省正字,历兵部郎中、两浙东路提点刑狱等职。晚年罢职闲居。以词章擅名,天资旷远,婉丽清畅,亦不乏忧时念乱之章。词集名《樵歌》,有《彊村丛书》本,存词二百四十馀首。

水调歌头[1]

淮阴作

当年五陵下[2],结客占春游[3]。红缨翠带,谈笑跋马水西头[4]。落日经过桃叶[5],不管插花归去,小袖挽人留[6]。换酒春壶碧,脱帽醉青楼[7]。　　楚云惊,陇水散,两漂流[8]。如今憔悴,天涯何处可销忧。长揖飞鸿旧月。不知今夕烟水[9],都照几人愁。有泪看芳草,无路认西州[10]。

〔1〕这是一首追怀旧游、忆念往事、感伤时局、寄托忧国情怀之作,当为靖康之难以后,避难淮阴(今江苏淮安市辖区)时所写。上片追忆少年在洛阳裘马轻狂的得意生活和眷恋红粉的风流韵事。当年春游,指明往事,引发下文。"红缨""跋马",写少年春游潇洒。"小袖"写女伴殷勤眷恋,"醉青楼"则豪纵欢畅之

态可掬。下片叙写当今天涯沦落愁思满怀的境况。云惊水散,反映风云突变。憔悴天涯,倾泄羁旅穷愁。“长揖”三句由一己联想公众。“有泪”“无路”,瞻望时局,悲慨良深。全篇以昔衬今,由“当年”到“如今”,由“跋马”到“漂流”,由“谈笑”到“憔悴”,一治一乱,各标志一个时代,一种心境。愈写当年春风得意,愈衬托出如今忧思沧茫。以一己阅历细节,映现时代风云,含量大而感怆深。

〔2〕五陵:西汉长安附近有五大帝王陵墓,其地多豪门大户聚居。五陵少年,遂代指身份高贵的公子。白居易《琵琶行》有“五陵少年争缠头”之句。白诗代指名都洛阳,此代指汴京。

〔3〕结客:《乐府诗集》有《结客少年场行》。

〔4〕跋马:勒马使停。这里指跨马游赏。

〔5〕桃叶:桃叶渡,在今南京市秦淮河畔,此代指津渡。

〔6〕“不管”二句:写当年插花欲归,青楼佳丽殷殷挽留。

〔7〕“换酒”二句:写不负佳人盛情,换上一壶美酒,就青楼一醉。

〔8〕“楚云惊”三句:比喻南北干戈四起,风云突变,彼我都飘流异乡。

〔9〕今夕烟水:犹言今日的光景时事。

〔10〕“有泪”二句:意谓只可弹泪沦落天涯,无计归返故国。《离骚》有“何所独无芳草兮”语,苏轼《蝶恋花》亦有“天涯何处无芳草”之句,芳草,代指异乡风情。晋朝名相谢安晚年曾乘舆入西州门,谢安死后,羊昙怀念谢安,“行不由西州路”(《晋书·谢安传》)。认西州,含目睹故物、故旧之意。

水　龙　吟〔1〕

放船千里凌波去,略为吴山留顾。云屯水府,涛随神女,九江东注〔2〕。北客翩然〔3〕,壮心偏感,年华将暮。念伊嵩旧隐,巢由故友〔4〕,南柯梦、遽如许。　　回首妖氛未扫,问人间、英雄何处?奇谋报国,可怜无用,尘昏白羽〔5〕。铁锁横江，锦帆冲浪，孙郎良苦[6]。但愁敲桂棹[7]，悲吟梁父[8]，泪流如雨。

〔1〕靖康之变后，金人挥军南侵，朱敦儒离开故乡洛阳，避乱南下，此当为乘舟流亡途中所作。由纪行入题，先写船上所见，天宇江面，水势沧茫。次写途中所感，岁时迟暮，壮志莫酬，回想田园生涯、泉林旧友，恍如梦寐。换头回顾中原，感念时事，叹救国无人，伤奇谋难展，悼亡国可悲。借历史隐喻现实，归拢到自我忧思凝重，以涕泪滂沱收结。由纪行触景，感怀身世，扩展到忧念国事，视野开扩，忧愤深广，可说是离乱时代的悲歌。

〔2〕“云屯”三句：谓天空云层密集，江面波涛滚滚，东注入海。水府，星名，《晋书·天文志》：“东井西南四星曰水府，主水之官也。”神女，指洛水女神，曹植《洛神赋序》：“古人有言，斯水之神，名曰宓妃。”九江，泛言大江。

〔3〕北客：作者自称。翩然，形容随水漂流。

〔4〕“念伊嵩”二句：想念家乡的隐居生涯和泉林旧友。伊、嵩，洛阳附近的两座山名。巢、由，巢父、许由，唐尧时的著名隐士。

〔5〕“奇谋”三句：谓诸葛亮挥白羽扇指挥用兵，意欲报国，终未如愿。尘昏白羽，隐指出师不利。

〔6〕“铁锁”三句：谓晋武帝派水军攻吴，东吴用铁锁链横布江面，阻挡晋军战船，晋军用火烧熔了铁索，战船破浪前进，攻下了建康，东吴孙皓出降。孙郎良苦，孙皓结局悲惨。刘禹锡《西塞山怀古》有“千寻铁锁沉江底，一片降幡出石头”之句。

〔7〕桂棹：泛指船桨。

〔8〕梁父：指《梁父吟》。《三国志·诸葛亮传》：诸葛亮好为《梁父吟》，表达忧国伤时的悲慨。

念奴娇[1]

插天翠柳，被何人、推上一轮明月。照我藤床凉似水，飞入瑶台琼阙[2]。雾冷笙箫,风轻环佩,玉锁无人掣[3]。闲云收尽,海光天影相接[4]。　　谁信有药长生,素娥新炼就,飞霜凝雪[5]。打碎珊瑚,争似看、仙桂扶疏横绝[6]。洗尽凡心,满身清露,冷浸萧萧发。明朝尘世,记取休向人说[7]。

〔1〕本篇写月下乘凉的奇观遐想。起四句为人间据床望月,末二句思路收结到人间。中间自"飞入瑶台"以下,为神游月宫感受与想象。月宫奏乐、仙女起舞,天宇宁静,海天一碧,飞霜凝雪,桂影扶疏。将夜月景象与神话传说浑融一体,弥合无迹,体现出月下广宇清凉、宁静、纯洁、雅素之美。并将其与世俗物质享乐比照,引出一己超尘拔俗之感。谁人推月上柳,碎珊瑚不如赏仙桂云云,境界美,设想奇,品第高,可称咏月名篇。

〔2〕瑶台琼阙:代指月宫。

〔3〕"雾冷"三句:月宫中雾冷风轻,仙女们伴随仙乐起舞,玉佩叮咚作响,无人扣关打搅。

〔4〕"闲云"二句:回顾四宇,万里无云,海天相接,一片蔚蓝。

〔5〕"谁信"三句:月宫也没有长生药,有的只是嫦娥炼就的霜雪。古有月中玉兔捣药的传说。素娥,月中嫦娥。传说后羿得不死之药,嫦娥窃而奔月(见《淮南子·览冥训》)。

〔6〕"打碎"二句:谓夸豪斗富取乐,何如观赏月中仙桂高雅有趣呢!《世说新语·汰侈》:石崇与王恺夸富,王恺是晋武帝的外甥,武帝以二尺多高的珊瑚树赐王恺:"枝柯扶疏,世罕其比。恺以示崇,崇视讫,以铁如意击之,应手而碎。"王恺很恼火,石崇说:马上还你。即命用人取出三四尺高的珊瑚六七枚。王恺自愧不如。神话说月中有桂树。沈约《登台望秋月》:"桂宫袅袅落桂枝,早寒凄凄凝白露。"

〔7〕"明朝"二句:意谓仙境真纯高洁,不足为俗人道。

鹧鸪天[1]

西都作

我是清都山水郎[2]，天教分付与疏狂[3]。曾批给雨支风券[4]，累上留云借月章[5]。　　诗万首，酒千觞。几曾著眼看侯王。玉楼金阙慵归去[6]，且插梅花醉洛阳。

〔1〕《宋史·文苑传》说朱敦儒"志行高洁"，自称"麋鹿之性，自乐闲旷"。他曾长期隐居洛阳，本篇以幽默笔触写他曾受上帝委派管山管水，故以诗酒打发岁月，徉徜山水，而对富贵尊荣，投以藐视。这生动地体现了词人的疏狂个性。

〔2〕清都山水郎：指天上管山水的郎官，《列子·周穆王》："清都紫微，钧天广乐，帝之所居。"

〔3〕"天教"句：上帝分派给我的差使。疏狂，放达不羁之意，作者自谓。

〔4〕"曾批"句：上帝钦批给证券，可以支配清风时雨。

〔5〕"累上"句：多次上奏章请求留连风月。

〔6〕"玉楼"句：懒得回朝做官。玉楼金阙，代指汴京宫殿。

西江月[1]

世事短如春梦，人情薄似秋云。不须计较苦劳心。万事原来有命。　　幸遇三杯酒好，况逢一朵花新。片时欢笑且相亲。明日阴晴未定[2]。

〔1〕小词由叹息世事短、人情薄，感触万事有命、明日难测，而趋向不计得失、享有现实美好。这当是历经人间风雨、饱尝世态炎凉之后而产生的一种复杂心态。这里恬淡中含有激愤，超旷中微露辛酸，恍悟解脱情怀之中，不免留有几分迷茫。

〔2〕"明日"句：喻指世事翻覆无常。

采桑子

彭浪矶[1]

扁舟去作江南客，旅雁孤云。万里烟尘，回首中原泪满巾。　　碧山对晚汀洲冷，枫叶芦根。日落波平，愁损辞乡去国人[2]。

〔1〕彭浪矶，在江西彭泽县长江边。小词为金兵南侵时，作者流离江南所作。起句叙事，承以即景取譬，再即景抒怀。以下描述眼前江畔景，而以感叹流亡收束。清丽的笔触贯注着沉厚的思乡忧国之情。

〔2〕愁损：犹言愁思折磨。

周紫芝

周紫芝(1082—1155)字少隐,号“竹坡居士”,宣州(今安徽宣城)人。师事张耒,从李之仪、吕本中游。绍兴间,曾任枢密院编修官、知兴国军。后退隐庐山。著有《竹坡诗话》《太仓稊米集》《竹坡词》,存词一百五十馀首。

鹧 鸪 天〔1〕

一点残红欲尽时〔2〕,乍凉秋气满屏帏。梧桐叶上三更雨,叶叶声声是别离〔3〕。　　调宝瑟,拨金猊〔4〕,那时同唱鹧鸪词〔5〕。如今风雨西楼夜,不听清歌也泪垂。

〔1〕全词写秋夜冷雨中怀思恋人。上片以当前环境烘染,室内室外一派凄冷氛围。“别离”二字点睛。下片追怀欢聚之乐。弹琴,焚香,合唱情歌,何等温馨。彼时情景与如今西楼夜比衬,反差强烈,触动泪流不止,情深意挚,语言爽畅。

〔2〕残红:指将熄的灯焰。

〔3〕“梧桐”二句:化用温庭筠《更漏子》词,其词云:“梧桐树,三更雨,不道离情正苦。一叶叶,一声声,空阶滴到明。”

〔4〕拨金猊:指拨开炉灰,点燃薰香。金猊,狮形香炉。

〔5〕鹧鸪词:指爱情歌曲。

江　城　子[1]

夕阳低尽柳如烟，淡平川，断肠天。今夜十分，霜月更娟娟[2]。怎得人如天上月，虽暂缺，有时圆。　　断云飞雨又经年，思凄然，泪涓涓[3]。且做如今，要见也无缘。因甚江头来处雁，飞不到，小楼边。

〔1〕此是怀人词。上片写秋夕夜景，望月怀人，即月抒感，盼能团圆。下片承上意脉，倾诉离怀，借云、雨象征身世漂零、亲故分隔，借飞雁表达盼书信的急切心情，诸般自然意象与离思别怀关联一体。语言爽畅，手法新巧，颇有民歌风情。

〔2〕娟娟：美好貌。

〔3〕涓涓：形容泪水不断滚流。

踏　莎　行[1]

情似游丝，人如飞絮[2]，泪珠阁定空相觑。一溪烟柳万丝垂，无因系得兰舟住。　　雁过斜阳，草迷烟渚，如今已是愁无数。明朝且做莫思量[3]，如何过得今宵去。

〔1〕词写春日岸渚送别。起句即景取喻，状心神不定、行人难留。含泪相觑，勾画握别情态，十分传神。怨柳丝无法系舟，满腔痴情，逼出天真幻想。

换头摄下眼前景,色调凄迷,然后直倾离愁,先宕开一笔,再折回到今宵难熬,见出愁情分量之凝重。

〔2〕“情似”二句:写形神不定。司马光《西江月》:“青烟翠雾罩轻盈,飞絮游丝无定。”

〔3〕“明朝”句:谓以后如何过暂且不想。

赵佶

赵佶(1082—1135),神宗第十一子,封端王。元符三年,其兄哲宗病逝,无嗣,赵佶继位为帝,即徽宗,改元建中靖国(1101)。年号有崇宁、大观、政和、重和、宣和,在位二十五年。宣和七年,金军进逼汴京,内禅皇太子赵桓。靖康二年,北宋沦亡,赵佶被虏,胁迫北行,死于五国城(今黑龙江依兰)。赵佶崇奉道教,擅长书画,亦工于词。近人曹元忠辑有《宋徽宗词》,存词十馀首。

燕山亭〔1〕

北行见杏花

裁剪冰绡,轻叠数重,淡着燕脂匀注〔2〕。新样靓妆,艳溢香融,羞杀蕊珠宫女〔3〕。易得凋零,更多少、无情风雨。愁苦,问院落凄凉,几番春暮。　　凭寄离恨重重,这双燕,何曾会人言语〔4〕。天遥地远,万水千山,知他故宫何处。怎不思量,除梦里、有时曾去。无据,和梦也、新来不做〔5〕。

〔1〕赵佶荒政失策,在金军进攻下,国亡家破,身为囚徒。惨痛的人生经历,生活的巨大变化,使他无限凄楚,万感交集。因而在北行途中借咏杏花寄托

一己哀思。起三句描绘杏花秀美超凡,继以天仙衬托,从色香角度极写其艳姿绝伦。“易得凋零”,笔势陡转,写尽暮春杏花遭受风雨摧折之凄凉愁苦。换头由感叹杏花凋落,转入自摅离恨。双燕不解人语,故宫天遥地远,怀乡思国,只有求之梦寐,如今梦亦不成,凄楚之至。借杏花之凋落,伤江山之陆沉;以归梦之难成,寓复国之绝望。“哀情哽咽,仿佛南唐李主,令人不忍多听”(《词苑丛谈》)。

〔2〕“裁剪”三句:形容杏花秀美,像裁剪白绸、折叠成重重花瓣,而淡淡均匀地涂上胭脂。冰绡,白绸。

〔3〕“新样”三句:形容杏花如妆扮入时的美人,色艳香浓,连蕊珠宫的仙女也大为逊色,自愧不如。靓(jìng 静)妆,以脂粉妆饰。

〔4〕“凭寄”三句:谓欲凭借双燕寄去万千离恨,可燕儿不懂人间言语。

〔5〕和:连。

李纲

李纲(1083—1140)字伯纪,祖籍邵武(今属福建)。徽宗政和二年进士。靖康间以尚书右丞为亲征行营使,号召各路勤王,抗击金兵。高宗即位,召拜右相,积极备战,力主御敌,受主和派谗间遭罢黜。卒谥忠定。著有《梁溪先生文集》《梁溪词》。现存词作五十馀首。

喜迁莺[1]

晋师胜淝上

长江千里,限南北、雪浪云涛无际。天险难逾,人谋克敌,索虏岂能吞噬[2]。阿坚百万南牧,倏忽长驱吾地[3]。破强敌,在谢公处画,从容颐指[4]。　　奇伟!淝水上,八千戈甲,结阵当蛇豕[5]。鞭弭周旋,旌旗麾动,坐却北军风靡[6]。夜闻数声鸣鹤,尽道王师将至[7]。延晋祚,庇烝民,周雅何曾专美[8]。

〔1〕这是一首咏史之作。淝水之战发生于东晋孝武帝太元八年(383),时东晋以数万军队抗击前秦苻坚的九十万大军,使南侵的敌人一败涂地,望风披靡。李纲歌颂历史上以弱胜强的著名战役,意在呼唤人们的卫国热情,激励南宋当局奋起抗金。上片侧重述淝水之战经过。苻坚无视东晋天险人谋,挥师南犯,终为谢安从容击败。下片集中颂扬战役奇伟。由以少胜多,强敌披靡,秦

军闻风丧胆，而收结到保卫战意义重大，并以西周中兴陪衬。视野开阔，笔势奇伟，语言劲健，风调沉雄。字里行间荡漾着作者御敌卫国之激情。

〔2〕“天险”三句：谓长江天险难以逾越，大臣谋略又能克敌制胜，北敌苻坚岂能吞并东晋。索虏，南北朝时，南朝人对北朝人的蔑称。

〔3〕“阿坚”二句：谓苻坚挥百万大军南侵，很快驰入晋境。

〔4〕“破强敌”三句：谓谢安镇静地处理规划，从容破敌。颐指，指挥自如。据《晋书·谢安传》载，苻坚南侵，谢安指挥抗击。前线谢玄击败苻坚后，捷报传来，谢安方对客围棋，了无喜色。客问何事，谢安答云：“小儿辈遂已破贼。”

〔5〕“淝水上”三句：《晋书·谢玄传》载，谢玄等率兵八千，勇渡淝水，抵挡苻坚几十万大军。两军对阵激战，秦军溃退，弃甲而逃，所到风声鹤唳，认为是追兵袭来，惊惶万状，一败涂地。这里描述这次战役的经过。

〔6〕“鞭弭”三句：写两军交战，旌旗招展，秦军被击败，随风披靡。鞭弭，鞭，马鞭，弭，弓类。《左传·僖公二十三年》：“左执鞭弭，右属櫜鞬，以与君周旋。”

〔7〕“夜闻”二句：《晋书·谢玄传》：秦兵“闻风声鹤唳，皆以为王师已至”。

〔8〕“延晋祚”三句：谓延长晋朝国运，庇护众多百姓，周朝小雅所颂扬的宣王中兴，也不能专美于前。《诗经·小雅》中有《六月》《采芑》等篇，颂扬周宣王派大臣尹吉甫等讨伐猃狁、蛮荆取得了胜利。

念奴娇〔1〕

中秋独坐

暮云四卷，淡星河、天影茫茫垂碧。皓月浮空，人尽道，端的清圆如璧。丹桂扶疏[2],银蟾依约[3],千古佳今夕。寒光委照,有人独坐秋色。　　怅念老子平生,粗令婚嫁了,超然闲适。误缚簪缨遭世故,空有当时胸臆[4]。苒苒流年,春鸿秋燕,来往终何益[5]。云山深处,这回真是休息。

〔1〕本篇为李纲晚年独坐月下反思平生而作。李纲一生坚持抗金御敌,屡遭主和派排挤。高宗即位后拜右相,他上奏十议,陈述抗敌策略,为黄潜善所沮,在相位仅七十五日即被罢去。忠诚为国,反遭斥逐,虽故作超然,安于闲适,终难掩内心的愤激与不平。此词上片专写中秋月景,星河、碧空中,皓月如璧,寒光普照,纯净的境界,诱发词人独坐遐思。下片反思平生。换头总括,以下粗了心事、归于闲适为一层,愤恨误入宦途、空有雄心为一层,流年虚度、终无所成为一层,煞拍以入山休息归结。思绪重重,心潮起伏,展现了欲有所为的志士不甘寂寞而又不得不真正休息的心态。

〔2〕丹桂扶疏:月中桂树枝干分披。古神话传说,月中有桂树。丹桂,桂树的一种。扶疏,枝叶茂盛。

〔3〕银蟾依约:蟾蜍隐约可见。古代传说月中有蟾蜍。

〔4〕“误缚簪缨”二句:意谓误入宦途,遭遇到如许挫折,空有一片报国的抱负。簪缨,古代官员的冠饰。

〔5〕“苒苒”三句:意谓流年虚度、春去秋来,终无所成。苒苒,形容时间缓缓流逝。

李清照

李清照(1084—1155),号易安居士,济南章丘明水镇人。父李格非,苏门后四学士之一,母王氏,亦善属文。清照十八岁,嫁太学生赵明诚,崇宁二年明诚官汴京,夫妇喜搜采文物,共同鉴赏。大观元年,明诚罢官归乡,夫妇屏居青州十年。宣和三年,明诚起用,清照从守莱、淄两州。靖康之难起,夫妇避难江南,建炎三年,明诚卒于建康,李清照辗转流离江浙等地,备尝国破家亡之苦。著有《李易安集》《易安词》,俱不传。今有辑本多种。王仲闻《李清照集校注》较完备。存词四十五首,作品脍炙人口,被称为婉约之宗。

孤　雁　儿〔1〕并序

世人作梅词,下笔便俗。予试作一篇,乃知前言不妄耳。

藤床纸帐朝眠起〔2〕,说不尽、无佳思。沉香断续玉炉寒,伴我情怀如水。笛里三弄,梅心惊破,多少春情意〔3〕。

小风疏雨萧萧地,又催下、千行泪。吹箫人去玉楼空〔4〕,肠断与谁同倚。一枝折得,人间天上,没个人堪寄。

〔1〕此词看似咏梅花,实是忆亡人,当为李清照之夫赵明诚故去后,作者独身寓居江南之作。起笔直叙寡居之凄苦,玉炉清寒,情怀冰冷,宜发出清寂襟

绪。末以笛曲惊梅照应题意。换头联系户外景象,写出伤心情态。以下倾泄悼念亡夫的伤感,收拍再与咏梅挽合。

〔2〕藤床纸帐:藤制的床,纸做的帐。纸帐,宋代一种特制的床帐,宋林洪《山家清事》有梅花纸帐的记述。

〔3〕“笛里”三句:谓笛声响起吹动梅花春意深浓。古有“梅花三弄”笛曲。

〔4〕“吹箫”句:言其夫已仙逝。吹箫人,《列仙传》载:“箫史者,秦穆公时人也,善吹箫,能致孔雀、白鹤于庭。”穆公以女弄玉妻之,后夫妇皆随凤飞升。此处代指赵明诚。

渔家傲[1]

天接云涛连晓雾,星河欲转千帆舞[2]。仿佛梦魂归帝所[3]。闻天语,殷勤问我归何处? 我报路长嗟日暮,学诗谩有惊人句[4]。九万里风鹏正举[5],风休住,蓬舟吹取三山去[6]。

〔1〕这是一首记梦词。开篇描绘乘舟飞升所见,云雾迷茫,星移斗转,仙舟在银河中破浪前进。次写升入天国,上帝殷勤抚问,沐浴到人间无从领略的温暖关切。过片回答上帝之语,反映词人才高运蹇、年华迟暮,包蕴无限人生坎坷与艰辛。末尾宕开笔锋,表达一己欲乘长风高飞远举、驰入天界仙境之壮怀奇思。全词场境宏阔,意象奇幻,笔力劲拔,气度恢宏,一气呵成,体现出作者不甘庸碌的胸襟。气韵豪迈,前人有“绝似苏辛”之评。

〔2〕星河:指天河。

〔3〕帝所:上帝天庭。《史记·赵世家》赵简子有“我之帝所甚乐”之语。

〔4〕“我报”二句:我禀报上帝人生道路漫长,岁月迟暮,徒有诗才,壮怀

李清照《声声慢》（寻寻觅觅）

难伸。《楚辞·离骚》有“欲少留此灵琐兮,日忽忽其将暮”,“路漫漫其修远兮,吾将上下而求索”之语。杜诗有“语不惊人死不休”句。此取其意。

〔5〕“九万里”句:《庄子·逍遥游》描述大鹏“背若泰山,翼若垂天之云,抟扶摇羊角而上者九万里”。

〔6〕“蓬舟”句:开往蓬莱的航船,把我送到仙山上吧!《史记·封禅书》载:渤海中有蓬莱、方丈、瀛洲三座仙山,上有仙人和仙药。

如 梦 令〔1〕

常记溪亭日暮,沉醉不知归路。兴尽晚回舟,误入藕花深处。争渡,争渡,惊起一滩鸥鹭。

〔1〕小词当为清照少女时期在故乡作。词写酒后泛舟,兴尽归来,误入荷花丛,找不到出口,徬徨摇桨,惊动滩头栖宿的鸥鹭。词人捕捉一瞬间的生活片断,写出少女的贪玩好游、天真烂漫。形式虽极短小,而环境、人物、行动、心态,宛然在目,颇富生活情趣。

如 梦 令〔1〕

昨夜雨疏风骤,浓睡不消残酒。试问卷帘人〔2〕,却道海棠依旧。知否?知否?应是绿肥红瘦。

〔1〕小词剪取日常生活片断,写惜花爱美深情。宵夜冷雨急风,引发无

限惆怅、担忧,借酒浇愁,黎明酒意未消。起问侍女,问得有情,答得平淡,跌宕出"知否"二句,无限惋惜。满含的凄惋,蕴蓄在收拍答话中。言短意深,短幅中有曲折,对话声口宛然,"绿肥红瘦",形容风雨无情,娇花凋落,构辞极为新鲜有致。

〔2〕卷帘人:指侍女。

凤凰台上忆吹箫〔1〕

香冷金猊〔2〕,被翻红浪,起来慵自梳头。任宝奁尘满〔3〕,日上帘钩。生怕离怀别苦,多少事,欲说还休。新来瘦,非干病酒,不是悲秋。　　休休!这回去也,千万遍阳关〔4〕,也则难留。念武陵人远〔5〕,烟锁秦楼〔6〕。惟有楼前流水,应念我、终日凝眸。凝眸处,从今又添,一段新愁。

〔1〕李清照与赵明诚婚后,由于朝内党争激化,到徽宗大观初,明诚罢官归乡,夫妇屏居青州十年,约在宣和三年,明诚出守莱州,此词可能为清照送别丈夫赴任时所作。本篇是词人写别情的名作。起笔五句,借居处环境、器物透露自我心境。"冷""翻""慵""任",贯注着主观情绪色彩。"生怕"句,约略一点,"新来瘦"之故,偏不说破,而以排除法予以暗示。下片承上意脉,直倾胸臆,千万遍阳关难留,见惜别情深。"念"字以下设想别后孤寂,"武陵","秦楼"两面着笔。流水作证,专写己方怀思之深。"又添"回应"新来瘦",且表示承受离愁,已非一次。

〔2〕金猊:狮子形状的金属香炉。猊(ní倪),狻猊,即狮子。

〔3〕宝奁:精美的梳妆盒。

〔4〕阳关:阳关曲,唐代诗人王维送别名作《送元二使安西》诗,被谱入乐

府，成为送别歌曲，反复诵唱，谓之《阳关三叠》。

〔5〕武陵人：武陵，在今湖南常德市。东晋诗人陶潜《桃花源记》曾载武陵人沿桃花溪泛舟，发现了世外桃源。又，南朝宋刘义庆《幽明录》载，东汉浙江剡县人刘晨、阮肇到天台山采药迷路，被两位仙女邀至家中，结成夫妇，后两人思家求归，别仙女而去。后人常把两则故事加以牵合，称仙境为桃源，称遇仙女的刘、阮为武陵人。如韩琦《点绛唇》："武陵回睇，人远波空翠。"这里武陵人，指所钟爱的情人。

〔6〕秦楼：指秦穆公女弄玉的凤楼。此代指词人的居处。

一剪梅〔1〕

红藕香残玉簟秋〔2〕。轻解罗裳，独上兰舟〔3〕。云中谁寄锦书来〔4〕？雁字回时〔5〕，月满西楼。　　花自飘零水自流。一种相思，两处闲愁。此情无计可消除，才下眉头，却上心头。

〔1〕此词当为李清照与其夫别后所作，是写深情夫妻两地相思的名篇。上片写别后独处感受，下片写刻骨相思心态。起句由室内外景物暗示清秋节令，接写白昼泛舟、深夜望月。"独上"，暗逗离思，"谁寄"，明写惦念。"雁字"耳所闻，"月满"目所睹。深夜怀人境况灼然可见。换头即景取喻，引出内心独白。"一种""两处"由己及人，兼写对方，见出两情无猜。结拍三句由范仲淹"眉间心上，无计相回避"（《御街行》）脱胎。"眉头""心头"，内外相通；"才下""却上"，钩连起伏。构思极巧，故王士禛称誉李词"特工"。

〔2〕红藕：红色的荷花。玉簟：光滑如玉的竹席。

〔3〕兰舟：木兰舟，舟的美称。

〔4〕锦书：前秦苏惠曾织锦作《璇玑图诗》以寄其夫，后以"锦书"美称

书信。

〔5〕雁字:雁飞成行,有似"一"字或"人"字,故称雁字。雁字回时,隐喻独自"一人"回来。

蝶恋花[1]

暖雨晴风初破冻。柳眼梅腮[2],已觉春心动。酒意诗情谁与共?泪融残粉花钿重[3]。　　乍试夹衫金缕缝[4]。山枕斜欹,枕损钗头凤[5]。独抱浓愁无好梦,夜阑犹剪灯花弄[6]。

〔1〕此词古代选本或题"离情",或题"春怀",当是词人独居深闺思念丈夫之作。起三句写春光来临,雨暖风和,花木呈艳。柳眼、梅腮、春心,一语双关,既言物象,又暗指佳人。次二句直叙离怀,泪水融粉湿钿,见离恨深浓。换头承上延伸,借更衣、倚枕的独特细节,刻画孤单无聊心境。结句收拢到长夜难眠,"剪灯花",动作传神,内蕴沉厚。

〔2〕柳眼梅腮:形容早春的柳叶,淡红的梅花。李商隐《二月二日》诗:"花须柳眼各无赖,紫蝶黄蜂俱有情。"

〔3〕花钿:镶嵌金花的首饰。

〔4〕金缕缝:用金线绣花缝合。

〔5〕"山枕"二句:写辗转不能入睡。山枕,山形枕头。钗头凤,饰有凤凰图案的首饰。

〔6〕"夜阑"句:写夜深不寐,剪下灯花,反复摆弄。

蝶恋花[1]

泪湿罗衣脂粉满。四叠阳关[2],唱到千千遍。人道山长山又断,萧萧微雨闻孤馆。　　惜别伤离方寸乱[3],忘了临行,酒盏深和浅。好把音书凭过雁,东莱不似蓬莱远[4]。

〔1〕一本有题作“晚止昌乐馆寄姊妹”。由于官场倾轧,赵明诚罢职,李清照随夫回故乡青州屏居十年。宣和三年(1121),赵明诚起知莱州,秋间清照离青赴莱,此词当为途中止宿昌乐(今山东县名)驿馆抒别情寄乡邻姊妹而作。起三句写送别情景,送别者泪湿罗衣、反复歌唱送别曲,见姊妹情深,依依难舍。次二句写眼望远山迤逦,耳听秋雨萧萧,衬映离别氛围。再三句写行者心乱如麻,忘记酒杯浅深,见伤离情重,心神恍惚。末二句强作开解,自慰且宽慰女友,语意温馨。

〔2〕四叠阳关:指王维的《渭城曲》,诗凡四句,每句重唱,四次重迭,故称四迭。苏轼论《阳关三叠》,谓“第一句不叠”,故称《阳关三叠》,说法不一。

〔3〕方寸乱:方寸指心。

〔4〕“东莱”句:意谓虽分离两地,但相距不远。东莱,指莱州,今属山东。蓬莱,神话中海上三仙山之一,见《史记·封禅书》。

怨王孙[1]

湖上风来波浩渺。秋已暮,红稀香少。水光山色与人亲,说不尽,无穷好。　　莲子已成荷叶老。清露洗,蘋花汀草[2]。眠沙鸥鹭不回头,似也恨,人归早。

〔1〕一本题曰“赏荷”,当为词人少女时代在故乡徜徉水边、观赏荷花而作,词中洋溢着爱悦自然景观的欢快感。起笔总写湖边秋光,继赞景象宜人,叹赏之语倾口而出,将大自然感情化,十分自然。再进一步将视线转向荷塘,衬以周边的花草,景物清新爽洁。末写眠沙鸥鹭,将禽鸟人格化,体现眷恋湖山感受,与上片结句呼应,极富情趣。前人写秋光,多带萧索意味,本篇不见伤秋踪影,一派清兴佳致,体现出少女活泼娇憨、无忧无虑的心态。

〔2〕蘋花汀草:蘋花,生于浅水的草本植物。汀草,水边草地。

临　江　仙[1]

庭院深深深几许[2]?云窗雾阁常扃。柳梢梅萼渐分明,春归秣陵树[3],人老建康城。　　感月吟风多少事,如今老去无成。谁怜憔悴更凋零。试灯无意思[4],踏雪没心情。

〔1〕靖康元年(1126)金军攻陷汴京,次年徽、钦被虏,赵构即位于应天府(今河南商丘),是为高宗,改元建炎,后渡江南逃,偏安江左。建炎元年(1127)赵明诚起知江宁府(今南京),直到建炎三年三月明诚罢守江宁,李清照一直流寓江宁。这期间“易安每值天大雪,即顶笠披簑,循城远览以寻诗”(周煇《清波杂志》)。建炎三年金兵继续南侵,朝臣主和派得势,中原恢复无望。本篇当写于是年初春,反映了词人对国运的忧伤,对时势的悲慨。上片写僻处深庭,空气沉闷,春归名都,居民苍老。下片由“人老”衍展,从感叹风雨沧桑、老而无成,

到自怜憔悴凋零,末以无心游赏收煞。先写环境,暗示形势,后直倾襟绪,道出中原人民共同的忧患心境。

〔2〕“庭院”句:移用欧阳修《临江仙》词中原句。

〔3〕秣陵:古地名,与下句“建康”,均指今南京。

〔4〕试灯:正月十五为元宵灯节,节前预赏称为试灯。

醉花阴〔1〕

薄雾浓云愁永昼,瑞脑消金兽〔2〕。佳节又重阳,玉枕纱厨〔3〕,半夜凉初透。　　东篱把酒黄昏后,有暗香盈袖。莫道不销魂,帘卷西风,人比黄花瘦。

〔1〕本篇是重九佳节为怀念丈夫而写的离情词。前阕述由白昼到深夜整日独处深闺的离愁。窗外阴沉暗淡,室内香烟缭绕,“永”“销”二字透露出独处香闺、度日如年的心境。次日为九九重阳,又逢佳节倍思亲之际,离思转深,以故香帐凭枕,夜深难寐。“凉初透”,兼写秋节萧瑟与心境凄冷。后阕纪重阳赏菊情事。自古即有重九饮酒赏菊风俗,陶潜九月九日于“宅边东篱下菊丛中……就酌,醉而后归”(《续晋阳秋》)。词人继踵文苑雅事,黄花拂袖,而离愁难解,遂逗出煞拍三句。“销魂”,深化篇首“愁”字,由“愁”而致人瘦,见出离思深沉。窗外黄花与帘内佳人,相映生辉,形神酷似,同命相恤,物我交融,创意极美。《琅嬛记》载,李清照将此词寄赵明诚,明诚谢绝宾客,三日三夜艰苦构思,得五十阕,杂易安作,出示友人陆德夫,德夫玩味再三,谓“人比黄花”“三句绝佳”。足见此三句为神来之笔,赢得千古骚坛爱赏。

〔2〕瑞脑:一种香料,即瑞龙脑。金兽:兽状金属香炉。

〔3〕纱厨:指纱帐。

行　香　子[1]

草际鸣蛩[2],惊落梧桐,正人间天上愁浓。云阶月地[3],关锁千重[4]。纵浮槎来,浮槎去,不相逢[5]。　星桥鹊驾,经年才见[6],想离情别恨难穷。牵牛织女,莫是离中[7]。甚霎儿晴[8],霎儿雨,霎儿风。

〔1〕《历代诗馀》题作“七夕”,词借牛郎织女传说故事,抒发人间别愁离绪,或为清照与丈夫赵明诚分离期间所作。起写七夕夜景,蛩鸣、叶落,烘染离愁氛围,“愁浓”收结前三句,并将人间天上扭结一体。以下写天宫阻隔深远,情人难聚。“星桥”三句正面叙写牛女故事,叹其离恨无穷。末以揣想口吻,担心情人难得团圆,借天象风云变幻,暗示人间境遇难测,语意双关,含蕴沉厚,个中心境,耐人寻味。

〔2〕蛩(qióng 琼):蟋蟀。

〔3〕云阶月地:以云为阶,以月为地,形容天宫。杜牧《七夕》诗:“云阶月地一相过,未抵经年别恨多。”

〔4〕关锁千重:指天宫门禁森严。

〔5〕“纵浮槎来”三句:融化牛女故事。张华《博物志》载:“天河与海通。近世有人居海渚者,年年八月有浮槎,去来不失期。”有人怀探险志,带粮乘槎去十馀日,到达一处,“遥望宫中多织妇,见一丈夫牵牛渚次饮之”。槎,木筏。

〔6〕“星桥”二句:谓乌鹊搭桥一年一次。旧传七月七日乌鹊造桥使牛郎织女渡天河相会。星桥,即乌鹊桥。李商隐《七夕》诗:“星桥横过鹊飞回。”

〔7〕“牵牛”二句:意谓牛郎、织女大概还在两地分离吧。莫,猜度之辞。《续齐谐记》载:“桂阳成武丁有仙道,常在人间,忽谓其弟曰:‘七月七日织女当渡河,诸仙悉还宫,吾向已被召,不得停,与尔别矣。’”《荆楚岁时记》云:“七月

七日为牵牛织女聚会之夜。”

〔8〕霎儿:口语,犹一会儿。

念 奴 娇[1]

萧条庭院,又斜风细雨,重门须闭。宠柳娇花寒食近,种种恼人天气。险韵诗成[2],扶头酒醒[3],别是闲滋味。征鸿过尽,万千心事难寄。　　楼上几日春寒,帘垂四面,玉阑干慵倚。被冷香消新梦觉,不许愁人不起。清露晨流,新桐初引[4],多少游春意。日高烟敛,更看今日晴未?

〔1〕本篇为清照前期春闺独处怀人之作。前五句写环境天气,烘染出一派寂寞无聊氛围。萧条、风雨、寒食、闭门,归结为“恼人”,映现出作者心境。次五句写日常生活内容,作诗遣兴,饮酒却愁,醒而愈无聊赖。“心事难寄”,补述“闲滋味”,略点离思。再五句仍从日常生活映现思绪,小楼独居,无心凭栏,拥被入梦,梦觉再难成眠。“春寒”回应“萧条”,“帘垂”绾合闭门,“慵倚”见出没情没绪,“新梦”与“心事”相关,“不许”句疏懒无聊之至。末五句写感春意绪,春意逗发游兴,却担心未能云散天晴,枯坐?出游?犹移不决,宕开一笔,忽又收煞。以清新之语,记述生活片段,借日常情态,显示内在心绪,乍远乍近,忽开忽合,应情而发,戛戛生新。

〔2〕险韵:作诗用少见难押之韵。

〔3〕扶头酒:指烈性易使人醉之酒。杜牧《醉题五绝》:“醉头扶不起,三丈日还高。”贺铸《南乡子》:“易醉扶头酒,难逢敌手棋。”

〔4〕“清露”二句:语出自《世说新语·赏誉》。初引,刚刚抽芽。

永遇乐[1]

落日熔金[2],暮云合璧[3],人在何处?染柳烟浓,吹梅笛怨[4],春意知几许!元宵佳节,融和天气,次第岂无风雨[5]?来相召,香车宝马,谢他酒朋诗侣[6]。　中州盛日[7],闺门多暇,记得偏重三五[8]。铺翠冠儿,捻金雪柳,簇带争济楚[9]。如今憔悴,风鬟雾鬓[10],怕见夜间出去。不如向帘儿底下,听人笑语。

〔1〕此为李清照晚年所写元宵词,借流落江南孤身度元宵佳节所产生的切身感受,寄托深沉的故国之思、今昔之感。开篇由佳节景象着笔,熔金、合璧、烟、柳、梅、笛,诸般物事烘染出一派"佳节""融和"气氛。中间插入"人在何处""岂无风雨"的闪念,体现出饱经沧桑者特有的忧虑心态。"来相召"二句,仍状节日人物之盛,谢却"诗朋酒侣",则气氛陡转,跌入孤寂冷漠深渊。孤独中最易追怀往事,"中州盛日"六句,极写往年京华热闹欢乐,浓厚兴致。"如今"以下折转到当前,憔悴神态,寥落心理,与往昔形成强烈反差。末以藏身帘底听人笑语收结,无限凄楚,令人不堪卒读。全词以元宵为焦聚点展开记叙,思路由今而昔再到今。今昔对比,以乐景写哀,以他人反衬,益增悲慨。无怪刘辰翁诵此词"为之涕下""辄不自堪"(《须溪词》卷二)也。

〔2〕熔金:形容落日火红,犹如金属熔化。

〔3〕合璧:形容暮云聚合,光洁如玉。

〔4〕"吹梅"句:笛子吹奏着《梅花落》一类幽怨的歌曲。

〔5〕次第:犹转眼。

〔6〕"来相召"三句:辞掉了乘香车宝马前来邀请我出游的朋友们。

〔7〕中州:指汴京。

〔8〕“记得”句:谓当年很重视正月十五元宵佳节。

〔9〕“铺翠”三句:追忆当年京城女郎都打扮得十分讲究欢庆佳节。铺翠冠儿,以翡翠羽毛装饰的帽子。捻金雪柳,用金线编制成的绢花,《东京梦华录》有“雪柳、菩提叶”等名目,为元宵节妇女时髦的装饰物。簇带,满头插戴。争济楚,争着看谁打扮得漂亮。

〔10〕风鬟雾鬓:头发散乱,两鬓斑白。

武陵春〔1〕

春晚

风住尘香花已尽〔2〕,日晚倦梳头。物是人非事事休,欲语泪先流。　　闻说双溪春尚好〔3〕,也拟泛轻舟。只恐双溪舴艋舟〔4〕,载不动许多愁。

〔1〕宋高宗绍兴四年(1134)秋金兵南侵,淮上报警,浙江百姓纷纷流亡,李清照避乱金华。此词当为次年春天在金华作。起句写季节环境,亦暗含对时事的感喟。继刻画生活疏懒,见出了无心绪。国破、家亡、夫死、物散,故曰“物是人非”。“事事休”承“花已尽”。“泪先流”承“倦梳头”。层层递进。悲伤至极,忽又宕开,“闻说”一纵,“只恐”又收。上片侧重外在神态描述,下片侧重内在情绪波动的揭示。尺幅千里,曲折有致。收拍凄婉劲直,化抽象为形象,被推为写愁名句。

〔2〕尘香:落花变为尘土,尘土带有香味。

〔3〕双溪:水名,在今浙江金华东南。

〔4〕舴艋:小船。

声声慢[1]

寻寻觅觅，冷冷清清，凄凄惨惨戚戚。乍暖还寒时候，最难将息[2]。三杯两盏淡酒，怎敌他，晚来风急？雁过也，正伤心，却是旧时相识。　满地黄花堆积，憔悴损，如今有谁堪摘？守着窗儿，独自怎生得黑[3]！梧桐更兼细雨，到黄昏，点点滴滴。这次第，怎一个愁字了得[4]！

〔1〕本篇李清照晚年流落江南为抒发家国愁身世感而作。词写由早到晚一整天的愁苦心绪。首用七对叠字发端，形容空虚、凄清、酸楚积愫，层层深化，浓重伤感，笼罩全篇。以下季候冷暖无定，薄酒难御风寒，过雁触动乡思，菊花萎谢无人怜惜，独守寒窗时间难熬，黄昏冷雨敲击梧桐，种种场景，无不益发加重愁情分量，折磨一己孤独、柔弱、痛苦的灵魂。全篇字字写愁，层层写愁，却不露一“愁”字，末尾始画龙点睛，以“愁”归结，而又谓“愁”不足以概括个人处境，推进一层，愁情之重，实无法估量。全词语言如说家常，感受细腻，形容尽致，讲究声情，巧用叠字，更以舌齿音交加更替，传达幽咽凄楚情悰，肠断心碎，满纸呜咽，撼人心弦。无怪古人誉为“千古创格”“绝世奇文”（《冷庐杂识》卷五）。

〔2〕将息：保养、休息。

〔3〕怎生得黑：如何熬到天黑，度日如年之意。

〔4〕“这次第”二句：这光景岂是一个“愁”字所能囊括得了呢。

点　绛　唇[1]

蹴罢秋千，起来慵整纤纤手。露浓花瘦，薄汗轻衣透。　见客入来，袜刬金钗溜[2]。和羞走，倚门回首，却把青梅嗅[3]。

〔1〕本篇是闺房少女的一则日常生活剪影，当为李清照早年之作。全章写人物动作。“慵整”，见其疲乏，汗湿轻衣，言其荡秋千十分开心尽兴。“露浓花瘦”，既暗示时间，又烘托人物，且可视为娇美少女风姿的象征。以上写荡完秋千后在庭中略事休整，以下写乍见来客时的妩媚神情。不及穿鞋，金钗坠地，写尽匆促回避的情形。倚门回首，以青梅遮面，这一独特细节，将少女惊诧、好奇、含羞、灵慧的性格刻画得活龙活现、栩栩如生。

〔2〕“袜刬”句：袜刬，指着袜而行。李煜《菩萨蛮》：“刬袜步香阶，手提金缕鞋。”金钗溜，言其头发松散，金钗坠地。

〔3〕“和羞走”三句：谓含羞而走倚门顾盼，佯作嗅青梅。韩偓《偶见》诗：“秋千打困解罗裙，指点醍醐索一尊。见客入来和笑走，手搓梅子映中门。”李词化用其意，而有出蓝之胜。

添字丑奴儿[1]

窗前谁种芭蕉树，阴满中庭，阴满中庭。叶叶心心，舒卷有馀情。　伤心枕上三更雨，点滴霖霪[2]，点滴霖霪。愁损北人,不惯起来听。

〔1〕此词借咏芭蕉雨,抒发飘泊江南的凄苦襟怀,当为清照晚年之作。上片咏芭蕉,赋物以性灵,心、叶含情思。下片写听雨,雨声淅沥,深夜不寐,收句点明境遇,语言直白,风调凄楚。

〔2〕霖霪:形容苦雨连绵淅沥。

南歌子[1]

天上星河转[2],人间帘幕垂。凉生枕簟泪痕滋,起解罗衣,聊问夜何其[3]? 翠贴莲蓬小,金销藕叶稀[4]。旧时天气旧时衣,只有情怀,不似旧家时[5]!

〔1〕此词写深夜闺阁孤眠的愁思,当为词人晚期流落江南时作。起句写夜景,由天象到闺帏。继写人事,泪湿枕席,解衣问夜,可见感伤之至,夜不成寐。换头承"罗衣",描绘衣上花绣。接着由旧时衣着联想到旧时天气,感叹衣物、天气如昔而心情则迥然不同。忆昔怀旧之情沛然流出,反映了词人历尽国愁家难、失掉美好安定生活的酸楚襟绪。

〔2〕星河:天河的别名。

〔3〕夜何其:意谓夜到什么时辰了。《诗经·庭燎》:"夜如何其?夜未央。"其(jī 基),语助辞。

〔4〕"翠贴"二句:意谓仿佛翠羽贴就小小莲蓬,金丝绣成稀疏的藕叶。形容旧衣的花纹。

〔5〕旧家:从前。

吕本中

吕本中(1084—1145),字居仁,寿州(今安徽凤台县)人。吕公著曾孙,南渡后徙居金华(在今浙江省)。高宗绍兴六年赐进士出身。历官中书舍人、权直学士院,以忤秦桧而罢职。晚年移居信州(今江西上饶)讲学,人称东莱先生。诗属江西派,并作《江西诗社宗派图》,首创江西诗派之说。著有《东莱集》。赵万里辑其词为《紫微词》一卷,计二十七首。

采　桑　子[1]

恨君不似江楼月,南北东西;南北东西,只有相随无别离。

恨君却似江楼月,暂满还亏[2];暂满还亏,待得团圆是几时?

〔1〕词写思妇念远恨别。善用对比重叠手法,语意自然流畅,通俗浅显,纯是民歌风情,尤以用喻奇巧、构思别致著称。同一喻体,立喻者各取所需,分别取其不同性能作喻,即钱锺书先生《管锥篇》所称"喻之二柄""喻之多边"。钱先生本指在不同作品中不同取喻而言。本词则巧妙地用于一篇作品之内。同以江月为喻,但取意不一,上片恨其"不似",取其处处相随,形影不离之意;下片又恨其"却似",取其圆少缺多、聚短离长之意。上下两片取喻角度不同,貌似相反、矛盾,实则相反相成,殊途同归,统一于殷切期盼行人归来之情。

〔2〕满:指月圆。亏:指月缺。

南歌子[1]

驿路侵斜月，溪桥度晓霜。短篱残菊一枝黄，正是乱山深处过重阳。　　旅枕元无梦，寒更每自长[2]。只言江左好风光[3]，不道中原归思转凄凉。

〔1〕词写南渡初年、流徙江南之感。上片早行情景。“驿路”二句，语近温庭筠《商山早行》“鸡声茅店月，人迹板桥霜”诗意。残菊重阳，人却在“乱山深处”，暗暗点出避乱之苦。下片夜宿难寐，正其心中有思。结拍翻出主旨：江南风光纵好，无奈中原沦陷，令人思归。

〔2〕“旅枕”二句：人有心事，难以入眠，倍感秋夜漫长。

〔3〕江左：指长江下游以东地区，即今江苏一带。

胡世将

胡世将(1085—1142),字承公,晋陵(今江苏常州武进区)人。宋徽宗五年进士。南渡后历任中书舍人、知镇江府、四川安抚使、川陕宣抚副使。力主抗金,宣抚川陕任上,曾有效遏制金兵的进攻。存词仅一首,见《陕西通志》卷九十七。

酹江月

秋夕兴元使院作,用东坡赤壁韵〔1〕

神州沉陆〔2〕,问谁是、一范一韩人物〔3〕。北望长安应不见,抛却关西半壁〔4〕。塞马晨嘶,胡笳夕引〔5〕,赢得头如雪〔6〕。三秦往事,只数汉家三杰〔7〕。　　试看百二山河,奈君门万里,六师不发〔8〕。阃外何人回首处,铁骑千群都灭〔9〕。拜将台攲,怀贤阁杳,空指冲冠发〔10〕。阑干拍遍,独对中天明月。

〔1〕绍兴九年,胡世将任川陕宣抚副使,治所在兴元(即南郑,今陕西汉中市),词当为初至兴元所作。酹江月:即《念奴娇》。用东坡赤壁韵:指用苏轼《念奴娇·赤壁怀古》韵。词怀古伤今。秦末刘邦曾重用"三杰",一举收复汉中,进而一统天下。而今大片国土沦丧,朝廷却力主和议,苟且退让,致使世无"一范一韩"抗金御敌,收复失地;遂令广大爱国志士徒叹白头,空自悲愤。词人一片孤忠,唯独对明月而已。通篇或借古论今,或直抒胸臆,不胜慷慨悲壮。

〔2〕沉陆:即陆沉,喻人世大乱,此指金兵入侵,中原沦陷。

〔3〕一范一韩:指北宋初年的范仲淹和韩琦。二人都曾镇守西北边境,抵御西夏,功绩卓著。朱熹《五朝名臣言行录》卷七载《边上谣》曰:"军中有一韩,西贼闻之心胆寒;军中有一范,西贼闻之惊破胆。"

〔4〕抛却关西:指函谷关以西的大片国土沦丧。

〔5〕"塞马"二句:晨征夜宿,写边境军事生涯。引:指吹奏。

〔6〕赢得头如雪:只落得满头白发,谓蹉跎岁月,壮志不酬。

〔7〕"三秦"二句:指刘邦平定三秦事。项羽入关灭秦后,为阻遏刘邦东向争霸,三分关中,立秦降将章邯等三人为王,称"三秦"。后刘邦从韩信计谋,一战平定三秦,东向败项羽而夺取天下。汉家三杰,指辅助刘邦建立汉家王朝的人中之杰:张良、萧何、韩信。

〔8〕"试看"三句:作者自注:"朝议主和。"三句意谓因"朝议主和",大好河山沦陷后,朝廷却不出兵收复。百二山河,指关中山河险固。秦兵二万可挡诸侯百万人。见《史记·高祖本纪》。君门万里,指临安朝廷远在万里之外,难以见到,自己的主张亦难以采纳。六师,六军,此泛指南宋军队。

〔9〕"阃外"二句:作者自注:"富平之败。"宋高宗建炎四年,张浚率军四十万在富平(今甘肃灵武)与金兵接战,溃败。二句意谓富平一败,无人再敢与金兵开战。阃(kǔn 捆)外,都门以外。铁骑千群,指南宋部队。

〔10〕"拜将台"三句:谓朝廷不重贤才,令人愤慨。拜将台,刘邦曾于南郑筑台拜韩信为大将。攲(qī 栖),倾倒。怀贤阁,为纪念诸葛亮北伐而建,遗址在南郑斜谷口。北宋时犹存。苏轼《怀贤阁》诗:"有怀诸葛公,万骑出汉巴。"杳,此指杳无人迹。冲冠发,头发直竖把帽子顶起,形容愤怒之极。《史记·廉颇蔺相如列传》:"相如因持璧却立倚柱,怒发上冲冠。"

赵鼎

赵鼎(1085—1147),字元镇,号“得全居士”,闻喜(今属山西)人。宋徽宗崇宁五年进士。南渡后历官尚书左仆射,同中书门下平章事。他是南宋名臣,因力主抗金,遭秦桧迫害,忧愤不食而死。著有《得全居士词》,存词四十馀首。况周颐《蕙风词话》谓其词“清刚沉至,卓然名家。故君故国之思,流溢行间句里”。

满江红

丁未九月南渡,泊舟仪真江口作〔1〕

惨结秋阴〔2〕,西风送、霏霏雨湿。凄望眼、征鸿几字〔3〕,暮投沙碛〔4〕。试问乡关何处是,水云浩荡迷南北〔5〕。但一抹、寒青有无中,遥山色〔6〕。　天涯路,江上客。肠欲断,头应白。空搔首兴叹,暮年离拆。须信道消忧除是酒,奈酒行有尽情无极〔7〕。挽取长江入尊罍〔8〕,浇胸臆。

〔1〕丁未,即宋高宗建炎元年(1127)。是年金兵陷汴京,北宋覆灭。高宗即位于河南商丘,拟南渡建康。赵鼎奉命先行,预作布署,行至仪真(今属江苏),泊舟江口作此词。词上片写景,寓情于景,一派阴沉凄冷。“试问”句唤起乡思国忧,但仍以景作结:云水迷茫,山色有无,隐谓家国不见,北返渺茫。下片一起直抒漂泊衰迟之感。“须信”二句跌宕有力,欲饮又罢,盖“有尽”之酒难消

“无极”之情。结拍逆挽，仍归豪饮，想象中唯以滔滔江水为酒，不足冲洗胸中勃郁不平之气，悲慨激越，忧念深广，开南宋爱国词先声。

〔2〕 结：凝结，凝聚。

〔3〕 征鸿几字：谓几行飞雁。鸿雁成群飞行，呈人字形或一字形。

〔4〕 沙碛（qì 气）：此指荒寒的沙滩。

〔5〕 “试问”二句：崔颢《黄鹤楼》诗：“日暮乡关何处是，烟波江上使人愁。”诗人家乡在山西闻喜，时被金兵占领。

〔6〕 “但一抹”二句：诗人回首北望所见。秦观《泗州东城晚望》：“林梢一抹青如画，应是淮流转处山。”王维《汉江临泛》：“江流天地外，山色有无中。”一抹，犹言涂抹一笔。

〔7〕 “须信”二句：按词谱当为两个七言句，此处应有衬字：上句或为“须”，或为“道”，下句为“奈”字。酒行，行酒，饮酒。

〔8〕 尊罍（léi 雷）：古时酒具。

鹧鸪天

建康上元作〔1〕

客路那知岁序移，忽惊春到小桃枝。天涯海角悲凉地，记得当年全盛时。　　花弄影，月流辉，水精宫殿五云飞〔2〕。分明一觉华胥梦，回首东风泪满衣〔3〕。

〔1〕 据词意，词可能作于建炎二年（1128），即承上篇《满江红》“泊舟仪真”之次年。建康：今江苏南京市。上元：农历正月十五元宵节。词写上元有感。一起点明客居他乡不觉时序之推移，“那知”“忽惊”与前呼应，凸现词人仓

皇不定之心态。小桃初开，正是建康上元景色。由此词人忆及当年汴京上元盛况：月辉花影，彩云宫阙。但以上种种无非华胥一梦，醒来反是倍增天涯流徙之悲凉。通篇以梦境之欢乐反衬现实之悲怆，饱含家国之恸，写来自然流畅而又跌宕有致。

〔2〕"花弄影"三句：忆昔日汴京上元繁华景象。水精宫殿，借指北宋汴京豪华的宫殿。五云，五色彩云，祥瑞之兆。

〔3〕"分明"二句：华胥梦醒，泪满衣襟。华胥梦，《列子·黄帝》谓黄帝"昼寝而梦，游于华胥氏之国"。后泛指入梦。

向子諲

向子諲(1085—1152),字伯恭,号芗林居士,临江(今江西樟树市)人。建炎四年知潭州时,金兵围城,曾率军民死守。绍兴初,任徽猷阁直学士,后知平江府,因反对和议忤秦桧,乃罢官闲居。著有《酒边词》,存词一百七十馀首。以南渡为界,分为"江北旧词"和"江南新词"。二者内容不一,风格有异。

鹧鸪天

有怀京师上元,与韩叔夏司谏、王夏卿侍郎、曹仲谷少卿同赋〔1〕。

紫禁烟光一万重〔2〕,鳌山宫阙倚晴空〔3〕。玉皇端拱彤云上〔4〕,人物嬉游陆海中〔5〕。　星转斗,驾回龙〔6〕。五侯池馆醉东风〔7〕。而今白发三千丈〔8〕,愁对寒灯数点红。

〔1〕词当作于晚年退居临江时。韩叔夏、王夏卿、曹仲谷:生平均不详。词打破上下片结构的常格,前七句一意,后二句一意。前七句怀旧忆昔,写京师上元繁华景象:烟花灯海,鳌山宫阙,君民同乐,豪门狂饮,极尽夸张渲染之能事。结拍两句钩转现实,白发愁对寒灯,情景萧索,昔盛今衰,词情跌宕,与前七句成鲜明对照,有强烈艺术感染力。

〔2〕紫禁:紫禁城,帝王居处,此指北宋故都汴京。烟花:指焰火花灯。

〔3〕鳌山：鳌（áo 熬），传说中的大龟或大鳖；鳌山，宋时灯节堆叠彩灯成山形，称鳌山。刘昌诗《芦蒲笔记》上元词："紫禁烟光一万重，五门金碧射晴空。梨园羯鼓三千面，陆海鳌山十二峰。"

〔4〕"玉皇"句：写皇帝彩楼观灯。宋人孟元老《东京梦华录》载汴京元宵："宣德楼上皆垂黄缘帘，中一位乃御座，用黄罗设一彩棚，御龙直执黄盖掌扇，列于帘外。"端拱，端身拱手。彤云，红云。

〔5〕"人物"句：百姓嬉游于街市灯海之中。

〔6〕"星转斗"二句：夜深，龙驾回宫。星转斗，即斗转星移，指时已夜深。驾回龙，皇帝车辇回宫。

〔7〕五侯：汉代同时封侯者五人，称五侯，后泛称权贵之家为五侯家。韩翃《寒食》诗："日暮汉宫传蜡烛，轻烟散入五侯家。"

〔8〕白发三千丈：袭用李白《静夜思》诗句，形容愁之深重。

阮郎归

绍兴乙卯大雪行鄱阳道中〔1〕

江南江北雪漫漫，遥知易水寒〔2〕。彤云深处望三关〔3〕，断肠山又山。　　天可老，海能翻，消除此恨难。频闻遣使问平安〔4〕，几时鸾辂还〔5〕？

〔1〕绍兴乙卯：指宋高宗绍兴五年（1135）。鄱阳：今属江西。词发故国故君之思，即"为二帝在北作也"（冯煦《蒿庵论词》）。一起由眼前大雪，推知北国易水之寒。继之，遥望三关，却又重山遮目，令人肠断。下片承断肠之恸，借天老、海翻之不能，极言国恨难消。篇终"几时鸾辂还"，深深一问，是对主和者

的强烈谴责。通篇围绕二帝蒙尘着笔,感情悲愤深沉,用笔却含蓄婉曲,是南宋初期爱国词中的佳作。

〔2〕易水:在河北易县。易水寒,语出荆轲《易水歌》:“风萧萧兮易水寒,壮士一去兮不复返。”此泛指北地,隐谓二帝难返及其囚地的苦寒。

〔3〕彤云:阴云。三关:河北有淤口关、益津关、瓦桥关,此泛指宋金边塞关口。或谓三关即指宋金交界处的平靖关(西关)、武胜关(东关)、黄岘关(百雁关)。

〔4〕“频闻”句:据《宋史·高宗本纪》,南宋朝廷曾于建炎三年、绍兴二年、绍兴四年,分别遣金国通问使,向囚禁北地的徽、钦二宗致意。

〔5〕“几时”句:为期盼之辞,谓徽、钦二帝何时得返?鸾辂(lù路),鸾状马铃和车前横木,代表皇帝车驾,此指徽、钦二帝。

秦楼月〔1〕

芳菲歇,故园目断伤心切〔2〕;伤心切,无边烟水,无边山色。　　可堪更近乾龙节〔3〕,眼中泪尽空啼血;空啼血,子规声外〔4〕,晓风残月〔5〕。

〔1〕词写对故园的怀念。词由眼前花草的衰歇,兴起对故园春色的关切。下片乾龙节近,时承“芳菲歇”;泪尽啼血,情承“伤心切”,而总以“可堪”二字领起,词意递进一层。上下两结皆以景收,情景交融,既合令词本色,亦充分体现出词人惆怅悠远、悲愤哀怨的家国之情。

〔2〕故园:据词人《西江月》词序,词人于北宋政和年间,曾卜筑宛丘(今河南周口市淮阳区),靖康乱后,“故庐不得返”。故园,即指词人河南故庐,亦代指中原故国。

〔3〕乾龙节:古人以“乾龙”喻帝王。乾龙节,指宋钦宗的生日。王明清

《挥麈前录》卷一:“钦宗四月十三日生,为乾龙节。”《宋史 · 礼志》亦载:“靖康元年四月十三日,太宰徐处仁等表请为乾龙节。”

〔4〕子规:即杜鹃鸟,亦称催归鸟,啼声哀切。杜鹃啼血,古诗词中习见,表极度哀怨,如李山甫《闻子规》:“断肠思故国,啼血溅芳枝。”用意与此略同。

〔5〕晓风残月:袭用柳永《雨霖铃》词:“今宵酒醒何处? 杨柳岸、晓风残月。”

幼卿

幼卿，女，生平不详，徽宗宣和时人，存词一首，见《能改斋漫录》卷十六。

浪淘沙[1]

目送楚云空，前事无踪。漫留遗恨锁眉峰。自是荷花开较晚，孤负东风。　客馆叹飘蓬[2]，聚散匆匆。扬鞭那忍骤花骢[3]。望断斜阳人不见，满袖啼红。

〔1〕《能改斋漫录》载此词本事云：宋徽宗宣和年间，有题于陕府驿壁者云："幼卿少与表兄同砚席，雅有文字之好。未笄，兄欲缔姻。父母以兄未禄，难其请，遂适武弁公。明年，兄登甲科，职教洮房，而良人统兵陕右，相与邂逅于此。兄鞭马，略不相顾，岂前憾未平耶？因作《浪淘沙》以寄情云。"据此，知幼卿为悲剧婚姻之牺牲者，本词即是其哀怨不平心声之吐露，也可视作对封建婚姻制度之泣诉。上片回忆往昔情事，用比兴手法隐约其辞。以飞逝之白云，喻往昔之情恋了无踪影；以夏日始开之荷花自喻当日年少未笄，因此有负于"东风"即表兄之厚爱（其实本质是"父母以兄未禄，难其请"），唯空留遗恨。下片用赋笔直言眼前驿馆邂逅：乍见旋离，虽然对方"前憾未平"，"略不相顾"，扬鞭飞驰，但词人却情难自禁，目送去影，泪满衣袖，饮恨终身。

〔2〕飘蓬：如蓬草般随风翻飞，喻人生飘泊。

〔3〕"扬鞭"句：扬鞭纵马，疾驰而去。花骢，青骢，青白毛色相间的马。

蒋兴祖女

蒋兴祖女,其名不详,宜兴人(今属江苏)人。美颜色,能诗词。其父蒋兴祖于钦宗靖康年间任阳武(今河南原阳)令。据《宋史·忠义传》载,金兵攻阳武,他坚守不去,力战至死,其妻其子相继殉难。

减字木兰花

题雄州驿〔1〕

朝云横度〔2〕,辘辘车声如水去。白草黄沙,月照孤村三两家。　　飞鸿过也,百结愁肠无昼夜〔3〕。渐近燕山〔4〕,回首乡关归路难。

〔1〕据元人韦居安《梅磵诗话》云:"靖康间,金人犯阙,阳武蒋令兴祖死之。其女为贼虏去,题字于雄州驿中,叙其本末,乃作《减字木兰花》词云云。蒋令,浙西人,其女方笄,美颜色,能诗词,乡人皆能道之。"雄州:今河北雄县。驿:驿站。词写被掳北去,回首乡关之悲,但非一己之悲,亦映衬出时代家国之悲。上片车中所见,由"朝云横度"而"月照孤村",正是昼行暮宿一天行程,"白草黄沙",已见北地荒凉景象,而车声如水,幽咽泣诉,一路车声一路悲,实也词人内心悲苦之回响。下片即景生情,车中所感。雁南人北,令人愁肠百结,燕山越近,词人回首乡关越频,盖知此去绝无生还也。况周颐《蕙风词话》评曰:"寥寥数十字,写出步步留恋,步步凄恻。"

〔2〕横度:犹言飞渡。

〔3〕百结愁肠:即愁肠百结,形容愁思萦绕难解。

〔4〕燕山:指燕山府(今北京)。

洪皓

洪皓(1088—1155),字光弼,鄱阳(今属江西)人。宋徽宗政和五年进士。高宗建炎三年使金,羁留十五年,终不屈,更时以谍报南来。返宋后,因忤秦桧,南贬岭表九载。著有《鄱阳词》,存词二十一首。词以咏梅和留金怀归为主,不胜悲凉幽怨。

江梅引

顷留金国,四经除馆。十有四年,复馆于燕。岁在壬戌,甫临长至,张总侍御邀饮,众宾皆退,独留少款,侍婢歌《江梅引》,有"念此情,家万里"之句,仆曰:"此词殆为我作也。"又闻本朝使命将至,感慨久之。既归,不寝,追和四章,多用古人诗赋,各有一"笑"字,聊以自宽。如"暗香""疏影""相思"等语,虽甚奇,经前人用者众,嫌其一律,故辄略之。卒押"吹"字,非风即笛,不可易也。此方无梅花,士人罕有知梅事者,故皆注所出。

忆江梅[1]

天涯除馆忆江梅,几枝开[2]?使南来,还带馀杭、春信到燕台[3]。准拟寒英聊慰远,隔山水,应销落,赴诉谁[4]?

空恁遐想笑摘蕊,断回肠,思故里[5]。漫弹绿绮,引

《三弄》、不觉魂飞[6]。更听胡笳，哀怨泪沾衣[7]。乱插繁花须异日，待孤讽，怕东风、一夜吹[8]。

〔1〕据作者小序，词作于绍兴十二年(1142)，时作者羁金不屈已十三年。《江梅引》又名《江城梅花引》。洪词一组四首，分别取其首句末三字为题，此为第一首。又据洪迈《容斋五笔》，因洪词"每首有一'笑'字，北人谓之《四笑江梅引》，争传写焉"。实则词中江梅已是南方家国之象征，忆江梅，即忆家国，即借以抒发北国羁臣的思归之情。作者较多化用前人有关梅花诗句入词，既是传统手法使然，当也格于形势，未便直抒胸臆。而着一"笑"字，则于悲凉幽怨中不无乐观胸襟寓焉，亦如本词结处所云："乱插繁花须异日。"

〔2〕"天涯"二句：北地羁臣遥念江梅，未知有几枝迎春早开。除馆，使馆。

〔3〕"使南来"二句：南使北来，应是带来江梅春信。此化用南朝陆凯寄范晔梅花诗意："折花逢驿使，寄与陇头人。江南无别信，聊寄一枝春。"作者自注："白乐天有忆杭州梅花诗：'三年闲闷在馀杭，曾为梅花醉几场。'车驾时在临安。"馀杭，即临安，今杭州，此指南宋都城。燕台，相传为燕昭王所筑，以千金延请天下贤士，亦称黄金台，故址在今河北易县。此借指作者羁留的北地。

〔4〕"准拟"四句：江梅北来虽可慰我远客，犹恐千里路遥而枯萎凋落，此情向谁倾诉。此化用柳宗元《早梅》诗意："欲为万里赠，杳杳山水隔。寒英坐销落，何用慰远客。"准拟，料就。寒英，耐寒之花，此即指梅花。

〔5〕"空恁"三句：空想佳人笑摘梅花之乐，难抚思乡断肠之悲。此化用两位前人诗意。南朝江总《梅花落》诗："桃李佳人欲相照，摘蕊牵花来并笑。"唐高适《人日寄杜二拾遗》："遥怜故人思故乡"，"梅花满枝空断肠"。

〔6〕"漫弹"二句：聊奏梅花乐曲，不禁魂随乐曲飞到江南。绿绮，琴名。三弄，即乐曲《梅花三弄》。

〔7〕"更听"二句：胡笳声起，梦回北境，无限哀怨。此化用杜甫流寓四川所作《独坐》诗意："胡笳在楼上，哀怨不堪听。"

〔8〕"乱插"三句：拟待江梅盛开，繁花插头，又恐风吹花落，理想成空。

杜甫《苏端薛复筵简薛华醉歌》："安得健步移远梅，乱插繁花向晴昊。"苏轼《梅花》："一夜东风吹石裂，半随飞雪度关山。"须异日，有待他日。孤讽，独自吟诵。苏轼《次韵李公择梅花》："忽见早梅花，不饮但孤讽。"

蔡伸

蔡伸(1088—1156),字伸道,号友古居士,莆田(今属福建)人,著名书法家蔡襄之孙。徽宗政和五年进士,累官至左中大夫。著《友古居士词》,存词一百七十馀首。

水调歌头

时居莆田[1]

亭皋木叶下,原隰菊花黄[2]。凭高满眼秋意,时节近重阳。追想彭门往岁[3],千骑云屯平野,高宴古球场[4]。吊古论兴废,看剑引杯长[5]。　感流年,思往事,重凄凉。当时坐间英俊,强半已凋亡[6]。慨念平生豪放,自笑如今霜鬓,漂泊水云乡。已矣功名志,此意付清觞[7]。

〔1〕此词为蔡伸晚年闲居家乡莆田所作。上片凭高秋望,追忆当年一段豪迈军事生涯,不胜慷慨激昂。下片转向现实景况,自叹年老志衰,唯以酒浇愁。通篇怀昔伤今,今昔对照,于萧瑟凄凉中,略寄壮志不酬之悲。

〔2〕“亭皋”二句:言叶落菊黄,重阳秋色。亭皋,水边平地。原隰(xí席),原野低湿处。

〔3〕“追想”句:据词人《小重山》词序,词人于宣和四年(1124)在徐州通判任上,曾率兵赴燕山救援宋军。以下即追怀这一段豪迈军事生涯。彭门,彭城,为徐州治所。

〔4〕“千骑”二句:千骑如云,集结欢宴。古球场,古时军中有习武之戏蹴鞠,类今日之足球赛,故有此称谓。

〔5〕“吊古”二句:饮酒抚剑,议论古今兴亡。杜甫《夜宴左氏庄》:“检书烧烛短,看剑引杯长。”

〔6〕“当时”二句:谓当年志同道合辈大多凋亡。英俊,指才智杰出的人物。强半,大半。

〔7〕“已矣”二句:壮志销磨殆尽,唯以酒浇愁。觞(shāng 伤),酒杯。

苍　梧　谣〔1〕

天！休使圆蟾照客眠〔2〕。人何在？桂影自婵娟〔3〕。

〔1〕本词调通称《十六字令》,为宋词中最短的小令。词写对月念远。月圆人不圆,月照客子无眠,月下伊人不见,唯见月中桂影空自婆娑。寥寥十六字,写来却自然流畅而情韵隽永,富有民歌风情。

〔2〕圆蟾:即指圆月,传说月中有蟾蜍。

〔3〕桂影:即指月影,传说月中有桂树。婵娟:美好貌。

李重元

李重元，生平不详。南宋黄昇《唐宋诸贤绝妙词选》卷七收录其《忆王孙》词四首。

忆王孙

春词[1]

萋萋芳草忆王孙[2]，柳外高楼欲断魂，杜宇声声不忍闻[3]。欲黄昏，雨打梨花深闭门。

〔1〕作者《忆王孙》四首，分别为春词、夏词、秋词、冬词。四词季节不一，景色有异，但思妇念远的主题相同。此词切合春色忆念远游未归之王孙，艺术构思精巧浑成。萋萋芳草，碧烟杨柳，枝头杜鹃，雨中梨花，是为景；忆王孙，欲断魂，不忍闻，深闭门，是为情；空间由千里郊原而柳外高楼，而小庭深院；时间则由白昼而黄昏；情景水乳交融，时空变换推移，思妇念远之神情心态跃然纸上。

〔2〕"萋萋"句：《楚辞·招隐士》赋："王孙游兮不归，春草生兮萋萋。"萋萋，草茂盛貌。

〔3〕杜宇：即杜鹃，鸣声凄厉，声像"不如归去"，似催人归去。

乐婉

乐婉，杭州妓女，生平不详。《花草粹编》卷二自《古今词话》转录其词《卜算子》一首。

卜算子

答施[1]

相思似海深，旧事如天远。泪滴千千万万行，更使人、愁肠断。　要见无因见，了拚终难拚[2]。若是前生未有缘，待重结、来生愿[3]。

〔1〕答施，指答施姓情人。据《花草粹编》引《古今词话》云，杭妓乐婉与施酒监善，施临行赠词《卜算子》云："相逢情便深，恨不相逢早。识尽千千万万人，终不似、伊家好。　别你登长道，转更添烦恼。楼外朱楼独倚栏，满目围芳草。"乐婉乃作词以答，向情人作诀别。词先言别时之悲与别后之思，次言再见无由之恨。结发奇想，愿以来世情缘相期。全篇情真意切，直吐心曲，全用口语，甚似南朝乐府《子夜歌》。

〔2〕拚：割舍。

〔3〕"若是"二句：若言因前生无缘而今生难聚，我愿与君来世再结情缘。

聂胜琼

聂胜琼，汴京名妓，质性慧黠，后归李之问。馀不详。《绿窗新话》卷下自《古今词话》录其词《鹧鸪天》一首，并一断句。

鹧 鸪 天

寄 李 之 问[1]

玉惨花愁出凤城，莲花楼下柳青青[2]。尊前一唱阳关后[3]，别个人人第五程[4]。　寻好梦，梦难成。况谁知我此时情。枕前泪共帘前雨，隔个窗儿滴到明。

〔1〕《绿窗新话》引《古今词话》云："李公之问仪解长安幕，诣京师改秩。都下聂胜琼，名娼也，资性慧黠，公见而喜之。李将行，胜琼送之别，饮于莲花楼，唱一词，末句云：'无计留君住，奈何无计随君去。'李复留经月，为细君督归甚切，遂别。不旬日，聂作一词以寄之，名《鹧鸪天》。李在中路得之，藏于箧间。抵家为其妻所得，因问之，具以实告。妻喜其语句清健，遂出妆奁资募，后往京师取归。琼至，即弃冠栉，损其妆饰，奉承李公之室以主母礼，大和悦焉。"本事如上，词写离情别怨。上片别时，下片别后，尤以结拍为佳。试与温庭筠《更漏子》比读："梧桐树，三更雨，不道离愁正苦，一叶叶，一声声，空阶滴到明。"两者颇类似，然则，温词一夜愁听雨声，纯从主观听觉着笔。聂词则"枕前泪"与"帘前雨"交融，共滴到明，描绘更觉深细，意境尤显凄美。

〔2〕"玉惨"二句：城外柳边送别。玉惨花愁，自谓容色惨淡。凤城，国

都,此指北宋汴京(开封)。

〔3〕阳关:即《阳关曲》,即《阳关三叠》,亦称《渭城曲》,专供离别所唱。

〔4〕人人:宋时口语,指那人,即李之问。第五程,极言行者去程之远。

李弥逊

李弥逊（1089—1153），字似之，号筠溪翁，连江（今属福建）人，居吴县（今属江苏）。宋徽宗大观三年进士，知冀州时，曾抗击金兵。南渡后，累官至户部侍郎，因反对和议而遭秦桧排斥。晚年隐退连江西山。有《筠溪集》，存词八十八首。

菩萨蛮〔1〕

江城烽火连三月〔2〕，不堪对酒长亭别。休作断肠声，老来无泪倾。　　风高帆影疾，目送舟痕碧〔3〕。锦字几时来〔4〕？薰风无雁回〔5〕。

〔1〕此老来别妻词。由对酒长亭而目送去舟，写来自然真切。“休作”两句，从反面提笔，益增其悲。词以问答呼应首句作结：烽火连天，有书难寄；不独家庭不幸，更点明时代动乱的悲剧气氛，亦隐隐带出词人心中的家国之忧。

〔2〕“江城”句：化用杜甫《春望》：“烽火连三月，家书抵万金。”

〔3〕舟痕：指舟船过后引起的水纹碧波。

〔4〕锦字：指妻子给丈夫的信，用前秦窦滔妻苏氏织锦为回文诗寄滔事。

〔5〕薰风：和风，指初夏时和煦的南风。无雁回：指没有书信捎回，用鸿雁传书事。

王以宁

王以宁(1090？—1146),字周士,湘潭(今属湖南)人。靖康初,随李纲率兵援太原,遂以枢密院编修官知鼎州。后任京西制置使,升直显谟阁。因事贬台州、永州、潮州。绍兴十年,复右朝奉郎,知全州。有《王周士》词一卷,存词三十馀首。

水调歌头

呈汉阳使君[1]

大别我知友[2],突兀起西州[3]。十年重见,依旧秀色照清眸[4]。常记鲒碕狂客,邀我登楼雪霁,杖策拥羊裘[5]。山吐月千仞,残夜水明楼[6]。　　黄粱梦[7],未觉枕,几经秋[8]。与君邂逅[9],相逐飞步碧山头。举杯一觞今古,叹息英雄骨冷,清泪不能收。鹦鹉更谁赋,遗恨满芳洲[10]。

〔1〕汉阳使君乃作者友人,姓名生平不详。汉阳,今湖北武汉市汉阳区。北宋时称汉阳军。南宋初,属鄂州、江夏郡。使君是对州郡长官的尊称。词写与故友重逢。上片以“常记”唤起回忆,以下回忆十年前雪后相邀登山的豪情逸兴。下片以一梦黄粱、几番春秋承转,点出十年后的旧地邂逅。山色清秀依旧,两人健朗依旧,“相逐飞步碧山头”。然则,十载沧桑,十载忧患,今日山头举杯,已不胜古今兴亡之慨。结处用当地的古人古事,一吐胸中郁愤。通篇结合山景记叙友谊,或豪情满怀,姿态飞动;或议古论今,沉郁悲壮;启人胸襟,发

人深思。

〔2〕“大别”句:称大别山为知己之友。大别,大别山,在汉阳东北汉江的西岸。

〔3〕“突兀”句:谓大别山耸立于汉阳。西州,指方向在西的军州,即汉阳军。

〔4〕“依旧”句:映入眼帘的大别山秀丽依旧。清眸,双眼清莹明亮。

〔5〕“常记”三句:十年前偕友人雪后登山情景。鲒碕(jiéqí 洁奇)狂客,以贺知章称友人。唐代著名诗人贺知章晚年自号四明狂客。四明(浙江宁波的别称)之南有鲒碕山、鲒碕亭。雪霁(jì 季),雪止。杖策,拄着手杖。拥羊裘,披着羊皮袄。《后汉书·严光传》谓严光隐居不仕,“披羊裘钓泽中”。后指隐士服饰。此借谓旷达不羁状。

〔6〕“山吐”二句:高山吐月,月光照水,映亮楼台。句出杜甫《月》诗:“四更山吐月,残夜水明楼。”仞(rèn 任),古时八尺为一仞,千仞,极言其高。

〔7〕黄粱梦:用唐人沈既济传奇《枕中记》故事。卢生于客栈遇道人吕翁。吕翁授枕使卢生入梦,梦中尽享人间富贵。梦醒,店主所作黄粱饭犹未熟。

〔8〕几经秋:经历几多春秋。

〔9〕邂逅(xièhòu 谢后):不期而遇。

〔10〕“鹦鹉”两句:切地用事,感慨而今无人能续《鹦鹉赋》,徒教贤士遗恨千年。东汉末年名士祢衡恃才傲物,初不容于曹操,归江夏太守黄祖,曾作《鹦鹉赋》,抒怀才不遇之慨,后终遭杀害。(《后汉书·祢衡传》)芳洲,指武汉西南长江中的鹦鹉洲。

陈与义

陈与义(1090—1139),字去非,号简斋,洛阳(今属河南)人。政和三年举进士,以《墨梅》诗见赏于徽宗,除秘书省著作佐郎。南渡,流徙辗转至临安,任吏部侍郎,累官至参知政事。平生以诗名,是江西诗派的“三宗”之一,为师杜之佼佼者。有《简斋集》《无住词》,存词十八首。《花庵词选》称其词“语意超绝,识者谓可摩坡仙之垒。”

临江仙〔1〕

高咏楚词酬午日〔2〕,天涯节序匆匆〔3〕。榴花不似舞裙红〔4〕。无人知此意,歌罢满帘风。　　万事一身伤老矣,戎葵凝笑墙东〔5〕。酒杯深浅去年同〔6〕。试浇桥下水,今夕到湘中〔7〕。

〔1〕建炎三年(1129),词人避乱湖湘一带,此词当作于岳阳五月端午,怀悼屈原而自抒心曲。起笔切题,怀先贤而叹时序匆促,而“天涯”则带出流徙羁旅之身。“榴花”“舞裙”,隐含昔盛今衰之慨。但“此意”谁知,唯向屈子慷慨悲歌。下片一起自伤,戎葵犹笑我老,意更沉痛。“酒杯”句寓心境不同往昔于言外,依然今昔对比手法。结拍杯酒酹江,呼应上片“高咏”“歌罢”,伤屈,亦伤国事,并伤己也。全词意蕴丰厚深沉,风格沉郁悲壮,颇类作者南渡后诗篇。

〔2〕楚词:即《楚辞》,西汉人刘向所辑,内收屈原诸家骚赋,此纯指屈原诗歌而言。酬:对付、打发,此犹言度过。午日:指五月五日端午节。《荆楚岁

时记》:“俗谓五月五日是屈原死汨罗日,伤其死所,并命将舟楫以拯之,至今为俗。”后人赛龙舟之风俗即源于此。词人有感于此,乃咏《楚辞》以怀悼屈原。

〔3〕天涯:指飘泊天涯。词人家在中原洛阳,靖康乱后,宋室南渡,词人亦流寓湖湘,故有此语此感。

〔4〕“榴花”句:五月榴花色泽暗淡,浑不如舞女衣裙红艳灿烂。白居易《赠卢侍御小妓》:“山石榴花染舞裙。”榴花,眼前景;舞裙,令人想及春风得意时的歌舞盛宴,故不无今昔盛衰之慨。

〔5〕“万事”二句:自伤衰老,而以盛开之戎葵陪衬,意自透进一层。戎葵,蜀葵。

〔6〕“酒杯”句:酒杯深浅与去年相同,隐谓今年心境却与昨日不同。

〔7〕“试浇”二句:以酒祭江,愿酒随江水流至汨罗。湘,湘水,此借指汨罗江,盖汨罗江为湘江之支流。《续齐谐记》:“屈原五月五日自投汨罗而死,楚人哀之,每至此日,以竹筒贮米投水而祭之。”后世端午食粽风俗即源于此。

临江仙

夜登小阁,忆洛中旧游〔1〕

忆昔午桥桥上饮〔2〕,坐中多是豪英〔3〕。长沟流月去无声〔4〕。杏花疏影里,吹笛到天明。　　二十馀年如一梦,此身虽在堪惊。闲登小楼看新晴。古今多少事,渔唱起三更〔5〕。

〔1〕词人于绍兴五年(1135)退居青墩(浙江桐乡县北青墩镇)。词为隐退后追忆洛阳旧时交游而作。洛中,即指洛阳,北宋以开封为东京,以洛阳为西

京,也是词人的故乡。上片以“忆昔”领起当年午桥宴饮盛况,豪英欢聚,酒酣耳热,月光花影,纵情吹笛,不知东方之既白。下片以“一梦”承转,返回现实,“此身虽在堪惊”,力重千钧,“惊”二十多年来人世沧桑,家国巨变。面对久雨新晴,感慨无限,但笔起空灵,千古兴亡,尽入渔唱樵歌。上片追昔,笔调自然流畅,意境豪旷疏宕。下片抚今,语意波澜起伏,情绪凄婉悲凉。“杏花”两句,人所共赏,词评家谓之“爽语”,即俊爽疏宕之语,或谓可匹东坡云云,即指此类。

〔2〕午桥:在洛阳之南。据《新唐书·裴度传》,裴度晚年曾在此建别墅,号绿野堂,与白居易、刘禹锡诗酒相欢。此句句法来自晁冲之《临江仙》词:“忆昔西池池上饮。”

〔3〕豪英:杰出之士。

〔4〕“长沟”句:月映河水,河水悄然带月流向远方。此句重在写静,但静中有动。语意新巧,为下文“杏花”两句映衬。

〔5〕“古今”二句:谓千古兴亡之事烟消云散,俱已化入舟子三更唱的渔歌之中。

张元幹

张元幹（1091—1161），字仲宗，号芦川居士，又号真隐山人，永福（今福建永泰）人。徽宗宣和七年任陈留县丞。尝为李纲幕僚，协助抗金，后与李纲同时遭贬。绍兴元年致仕，先后闲居二十多年，其间因作词赠李纲、胡诠，反对和议，受秦桧迫害，被追赴大理，削籍除名。晚年漫游江南，客死异乡。著有《芦川归来集》和《芦川词》，存词一百馀首，风格豪放悲壮。

贺新郎

寄李伯纪丞相〔1〕

曳杖危楼去〔2〕。斗垂天、沧波万顷〔3〕，月流烟渚〔4〕。扫尽浮云风不定，未放扁舟夜渡〔5〕。宿雁落、寒芦深处。怅望关河空吊影〔6〕，正人间、鼻息鸣鼍鼓〔7〕。谁伴我，醉中舞〔8〕。　　十年一梦扬州路〔9〕。倚高寒、愁生故国〔10〕，气吞骄虏〔11〕。要斩楼兰三尺剑〔12〕，遗恨琵琶旧语〔13〕。谩暗涩、铜华尘土〔14〕。唤取谪仙平章看，过苕溪、尚许垂纶否〔15〕？风浩荡，欲飞举〔16〕。

〔1〕李伯纪即著名爱国将领李纲的字，建炎初他任宰相，力主抗金。绍

兴八年(1138),朝廷主和,时李纲知洪州,上书反对议和,后罢居福建长乐。寓居福州的张元幹闻讯,作词以寄。词表达了对国事的深切忧愤和对李纲的殷切期望。词以登楼远眺领起,上片重在写景,以空阔寂寥之景衬情。“怅望”以下由景入情,世人皆睡我独醒,醉舞谁伴?不胜怅惘孤独,隐含忧国思友之意。下片“倚高寒”与起处“曳杖危楼”一气贯注,重在言志抒情。志士复国心切,奈君意主和,徒使宝剑蒙尘。结处呼唤友人以国事为重,拟东山再起,重振乾坤。全词豪迈悲壮,沉郁顿挫。

〔2〕曳(yè 夜)杖:拖着手杖。危楼:高楼。

〔3〕斗垂天:北斗星座低垂天际。

〔4〕烟渚(zhǔ 主):烟雾迷濛的水边小洲。

〔5〕“扫尽”二句:江风浩大,浮云尽扫,扁舟难渡。扁(piān 篇)舟,小船。

〔6〕吊影:形影相吊,谓孤独无伴。

〔7〕“正人间”句:世人酣睡,鼾声如鼓。此句隐寓“众人皆醉我独醒”之慨。鼍(tuó 陀),亦名扬子鳄,俗称猪婆龙,皮可蒙鼓,称鼍鼓。

〔8〕“谁伴我”二句:无人伴我月下醉舞,示意孤独而思友人李纲。此暗用祖逖事,《晋书·祖逖传》载,祖逖与刘琨志同道合,力主恢复中原。夜共寝,中夜闻鸡鸣起而舞剑,相互激励。

〔9〕“十年”句:追忆往事如梦。建炎元年(1127),宋高宗避难至扬州,又由扬州出逃杭州。扬州惨遭兵祸。其时距今十馀年。路,宋时行政大区名称,扬州属淮南东路。此句化用杜牧《遣怀》诗:“十年一觉扬州梦。”

〔10〕高寒:指高楼,即篇首之“危楼”。苏轼《水调歌头》词:“惟恐琼楼玉宇,高处不胜寒。”

〔11〕骄虏:指骄横的金兵。

〔12〕“要斩”句:《汉书·傅介子传》载,汉昭帝时,傅介子出使西域,宴席上设计斩楼兰王。李白《塞下曲》:“愿将腰下剑,直为斩楼兰。”此以楼兰喻金国,谓杀敌复国。

〔13〕“遗恨”句:汉元帝时,宫女昭君出塞远嫁匈奴和亲。昭君善琵琶,后有《昭君怨》乐曲。杜甫《咏怀古迹五首》之三:“千载琵琶作胡语,分明怨恨

曲中论。”此借以讽喻南宋和议政策。

〔14〕“谩暗涩”句:谓徒使志士宝剑生锈蒙尘。暗涩,暗淡无光。铜华,铜锈。

〔15〕“唤取”二句:唤友人评论时局,问此时能否隐退?谪仙,李白人称谪仙,此指李白之同姓李纲。平章,评论。苕溪,水名,在浙江,源出天目山,流经吴兴入太湖。李纲曾说:“生平爱钱塘湖山之胜,常欲治书室湖上”,“往来苕、霅间”。垂纶,垂钓,指隐居生涯。纶,钓鱼所用丝线。

〔16〕“风浩荡”二句:乘风飞翔,谓为复国大业奋发进取。

贺新郎

送胡邦衡待制〔1〕

梦绕神州路〔2〕。怅秋风、连营画角,故宫离黍〔3〕。底事昆仑倾砥柱,九地黄流乱注?聚万落千村狐兔〔4〕。天意从来高难问,况人情老易悲难诉〔5〕。更南浦〔6〕,送君去。

凉生岸柳催残暑。耿斜河、疏星淡月〔7〕,断云微度。万里江山知何处?回首对床夜语。雁不到、书成谁与〔8〕?目尽青天怀今古,肯儿曹恩怨相尔汝〔9〕。举大白,听金缕〔10〕。

〔1〕胡邦衡即胡铨,高宗时任枢密院编修官,绍兴八年(1138),因反对和议,上书乞斩王伦、秦桧、孙近三人而获罪。绍兴十二年(1142),更由福州而编管新州(今广东新兴县)。据岳珂《桯史》谓“一时士大夫畏罪箝舌,莫敢与立谈”。张元幹其时也在福州,既出于友情,更激于义愤,不畏强权,为之饯别,并

作词以送。“梦绕神州”,起笔便见浓烈的故国之思和黍离之悲。“底事”句愤然问天,国事何以至此？力重千钧。但朝廷主和,官吏多苟安,而力主恢复者则备遭迫害,由此引出送友主旨。下片承“送君”意脉,继描摹饯别夜景,更设想别后思念,人隔万里,鸿书难凭,虽悲恸无限,却不作儿女情长。结处宕开,以豪迈旷达语为友人开解并送行。通篇将私人友谊与复国大业相结合,寓爱国深情于离愁别恨之中,激越悲壮,慷慨苍凉,无愧为《芦川词》中的压卷之作。

〔2〕神州:指为金人所占领的中原大地。

〔3〕故宫离黍:汴京故宫满眼黍稷,一片荒凉。《诗经·王风·黍离》:“彼黍离离。”后因以表示国家残破后的故国之思。

〔4〕“底事”三句:问何以昆仑天柱倾倒,致使黄河泛滥,千村万落狐兔出没,一派荒芜破败。底事,何事,为什么。昆仑砥柱,古人以为黄河源出昆仑。《神异经》:“昆仑之山,有铜柱焉。其高入天,所谓天柱也。”天柱倾折,喻北宋破灭。砥柱,山名,在今河南的黄河中。九地,犹言遍地。黄流乱注,指黄河泛滥。狐兔,兼喻金兵。

〔5〕“天意”二句:朝廷和战(实指主和)之意难测,世人国耻易忘,令人悲愤难诉。两句化用杜甫《暮春江陵送马大卿公恩命赴阙下》诗意:“天意高难问,人情老易悲。”

〔6〕南浦:泛指送别之地。《楚辞·九歌·河伯》:“送美人兮南浦。”江淹《别赋》:“送君南浦,伤如之何!”

〔7〕耿斜河:明亮的天河已经斜转,表示夜已渐深。

〔8〕“万里”三句:友人此去万里南荒,回想昔日友谊深厚,今后却有书难寄。对床夜语,白居易《雨中招张司业宿》:“能来同宿否,听雨对床眠。”雁不到,雁能传书,但传说至衡阳就不再南飞,而友人编管新州,远在衡阳以南,故云“书成谁与”。谁与,即与谁。

〔9〕“目尽”二句:凝望天空,胸怀古今兴亡,岂可效小儿辈恩怨得失。儿曹,小儿女辈。尔汝,至友间不讲虚礼,直以你我相称,表示亲密无间,谓“尔汝交”。韩愈《听颖师弹琴》:“昵昵儿女语,恩怨相尔汝。”

〔10〕“举大白”二句:举杯豪饮,一曲壮歌为友人送行。大白,大酒杯。刘向《说苑·善说》:“饮不釂者,浮以大白。”金缕,即《金缕曲》,《贺新郎》词调

的别名,即指本词。

满　江　红

自豫章阻风吴城山作[1]

春水迷天,桃花浪、几番风恶[2]。云乍起、远山遮尽,晚风还作。绿卷芳洲生杜若[3],数帆带雨烟中落。傍向来、沙嘴共停桡[4],伤飘泊。　　寒犹在,衾偏薄。肠欲断,愁难着。倚篷窗无寐[5],引杯孤酌。寒食清明都过却[6],最怜轻负年时约。想小楼、终日望归舟[7],人如削[8]。

〔1〕据《芦川归来集·芦川豫章观音观书》,“元幹以宣和元年(1119)三月出京师,六月至乡里。”是词当作于此次返乡途中。豫章即今江西南昌。吴城山,位南昌城东,临江。常有风浪阻船,张孝祥《吴城阻风》:“吴城山头三日风,白浪如屋云埋空。”《草堂诗馀隽》谓此词“上言风帆飘泊之象,下言归舟在家之思。”几番狂风阻船,“伤飘泊”,不无江上风波恶、人间行路难之意。词由此导入思归。行者泊舟无寐念远人,居者小楼颙望盼归舟,两相映射,益增羁旅愁思。

〔2〕桃花浪:三月间,桃花盛开,春水上涨,称桃花水、桃花汛或桃花浪。杜甫《春水》:“三月桃花浪,江流复旧痕。”

〔3〕杜若:香草名。屈原《九歌·湘君》:“采芳洲兮杜若。”

〔4〕向来:适来。沙嘴:即沙洲。停桡(ráo饶):停船。桡,船桨。

〔5〕篷窗:船窗。

〔6〕寒食清明:冬至后一百零五天为寒食,禁火三日,寒食第三天为

张元幹《菩萨蛮》（春来春去催人老）

清明。

〔7〕“想小楼”句:脱胎自柳永《八声甘州》:“想佳人妆楼颙望,误几回天际识归舟。”

〔8〕人如削:谓人消瘦如削。元稹《三月二十四日宿曾峰馆夜对桐花寄乐天》:“是夕远思君,思君瘦如削。”

兰陵王

春恨〔1〕

卷珠箔〔2〕,朝雨轻阴乍阁〔3〕。阑干外、烟柳弄晴,芳草侵阶映红药〔4〕。东风妒花恶,吹落梢头嫩萼。屏山掩〔5〕,沉水倦熏,中酒心情怕杯勺〔6〕。　　寻思旧京洛〔7〕,正年少疏狂,歌笑迷着。障泥油壁催梳掠〔8〕。曾驰道同载〔9〕,上林携手〔10〕,灯夜初过早共约〔11〕。又争信飘泊〔12〕。　　寂寞,念行乐,甚粉淡衣襟,音断弦索〔13〕。琼枝璧月春如昨〔14〕。怅别后华表,那回双鹤〔15〕。相思除是,向醉里、暂忘却。

〔1〕《兰陵王》词调分三叠。《草堂诗馀隽》谓此词“上是酒后见春光,中是约后误佳期,下是相思如梦中。”仅就“春恨”词题字面而言,其说大体允当。然透过题面,此词实是借“春恨”写“国恨”。京洛少年情事,象征北宋盛时,而今盛时不再,人生飘泊,思之凄然。貌似情恋之思,实乃故国之思。就艺术构思言,上叠咏今,中叠忆昔,下叠今昔合写而归穴于今。咏今用虚笔,忆昔出实象。通篇今昔交叠,虚实映衬。明人杨慎《词品》谓张元幹“其词最工,《草堂诗馀》

选其‘春水迷天’及‘卷珠箔’二首,脍炙人口。”

〔2〕珠箔(bó 勃):珠帘。

〔3〕乍阁:初停。阁,同“搁”。

〔4〕红药:芍药花。

〔5〕屏山:屏风。

〔6〕“沉水”二句:懒熏沉香,怕见酒杯。沉水,沉水香,一种点燃用的香料。中(zhòng 仲)酒,醉酒。杯勺,酒杯。

〔7〕旧京洛:指北宋故都东京汴梁(今河南开封)和西京洛阳。

〔8〕障泥:即马鞯,垫在马鞍下,垂于马腹两边,以挡泥土,此代指马。油壁:用油涂饰的车壁,此代指车。梳掠:梳妆。

〔9〕驰道:即御道,皇帝车驾行经之路。

〔10〕上林:秦、汉时帝王之苑,故址在长安之西。司马相如曾作《上林赋》,此借指汴京园林。

〔11〕灯夜:指正月十五元宵之夜。共约:指约定再见的时日。

〔12〕争:同“怎”。

〔13〕“甚粉淡”二句:舞衣香销,琴弦断绝,谓歌歇舞罢,伊人不见,盛时不再。甚,正,词中领字。

〔14〕琼枝璧月:如玉之花,似璧之月,此用以象征美好春色。

〔15〕华表双鹤:此用辽东鹤归事。《搜神后记》:“丁令威本辽东人,学道于灵虚山。后化鹤归辽,集城门华表柱。时有少年举弓欲射之,鹤乃飞,徘徊空中而言曰:‘有鸟有鸟丁令威,去家千年今始归。城郭如故人民非,何不学仙冢累累。’”此借以伤北宋之亡,故乡不能归去。华表,古时殿前或墓前石柱。

石州慢

己酉秋吴兴舟中作[1]

雨急云飞,惊散暮鸦,微弄凉月。谁家疏柳低迷,几点流萤明灭。夜帆风驶,满湖烟水苍茫,菰蒲零乱秋声咽[2]。梦断酒醒时,倚危樯清绝[3]。　　心折[4]。长庚光怒[5],群盗纵横[6],逆胡猖獗[7]。欲挽天河,一洗中原膏血[8]。两宫何处[9]?塞垣只隔长江[10],唾壶空击悲歌缺[11]。万里想龙沙,泣孤臣吴越[12]。

〔1〕己酉,即宋高宗建炎三年(1129)。是年金兵大举南侵,高宗由扬州逃向临安,作者避乱吴兴(今浙江湖州),舟中有感国事,作此词。上片侧重绘景,由急雨倾盆而凉月渐生,由水边疏柳流萤而湖上秋风呜咽,一派急骤变幻,阴沉凄切,以景衬情。"梦断"入情,以"清绝"束住。"心折"承上启下,盖内忧外患不止,朝议和战未决所致。"两宫何处"?戟指怒斥。收拍壮士徒自击壶悲歌,令人扼腕。词由咏景而抒情,更融入叙事、议论,四者合一,文笔遒劲畅达,感情激越悲壮。

〔2〕菰蒲:茭白与蒲柳。

〔3〕"梦断"二句:由景入情,自叙心境。危樯,高高的桅杆。清绝,凄清欲绝。

〔4〕心折:喻伤心到极点。江淹《别赋》:"意夺神骇,心折骨惊。"

〔5〕长庚:彗星之属。古人以为主兵戈之事。《史记·天官书》:"长庚,如一匹布著天,此星见,兵起。"

〔6〕 群盗纵横:谓内忧不断。据《宋史纪事本末》卷六十六,是年既有苗傅、刘正彦之兵变,复有诸盗之未休。

〔7〕 逆胡猖獗:谓外患猖獗。是年金兵大举南侵,朝廷逃跑,百姓遭殃。

〔8〕 “欲挽”二句:化用杜诗,表现却敌复国的豪情壮志。杜甫《洗兵马》:“安得壮士挽天河,净洗甲兵长不用。”

〔9〕 两宫:指宋徽宗和宋钦宗。靖康二年,二帝被俘北去。

〔10〕 “塞垣”句:建炎三年,长江以北扬州诸地相继失陷,南宋北金仅以长江为国界。塞垣,指边界。

〔11〕 “唾壶”句:空自击壶悲歌,谓心情激愤。《世说新语·豪爽》:“王处仲每酒后,辄咏‘老骥伏枥,志在千里。烈士暮年,壮心不已。’以铁如意打唾壶,壶口尽缺。”唾壶,盛唾液之壶。

〔12〕 “万里”二句:谓己身寓吴越,心系万里塞外。龙沙,塞外,此指二帝被囚之地。孤臣,自指,因远离朝廷,孤身流徙,故有此称。吴越,古代吴、越两国之地,即今江苏浙江一带。时词人避乱吴兴,故有此语。

水调歌头

追　和〔1〕

举手钓鳌客〔2〕,削迹种瓜侯〔3〕。重来吴会三伏,行见五湖秋〔4〕。耳畔风波摇荡,身外功名飘忽,何路射旄头〔5〕?孤负男儿志〔6〕,怅望故园愁。　　梦中原,挥老泪,遍南州〔7〕。元龙湖海豪气,百尺卧高楼〔8〕。短发霜粘两鬓,清夜盆倾一雨,喜听瓦鸣沟〔9〕。犹有壮心在,付与百川流〔10〕。

〔1〕词当作于绍兴二十三年(1153)前后,时词人已年逾花甲,去职南归。为重游吴地所作。词题"追和",据词意,当是追和二十年前《水调歌头》"同徐师川泛太湖舟中作"原韵。原词颇感时伤事,和词感时伤乱尤甚,且特切词人自身心态。虽身归田园,尚自昼望故国,夜梦中原,老泪纵横;虽短发萧萧,霜染双鬓,却豪气未除,壮心犹存。"何路射旄头"句,见得报国无路,请缨无门,一腔豪情唯付百川东流而已。毛晋《芦川词·跋》谓"芦川词,人称其长于悲愤"。信然。

〔2〕钓鳌客:钓鳌源于神话传说。《列子·汤问》载,渤海之东有五山,常随海潮漂浮。上帝命十五巨鳌以头顶山使之不动。龙伯国巨人举足数步即至五山,一钓即得六鳌,负而回国。后即以喻举止豪迈。诗人李白尝自称"海上钓鳌客",并谓"以风浪逸其情,乾坤纵其志。以虹霓为丝,明月为钩。""以天下无义丈夫为饵"(见赵德麟《侯鲭录》卷六)。词人在此以古人自喻。

〔3〕种瓜侯:指种瓜的东陵侯邵平。《史记·萧相国世家》:"邵平者,故秦东陵侯。秦破,为布衣,贫,种瓜于长安城东。瓜美,故世俗谓之'东陵瓜'。"词人于此亦以古人自喻。削迹:匿迹,示隐居。

〔4〕"重来"二句:重游吴地,正是三伏交秋季节。三伏,夏至后第三个庚日为初伏,第四个庚日为中伏,立秋后第一个庚日为末伏。合称三伏,为一年中最热的季节。三伏有时也特指末伏,俗谚:(第)三伏在秋。本词即用此义。吴会,今江苏苏州吴中区。清人赵翼《陔馀丛考》:"会,读若贵。西汉会稽郡治本在吴县,时俗郡县连称,或读为都会之会,非。"五湖,此指太湖。

〔5〕"身外"二句:报国功业未就,志士请缨无门。旄头,星名,即昴宿,古时也称胡星(见《史记·天官书》),古人以为旄头跳跃预兆胡兵大起。李白《经乱离后天恩流夜郎忆旧游书怀赠江夏韦太守良宰》:"安得羿善射,一箭落旄头。"李诗以旄头喻安禄山叛军。张词则以旄头喻金兵。

〔6〕孤负:即辜负。

〔7〕南州:泛言南方。

〔8〕"元龙"二句:谓忧国忘家之情至老不衰。据《三国志·陈登传》载,许汜见陈登(字元龙),陈登久不与语,使许卧下床,而自卧大床。许汜诉于刘

备,谓元龙“湖海之士,豪气不除”。刘备说:“君有国士之名,今天下大乱,帝王失所,望君忧国忘家,有救世之意;而君求田问舍,言无可采,是元龙所讳也,何缘当与君语!如小人,欲卧百尺楼上,卧君于地,何但上下床之间耶!”

〔9〕“清夜”二句:喜闻暴雨急冲屋上瓦沟之声。此种心境可参读词人《石州慢》词:“欲挽天河,一洗中原膏血。”

〔10〕“付与”句:谓壮心随水东流。

渔 家 傲

题玄真子图[1]

钓笠披云青嶂绕[2],绿蓑细雨春江渺[3]。白鸟飞来风满棹。收纶了[4],渔童拍手樵青笑[5]。　　明月太虚同一照,浮家泛宅忘昏晓[6]。醉眼冷看城市闹。烟波老,谁能惹得闲烦恼[7]。

〔1〕玄真子,即唐代诗人张志和,因事贬官后,扁舟垂纶,退隐江湖,自称烟波钓徒,著有《玄真子》,存词《渔父》五首,以“西塞山前白鹭飞”一阕最为著称。玄真子图,即玄真子像。此为题画诗。上片依像绘形,一幅春江烟雨垂钓图,静谧优美。收丝提竿,白鸟飞舞,侍奴欢笑,化静为动,平添出无限生机。下片由外而内,由形态而气质。浮家泛宅,摆脱功名世俗,飘逸江湖,烟波终老,一派超然物外的旷达胸怀。前人评此词“语意飘逸”(南宋罗大经《鹤林玉露》),“洒然出尘”(明人沈际飞《草堂诗馀正集》),皆谓其不拘于形,尤重于神。

〔2〕笠:用竹或草编成的帽子,亦称斗笠。

〔3〕蓑(suō缩):蓑衣,用草或棕制成,遮雨所用。

〔4〕纶:丝纶,指钓鱼用的丝线。

〔5〕渔童、樵青:《张志和碑铭》:"肃宗尝赐奴婢各一,玄真配为夫妻,名夫曰渔童,妻曰樵青。人问其故,曰:'渔童使捧钓收纶,芦中鼓枻;樵青使苏兰薪桂,竹里煎茶。'"

〔6〕"明月"二句:天光月色映照,泛舟江上忘却昏晓。浮家泛宅,指舟居生涯。《新唐书·张志和传》:"颜真卿为湖州刺史,志和来谒,真卿以舟敝漏,请更之。志和曰:'愿为浮家泛宅,往来苕、霅间。'"

〔7〕"烟波"二句:烟波终老,抛却人间一切烦恼。

瑞鹧鸪

彭德器出示胡邦衡新句次韵〔1〕

白衣苍狗变浮云〔2〕,千古功名一聚尘〔3〕。好是悲歌将进酒,不妨同赋惜馀春〔4〕。　　风光全似中原日,臭味要须我辈人〔5〕。雨后飞花知底数?醉来赢取自由身〔6〕。

〔1〕彭德器乃胡铨之友,时与张元幹唱和。元幹《彭德器画赞》称其"气节劲而议论公,心术正而识度远"。胡邦衡,即胡铨,因上书请斩秦桧而远贬新州。其原唱《瑞鹧鸪》词散佚不见,张元幹次韵以和。词中感叹世事如幻,功名尘土,何不诗酒慷慨,开我心怀。雨后飞花,春色难驻,何不纵情一醉,醉乡还我自由。词以悲歌醉酒以宽友人,寓郁愤于旷达。

〔2〕"白衣"句:天上浮云时而白衣,时而苍狗,变幻莫测,喻世事瞬息万变。诗句本自杜甫《可叹》:"天上浮云如白衣,斯须改变如苍狗。"

〔3〕"千古"句:功名如尘土,微不足道。一聚尘,化为一撮尘土。黄庭坚

《出城送客过故人东平侯赵景珍墓》:“意气都成一聚尘。”

〔4〕“好是”二句:劝友饮酒赋诗自遣。将进酒,李白诗篇名。诗中有句云:“将进酒,君莫停”“钟鼓馔玉不足贵,但愿长醉不用醒。”惜馀春,李白作《惜馀春赋》。赋中有句云:“惜馀春之将阑,每为恨兮不浅”“春不留兮时已失,老衰飒兮情逾疾。”

〔5〕“臭味”句:谓与友人志趣相投。臭味,气味,臭同“嗅”。

〔6〕“雨后”二句:风雨摧花,春色难挽,不如向醉乡觅取自由。雨后飞花,杜甫《曲江》:“一片花飞减却春,风飘万点正愁人。”醉取自由,李珣《定风波》词:“一叶舟中吟复醉,云水,此时方认自由身。”按:时胡铨编管新州,身不自由,故有此叹。

浣溪沙

武林送李似表〔1〕

燕掠风樯款款飞〔2〕,艳桃秾李闹长堤〔3〕,骑鲸人去晓莺啼〔4〕。　　可意湖山留我住〔5〕,断肠烟水送君归,三春不是别离时〔6〕。

〔1〕武林,山名,即今浙江杭州西灵隐山,代指杭州。李似表乃李弥正,福建连江人,官至朝奉大夫。词人李弥逊之弟。《宋诗纪事》存其诗一首。此送别词咏燕飞莺啼,桃艳李秾,但“可意湖山”不留友人;远眺友人去处,烟水迷茫,令人断肠。词清新婉丽,在《芦川词》中别具一格。

〔2〕“燕掠”句:杜甫《发潭州》:“岸花飞送客,樯燕语留人。”樯,船上桅杆。

〔3〕闹:此谓盛开,斗妍,争春,用法与宋祁《玉楼春》"红杏枝头春意闹"同。

〔4〕骑鲸人:李白尝自谓"海上骑鲸客",此以姓氏相同而代指友人李似表。

〔5〕可意:合人心意。

〔6〕"三春"句:谓暮春花落,尤不堪送人离别。三春,正月孟春,二月仲春,三月季春,合称三春。此指三月暮春。

菩 萨 蛮

三月晦,送春有集,坐中偶书[1]

春来春去催人老,老夫争肯输年少[2]。醉后少年狂[3],白髭殊未妨[4]。　插花还起舞,管领风光处[5]。把酒共留春,莫教花笑人。

〔1〕晦,每月的最后一天。集,指集会。此送春词。送春而不流于伤时悲老,一派超然洒脱、狂放不羁胸怀。人老髭白何妨,心态不输年少,兴来插花起舞,更待把酒留春。通篇直抒胸臆,上下片一意贯注,纯以真率自然取胜。

〔2〕争:怎。

〔3〕"醉后"句:苏轼《江城子》词:"老夫聊发少年狂。"

〔4〕髭(zī姿):嘴上边的胡子。

〔5〕管领:犹言主管。白居易《早春晚归》:"金谷风光依旧在,无人管领石家春。"

吕渭老

吕渭老，一作滨老，字圣求，嘉兴（今属浙江）人，宣和、靖康年间朝士，生活于南北宋之交。著有《圣求词》，存词一百三十馀首。其词婉媚深窈，近乎周邦彦与柳永。

薄　幸[1]

青楼春晚。昼寂寂、梳匀又懒。乍听得、鸦啼莺弄，惹起新愁无限。记年时、偷掷春心，花间隔雾遥相见。便角枕题诗，宝钗贳酒，共醉青苔深院[2]。　怎忘得、回廊下，携手处、花明月满。如今但暮雨，蜂愁蝶恨，小窗闲对芭蕉展。却谁拘管。尽无言、闲品秦筝，泪满参差雁[3]。腰支渐小[4]，心与杨花共远。

〔1〕词写少女晚春情思。发端现实景况，由春禽啼鸣引出“新愁”，勾起回忆。“记年时”领起旧日一段温馨爱恋过程。“如今”以下，又返身现实，遥承“新愁”而婉陈心曲。词中大段叙事，描绘工细，层次清晰，场景鲜明，更融贯以柔情蜜意。抒情则既直抒胸臆，大胆开朗，又托物寓景，婉转缠绵。

〔2〕“便角枕”三句：角枕题诗相赠，金钗换酒共醉，谓情意深厚亲密。角枕，以兽角为饰的枕头。《诗经·唐风·葛生》：“角枕粲兮，锦衾烂兮。”贳（shì世）酒，赊酒，此指换酒。

〔3〕“尽无言”二句：无言弹筝，泪满弦柱。筝，古代的一种弦乐器，据传曾由秦国蒙恬改制过，故称秦筝。参差雁，筝有十三弦，弦柱参差排列如同

雁行。

〔4〕腰支渐小:腰身日益见瘦。此即柳永《凤栖梧》“衣带渐宽终不悔,为伊消得人憔悴”之意。

一落索[1]

蝉带残声移别树[2],晚凉房户。秋风有意染黄花,下几点、凄凉雨。　　渺渺双鸿飞去,乱云深处。一山红叶为谁愁,供不尽、相思句[3]。

〔1〕词写闺中寂寞孤独之思。不用直笔,全凭蝉声哀切、晚来凄雨、秋风黄花、云际双鸿、满山红叶诸多伤心意象渲染烘托,而以“有意”“为谁愁”诸语隐露主观情意,直至结处始借红叶题诗事,婉曲点出相思离愁,深得含蓄蕴藉之妙。

〔2〕“蝉带”句:本自唐人方干《旅次洋州寓居郝氏林亭》:“蝉曳残声过别枝。”残声,指寒蝉凄切的馀声。

〔3〕“一山”二句:一山红叶供我写愁,也写不尽我的相思情深。此用红叶题诗事。据唐人范摅《云溪友议·题红怨》载,卢渥长安应试,偶临御沟,拾得一红叶,叶上有诗一首:“流水何太急?深宫尽日闲。殷勤谢红叶,好去到人间。”后卢生娶一遣放宫女为妻,不意此女正是昔日红叶题诗之人。

胡铨

胡铨(1102—1180),字邦衡,号澹庵,庐陵(今江西吉安)人。高宗建炎二年进士,后授枢密院编修官。绍兴八年,力辟和议,乞斩秦桧,名扬天下。遭秦桧迫害,编管新州。孝宗时复官至资政殿学士。有《澹庵文集》和《澹庵词》,存词十六首,后被清人王鹏运辑入《南宋四名臣词集》。

好事近〔1〕

富贵本无心〔2〕,何事故乡轻别。空使猿惊鹤怨,误薜萝风月〔3〕。　　囊锥刚要出头来〔4〕,不道甚时节〔5〕!欲驾巾车归去,有豺狼当辙〔6〕!

〔1〕词作于绍兴十二年(1142),时词人正因四年前上书乞斩秦桧而编管新州(今广东新兴)。据王明清《挥麈录·后录》载,郡守张棣将胡铨此词以"讥讪"之罪上报,未几,胡铨又被移送吉阳军(今海南三亚)编管,足见此词深为奸小所忌。上片貌似自怨,不该出山入仕,实则自明心志:不图荣华富贵,但为却敌复国,伸张正义。下片貌似自责,不该不识世务,出头逞强,实谓"豺狼当辙",奸佞当政,致使志士报国无门。

〔2〕"富贵"句:孔子《论语·述而》:"不义而富且贵,于我如浮云。"

〔3〕"空使"二句:不该轻离家山,误了闲隐生涯。猿惊鹤怨,孔稚珪《北山移文》责备友人周颙应诏出仕,有违隐居初衷,托诸猿鹤云:"蕙帐空兮夜鹤怨,山人去兮晓猿惊。"薜萝,薜荔、松萝,代指隐者幽居之地。薜萝风月,代指

隐居生涯。

〔4〕“囊锥”句:指脱颖而出,用毛遂自荐事。《史记·平原君列传》载,平原君谓毛遂曰:“夫贤士之处世也,譬如锥之处囊中,其末立见。”毛遂对曰:“臣乃今日请处囊中耳。使遂早得囊中,乃颖脱而出,非特其末见而已。”此借以指力辟和议、乞斩秦桧诸事。

〔5〕“不道”句:不看看是什么时节。隐谓己硬自出头,不识时务。

〔6〕“欲驾”二句:身受编管,欲归不能。巾车,有帷的车。陶渊明《归去来兮辞》:“或命巾车,或棹孤舟。”豺狼当辙,语出《东观汉纪·张纲传》:“豺狼当道,安问狐狸。”此隐指秦桧。当辙,犹言当道。